I0825515

RACHEL REID

MÁS QUE RIVALES

HEATED RIVALRY

Traducción de Anaís Badilla y Ana Mata Buil

Montena

Título original: *Heated Rivalry*

Primera edición: mayo de 2026

Printed in Colombia – Impreso en Colombia

ISBN: 979-8-89098-781-5

Advertencia de contenido:
En este libro podrás encontrar escenas y conversaciones sexuales explícitas, consumo de alcohol y lenguaje malsonante.

Este libro está dedicado a Matt,
la Rana para mi Sapo.

Prólogo

Octubre de 2016, Montreal

Shane Hollander estaba a punto de perder los nervios, algo que nunca se permitía hacer.

Había aguantado el tipo durante dos tiempos y doce minutos del tercero en uno de los partidos de hockey más frustrantes que había jugado. Debería haber sido una victoria gloriosa en casa para su equipo, los Montreal Voyageurs, frente a sus máximos rivales, los Boston Bears. En lugar de eso había sido una humillación bochornosa, y el resultado iba 4-1 para Boston, con menos de ocho minutos por jugar en el marcador. Shane había tenido nada menos que cinco preciosas oportunidades de marcar. Había hecho unos tiros que no podían fallar. Pero habían fallado. Y los Bears habían sacado ventaja de todos los errores de los Voyageurs.

Un hombre en concreto era el que más ventaja había sacado. El hombre más odiado por todo Montreal: Ilya Rozanov. La rivalidad casi centenaria entre los equipos de Montreal y de Boston en la Liga Nacional de Hockey, la NHL, llevaba las últimas seis temporadas personificada en Hollander y Rozanov. Su intensa competencia saltaba a la vista incluso para los fans de los asientos más baratos y alejados de la pista de hielo.

Entonces Hollander se inclinó en el círculo de saque, frente a Rozanov, mientras el árbitro se preparaba para soltar el *puck* después del segundo gol del ruso.

—¿Te lo estás pasando bien? —preguntó con tono burlón Rozanov.

Sus ojos color avellana relucieron como siempre que se hacía el gracioso.

—Que te jodan —gruñó Hollander.

—Creo que aún hay tiempo para algún truco —murmuró Rozanov, aunque apenas se entendió lo que decía, entre el marcado acento ruso y el protector bucal—. ¿Lo hago ahora o espero hasta el último minuto? Más excitante así, ¿no?

Hollander apretó los dientes sobre el protector bucal y no respondió.

—Cállate, Rozanov —dijo el árbitro—. Última advertencia.

Rozanov dejó de hablar, pero consiguió encontrar otra forma más eficaz de colarse bajo la piel de Hollander: ¡guiñó un ojo!

Y entonces ganó el saque.

—¡Mierda!

Jean-Jacques Boiziau, el gigantesco defensa haitiano-canadiense de los Voyageurs tiró el *stick* a la pared del vestuario.

—Ya vale, J. J. —dijo Shane, pero no había amenaza en su tono de voz.

Para dejar claro que no estaba de humor para pelear, ni siquiera para discutir, con nadie, se desplomó en su cubículo del vestuario.

Su compañero del ala izquierda, Hayden Pike, estaba sentado en el banco cerca de él, como siempre.

—¿Estás bien? —preguntó en voz baja Hayden.

—Claro —dijo Shane con apatía.

Inclinó la cabeza hacia atrás hasta dar con la pared fría y cerró los ojos.

Emplear el término «apasionados» para describir a los fans del equipo de hockey de Montreal sería quedarse corto. Montreal amaba a los Voyageurs de una forma exagerada. Su estadio era uno de los lugares más duros en los que podían jugar los equipos visitantes, porque no solo se enfrentaban a uno de los mejores equipos de la liga, sino también a los fans que más ruido hacían. Y de paso, los fans no tenían reparo en hacer saber a su queridísimo equipo cuánto los había decepcionado si así era.

Sin embargo, cuando los fans de Montreal estaban devastados de verdad, como había sucedido aquella noche, se quedaban prácticamente mudos. Y ese era el sonido que más detestaba Shane Hollander.

—¿Sabes qué me encantaría hacer? —preguntó Hayden—. ¿Conoces la peli esa, *La Purga*? ¿En la que podías, tipo, romper todas las leyes que quisieras durante una noche sin que hubiera consecuencias?

—Más o menos —respondió Shane.

—Tío, si fuera de verdad, me cargaría al puto Rozanov.

Shane se echó a reír. Tenía que reconocer que destrozarle la cara a ese ruso creído por lo menos le daría una pequeña satisfacción.

El entrenador apareció en el vestuario y expresó su decepción con una calma admirable. La temporada acababa de empezar —ese encuentro había sido el primero oficial en el que se enfrentaban a Boston— y habían jugado bien casi todos los partidos. Había sido un bache. Remontarían.

Luego llegó la hora de lidiar con la prensa. En ese momento, Shane habría preferido ver a una jauría de lobos hambrientos entrando en el vestuario, pero sabía que era imposible esquivar a los periodistas. Siempre querían hablar con él en concreto después de cada partido, y aún más después de los partidos en los que se enfrentaba a Rozanov.

Se pasó el jersey del uniforme empapado en sudor por encima de la cabeza para que la camiseta deportiva de la marca CCM se viera en la cámara. Parte del contrato de patrocinio.

Un semicírculo de cámaras, luces y micrófonos se formó a su alrededor.

—Hola a todos —dijo Shane cansado.

Le hicieron las típicas preguntas aburridas y Shane les ofreció respuestas aburridas. ¿Qué podía decir? Habían perdido. Era un partido de hockey y siempre perdía algún equipo, y hoy ese equipo era el suyo.

—¿Quieres saber lo que acaba de decir de ti Rozanov? —preguntó con una sonrisa uno de los periodistas.

—Algo bonito, supongo.

—Ha dicho que le habría encantado que jugaras esta noche.

La multitud de reporteros se quedó callada. A la espera.

Shane soltó un bufido y meneó la cabeza.

—Bueno, jugamos en Boston dentro de tres semanas. Podéis decirle que le juro que estaré en ese partido.

Los periodistas se rieron, encantados de haber conseguido su titular de Hollander contra Rozanov de la noche.

Una hora más tarde —duchado, cambiado y por fin a solas— Shane volvió en coche a casa. No fue al ático que tenía en Westmount, sino a una casa que nadie conocía.

Shane solo pasaba unas cuantas noches en el pequeño edificio de pisos en el distrito del Plateau. Era donde iba cuando quería asegurarse de tener privacidad total.

Dejó el coche en el diminuto aparcamiento que había detrás del edificio de tres plantas, se coló por la puerta de atrás y subió a toda prisa las escaleras hasta la más alta. Sabía que los otros dos pisos estaban vacíos porque él también era el propietario. La planta baja estaba alquilada a una tienda de productos de cocina de lujo, que estaba cerrada a esas horas de la noche.

El apartamento de la tercera planta parecía lo que era: un piso piloto que había sido decorado por un interiorista profesional. Técnicamente, era el que serviría para vender ese y el que había debajo. Si Shane se animaba algún día a vender. Cosa que, se decía, sin duda acabaría haciendo. Pronto.

Llevaba repitiéndose lo mismo más de tres años.

Fue hasta la nevera de acero inoxidable y sacó uno de los cinco botellines de cerveza: lo único que había en la nevera impoluta. Quitó la tapa y se sentó en el sofá de cuero negro de la sala de estar.

Se quedó en silencio tratando de pasar por alto cómo se le revolvía el estómago en noches como aquella. Se bebió la cerveza a toda prisa, con la esperanza de que el alcohol le ayudase al menos a mitigar la decepción que llevaba dentro. La repugnancia ante su propia debilidad. Necesitaba amortiguarla porque sabía que en realidad no iba a hacer nada para arreglar ese lío. Llevaba más de seis años intentándolo.

Más de cuarenta minutos después, llamaron a la puerta. Había pasado tiempo suficiente para que Shane casi se convenciera de que era mejor marcharse. Terminar con aquella ida de olla. Pero, por supuesto, no lo había hecho. Y si hubieran tardado incluso varias horas en llamar, Shane habría continuado sentado en aquel sofá, esperando a que ocurriera.

Abrió la puerta.

—¿Por qué coño has tardado tanto? —preguntó irritado.

—Estábamos de celebración. Gran victoria esta noche, ¿sabes?

Shane se apartó para dejar pasar al alto y sonriente ruso.

—Me he ido en cuanto he podido —dijo Rozanov, con un tono menos burlón—. No quería llamar la atención, ¿sabes?

—Claro.

Y esa fue la última palabra que pronunció Shane antes de que Rozanov estampara la boca contra la suya.

Shane lo agarró de la cazadora de cuero con las dos manos y tiró de Rozanov para acercarlo mientras lo besaba con pasión.

—¿Cuánto rato tienes? —preguntó apresurado Shane cuando se separaron para tomar aliento.

—¿Unas dos horas?

—Joder.

Volvió a besar a Rozanov, fuerte y con ansia. Dios, necesitaba aquello. Ese puto lío del que no sabía salir.

—Sabes a cerveza —dijo Rozanov.

—Y tú sabes al chicle ese asqueroso.

—¡Es para no fumar!

—Cállate.

Forcejearon y se metieron mano hasta que llegaron al dormitorio, donde Shane arrojó a Rozanov con ímpetu contra la pared y siguió besándolo. Notó cómo se deslizaba en su boca la lengua de su rival, que tanto conocía, y él le pasó la lengua por los dientes, unos dientes que habían tenido que arreglar y sustituir a saber cuántas veces.

Esa noche quería mucho, pero no tenían tiempo para mucho. Rozanov lo agarró y lo tiró en la cama; Shane observó al otro hombre tirar la cazadora al suelo y quitarse la camiseta a toda prisa. Una cadena de oro colgaba torcida del cuello de Rozanov, con la reluciente cruz apoyada en su clavícula izquierda justo por encima del famoso (ridículo) tatuaje de un oso pardo enseñando los dientes («¡Por Rusia! ¡Me lo hice antes de jugar para los Bears!») que tenía en el pecho. Más tarde Shane ya se reiría del tatuaje. Ahora mismo lo único que podía hacer era contemplar cómo se desnudaba Rozanov y, con retraso, caer en la cuenta de que debería estar haciendo lo mismo.

Ambos se lo quitaron todo y Rozanov se tiró encima de Shane, empezó a besarlo y bajó la mano para agarrarle la polla, que la tenía tan tiesa que le daba vergüenza. Shane se arqueó al notarlo e hizo unos ruidos ridículos y desesperados.

—Tranquilo, Hollander —dijo Rozanov rozando con los labios la oreja de Shane—. Voy a follarte como te gusta, ¿sí?

—Sí —jadeó Shane, con una mezcla de alivio y humillación por todo el cuerpo.

Rozanov fue bajando por su cuerpo, besando, chupando, lamiendo, hasta que llegó a la polla de Shane. No siguió jugando. Se la metió en la boca y Shane agradeció que estuvieran solos en el edificio, porque su gemido se hizo eco en la habitación tan poco amueblada.

Se apoyó en los codos para poder mirar. Parte de él quería tumbarse y cerrar los ojos para imaginarse que era cualquier otra persona salvo Ilya Rozanov quien le hacía sentir tanto placer. Pero la mayor parte de él quería saber exactamente quién era.

Rozanov era un hombre guapísimo. Lucía unos rizos castaños claros que siempre se alborotaban delante de sus juguetones ojos color avellana y por encima de las cejas oscuras y gruesas. Tenía la mandíbula fuerte y la barbilla con hoyuelo cubiertas de una barba de tres días. Su sonrisa era pícara y perezosa, y los dientes de un blanco nada natural, ya que la mayor parte no eran auténticos.

Tenía la nariz torcida, pues se la había roto unas cuantas veces, pero, joder, ese defecto no hacía más que hacerlo parecer más duro. Y para ser un ruso que vivía en Boston, tenía la piel mucho más dorada de lo que debería estar permitido.

Hostia, Shane lo odiaba a muerte. Pero Rozanov era un experto en chupar pollas y, por la razón que fuera, le encantaba hacerlo.

Shane aborrecía lo que había entre ellos, pero se había esforzado mucho para protegerlo y continuaría haciéndolo mientras Rozanov quisiera. Tal como era la vida de los dos, no era fácil conseguir algo así. Tal vez, cuando habían empezado siete años antes, no esperaran que sus vidas, su famosa rivalidad, llegara al punto en el que estaba ahora. Tal vez deberían haberlo dejado ya. Pero, pese a que estaba fatal, la situación les era cómoda. Era familiar. Y era lo más próximo a sentirse a salvo que cualquiera de los dos iba a experimentar.

Eso era todo.

Rozanov chupó con boca experta la polla de Shane, y este tiró a la cama el tubo de lubricante que había en la bien surtida mesilla de noche. Rozanov lo cogió sin dejar de hacer lo que hacía y se puso un poco en los dedos para poder empezar a abrir a Shane.

Esta siempre era la parte que menos le gustaba a Shane, porque se sentía vulnerable de la hostia. Se sentía débil y ridículo cada vez que estaban juntos en la cama, pero esa sensación siempre era más fuerte cuando Rozanov le metía los dedos. Por eso, la preparación solía llevar un rato.

Rozanov, por el contrario, siempre parecía supercómodo. Se le daba bien y lo sabía. Soltó la polla de Shane dándole un lametazo de despedida a la punta que le provocó un escalofrío por todo el cuerpo, y le dijo:

—Relájate, ¿vale? No hay mucho tiempo, pero sí suficiente.

Shane inspiró hondo y soltó el aire despacio. Esa voz lo sacaba de quicio en la pista de hielo, y en las entrevistas que veía por la tele, donde Rozanov se burlaba de él con aquel tono ofensivo y burlón. Pero aquí, en esta cama, el tono de Rozanov era paciente y considerado, su voz suave y su acento como un elegante envoltorio para las acartonadas palabras en inglés.

El canadiense se relajó mientras Rozanov lo abría con dedos fuertes y le daba intensos besos con la boca abierta en la parte interna de los muslos. Cuando estuvo preparado, Shane le dio un condón a Rozanov sin decir nada antes de darse la vuelta y ponerse a cuatro patas. No podía mirar a Rozanov. Esa noche no. No después de aquella derrota tan humillante.

Rozanov pareció entenderlo. Entró en él con cuidado, no con la furia con la que tantas veces lo había penetrado en el pasado. Fue lento y considerado. Shane notó las manazas sobre las caderas y la cintura, que lo sujetaban mientras Rozanov empujaba para entrar. Incluso notó los pulgares de Rozanov acariciándole la parte baja de la espalda.

—Así… Eso es lo que querías, ¿eh?

—Sí. —Porque era cierto. Era lo que siempre había querido.

Rozanov empezó a moverse y Shane gritó. Nunca tardaba mucho en abandonarse y empezar a gemir, jadear y pedir más.

—Joder, Hollander. Te encanta.

Shane respondió sonrojado, estaba seguro. Pero no podía negarlo.

Si Shane no hubiera sabido que el edificio estaba vacío salvo por ellos dos, se habría preocupado del escándalo que estaba montando mientras Rozanov lo follaba. Pero allí se sentía a salvo, así que se soltó. Gritaba con cada embestida y puede que dijera el nombre de Rozanov un puñado de veces.

De verdad esperaba que nadie pudiera oírlos…

Cuando Rozanov alargó el brazo para cogerle la polla con la mano resbaladiza, Shane sintió unas ganas brutales de correrse y empezó a arremeter contra él. Ese era el momento que siempre le recordaba por qué no podía renunciar a aquello. Le gustaba demasiado.

—¿Vas a correrte para mí, Hollander?

Desde luego que Hollander iba a correrse. Y lo hizo. Dio un puñetazo en el colchón y soltó un taco en voz alta y cubrió el puño de Rozanov con su corrida.

Este aumentó el ritmo por detrás, mandando temblores secundarios que se extendían por el cuerpo de Shane como un terremoto con cada embestida. Justo cuando estaba a punto de resultar excesivo para Shane, Rozanov paró, gritó y se corrió dentro de él.

Después se quedaron tumbados bocarriba uno al lado del otro, y Shane notó la habitual sensación posterior de culpa y vergüenza que entraba reptando en él.

—Bueno, al menos has ganado a algo hoy —comentó Rozanov.

—Joder. Vete a la mierda.

Shane levantó el brazo para darle un manotazo, pero Rozanov le agarró por la muñeca y tiró de él hasta que Shane quedó tumbado encima de su pecho, mirándolo. La sonrisa juguetona de Rozanov se esfumó mientras aguantaba la mirada de Shane, y este sintió que de pronto le faltaba el aire.

—Veo que aún tienes ese tatuaje tan ridículo —dijo Shane a toda prisa, para distraerse de lo que estuviera pasando.

—Ah —dijo Rozanov, con la sonrisilla burlona de nuevo en la cara—. El pobre te echaba de menos.

Shane se rio.

—En serio —insistió Rozanov—. Dale un beso.

Shane puso los ojos en blanco, pero hundió la cabeza en el pecho de Rozanov. Sin embargo, en lugar de acercar los labios al tatuaje agarró con suavidad su pezón entre los dientes y tiró.

—Joder —dijo Rozanov cogiendo aire con un siseo.

A modo de disculpa, pero también porque Shane sabía que le pondría todavía más cachondo, pasó la lengua por el pezón sensible. Rozanov metió una mano en el pelo de Shane y acercó la cabeza para que sus bocas volvieran a estar juntas. Tras un beso largo y extrañamente tierno, Shane levantó la cabeza y vio que Rozanov volvía a mirarlo muy serio. Tragó saliva, pero no dijo nada mientras Rozanov le pasaba los dedos por el pelo. Confiaba en que no se le notara en la cara el miedo que sentía.

—Eres muy guapo —dijo Rozanov de repente.

Lo dijo como si tal cosa.

Shane no estaba seguro de cómo reaccionar. En realidad, nunca «se decían cosas». Al menos, no de ese tipo.

—El Hombre Más Atractivo de la NHL, según *Cosmopolitan* —bromeó Shane.

Era la única forma que tenía de hablar con Rozanov, además de gritarle obscenidades.

—Son idiotas —dijo Rozanov, ya roto el hechizo—. Me pusieron en el puesto número cinco. ¡Cinco!

—Me parece generoso.

Rozanov rodó y apretó a Shane contra el colchón. Él lo miró entre risas.

—Tengo que irme —anunció Rozanov, y sonó como si de verdad lo lamentase—. Primero una ducha, pero luego tendré que volver al hotel.

—Ya lo sé.

Se ducharon juntos y Shane se puso de rodillas porque no podía dejar que Rozanov se marchase sin probarlo. Rozanov murmuró que le parecía bien mientras se alzaba sobre Shane en la espaciosa ducha encendida. Sus manazas rodearon la cabeza de Shane y los largos dedos se hundieron en el pelo mojado. Shane levantó la mirada y se encontró a Rozanov mirándolo con esa maldita sonrisa torcida. Shane cerró los ojos de inmediato y notó que las mejillas le ardían y, para su vergüenza, la polla se le ponía más dura.

Ya era bastante penoso que le encantase tanto que lo follaran, que le encantase tener una polla en la boca. Pero que tuviera que ser aquel hijo de puta, hasta el punto de que en la rarísima ocasión en la que no lo era, Shane se quedara con ganas…

Así que igual no era solo que aquello fuese fácil. Puede que fuese algo más en lo que Shane no quería pensar.

Llevó a Rozanov al límite y entonces se apartó, y la corrida del otro le salpicó en la barbilla, los labios y probablemente el cuello. El agua se llevó enseguida las pruebas, que cayeron por el desagüe, y Shane volvió a sentarse apoyado en la pared de la ducha. Se pasó las manos por la cara y se abrazó las rodillas. Oyó que Rozanov gemía en ruso.

—Joder —dijo Rozanov, todavía de pie con la cabeza apoyada contra la baldosa frente a donde estaba sentado Shane—. ¿Has practicado, Hollander?

—No —gruñó Shane.

—¿No? ¿Te reservabas para mí?

Shane no respondió, lo cual equivalía a confirmarlo.

Rozanov se echó a reír.

—Tienes que follar, Hollander. Esperar para un polvo rápido cada par de meses no es sano.

—No estoy esperando... —se defendió Shane.

No era del todo mentira. Por supuesto, no era cien por cien hetero, pero acostarse con mujeres tampoco le daba asco. Era solo que no le gustaba tanto como con hombres.

Con un hombre en concreto.

Pero las mujeres eran una opción segura, fácil y accesible. Y quizá si seguía intentándolo al final encontraría una con la que le apeteciera pasar más de una sola noche. Alguien que por fin pudiera poner fin a... lo que fuera «eso».

Rozanov cerró el grifo y extendió una mano. Shane resopló, luego la cogió y dejó que Rozanov tirase de él para levantarlo. Se quedaron de pie, pecho contra pecho, y Shane observó el agua que goteaba del pelo de Rozanov hasta su hombro y de ahí al ombligo.

Rozanov apoyó una mano en la cara de Shane y le hizo levantarla. Lo miró con ternura, con una sonrisilla en los labios, y luego lo besó.

—Te he jodido la vida —dijo Rozanov cuando se apartaron—. Ahora nadie más te servirá.

—Vete a la mierda.

—Cuidado con esa boca...

—No digas eso.

—Prefiero cuando la usas conmigo.

—Joder, Rozanov.

Shane volvió a empujar al otro hombre contra la pared de la ducha y lo besó con agresividad. Siempre era igual. Metiéndose el uno con el otro, insultándose y peleando por el control hasta que uno o los dos cedían y se permitían soltarse como los dos ansiaban.

—Ahora sí que tengo que irme —dijo Rozanov, pero incluso mientras lo decía, le iba pasando los dientes por la mandíbula a Shane.

—Ya lo sé.

—Lo siento.

—¿Por qué? Me da igual. Además, creo que ya hemos terminado por hoy, ¿no?

Rozanov dejó de besarlo y lo miró, pensativo.

—Supongo que sí.

Salieron de la ducha y se vistieron a toda prisa. Shane quitó el edredón de la cama y lo metió en la lavadora. Se aseguraría de que el lugar quedara tan impoluto como lo había encontrado.

—Entonces, hasta dentro de tres semanas —dijo Rozanov desde el umbral, ya a punto de irse.

—Sip.

Rozanov asintió y Shane pensó que así iba a acabar la cosa, hasta que el otro hombre sonrió y dijo:

—¿Esta noche he sido yo?

—¿Has sido tú qué?

—Lo que te ha distraído. En la pista, antes.

Shane tardó unos segundos en darse cuenta de qué insinuaba.

—Vete a la mierda.

Rozanov sonrió de oreja a oreja.

—No podías jugar porque pensabas en mi polla, ¿eh?

—Buenas noches, Rozanov.

Rozanov le lanzó un beso mientras salía por la puerta, y Shane se quedó furioso y extrañamente aliviado. Era una suerte que algo le recordara que, en realidad, no se caían bien.

Shane sacó otra cerveza de la nevera y se sentó en el sofá a esperar a que terminara la lavadora con el edredón. Era tarde y estaba agotado, pero no dormiría allí. En serio, tenía que hablar con alguna inmobiliaria para vender el edificio.

Sí, lo vendería y se quedaría en la puta habitación del hotel cuando jugaran en Boston, en lugar de colarse en el ático de Rozanov en mitad de la noche. Acabaría con aquello y pasaría página.

Mientras trazaba ese plan, se percató de que se estaba acariciando los labios con las yemas de los dedos. Todavía le hacían cosquillas por el recuerdo de la boca del otro apretada sobre ellos.

Sabía que hacer planes para cortar era inútil. Mientras se le ofreciera aquello, Shane jamás sería capaz de decir que no.

PRIMERA PARTE

Capítulo 1

Diciembre de 2008, Regina

Ilya Rozanov caminaba con desgana por el frío helador del aparcamiento del hotel en dirección al autobús del equipo. Igual que la mayoría de sus compañeros, esta era la primera vez que iba a Norteamérica. Creía que se sentiría más abrumado por la situación, pero Saskatchewan no era Nueva York precisamente. Aquí no había nada en lo que concentrarse salvo el frío y el hockey: dos cosas a las que los rusos estaban más que acostumbrados.

Faltaban dos días para Navidad, pero para los mejores jugadores de hockey adolescentes del mundo, la Navidad era sinónimo del Campeonato Mundial de Hockey Junior. Para Ilya, significaba la oportunidad de poder mirar por fin a la cara en directo a Shane Hollander.

Se había montado mucho revuelo con el fenómeno canadiense de diecisiete años. Ilya estaba harto de oír su nombre, que había causado tal sensación en el mundo del hockey que ni siquiera en Moscú había podido esquivar el bombo que le daban. Tanto Ilya como Hollander eran candidatos a entrar en la NHL en junio del año siguiente, y ya se esperaba que fuesen el primero y el segundo seleccionados. El orden en el que la gente esperaba que eligieran a cada uno dependía de a quién le preguntaras.

Ilya sabía muy bien qué responder.

No había visto nunca a Shane Hollander. No había jugado contra él. Pero ya estaba decidido a machacarlo.

Empezaría haciendo posible como capitán que Rusia ganara una medalla de oro, aquí, en el país de Hollander. Luego lideraría a su equipo, ya de vuelta en Moscú, para que ganasen el campeonato. Y luego, seguro, lo elegirían el primero en la selección. Era el año de Ilya Rozanov. Desde que tenía doce años, 2009 siempre había sido el año en el que se esperaba irrumpir en el panorama mundial. Ningún impostor canadiense cambiaría las cosas.

El equipo ruso llegó a la pista para el entrenamiento reglamentario cuando el del equipo canadiense terminaba. Ilya se detuvo junto con algunos compañeros para observar los ejercicios de calentamiento de sus contrincantes. En los jerséis de entrenamiento no ponía los nombres, de modo que no pudo distinguir quién era Hollander hasta que el ayudante del entrenador le dijo a este que moviera el culo y entrara en el vestuario. El horario en la pista de entrenamiento era muy apretado.

Entraron en la pista en cuanto salió la pulidora de hielo. Era un espacio pequeño, casi un cuchitril. Los partidos de verdad se celebrarían en la pista más grande que había en el centro. Había pocas personas sentadas en las gradas observando la práctica del equipo ruso. Algunos ojeadores, sin duda, y los escasos familiares que habían hecho el viaje desde Rusia, así como varios forofos del hockey.

En mitad del entrenamiento, Ilya se fijó en un joven que había unas filas por encima del banquillo, con la gorra y la chaqueta oficial del equipo de Canadá. Estaba flanqueado por un hombre y una mujer, que probablemente serían sus padres. Costaba adivinar desde el hielo, pero Ilya pensó que podría ser Hollander. Su madre era japonesa o algo así, ¿verdad? Estaba seguro de que lo había leído en algún sitio…

—¿Qué, te unes al equipo, Rozanov? —le azuzó su entrenador en ruso desde el otro lado de la pista.

Ilya se dio la vuelta y sintió vergüenza al encontrarse al resto de sus compañeros arremolinados alrededor del entrenador.

No le gustaba que Hollander —si es que era Hollander— estuviera ahí mirándolos. O quizá sí le gustaba. Quizá Hollander estaba nervioso por tener que enfrentarse con él en el torneo. Quizá se sentía amenazado.

«Debería…».

Después del entrenamiento, Ilya se duchó y se vistió a toda prisa. Volvió a la pista y se colocó detrás del cristal para observar las gradas. Hollander y sus padres se habían ido. El equipo eslovaco había entrado en el recinto para entrenar.

Ilya se encogió de hombros y se dirigió a una máquina expendedora. Se compró una lata de Coca-Cola y se preguntó si tendría tiempo de escaparse un momento a echar un cigarro antes de volver a subir al autobús.

Se subió la cremallera de la parca del equipo de Rusia hasta la barbilla y se escabulló por una puerta lateral. Fuera hacía un frío brutal. Se apretujó contra la pared del edificio de ladrillo, se metió la Coca-Cola en el bolsillo de la cazadora y sacó un cigarrillo y un mechero.

—Tienes que fumar allá —dijo alguien.

Ilya tardó un momento en traducir todas las palabras.

Se dio la vuelta y se topó con quien ahora reconoció sin dudas como Shane Hollander. Tenía un aspecto muy característico. Algunas de sus facciones eran claramente de su madre —el pelo negro azabache y los ojos muy oscuros—, pero su padre provenía de alguna anodina familia anglo-europea. Sin embargo, su piel era perfecta. Increíble. Suave y bronceada con —y esa era la característica que más llamaba la atención— un montoncito de pecas oscuras sobre la nariz y los pómulos.

—¿Qué? —dijo Ilya.

Incluso esa palabra suelta sonaba ridícula con su acento.

—La zona para fumadores está allá.

Hollander señaló un rincón alejado del aparcamiento, junto a un enorme montículo de nieve. Tenía pinta de que allí hubiera una buena corriente de aire.

Ilya volvió a apoyarse en la pared y encendió el cigarro. «Este puto país...». Ya era bastante mierda no poder fumar dentro en ninguna parte... ¿Tenía que ir a sentarse en la puta nieve mientras fumaba fuera?

—Me sorprende que fumes —dijo Hollander.

—Vale —dijo Ilya soltando una larga bocanada de humo entre los labios.

Se produjo un silencio incómodo y entonces Hollander volvió a intentar sacar un tema de conversación.

—Quería conocerte —dijo extendiendo la mano—. Shane Hollander.

Ilya se lo quedó mirando, y entonces notó un cosquilleo en los labios.

—Sí.

Apretó el cigarrillo en la boca y le dio la mano a Shane.

—Es alucinante verte jugar —dijo Hollander.

—Ya lo sé.

Si Hollander esperaba que Ilya le devolviera el cumplido, ya podía ir esperando hasta cansarse...

Al ver que Ilya no decía nada más, Hollander cambió de tema.

—¿Han venido tus padres?

—No.

—Vaya. Debe de ser duro. Con las Navidades y eso.

Ilya se encogió de hombros para resumir lo que habría dicho con un montón de palabras y luego contestó:

—No pasa nada.

Hollander metió las manos hasta el fondo en los bolsillos de la cazadora.

—Hace frío, ¿eh?

—Sí.

Se quedaron apoyados en la pared juntos, codo con codo. Ilya volvió la cabeza, pegada al ladrillo, y bajó la mirada hacia Hollander, que era por lo menos diez centímetros más bajo que él. Era un tío interesante. Tenía las mejillas sonrosadas del frío y su aliento salía en nubes blancas de entre sus labios rosados.

—El año que viene el campeonato es en Ottawa. Mi ciudad —dijo Hollander.

Ilya se acabó el cigarro y tiró la colilla al suelo. Decidió hacer un esfuerzo, ya que aquel tío parecía insistir en hablar con él.

—¿Ottawa es más emocionante?

Hollander se echó a reír.

—¿Más que esto? No lo sé. Un poco. Pero hace el mismo frío.

—Tus padres sí han venido.

—¿Para esto? Sí. Están aquí. Siempre intentan ir a verme jugar.

—Me alegro por ti.

—Sí, lo sé. Son geniales.

Ilya no tenía nada que añadir a eso, así que se quedó callado.

—Bueno, es hora de irme. Me están esperando —comentó Hollander.

Se apartó de la pared y volvió la cabeza para mirar a la cara a Ilya. Lo ojos de este estaban clavados en esas malditas pecas. Hollander volvió a extender la mano.

—Buena suerte en el torneo —dijo.

Ilya aceptó el apretón de manos y sonrió.

—No serás tan simpático cuando os ganemos.

—Eso no va a pasar.

Ilya sabía que Hollander lo pensaba de verdad. Creía que iba a obtener la medalla de oro e iba a ser el primer seleccionado de la NHL porque era el puto príncipe del hockey.

Tal vez Hollander esperase que Ilya le desease suerte también, pero este se limitó a bajar la mano y darse la vuelta para entrar de nuevo en la pista de hielo.

Una vez en el coche, Shane les contó a sus padres que había estado hablando con Ilya Rozanov.

—¿Y cómo es? —preguntó su madre.

—Bastante capullo —respondió Shane.

Cuando terminó el último partido del torneo, el equipo canadiense tuvo que sufrir una humillación más. Los rusos dejaron de celebrar la victoria el tiempo suficiente para ponerse en fila y que los miembros de los dos equipos pudieran darse la mano: una muestra de deportividad que, en aquel momento, Shane no sintió en el corazón.

Por una parte, el equipo ruso había jugado sucio. Había sido horrible jugar contra ellos. Y, por otra, Ilya Rozanov era un puto crac. Tanto que le cabreaba. Y a lo largo del torneo, los medios de comunicación se habían esforzado por alimentar la rivalidad entre los dos. Shane trataba de hacer oídos sordos a la prensa, pero cabía la posibilidad de que estuvieran avivando las llamas de su propio odio.

Cuando le llegó el turno de darle la mano a Rozanov, notó que saltaban los flashes por todas partes. Se aseguró de mirar a Rozanov a los ojos cuando dijo un parco:

—Enhorabuena.

Rozanov sonrió con malicia y dijo:

—Nos vemos en la selección.

Le pusieron una medalla de plata a Shane que bien podría haber sido una rata muerta, por la ilusión que le hizo. Aguantó por respeto mientras sonaba el himno nacional ruso mientras parpadeaba sin parar para quitarse las lágrimas de frustración que se negaba a derramar, y después por fin tuvo permiso para marcharse de la pista.

Se suponía que la cosa iba a ir de otra manera. Se suponía que él tenía que conducir a su país a la medalla de oro... Era lo que esperaba la nación. Las esperanzas de Canadá estaban puestas en los hombros de ese chico de diecisiete años y él había decepcionado a todo el mundo.

En cada saque que había hecho contra Rozanov, el ruso lo había mirado fijamente a los ojos y había sonreído con sorna. No era fácil hacer perder los estribos a Shane, pero esa maldita sonrisa le había puesto al límite una vez tras otra.

Quizá solo fuera que, después de toda una vida de jugar mucho mejor que los demás, Shane por fin había encontrado la horma de su zapato.

Sí, estaba seguro de que era eso.

Capítulo 2

Junio de 2009, Los Ángeles

—Shane, ¿puedes acercarte un poco más a Ilya, por favor?

Shane notó que el brazo de Ilya Rozanov rozaba el suyo cuando se acercó a él para el fotógrafo.

—Así, perfecto. Muy bien, sonreíd, chicos.

Shane se vio cegado por un sinfín de flashes de las cámaras. Se quedó pegado a Rozanov, quien parecía haber crecido otros cuatro o cinco centímetros desde enero. A la derecha del jugador ruso estaba el gigantesco defensa norteamericano llamado Sullivan, a quien habían seleccionado el tercero para Phoenix.

Rozanov había sido el primer seleccionado.

Shane se había pasado los seis meses transcurridos desde el Campeonato Mundial Junior un poco... obsesionado... con Ilya Rozanov. Si se comparaban sus carreras deportivas, tenían bastante en común. Ambos eran capitanes de sus respectivos equipos y ambos habían conseguido la victoria para sus equipos esa temporada. Ambos habían sido nombrados MVP de la liga y los *play-offs* y ambos habían sido los mayores anotadores de sus respectivas ligas. La única diferencia entre ellos era que Shane tenía una medalla de plata en casa y la de Rozanov era de oro.

Y ahora Shane había vuelto a quedar en segunda posición. Después de ser toda la vida el primero en el hockey.

Qué rabia de tío.

No todo era malo. Shane había sido seleccionado por los Montreal Voyageurs, un equipo que, además de ser la franquicia más legendaria de la liga, estaba a solo dos horas en coche de Ottawa, su ciudad. A Shane le parecía estupendo, ya que hablaba con fluidez tanto francés como inglés y siempre había respetado a los Voyageurs, pese a haber sido fan de Ottawa de niño y adolescente. Pero aun así. Que lo seleccionaran el segundo dolía.

Para acabar de rematar el drama del día, a Rozanov lo había seleccionado el máximo equipo rival de Montreal, los Boston Bears. Shane sabía que a partir de entonces su carrera se vería inevitablemente unida a la de Rozanov. Si a uno de ellos lo hubiera seleccionado un equipo de la Conferencia Oeste, quizá la rivalidad se hubiera diluido. Pero esto iba a ser intenso.

Cosa que no significaba que Shane no pudiera ser educado con Rozanov ahora.

—Enhorabuena —dijo volviéndose para darle la mano a Rozanov una vez que los fotógrafos terminaron con la sesión.

La sonrisa de Rozanov era pura chulería cuando dijo:

—Gracias.

Rozanov no felicitó a Shane. En lugar de eso, le dio una mísera palmadita en el hombro, como si estuviera consolando a un niño que hubiera destacado en la Liga Infantil. Shane se sacudió para que no lo tocara y estaba a punto de decir algo que era claramente menos educado que «enhorabuena», pero entonces los entrevistadores los separaron al instante y los arrastraron en direcciones opuestas.

Shane no volvió a ver a Rozanov hasta que regresó al hotel. El vestíbulo estaba lleno de jóvenes atléticos vestidos de traje, pero incluso en medio de aquella multitud, Rozanov destacaba. Era uno de los hombres más altos que había allí, y arreglado

—con el traje azul marino oscuro abrazándole el cuerpo— parecía un modelo salido de *GQ*.

Shane se sentía enano. Había cumplido dieciocho años el mes anterior, pero se sentía un crío.

Rozanov también había cumplido dieciocho. Justo la semana anterior. Algo que Shane sabía porque estaba obsesionado con él.

Aquella noche, en la habitación privada del hotel (con sus orgullosos padres al otro lado del pasillo), Shane no podía dormir.

Había sido un día agotador y, sí, lo habían seleccionado para la NHL. Había logrado aquello para lo que se había estado esforzando toda su vida. Y ser elegido el segundo de todos los jugadores no era nada de lo que quejarse.

No se quejaba. En realidad, no. Era solo que estaba... preocupado. Por algo.

Suspiró y rodó por la cama para levantarse. Se puso un chándal y las zapatillas de deporte y fue directo al gimnasio del hotel. Tal vez pudiera acallar la mente con un poco de ejercicio.

Por suerte, el gimnasio estaba vacío. Shane se subió a una de las dos cintas y empezó a correr a ritmo suave. No se puso auriculares; se perdió en el ruido de la máquina.

No se dio cuenta cuando alguien más entró en el gimnasio. Solo se percató de que no estaba solo cuando el otro chico se puso en la cinta que tenía al lado.

Ilya Rozanov lo saludó con la cabeza y luego la volvió para quedar mirando a la pared blanca que había enfrente mientras empezaba a correr al ritmo de Shane.

Shane trató de pasar por alto la presencia de Rozanov. No era tan raro: quizá a él también le costase dormir. O quizá siempre fuera al gimnasio después de medianoche. O quizá la zona horaria lo hubiese trastocado. O quizá...

Rozanov aumentó la velocidad de la máquina. No miró a Shane en ningún momento. Como Shane era competitivo y se picaba, aumentó la velocidad de su máquina... solo un poco más que la de Rozanov.

Al cabo de un minuto, Rozanov hizo lo mismo, subió la potencia y esperó en silencio a que Shane lo igualara. Shane miró de reojo y vio una sonrisilla burlona en los labios de Rozanov. El canadiense negó con la cabeza y contuvo la sonrisa. Le dio caña a la velocidad.

Siguieron así, perdidos en una batalla silenciosa, hasta que los dos pusieron al límite las máquinas. Corrieron a velocidad de *sprint* más tiempo del que era cómodo, y el cuerpo entero de Shane ardía en protesta. Pero no quería parar, ni siquiera aflojar el ritmo, hasta que lo hiciera Rozanov. ¡Rozanov fumaba, joder! Shane podría ganarle.

Pero el jugador ruso no dio muestras de querer parar.

Continuaron al mismo ritmo durante un par de minutos más y al final Shane plantó la mano en el botón de parada de emergencia y se bajó dando tumbos. Se apoyó en la pared del fondo, jadeando y sin resuello, y se fue deslizando hasta quedar sentado en el suelo. Rozanov también paró su máquina y se apoyó en los mandos en busca de estabilidad.

—Joder... —resopló Shane.

Rozanov se rio y se puso a su lado en el suelo, se acomodó en el rincón y se sentó perpendicular a Shane. La camiseta gris sin mangas de Rozanov estaba empapada de sudor. Los dos se habían sentado con las piernas estiradas delante del cuerpo; las zapatillas del ruso casi tocaban el tobillo de Shane.

Rozanov se pasó una mano por el pelo húmedo en un movimiento que a Shane le resultó más interesante de lo que debería. Rozanov era tan... masculino. Shane tenía cara de niño y era bajo, y además le costaba que le saliera vello facial y apenas tenía pelo en el pecho. Rozanov era casi de su misma edad, pero parecía que hubiera cruzado una línea mágica hacia la adultez.

Shane bajó la mirada al suelo al instante con la esperanza de que el sofoco de correr tapase que se había ruborizado.

—Joder, menudo día, ¿eh? —dijo Rozanov.

—Sí. Ya te digo.

—¿Todo lo que habías soñado?

Shane lo miró fijamente a los ojos.

—Casi.

Rozanov le respondió con una sonrisa.

—Siento haberte estropeado el gran día.

—Vete a la mierda.

—Montreal está bien, ¿sí?

—Sí.

—¿Y Boston?

—Claro. Sí. Solo he estado allí un par de veces, pero la ciudad es guay.

Rozanov asintió.

Se quedaron un momento en silencio y luego Rozanov le dio un golpecito a Shane en el tobillo con la suela de la zapatilla.

—Oye, nos vamos a ver mucho.

Shane tardó un minuto en reaccionar.

—Eh, sí. Montreal y Boston juegan mucho uno contra otro.

—Será interesante.

Rozanov dio un trago largo a la botella de agua. Shane fingió que solo miraba con ansia cómo se le movía la garganta porque se había olvidado de llevar agua. Hasta que la nuez de Rozanov no dejó de subir y bajar y sus labios se pusieron oscuros y relucientes, Shane no se dio cuenta de que se lo estaba comiendo con los ojos. El otro torció un poco el labio y extendió el brazo para ofrecerle la botella a Shane.

—Eh, no quiero. Gracias.

Rozanov sacudió la botella delante de su cara y al final Shane la aceptó. Necesitaba agua. Sería tonto rechazarla.

Las yemas de sus dedos se rozaron un instante. Shane separó la botella de sus labios y se metió agua en la boca a toda prisa sin tocarla. Rozanov lo observaba.

Era la primera vez que Shane notaba aquello. Era como si el aire de la sala se hubiese espesado. Dentro de él, todo hervía y estaba alerta, como si estuviera a punto de saltar de un avión.

No sabía si Rozanov sentía algo o no. Pero en ese momento, Shane tuvo ganas de… «algo». No sabía expresar qué.

Le devolvió la botella y en esa ocasión habría jurado que Rozanov había dejado que sus dedos rozaran la muñeca de Shane a propósito. Fue un instante que pareció durar para siempre, aunque lo más probable era que apenas fuese un segundo.

Shane quería que Rozanov volviera a tocarlo.

Y quería tocar a Rozanov.

Quizá Shane quería… besarlo.

Shane se puso de pie.

—Me voy a la cama. Supongo que… ya nos veremos, ¿vale?

Rozanov alzó la mirada desde el suelo.

—Me verás hasta en la sopa.

Shane asintió y dejó el gimnasio tan rápido como pudo. Esperó hasta estar de nuevo en su habitación para ponerse histérico.

«¿Qué coño había pasado?».

Él nunca… por Dios, ¡si tenía novia! No era…

«Una novia que confías que corte contigo. Ni siquiera te ha acompañado en este viaje para ver cómo te seleccionaban».

Bueno, era cierto. Pero la chica acababa de empezar con un trabajo de verano…

«Y no has pensado en ella en todo el día hasta ahora mismo. Ni siquiera la has llamado aún».

Bueno, vale, sí. Quizá lo suyo no acabara de funcionar, pero no es que fuera la única chica con la que… había hecho cosas.

«Vas medio empalmado. Por haberte sentado en el suelo del gimnasio con otro tío».

Vale, para eso no tenía explicación.

Pero podía meterse en la ducha, hacerse una paja e intentar pensar como fuera en su novia, o en cualquier chica. En cualquier cosa salvo esos labios rojos y mojados y esa barba de tres días oscura y esos ojos color avellana…

Durante el resto de su vida, Shane Hollander tendría que arrastrar el hecho de haber acabado el día en que lo seleccionaron para la NHL corriéndose mientras pensaba en Ilya Rozanov.

Capítulo 3

Diciembre de 2009, Ottawa

Ilya miró cómo los números rojos brillantes del despertador de la habitación del hotel cambiaban de las 11:56 a las 11:57.

La habitación estaba totalmente a oscuras. El compañero con el que la compartía estaba en el vestíbulo, junto con la mitad del equipo, viendo las celebraciones de Nochevieja en Norteamérica por televisión.

Ilya también había estado en aquella sala. Había visto actuar a los Black Eyed Peas y había comido patatas fritas y bromeado con sus compañeros.

Y luego le habían entrado ganas de estar solo.

11:58.

Era imposible olvidar que Ottawa era la ciudad de Shane Hollander. Estaban obsesionados con el puto Shane Hollander. Su cara y sus pecas estaban por todas partes: prensa, televisión, autobuses, vallas publicitarias, laterales de edificios.

Cómo no, Hollander era de la capital de Canadá. Y cómo no, la ciudad era tan inofensiva y sosa como él.

Sus equipos todavía no se habían enfrentado y era poco probable que lo hicieran antes del partido en el que se disputarían la medalla de oro. Sería una decepción alucinante si en la final no estaban Canadá y Rusia.

11:59.

Ilya se mudaría a Boston ese verano. A Estados Unidos. Nunca había estado fuera de Rusia más de un par de semanas seguidas. Empezaría su carrera deportiva en la NHL. Sería rico y famoso. Viviría por su cuenta, lejos de su familia.

Medianoche.

—Feliz año nuevo —murmuró para sí mismo.

Se sentó en la cama y cogió el paquete de chicles de nicotina que tenía en la mesilla. Se metió uno en la boca y frunció el ceño mientras lo masticaba. Oía los fuegos artificiales en la calle y a sus compañeros de equipo celebrando en las habitaciones cercanas.

Quería un cigarro de verdad. Quería follarse a alguien.

Quería bajar al gimnasio del hotel y encontrarse a Shane Hollander en una cinta de correr.

Pero Shane Hollander no se alojaba en ese hotel. Lo más probable era que Shane Hollander estuviera dando la bienvenida al Año Nuevo con amigos y familia en su ciudad natal perfecta que lo quería tantísimo.

Aquella noche en el gimnasio del hotel de Los Ángeles, seis meses atrás, Ilya casi se había puesto en ridículo. Seguramente habría podido camuflarlo con su típico encanto bravucón, pero había estado a un pelo de ligar con Hollander, maldita sea. O lo más probable: aplastarlo contra la pared y darle un morreo.

Lo que pasaba era que no estaba tan seguro de que a Hollander le hubiera parecido mal.

A menos que a Ilya se le diera fatal leer señales —y, desde luego, no era el caso—, lo más seguro era que Hollander le hubiera devuelto el beso.

Y, uf, ese pensamiento había atormentado a Ilya desde el día de la selección.

Haciendo un cálculo aproximado, en aquel plazo Ilya debía de haber follado con docenas de mujeres. Desde luego, no tenía razón para obsesionarse con su puto máximo rival. O con las pecas de su máximo rival. O con sus ojos oscuros. O con cómo le brillaban las pecas, enrojecidas, cuando hacía ejercicio.

Mierda. «Da igual». De momento Rusia no había perdido ni una vez en el torneo. Canadá tampoco. Solo un equipo podría mantenerse así hasta el final. Ilya tenía cosas más importantes en las que pensar que las pecas y los chicos canadienses educados.

Shane estaba más que encantado de que su segundo, y último, Campeonato Mundial Junior se celebrara en su ciudad. Había pasado la Navidad con su familia y Nochevieja con sus compañeros de equipo en el hotel. Sus padres habían ido a todos los partidos, como siempre, y había tenido ocasión de verse con un montón de amigos.

Había estado de un humor genial durante todo el torneo y había jugado al hockey mejor que nunca.

Y ahora era la víspera del partido por la medalla de oro y Canadá se enfrentaría a Rusia por segundo año consecutivo.

Y Shane se enfrentaría a Ilya Rozanov.

No había visto a Rozanov ni una vez en todo el torneo. Los equipos canadiense y ruso habían practicado en pistas de entrenamiento distintas y se habían alojado en hoteles separados. Este partido sería su primer encuentro.

Pero Shane había visto todos los partidos que había jugado Rusia. Y había estudiado a fondo las grabaciones de Rozanov. Y esta vez le iba a dar una paliza.

Casi había olvidado cómo se había sentido cuando Rozanov le había rozado la mano con los dedos al pasarle la botella de agua en el gimnasio de aquel hotel seis meses antes. Apenas había pensado en su piel sofocada, o en cómo los rizos húmedos le caían sobre los ojos color avellana.

Había sido… la adrenalina. El brillo especial de la emoción de competir, cuando se habían sentado a sus anchas en el suelo después de poner el cuerpo tan al límite como habían podido en la cinta de correr. Había tenido un cortocircuito en el cerebro, que estaba sobrecargado de emociones por la montaña rusa del día de la selección. Estaba cansado y confuso y su mente había convertido todo eso en algo ridículo.

Así pues, Shane había vuelto a la vida de siempre después de aquella noche. Bueno, había roto con su novia, pero eso iba a hacerlo de todos modos.

Había otra cosa que había cambiado: Shane se había dado cuenta de que ahora se fijaba en los hombres. No en sus compañeros de equipo ni en sus amigos ni en alguien así. Solo… el tío del Starbucks del aeropuerto. O el tío que estaba en el pasillo de los cereales en el supermercado de Kingston hacía unas semanas.

O el tío que salía en *Friday Night Lights.*

Pero no era que no le gustaran las chicas. Las chicas estaban locas por él y se le tiraban encima ahora que estaba a punto de convertirse en una superestrella millonaria. Así que, bueno, se había estado liando con tías. Mogollón de tías.

Tipo, por lo menos dos. Desde que había roto con su novia.

No, en plan, sexo hasta el final. Pero sí cosas sexuales.

Por lo menos, dos chicas distintas le habían hecho una mamada desde julio. Y le había gustado. Había echado la cabeza hacia atrás. Y había cerrado los ojos.

Y para nada había pensado en los labios mojados y oscuros y en la sonrisa torcida de Ilya Rozanov.

—¿No te cansas de quedar siempre segundo? —se burló Rozanov.

—Voy a ganar este partido y punto —masculló Shane.

—¿Tú solo? Será en equipo, ¿no?

—Y si te digo «chúpame la polla», ¿también lo vas a hacer en equipo?

Rozanov levantó una ceja mientras se inclinaban para pelear por el saque.

—Lo único que vas a hacer tú en equipo es llevarte la plata —le soltó.

Shane se aseguró de ganar el saque. Y se aseguró de estar donde tenía que estar para marcar un gol cuarenta segundos después.

Y se aseguró de ganar el partido.

Por mucho que fuera un chulo y un bromista, Ilya se tomaba el hockey muy en serio. Y odiaba perder.

Pero esta vez había perdido. Y tendría que volver a Rusia con una medalla de plata. No estaba orgulloso.

En realidad, no le apetecía nada volver a Rusia. Quería quedarse en Norteamérica y empezar una nueva fase de su vida. No quería oír a su padre —quien seguramente no habría visto ninguno de los partidos— ridiculizándolo por no llevar a casa el oro. No quería vivir con su padre, ni depender de nadie nunca más. Quería ser rico y famoso y adorado y tener un garaje inmenso lleno de coches deportivos. Quería ropa cara y tías buenas y clubes nocturnos. Quería dejar de cargar con el peso de su familia y su país a cuestas. Quería ser él mismo.

En la pista de hielo, mientras estaban en fila para darse la mano al final del partido, Hollander lo había mirado a los ojos. Había sido solo un segundo, pero había notado como si todo lo que los rodeaba se hubiera congelado y quedado en silencio. La mano húmeda y sudada de Hollander había envuelto la mano húmeda y sudada de Ilya y, cuando sus miradas se habían cruzado, el canadiense le había apretado los dedos, solo un poco.

Esa mirada y ese apretón le había transmitido muchas cosas.

«Lo sé. Se suponía que teníamos que ocupar la cima en solitario, pero siempre estaremos allí juntos. Seguiremos subiendo hasta que nadie más nos atrape, pero siempre estaremos juntos».

No había habido rastro de disculpa en la mirada de Hollander, pero tampoco había habido recochineo. Y cuando Ilya había dado la mano del último canadiense de la fila, sonreía para sus adentros. Porque pronto empezaría la verdadera lucha entre Shane Hollander y él.

Y se moría de ganas, joder.

Capítulo 4

Julio de 2010, Toronto

Shane había firmado un contrato de patrocinio muy lucrativo con CCM, una de las marcas de material de hockey más importantes. Todavía no había jugado ni un solo partido en la NHL, así que estaba flipando.

Entonces se enteró de que CCM patrocinaba también a Rozanov.

Y, para colmo, se enteró de que querían lanzar una campaña publicitaria con los dos. Juntos.

Así pues, Shane se encontraba en una pista de hielo oscura y casi vacía en las afueras de Toronto un miércoles de julio. Tendría que presentarse en el entrenamiento de pretemporada de los Voyageurs apenas un mes más tarde. No había visto a Rozanov desde el Mundial Junior a principios de enero.

Habían colocado focos por el hielo para crear una iluminación muy dramática. La jornada se iba a dividir en dos partes: primero harían un reportaje fotográfico, tanto por separado como juntos, y luego patinarían por la pista y harían algunos pases llamativos con el *stick* para los anuncios de televisión.

Shane empezaba a acostumbrarse a las sesiones de fotos y a tener cámaras alrededor en general. Pero eso parecía una producción más importante que aquellas en las que solía participar. Eso era como salir en una peli.

De coprotagonista.

Dio un par de vueltas por la pista mientras esperaba a que el equipo acabase de prepararse. Llevaba ropa de CCM de la cabeza a los pies, por supuesto, incluido un jersey de hockey negro con un logo grande de CCM en el pecho, donde normalmente estaría el logo del equipo. Su nombre y su número, el 24, estaban en la espalda.

Shane llevaba maquillaje y se sentía raro. No podía sudar ni una gota antes de que hicieran la sesión de fotos. Por eso, decidió que lo mejor era dejar de patinar y sentarse en el banquillo a esperar. Observó al equipo técnico rectificando la iluminación.

Al cabo de unos minutos, notó la presencia inconfundible de Rozanov en la otra punta del banquillo. Se volvió y lo vio allí de pie, enorme y guapo, y también maquillado.

—Qué bonito —se burló de él Rozanov—. Pareces una muñeca.

—A ti también te han pintado.

Rozanov se apoyó en la parte alta de las vallas y sonrió.

—Sí, pero no soy bonito.

Shane puso los ojos en blanco. Ya le habían llamado «niño bonito» algunas veces, en especial durante los partidos, y lo odiaba. Ojalá esta vez también lo hubiera odiado.

Con el maquillaje, el peinado perfecto y esa iluminación dramática, Rozanov no parecía bonito. Parecía un dios. De nuevo, Shane se quedó alucinado y se mosqueó al ver lo masculino que era Rozanov. La forma angulosa de su mandíbula enmarcaba unas mejillas que no tenían nada de la grasa infantil que aún quedaba en las de Shane. Y sus ojos eran como un reluciente… qué sé yo. A Shane no se le ocurría ninguna piedra preciosa que tuviera tantos tonos dorados y verdes.

La sesión duró más de lo que Shane esperaba. Consistió básicamente en estar plantados en la pista de hielo y sujetar los *sticks* de hockey de CCM en diversas posiciones. Les hicieron algunas fotos juntos, pero casi todas fueron por separado. Terminaron con un posado de los dos inclinados en la posición de saque. Mantuvieron la postura lo que pareció una eternidad, con las caras casi pegadas, mirándose a los ojos.

—Intentad no reíros, colegas —dijo el director—. Sé que será un reto.

Lo que preocupaba a Shane no era reírse. Necesitaba relajar los ojos para que las facciones de Rozanov se emborronaran y así poder dejar de mirarle a los labios.

—Un poco más de intensidad en la mirada, si puedes, Shane.

Este parpadeó y se esforzó por mirar a Rozanov con desprecio, como si fuese un partido de verdad. Pero en un partido de verdad solo tendría que mantenerse en esa posición unos segundos. La situación era rara.

Vio que Rozanov torcía el labio y entonces el enorme ruso soltó un bufido y se echó a reír. Shane también perdió la compostura y empezó a reírse.

—Unos segundos más y ya está, tíos. Por favor.

—Perdón —dijo Shane tratando de domar sus facciones para que volvieran a transmitir ferocidad.

No sirvió de nada. En cuanto miraba a Rozanov, los dos se partían de risa.

—Muy bien, creo que, de todos modos, ya tenemos bastante material. Hagamos un descanso y luego nos ponemos con el vídeo.

—Es por tu culpa —dijo Shane mientras patinaban hasta el banquillo.

Rozanov negó con la cabeza.

—Es culpa de tu cara. Me ha hecho reír.

Shane le dio un golpe en el hombro.

La grabación fue mucho más sencilla. Ambos se pusieron los cascos y los visores de CCM y patinaron por la pista haciéndose los chulos durante una hora más o menos… probablemente con una actitud un poco más competitiva de la que hacía falta. Shane se moría de ganas de ver cómo quedaba el anuncio. Con música y una voz en off, seguro que de puta madre.

El director les dio las gracias y los dos jugadores de hockey se fueron a ducharse y a cambiarse en el mugriento vestuario.

Shane se desnudó rápido y se metió en la ducha, que, como la de casi todos los pabellones, era comunitaria, con una hilera de alcachofas enfrente de otra, a ambos lados de un pasillo. Si se daba prisa, tal vez pudiera salir de la ducha antes de que entrase Rozanov.

No tuvo suerte.

Shane acababa de mojarse el pelo cuando Rozanov entró en las duchas y se puso debajo de una ¡casi justo enfrente de él! Shane miró sin querer el enorme tatuaje de un oso que llevaba Rozanov en el pectoral izquierdo. Menuda ridiculez. También se fijó en la cruz de oro que supuso que el tío no se quitaba nunca. La cadena acariciaba la base del largo cuello de Rozanov y la cruz descansaba cómodamente en su pecho musculoso.

El canadiense desvió la mirada enseguida hacia el suelo. Se había duchado con cientos de tíos en su vida, en baños igual que ese. Era parte del deporte. Pero nunca había mirado así a ninguno de sus compañeros de equipo. Era… impensable y ya.

Subió la vista de nuevo y vio que Rozanov se había puesto de espaldas. Shane no pudo evitar quedarse embobado con aquel despliegue de músculos desnudos y abultados. Paseó la mirada por los hombros anchos de Rozanov y fue bajando por los músculos de la espalda hasta la cintura estrecha y el…

Shane se puso coloradísimo. No podía… ¿Por qué iba a querer mirarle el culo a otro tío? Era muy raro.

Pero la verdad es que tenía un culo impresionante. No es que lo estuviera comparando con otros, qué va. Es que era… perfecto. Y mientras Rozanov se echaba agua por la cara, los músculos de su culo se tensaron y Shane se quedó hechizado.

Y se excitó. ¡Se veía que se había excitado! En una ducha. Con Rozanov.

Apenas tuvo tiempo de mirar con horror su polla cada vez más dura antes de darse cuenta de que Rozanov se había dado la vuelta otra vez.

El ruso miró la entrepierna de Shane y enarcó una ceja.

—Déjame en paz —murmuró Shane—. No es nada.

—¿Te gusta lo que ves, Hollander?

—No. No es por… Estaba pensando en otra cosa.

Shane quería morirse. Sabía que no había sonado para nada convincente.

—¿Otra cosa?

En ese momento era cuando Shane debería haberse marchado de las duchas. Ya estaba limpio. Y aquello era una tortura.

Sin embargo, Rozanov le sonreía de una manera que no ayudaba a la… «situación» de Shane, que parecía haber perdido la capacidad de moverse. Rozanov se estaba riendo de él, pero no le estaba dando un puñetazo en la cara.

Y tampoco se iba…

A Shane le habría encantado poder apartar la vista de Rozanov al menos, pero estaba hechizado. El otro jugador parecía mirarlo con curiosidad y ya está, y tal vez le divirtiera ver el efecto que sabía que había provocado en él.

«Otra puta cosa que podrás echarme en cara», pensó Shane.

Estaba tan ocupado muriéndose de vergüenza que no se dio cuenta de que a Rozanov también se le estaba hinchando la polla.

El ruso había dejado de sonreír. Sus ojos estaban llenos de una intensidad que era mucho más ardiente que las miradas a las que se había enfrentado Shane durante la sesión de fotos.

Shane tenía que salir de allí. Era una locura. Y desde luego no podía hacer… lo que fuera que fuese aquello.

Pero entonces Rozanov se deslizó una mano por el estómago y se agarró la polla para darle un meneo lento y firme.

Shane jadeó. Tan alto que el agua no amortiguó el sonido.

—¿En qué pensabas? —preguntó Rozanov, en voz baja.

Shane tragó saliva. Tenía la garganta sequísima.

—En ti —susurró.

Rozanov lo oyó y sonrió con burla. Se dio otro meneo.

—¿Quieres tocarme, Hollander?

En realidad, lo que quería Shane era mirar cómo se hacía una paja Rozanov. Pero…

—Aquí no —tartamudeó Shane—. Podría entrar alguien.

Rozanov asintió y siguió hasta correrse. Se dio la vuelta y cerró el grifo de la ducha. Shane esperó, con el corazón a mil, hasta que Rozanov salió de las duchas para cortar el agua de la suya. ¿Qué coño pasaba? Era imposible que Rozanov insinuase que Shane y él…, que ellos…

Joder. Shane tenía que salir de allí. Se preguntó si sería capaz de romper a puñetazos la pared alicatada de las duchas y escapar de esa forma. Cualquier cosa sería preferible a tener que enfrentarse de nuevo a Rozanov.

Respiró unas cuantas veces para calmarse. Podía hacerlo. Podía razonar con Rozanov y poner fin a eso. Decidido, se ajustó bien la toalla por la cintura antes de volver al vestuario.

El otro jugador ya estaba medio vestido y sentado, sin camiseta, en uno de los bancos.

—Oye —dijo Shane mirando al suelo—, lo de antes… Vamos a hacer como que no ha pasado, ¿vale?

—¿Eso es lo que quieres?

La respuesta de Shane tendría que haber sido mucho más rápida.

—Sí. O sea…, sí. Claro.

Rozanov se levantó y cruzó el vestuario hasta quedar justo enfrente de Shane.

—Qué mal mientes.

Shane le puso mala cara.

—¿En qué habitación estás? —preguntó Rozanov.

—En la mil cuatrocientos diez —dijo Shane demasiado deprisa.

Una sonrisilla se dibujó en la boca de Rozanov.

—Si llamo a la puerta de la mil cuatrocientos diez esta noche… ¿sobre las nueve?

Shane se esforzó para no alterar la voz.

—Puede que abra la puerta.

Rozanov sonrió.

—Puede que llame.

Shane se pasó el resto de la tarde cagándose en todo en la habitación del hotel.

Barajó sus opciones. Podía marcharse. Irse unas cuantas horas para no estar allí cuando llamase Rozanov. Eso sería lo más sensato.

Podía quedarse, pero fingir que no había oído que Rozanov llamaba. Eso tendría su punto de satisfacción. Le daría cierto poder sobre el otro.

Podía abrir la puerta cuando llamase, invitarlo a pasar y ponerse a hablar de todo ese ridículo… malentendido. Después podrían seguir cada uno con su vida para siempre. O… podía abrir la puerta y pasar la noche explorando el cuerpo de Rozanov con la boca.

Shane se sonrojó al pensarlo. Era imposible que quisiera eso, ¿verdad?

Se había decidido más o menos por la primera opción: hablaría con Rozanov. Se olvidarían de ese tema lo más rápido posible para que las cosas no fueran raras cuando empezase la temporada. Ordenó la habitación, aunque todo estaba ya en su sitio. Se cambió la camiseta por una camisa más bonita sin ningún motivo en especial. Se lavó los dientes, usó seda dental y se enjuagó con colutorio. Porque si iba a hablar con Rozanov, sería de mala educación que le oliera el aliento.

Se arregló un poco el pelo. Puso el móvil en silencio.

Decidió encender la tele, solo para que no pareciese que había estado allí sentado mirando la puerta.

Zapeó hasta encontrar un partido de béisbol y bajó el volumen. Apagó la luz de la mesilla y encendió todas las lámparas. Se miró en el espejo. Otra vez.

Llamaron a la puerta a las nueve y siete minutos. Shane miró por la mirilla para comprobar que Rozanov no quería tomarle el pelo o algo así.

Era Rozanov, sí. A solas.

Shane apagó la tele, porque de pronto le pareció bobo tenerla encendida. Abrió la puerta y lo invitó a pasar.

Daba la impresión de que Rozanov también se había esmerado un poco en su aspecto. Llevaba una camisa negra arreglada, la cadena de oro que guiñaba un ojo a Shane desde el cuello bien abierto. Su pelo, que solía ser una maraña de rizos, estaba algo domado, aunque ya se le había escapado uno que le caía de forma adorable sobre la frente.

—Pensaba que igual te rajabas —dijo Rozanov con sus modales bruscos tan irritantes.

—No —dijo Shane—. O sea, solo quiero hablar. Sobre… ya sabes.

—Sí, lo sé, lo sé.

—Eh, ¿quieres… sentarte? ¿Te apetece?

Rozanov dio un paso hacia él.

—En realidad, no.

Estaba tan cerca que Shane notaba el calor de su cuerpo. O tal vez se lo estuviera imaginando.

—Creo que no es buena idea —dijo Shane con poco convencimiento.

—¿El qué? —preguntó Rozanov y puso un nudillo por debajo de la barbilla de Shane para levantársela—. ¿Esto?

Acercó la boca a la de Shane, a quien le entró el pánico. Estaba tenso con Rozanov tan cerca, los labios pegados y los ojos abiertos. Pero Rozanov insistió. Shane notó la punta de la lengua de Rozanov trazando el perfil de sus labios, en busca de una entrada. Unos dedos largos se hundieron en su pelo y Shane se rindió. Separó los labios y cerró los ojos, y Rozanov le besó con más intensidad, abriéndose paso entre sus labios y enroscando la lengua con la de Shane.

El canadiense nunca había besado a un tío y, en algún punto al fondo de su cerebro hecho añicos, se preguntó si Rozanov lo habría hecho. Desde luego, parecía saber lo que hacía.

Shane se sintió como si estuviera hecho de sirenas de alarma. Como si su pánico fuera a despertar al hotel entero de algún modo. Si fuera solo por besar a un hombre, puede que no pasara nada. Pero besar a ese tío en particular era absurdo y estaba mal, mal, mal…

Pero su polla no parecía pensar lo mismo, sobre todo cuando Rozanov plantó una rodilla entre sus piernas y frotó su muslo contra la erección de Shane. Shane gimió y Rozanov inclinó más la cabeza, empleando su altura y el ímpetu para entrar más en la boca abierta de Shane.

Este no sabía qué hacer. Con dudas, pasó las palmas por el pecho de Rozanov. Oyó que el ruso soltaba un suave gemido cuando los dedos de Shane llegaron a sus pezones y ese discreto sonido bastó para que Shane perdiera el poco autocontrol que le quedaba.

Le devolvió el beso a Rozanov, con pasión, nervioso y con ganas de más, pero sin saber exactamente qué pedir. Rozanov lo acorraló contra una pared y empezó a desabrocharle la camisa a Shane. Cuando abrió el último botón, agarró la mano de Shane y se la plantó en la entrepierna. Y, bua, Shane tenía la mano en la polla de Ilya Rozanov. Notaba la longitud sólida que presionaba contra los vaqueros del jugador ruso y notó cómo la suya también se ponía más dura, a la vez que luchaba por no perder los papeles.

Agarró a Rozanov por encima del vaquero elástico y una idea clara de lo que deseaba se coló en su mente. Quería que esa barrera de tela desapareciera. Quería ver la polla de Rozanov y sujetarla y notar cómo la presionaba contra él, cosa que era rara. No debería desear eso. No debería desear nada de todo aquello…

Y sin embargo…

Con un objetivo en mente, Shane le bajó la bragueta a Rozanov y metió la mano. Cuando tuvo la polla bien agarrada, gruesa y suave al tacto, Rozanov inspiró hondo y dejó de besarlo. Ambos bajaron la mirada para ver cómo se movía la mano de Shane por debajo del algodón de los calzoncillos de Rozanov. Shane veía la punta de la polla de Rozanov que asomaba por encima de la goma y sintió una urgencia repentina y salvaje de besarla. Llevar la lengua a la raja y probarlo.

Joder. Qué gay era aquello.

En contraste, Rozanov no parecía nada alterado. Al contrario, se estaba quitando la camisa y luego alargó el brazo para cogerle la cara a Shane con una mano. Este levantó la mirada y comprobó que Rozanov lo observaba con ojos oscuros, la boca entreabierta y los labios hinchados. Su cara era deseo puro.

Shane se quedó quieto, congelado, mientras Rozanov arrastraba el pulgar por encima de sus labios y luego se lo metía dentro con cuidado. El canadiense cerró los ojos y chupó el dedo para metérselo más en la boca, envolviéndolo con la lengua. Le sorprendió la naturalidad con la que lo hacía; cuánto le gustaba la sensación. Oyó que Rozanov se quedaba sin aliento y sintió que también él se estaba mareando. No estaba seguro de cuánto tiempo más aguantaría de pie. Se preguntó si Rozanov le dejaría…, si quería que él…

Shane soltó el pulgar de Rozanov y poco a poco se puso de rodillas.

—Mierda —oyó que murmuraba Rozanov.

Shane sabía que si seguían no habría vuelta atrás, pero, de todos modos, probablemente ya hubieran cruzado esa línea; ya que estaba, ¿por qué no conseguir lo que quería? Con manos temblorosas, le bajó los vaqueros y los calzoncillos a Rozanov y acercó la boca a la polla gorda y tiesa. Tomó aire y, con mucho cuidado, pasó la lengua por la punta.

—Sí, Hollander… —siseó Rozanov.

Sabía a… piel. Shane movió la lengua despacio por la punta, superinseguro sobre qué hacer. Le gustaba destacar en todo. Su única experiencia de ese tipo había sido como la persona que recibe, así que trató de imitar lo que algunas de aquellas chicas habían hecho con él. Se metió más a Rozanov en la boca y lo notó «raro». Se quedó así casi quieto un momento, con la lengua aplanada por el peso de la polla de Rozanov. Sabía que debía de tener un aspecto ridículo.

La expresión de Rozanov no indicaba que estuviera viendo algo ridículo. Sostenía la cara de Shane con una manaza y lo miraba desde arriba con ojos vidriosos. Murmuró algo en ruso y luego añadió:

—Mírate.

Shane se sonrojó. De pronto se imaginó a los dos cambiando los papeles. ¿Qué aspecto tendría Rozanov de rodillas, metiéndose a Shane en la boca? ¿Lo descubriría alguna vez?

Shane gimió sin querer, y al oírlo Rozanov se estremeció. Rozó con el pulgar la mandíbula de Shane y este cerró los ojos y empezó a mover la boca. Chupó y lamió, empezando a acostumbrarse a la sensación de tener una polla en la boca. La cabeza le iba a mil, preocupado por la técnica y por lo que significaba aquello. Pero entonces Rozanov hundió los dedos en su pelo y Shane recordó que «aquello» era una puta pasada. Que había fantaseado justamente con eso, a solas en su dormitorio, aunque luego le diese vergüenza.

Suspiró junto a la polla de Rozanov e inclinó un poco la cabeza, perdiéndose en la fina piel tensa contra la lengua. Estaba seguro de que lo estaba haciendo fatal, y sus sospechas se vieron confirmadas cuando de pronto Rozanov gritó:

—¡Para! ¡Para! ¡Para!

Shane se apartó a toda prisa y miró a Rozanov, quien sonreía con los ojos bien cerrados.

—Lo siento —dijo Shane—. Es que… nunca he…

Rozanov se echó a reír.

—Está bien. Era…

Movió la mano en el aire como si quisiera atrapar físicamente la palabra en inglés que andaba buscando.

—Era… demasiado.

—Ah.

«¿En serio?». Shane sentía que casi no había hecho nada.

—Solo…, eh…, muy, eh…

«¿Abrumador? ¿Intenso? ¿Fatal?». A Shane se le ocurrían unas cuantas palabras, pero no quería intentar adivinar qué sentía Rozanov.

—Mucho —terminó Rozanov. Entonces hizo un ruido de frustración—. No. No se me ocurre ninguna palabra.

Shane, que seguía de rodillas, se levantó porque se sentía tonto de estar así si no iba a hacer nada ahí abajo. Una vez de pie, miró con curiosidad a Rozanov.

—¿Habías… pensado en esto?

Rozanov le dedicó una sonrisa torcida y se encogió de hombros.

—Me gustan los líos.

Shane se rio.

—Bueno, pues creo que estamos en uno.

—No lo habías hecho nunca —dijo Rozanov con seguridad—. Con un hombre.

—No. ¿Y tú?

El ruso lo miró y Shane supo que estaba calibrando si podía confiar en él o no, y entonces debió de caer en la cuenta de que ya era tarde para no hacerlo. Asintió.

—En Rusia. El hijo de mi entrenador.

—Hostia puta —soltó Shane—. ¡Sí que te gustan los líos! ¿Estaba en el equipo?

—No. No jugaba al hockey.

—¿Y alguien… se enteró?

Rozanov negó con la cabeza.

—Él no lo contaría nunca. Y yo no lo contaría nunca. Podíamos estar tranquilos.

—Tranquilos —repitió Shane.

No sonaba a que pudieran estar tranquilos.

—Nos enrollamos y ya está. Nada serio. Fue… ¿cómo se dice?

—Curioso.

Rozanov sonrió.

—Sí. Curioso. Y contigo me entra curiosidad.

—Ah.

Se inclinó hacia delante y respiró pegado a la oreja de Shane con su acento tan marcado.

—¿Y conmigo también te entra curiosidad?

Rozanov le hacía sentir muchas cosas: confusión, furia, terror, excitación y, sí, curiosidad.

—Por supuesto —dijo Shane algo irritado.

—¿Te ha gustado mamármela?

—Vaya, esa palabra sí la sabes en inglés, ¿eh?

Rozanov le lamió el lóbulo de la oreja y Shane jadeó.

—¿Te ha gustado? —volvió a preguntar Rozanov.

Shane tragó saliva y, de paso, se tragó el orgullo.

—Sí.

—¿Te gustaría que me tumbara en la cama y te dejara hacerlo un poco más?

—¿Me dejaras?

Rozanov chasqueó la lengua pegada al cuello de Shane.

—Soy un buen tío.

Shane le dio un golpe y Rozanov trastabilló, con los pantalones por las rodillas. Se echó a reír y siguió caminando hacia atrás hasta la cama.

Ahora que había cierta distancia entre ellos, Shane pudo apreciar el cuerpo desnudo de Rozanov en todo su esplendor. Rozanov parecía disfrutar de captar su atención y estiró los musculosos brazos por encima de la cabeza, sonriendo mientras arqueaba el largo torso. Tenía pelo moreno en el pecho y también le bajaba desde el ombligo hasta la descarada erección, que todavía estaba viscosa por la saliva de Shane.

Rozanov se sentó y se quitó del todo los pantalones, junto con los zapatos y los calcetines. Shane se fijó en cómo flexionaba los músculos del estómago y en sus gruesos muslos musculosos mientras se ovillaba hacia delante.

Una vez más, Shane se sintió un crío. Un niñato. Se dio cuenta de que todavía llevaba casi toda la ropa y no estaba seguro de si debía cambiar la situación o no.

Rozanov decidió por él.

—Esto es un poco… injusto.

Movió la mano en el aire, señalando a uno y a otro.

—Quieres que…

—*Da*. Sí. Deja que te vea.

—Ya me has visto. En la ducha.

—Quiero verte mejor.

Shane se quitó la ropa a toda prisa. Estar desnudo delante de otros tíos no era raro para él, pero en ese escenario todo era distinto. Se quedó en ropa interior un momento y luego intentó no ponerse rojo mientras se la quitaba.

Shane se quedó de pie con los brazos extendidos. «¿Y bien?».

Rozanov sonrió y movió la mano por delante de su propio pecho.

—Qué suave.

—Oye…

—Como un nadador.

—No es que me… Es natural, ¿vale?

—Sí. Ven aquí.

Rozanov dio unas palmaditas en la cama, a su lado.

Shane soltó el aire y se acercó. Se tumbó bocarriba al lado de Rozanov, sin saber muy bien qué hacer a continuación.

—¿Qué quieres? —preguntó Rozanov.

—No lo sé.

—¿No? —preguntó Rozanov y se inclinó sobre él para besarlo—. ¿Nada?

—Yo…

—¿Y si…? —Rozanov apretó la palma contra la erección de Shane y la rodeó con los dedos con cuidado—. ¿Bien?

Shane asintió. Le chocó lo «bien» que le parecía que Ilya Rozanov —un tío, un jugador de hockey, su rival— le estuviera acariciando la polla.

—Relájate —dijo Rozanov y le dio otro beso.

Empezó a meneársela a Shane con cuidado, sin lubricante, y Shane se quedó hechizado. Las palabras suaves y de acento marcado de Rozanov y sus manos tiernas y sus besos seguros se estaban aliando para embrujarlo.

Mareado por las sensaciones y la lujuria, Shane empujó un poco a Rozanov por los hombros hasta que quedó tumbado bocarriba. Entonces, antes de pensárselo dos veces, Shane se fue deslizando por su cuerpo y volvió a meterse su polla en la boca. Seguía sin estar seguro de sus habilidades, pero sabía lo que quería. Quería que Rozanov se corriera. Quería destrozarlo.

Soltó la mandíbula y se metió la polla de Rozanov hasta el fondo. Estaba nervioso por si le mordía sin querer, así que abrió la boca más de lo que probablemente era necesario y movió mucho la lengua. La notaba resbaladiza y muy mojada, pero llegó a oír los gemidos de aliento que daba Rozanov. Cuando Shane levantó la mirada, vio que el otro se había apoyado en los codos y lo contemplaba con gran interés mientras hacía su primera mamada.

Shane rodeó con una mano la base de la polla de Rozanov y la fue subiendo hasta llegar a donde tenía la boca. Al ver que Rozanov se arqueaba y gemía, Shane repitió la operación, meneándosela rápido y con fuerza.

—Joder, Hollander…

Rozanov saltó al ruso y Shane ya no supo qué más decía, pero pensó que lo mejor sería apartarse, porque no acababa de verse preparado para que la corrida le cayera en la boca.

Se apartó justo a tiempo. Rozanov se llevó la mano a la polla para sustituir la boca de Shane y se hizo una paja a toda prisa hasta que el semen le cayó por el estómago.

Shane se lo quedó mirando, alucinado. Era lo más sexy que había visto en su vida.

Rozanov volvió a desplomarse en la cama; le costaba respirar.

—No está mal, Hollander.

Shane seguía mirando el estropicio en el estómago de Rozanov. Tenía la polla dura como el acero. Pensó en hacerse una paja hasta correrse encima de Rozanov. Pensó en Rozanov haciéndole una mamada…

—Vale, bien. Buenas noches —dijo Rozanov y se preparó para levantarse.

Shane se quedó boquiabierto y estaba a punto de cabrearse cuando se dio cuenta de la sonrisa torcida y juguetona del otro.

—Vete a la mierda —dijo Shane.

—¿Necesitas algo? —preguntó Rozanov con aire inocente.

Shane lo fulminó con la mirada. El ruso chasqueó la lengua y cogió unos pañuelos de papel de la mesita de noche para limpiarse un poco el estómago.

—Túmbate —le indicó Rozanov.

Shane lo hizo. Rozanov se subió encima de él y lo besó.

—Crees que soy un capullo —dijo Rozanov.

—Es que eres un capullo.

—No te dejaría así.

—Ah, ¿no?

Volvió a besarlo.

—No.

Mientras se besaban, Rozanov bajó una mano y agarró la polla de Shane. Este gimió en la boca del ruso.

—Deja que te enseñe cómo se hace —murmuró Rozanov.

Fue besando todo el cuerpo de Shane, a quien le gustó tanto que se olvidó de sentirse ofendido. Cuando llegó a la polla, Rozanov la saludó con un largo y lento lametón con la superficie entera de la lengua, como si fuese una puta bola de helado o algo así.

—Dios —se estremeció Shane.

Rozanov lamió y chupó la punta, metió la lengua en la raja y puso a Shane peligrosamente al límite en un momento. Este agarró el edredón de la cama del hotel e intentó aguantar. Le sorprendía lo bien que se le daba a Rozanov. Joder. ¿Cuántas veces había quedado con el hijo del entrenador? Shane tenía la sensación de que debería estar fijándose bien —incluso tomando notas—, pero su cerebro se había ido de vacaciones.

Shane bajó los brazos para pasar los dedos por los rizos castaño claro de Rozanov. Siguió deslizando los dedos hasta tocar la barba de tres días, la línea afilada de su mandíbula. En el pasado, Shane se había divertido viendo cómo algunas tías buenas se la chupaban, pero esto superaba con creces cualquier cosa que hubiera experimentado antes. Ver a aquel hombre, grande y guapo, que sabía perfectamente qué hacer con la lengua y los labios y —Dios, con los dientes—, trabajándoselo como si fueran a darle una medalla por su desempeño…

—¡Ah! ¡Dios, Rozanov! Voy a…

Esperaba que el otro se apartara cagando leches, pero en lugar de eso se la chupó aún más fuerte y Shane se vació en su boca.

Una retahíla de tonterías salió de los labios de Shane.

—Hostia puta. Lo siento. Ay, Dios mío. Lo siento. Mierda. Guau. Dios.

Rozanov se retiró, sin ninguna prisa, y se limpió la boca con el dorso de la mano. Se rio de las bobadas que balbuceaba el otro.

—¿Lo sientes? ¿Por qué lo sientes?

Shane ahogó una risa histérica.

—¡No lo sé! Es solo que… No esperaba que…

Rozanov se encogió de hombros como si Shane le diera las gracias por llevarle el correo.

—No me importa.

Shane se sintió ridículo por no haber intentado siquiera… acabar como era debido la mamada a Rozanov. Ese tío se empeñaba en hacerlo quedar mal en todas partes.

Rozanov se sentó en el borde de la cama de espaldas a Shane. Movió el cuello hacia los lados y se frotó la mandíbula, abstraído. Shane se sentó y echó las piernas hacia el lado contrario de la cama. Agarró el colchón con las dos manos y miró el suelo. Sintió que el pánico volvía a apoderarse de él.

Oyó a Rozanov soltar el aliento, cosa que le hizo reír, sin saber por qué. Empezaba a asimilar la absurdidad de la situación.

—Te estás riendo.

—Sí, bueno… Todo esto es una locura.

—Quiero un cigarro —dijo Rozanov.

—No se puede fumar en el hotel.

—Ya lo sé. Vaya país de mierda. —Rozanov suspiró—. Da igual. Los Bears me dijeron que lo dejase. Estoy intentando no fumar.

—Ah, muy bien. Fumar es malo para la salud.

—¿En serio?

Shane casi «oyó» cómo Rozanov ponía los ojos en blanco.

—Eh, esto… —dijo Shane, todavía de espaldas a Rozanov—. Que esto no salga de aquí, ¿vale?

—¿Crees que se lo voy a contar a alguien?

La verdad era que Shane lo dudaba.

—No.

—No.

Notó el cambio en la cama cuando Rozanov se levantó.

Shane sintió la estúpida urgencia de pedirle que se quedara. Se imaginó quedándose dormido en sus brazos y… ¡qué coño! Lo que acababan de hacer era, por encima de todo, un error garrafal. Puestos a elegir con quién enrollarse, Shane no podía haber elegido a una persona menos apropiada, la verdad. E incluso pasando eso por alto, no había motivos para fingir que hubiera sido algo más que un polvo rápido y sin ataduras. Y a ver, ¿por qué iba a querer fingir Shane algo así, eh?

No. Lo que quería era que Rozanov se fuera de su habitación. Quería olvidar que aquello había sucedido. No quería alargar el brazo para cogerlo. No quería tirar de él para que se metiera en la cama otra vez. Ni repetir dos o tres veces todo lo que acababan de hacer.

Cuando Rozanov terminó de vestirse, le dedicó a Shane una de sus sonrisas torcidas y juguetonas. Shane había logrado ponerse el calzoncillo, pero por lo demás, seguía desnudo.

—Mi vuelo sale mañana a primera hora —dijo Rozanov.

Tal vez hubiera un punto de disculpa en sus palabras. O tal vez Shane se lo estaba imaginando.

—Muy bien.

Rozanov asintió con la cabeza.

—Ya nos veremos.

—Sí —dijo Shane, incómodo—. Nos vemos en la pista, supongo.

—Sí.

Shane quería besarlo una vez más, porque estaba seguro de que no volvería a tener oportunidad de hacerlo. Pero Rozanov ya estaba abriendo la puerta.

—Adiós, Hollander.

—Adiós —respondió Shane a la puerta cerrada.

Capítulo 5

Septiembre de 2010, Montreal

Shane era una persona de costumbres.

Se despertaba todas las mañanas a las seis en punto y de inmediato salía a correr diez kilómetros. Después volvía a su piso (nuevo) para hacer series de abdominales, flexiones y sentadillas. A continuación, estiraba antes de prepararse un *smoothie* y un *bagel*, que comía mientras veía *SportsCenter*. Luego, se duchaba.

El resto del día se desarrollaba según lo que tuviera pautado. Casi nunca había días en los que no tuviera nada planeado.

Había terminado el primer entrenamiento pretemporada de la NHL y se había asegurado un puesto en la parrilla de los Montreal Voyageurs en la temporada 2010-2011. Era lo que todo el mundo esperaba, pero aun así se sentía increíblemente orgulloso de sí mismo. Iba a empezar los partidos de pretemporada al día siguiente. La ciudad de Montreal ya le había dado una cálida bienvenida. Estaba emocionado.

Por la televisión, los presentadores de *SportsCenter* hablaban de Ilya Rozanov.

Shane no había visto a Rozanov, ni había hablado con él desde su… encuentro… en la habitación de hotel de Toronto más de dos meses antes. Le encantaría ser capaz de decir que tampoco había pensado en él, pero eso estaría lejos de la verdad.

De pronto, la cara de Rozanov llenó la pantalla. Shane notó cómo se ruborizaba, lo cual era ridículo porque estaba solo y no en presencia de esos relucientes ojos color avellana o de esa sonrisa torcida y juguetona.

Estaba viendo la televisión, embobado, pero no escuchaba ni una palabra de la entrevista. No salió de ese estado hasta que oyó a Rozanov decir, sin rastro de ironía:

—Los Bears estarán contentos conmigo esta temporada. Marcaré cincuenta goles.

—¿Cincuenta goles? —preguntó el entrevistador, asombrado.

—¿Estás de coña o qué? —preguntó Shane en su casa.

—Sí. Antes de que acabe febrero —dijo Rozanov.

Shane resopló. Flipaba con la audacia de ese tío. Antes de que la temporada hubiese empezado siquiera, antes de tener idea de cuánto tiempo de juego le darían con los Bears, ¿estaba anunciando que marcaría cincuenta esa temporada? ¿Un novato de diecinueve años?

Shane tenía intención de marcar por lo menos ese mismo número de goles, pero desde luego no iba a «anunciarlo». Por Dios, ¿qué pensarían de él sus nuevos compañeros de equipo? Pensarían que era un capullo y un chulo, eso era lo que pensarían. Y si Shane no estaba a la altura, quedaría como un puñetero imbécil.

Pero ahí estaba Rozanov, bravucón como el que más, anunciando tan tranquilo su intención de hacer lo que habían sido capaces de hacer tal vez cuatro o cinco *rookies*, ¿eh? ¿Cuándo? ¿En toda la historia?

Ridículo. Irritante.

—¿Sientes la presión de batir a Shane Hollander esta primera temporada? —le preguntó el entrevistador.

—¿A quién?

«Vete. A. La. Mierda. Rozanov».

Rozanov miró directamente a la cámara, y Shane se quedó helado. «No te ve, imbécil».

Vio cómo Rozanov guiñaba un ojo a la cámara y Shane entrecerró los ojos. Iba a cerrarle el pico a ese hijo de puta cuando sus equipos por fin se enfrentaran.

La oportunidad llegó un mes más tarde.

Para Shane, la expectación que generaba el primer encuentro entre Hollander y Rozanov era exagerada. Los dos tenían solo diecinueve años y sus carreras en la NHL habían empezado hacía apenas unas semanas. No estaba seguro de qué era lo que esperaba la gente que ocurriese.

Montreal recibía a Boston como equipo visitante. Shane quedó con sus padres para comer el día del partido. Iban a ver todos los partidos que jugaban en casa, pero ese día habían llegado de Ottawa con margen porque sabían lo nervioso que estaba.

—La liga siempre busca el lado comercial, Shane —dijo su padre—. Es un partido como cualquier otro.

—Ya lo sé.

Removió la pasta. No se imaginaba qué podrían decir sus padres si se enterasen de la verdadera razón por la que le ponía nervioso enfrentarse a Rozanov. La presión era capaz de manejarla. Vivía para el hockey, y se le daba genial. Normalmente, estaría expectante por la oportunidad de medirse las fuerzas contra un rival.

«Joder, tenías que complicarlo todo, ¿eh, Hollander?».

—¿Drapeau saldrá en el primer tiempo esta noche? —preguntó la madre de Shane—. Estuvo un poco flojo por la izquierda en el último partido. ¿Se ha lesionado?

—Está bien —dijo Shane con una tímida sonrisa.

En un país de fans del hockey entusiastas y bien informados, Yuna Hollander era una de las primeras. Sus padres habían emigrado de Japón, pero Yuna ya había nacido y se había criado en Montreal. Lo que más feliz podía hacerla en la vida era que su hijo fuera seleccionado para sus queridos Voyageurs.

Shane era el único hijo de Yuna y David Hollander, y le habían dado todo el apoyo del mundo. Shane los quería mucho y sabía cuánta suerte tenía. Desde luego, no estaría donde estaba de no ser por ellos.

Shane sabía que la mayor parte de tíos de la liga no tenían unos padres que fueran a casi todos los partidos en casa, pero no se avergonzaba de admitir que agradecía que su familia viviera tan cerca. Había jugado al hockey en la liga junior en Kingston, que estaba lo bastante próximo a Ottawa como para ver a sus padres en casi todos los partidos allí también. Nunca había sentido la necesidad de distanciarse de ellos. Tal vez fuera porque era hijo único o tal vez porque sabía cuánto tiempo, dinero y energía habían invertido sus padres para que él llegara donde estaba.

Además, le caían bien.

—Te hace falta una lámpara junto al sofá en el apartamento ese —dijo su madre sin que viniera a cuento.

—¿Qué?

—La sala de estar. Es demasiado oscura. ¿Quieres llevarte la del estudio de casa? No la necesitamos.

—No hace falta, mamá. Quedáosla. Ya me compraré una.

—¡Yuna! ¡No necesita nuestros muebles viejos! ¡Es millonario!

—¡La lámpara es bonita! —se defendió Yuna—. Ya no hacen cosas tan bonitas como esa.

—Si tienes dinero, te hacen lo que sea —dijo su padre.

—La próxima vez que vengáis podemos ir a comprar la lámpara juntos, mamá.

Eso pareció complacerla.

—¿Ya has hecho amigos? —preguntó.

—Un tío. Hayden. ¿Sabes…?

—Hayden Pike. El *rookie*. Ala izquierda. Jugó en la liga de Quebec en Drummondville —recitó su madre—. Sí.

—Sí. Vino una noche a ver el piso antes de que saliéramos por ahí con los demás.

—Parece muy simpático —dijo su madre—. Lo vi en una entrevista.

—Es guay. La verdad es que de momento todo el mundo es genial.

Su padre se echó a reír.

—¡Pues claro que sí! Tienen muchísima suerte de que estés en el equipo.

—Solo soy uno más del equipo..

Sus padres se miraron, pero no dijeron nada. Shane lo dejó pasar. Sabía lo orgullosos que estaban de él.

—En fin —dijo su padre—. ¿De qué hablábamos? ¿Rozanov? No nos preocupa Rozanov, ¿verdad?

—Juega sucio —gruñó su madre.

—Juega como un campeón, eso es lo que pasa —suspiró Shane.

—No es tan bueno como tú. En ninguna categoría —dijo su madre con rotundidad.

—Es más grande que yo.

—Tú eres más rápido que él.

—Puede.

—Y eres un líder. Un buen chico. Rozanov es un imbécil.

Shane se echó a reír.

—Sí. Ya lo sé.

«La chupa mejor que yo». El pensamiento se coló en la parte frontal del cerebro de Shane, que corrió a coger el vaso de agua. Estuvo a punto de volcarlo.

Su madre entrecerró los ojos.

—¿Qué te pasa, Shane? Estás más nervioso que otras veces.

—¡Nada! Solo quiero ganar esta noche. Y ya está.

Le pareció que había acertado con la respuesta, porque su madre sonrió.

—Ganarás. Machaca a Ilya Rozanov, ¿de acuerdo? Ese puede ser tu mantra esta noche.

«O no».

Shane se obligó a sonreír.

—Claro. Lo machacaré.

—Venga, a por todas, joder —dijo el entrenador LeClaire—. Rozanov, sal a la pista y ponte para el saque contra Hollander. ¡Vamos a darles lo que quieren!

Rozanov saltó por encima de la valla y se dirigió al círculo de saque. Estaba en el hielo con Hollander por primera vez en un partido de la NHL.

—Shane Hollander —dijo con naturalidad cuando llegó donde estaba su contrincante.

—Rozanov.

Ilya esbozó una sonrisita. Hollander endureció las facciones y sacudió ligeramente la cabeza.

El público estaba animado de la hostia. Esa ciudad estaba loca.

—¿Vas a decepcionarlos, Hollander?

—No.

Se inclinaron para esperar el saque.

Ilya lamentó llevar el protector bucal, porque le habría encantado hacer algo sexy y distractor con la lengua.

Habría tenido que concentrarse más en el *puck* y menos en molestar a Hollander, porque perdió el primer saque entre ellos. Y era algo que no iba a poder cambiar jamás.

Ilya, ceñudo, miraba el techo de la habitación del hotel de Montreal. Estaba furioso consigo mismo —no con su equipo, con él mismo— por perder el primer partido contra Hollander.

No sabía qué hacer con la rabia. No era el mejor momento para que sonara el teléfono.

Y era su puto hermano, Andrei.

—¿Qué pasa? —dijo Ilya, saltándose las formalidades. Andrei nunca llamaba solo para charlar.

—¿Habéis jugado esta noche?

—Sí —dijo Ilya cortante.

Tenía compañeros de equipo de la República Checa cuyas familias veían todos los partidos online.

—Ah. ¿Habéis ganado?

—¿Qué quieres?

Andrei se quedó callado. A Ilya se le encogió el corazón.

—¿Es que papá…?

—Está bien. ¿Por qué no iba a estarlo?

Ilya tensó la mandíbula. Su hermano podía fingir tanto como quisiera que a su padre no le ocurría nada, pero cada vez estaba más claro que no era así. Decidió pasar por alto las mentiras de Andrei de momento.

—Entonces ¿qué? ¿Necesitas dinero? —preguntó Ilya.

Era la única razón posible para la llamada de Andrei.

—Eh…, no mucho. Tipo… ¿veinte mil?

—¡Veinte mil! ¡¿Dólares?!

Su hermano se echó a reír.

—No, rublos… ¡Pues claro que dólares!

—¿Para qué coño…?

—La vida —dijo su hermano con evasivas—. Ya sabes cómo son aquí las cosas.

Lo que sabía era cómo era su hermano. O estaba a punto de hacer una mala inversión o ya había hecho una mala inversión. O era para apostar. O cualquier otra cosa que un agente de policía no tendría que estar haciendo.

—Ya te di diez mil hace unos dos meses. ¿Dónde coño los has metido?

—La vida, Ilya. Ya te lo he dicho.

—La vida. Ya.

—No es que no te lo puedas permitir. Sé de cuánto era la prima de fichaje.

—No me cabe la menor duda.

Probablemente fuera la única parte de la carrera deportiva de Ilya que Andrei se interesaba en seguir.

—No te lo pediría si no fuera importante, Ilya.

Ilya puso los ojos en blanco al teléfono. Podía negarse. Debería negarse. No le debía absolutamente nada al cabrón de su hermano.

Aunque, si se negaba, entonces su padre lo llamaría al instante para darle un sermón sobre la familia y ser un buen hijo. Y por mucho que Ilya odiase a Andrei, seguía siendo su hermano. Pero esa iba a ser la última vez y punto.

—Te mandaré el dinero. Pero no vuelvas a pedirme.

—¿Podrías mandármelo ahora? ¿Qué hora es allí?

—¿Qué? ¡No! No me jodas, ya te lo mandaré mañana. Me voy a la cama.

—Vale. Pues buenas noches.

—De nada.

Andrei colgó la llamada. Ilya tiró el teléfono encima de la cama.

Encendió el televisor y ahí estaba la cara del puto Hollander, llenando la pantalla. Sudado, acalorado y feliz. Respondiendo a las preguntas en un francés perfecto, joder. Ilya ni siquiera podía decir una frase sencilla en inglés sin sonar como el malo de los dibujos animados. Odiaba su estúpido acento. Y odiaba su familia de mierda.

Shane Hollander hablaba en francés y estaba sin resuello, sonriendo y empapado en sudor, con el pelo alborotado en todas las direcciones. Tenía las mejillas rosadas y los labios oscuros y mojados. Estaba superorgulloso de sí mismo.

Ilya se dijo que la retorcida sensación que notaba en el estómago no era más que envidia, pero le aterraba que fuera algo mucho mucho peor.

Capítulo 6

Enero de 2011, Nashville

Ilya pasó la tarjeta de la llave por el sensor por tercera vez y la puerta de su habitación del hotel se abrió por fin. Una vez dentro, se tumbó en la cama extragrande con los brazos extendidos, placenteramente adormecido por las bebidas que había consumido en la cena de su equipo All-Star.

Esperaba estar en un equipo con Hollander, ya que jugaban en la misma conferencia, pero la liga había decidido cambiar las normas ese año y poner a todos los jugadores norteamericanos en un equipo y a los jugadores europeos en otro. El motivo no era ningún secreto. La liga no quería desaprovechar la rivalidad entre Rozanov y Hollander.

Ilya iba camino de cumplir su promesa de marcar cincuenta goles antes de finales de febrero. Ya había marcado treinta y ocho.

Hollander había marcado cuarenta y uno.

«Puto Hollander».

Ilya lo había visto de casualidad en el vestíbulo un rato antes, pero nada más. No habían intercambiado ni una palabra. El otro ni siquiera lo había saludado con un gesto de la cabeza.

Se preguntó qué estaría haciendo ahora mismo Hollander.

Se preguntó si habría tías buenas en el bar del hotel.

¿Estaría Hollander solo en su habitación, tumbado en la cama?

¿Se preguntaría qué hacía Ilya?

¿Por qué costaba tanto olvidarse de Shane Hollander? Se habían liado una vez. Hacía meses. Había sido un error, por supuesto. Un error garrafal, ridículo. O, en el mejor de los casos, algo que debían olvidar. Nada del otro mundo.

En la pista era fácil concentrarse en el partido. A decir verdad, a Ilya le encantaba jugar contra Hollander. No se lo diría nunca, pero Hollander era un puto crac. Ponía a prueba a Ilya de formas a las que Ilya no estaba acostumbrado. Le encantaba robarle el *puck* a Hollander. Le encantaba machacarlo en la pista. Le encantaba patinar a su alrededor. Le encantaba decirle guarrerías porque se le encendía la mirada de rabia y sus labios rosados se curvaban en un adorable intento de mueca furiosa. Como un gatito enfadado.

Vale. No era del todo fácil concentrarse en el partido.

Y después de los partidos… y todos los días que había entre partidos…, cuando Ilya tenía que ver cómo entrevistaban a Hollander, con sus encantadores modales pijos y su adorable sonrisa infantil. Cuando Ilya lo veía jugar contra otros equipos y veía cómo se movía con una gracia perfecta, calculada. Cuando Ilya lo oía saltar sin esfuerzo del inglés perfecto al francés perfecto en las ruedas de prensa. Cuando Ilya pensaba en el ansia de su boca en aquella habitación de hotel de Toronto…

Ni siquiera tenía el número de teléfono de Hollander.

Lo vería a la noche siguiente.

Shane debería haber estado mentalizándose para la rueda de prensa.

El sábado por la mañana, el día del Concurso de Habilidades All-Star, alguien de la oficina de relaciones públicas de la NHL lo había llamado por teléfono para decirle que tenían una breve rueda de prensa agendada para aquella tarde. A las dos. Estarían solo él… e Ilya Rozanov.

—¿Por qué? —había preguntado Shane.

—¡Es vuestro primer partido All-Star! ¡Los dos estáis teniendo una primera temporada legendaria! Y, además, a los medios les encanta la idea de que salgáis los dos juntos.

Shane se había sonrojado un poco.

Así que ahora se encontraba detrás de una mesa alta, mirando una sala llena de periodistas y cámaras. A esa parte estaba acostumbrado y no le generaba nada de estrés. El enorme ruso que tenía al lado —que estaba sentado tan cerca que los antebrazos de los dos, apoyados en la mesita, casi se tocaban— era el responsable de la boca seca de Shane y (probablemente) del tartamudeo que se le notaba.

—Ilya —dijo un periodista—, a principio de temporada dijiste que marcarías cincuenta goles antes de que terminara febrero. De momento llevas treinta y ocho. ¿Crees que podrás cumplir la promesa?

Rozanov tardó un momento en responder. Shane se preguntó si estaba buscando entre las palabras en inglés que conocía.

—Sí —respondió Rozanov.

Las risas se multiplicaron cuando quedó claro que no iba a desarrollar más la respuesta.

—Shane, ya has marcado cuarenta y un goles este año. ¿Crees que llegarás antes que Rozanov a los cincuenta?

—En realidad, no pienso en esas cosas —dijo Shane con cautela—. Es un deporte de equipo, y lo que me hace feliz es que a mi equipo le vaya bien. Solo intento colaborar.

Rozanov llevaba una gorra de béisbol y bajó la cabeza, de modo que los periodistas no pudieron ver su reacción, pero Shane notó que ponía los ojos en blanco junto a él.

—Ilya, ¿qué se siente al jugar con un equipo de europeos para este All-Star Game?

—Es genial. Perfecto. El vestuario tiene más sentido que nunca.

Más risas.

Shane observó el modo en que Rozanov se frotaba el nudillo del dedo índice con el pulgar. Lo más probable era que no se diera cuenta de que lo hacía. Rozanov tenía las manos bonitas...

Siguieron con las preguntas, y todas fueron justo como Shane esperaba. Se esforzó por responderlas e incluso miró de reojo a Rozanov. Los rizos se le escapaban de la gorra del All-Star Game, y tenía la mandíbula cubierta por una barba de tres días. Llevaba una camiseta con cuello de pico y Shane advirtió la cadena de oro en el punto en que se perdía debajo de la tela.

Shane volvió la cabeza hacia los periodistas con brusquedad. Tomó un sorbo de agua y se recostó en la silla. Lo que pasaba era que entonces veía todavía mejor a Rozanov y cómo se había inclinado sobre la mesa. Shane le veía los músculos de la espalda y de los hombros tensos por debajo del fino material de la camiseta.

—¿Shane?

—¿Perdón? —Shane miró al frente.

—Solo una pregunta rápida del *Toronto Star*: ¿te gustaría jugar en un equipo del All-Star con Ilya en el futuro?

—Ah, sí. Claro. O sea... —Respiró hondo—. Ilya es un gran jugador.

—¿Ilya? ¿La misma pregunta?

—Si a Hollander no le importa que yo sea el centro inicial, sí.

Shane puso cara de fastidio de forma muy exagerada mientras la sala se reía. Juntó las manos y las apoyó en la mesa delante del cuerpo, inclinándose sobre el micro para esperar la siguiente pregunta. Rozanov también tenía los codos apoyados en la mesa. El izquierdo casi rozaba el derecho de Shane. Este habría jurado que había corriente eléctrica en el estrecho espacio entre ambos. Notó que se le erizaba el vello del brazo.

—Tanto Montreal como Boston llevan tres temporadas fuera de los *play-offs*. ¿Sentís la presión de restaurar el legado de vuestros equipos, aunque apenas estéis empezando vuestra carrera deportiva?

Shane se frotó el brazo y arrugó la frente. Volvió la cabeza y vio que Ilya lo estaba mirando, y su cara indicaba que confiaba en que Shane respondiera a esa. Seguramente el ruso solo había entendido la mitad de las palabras. A Shane le pareció una pregunta bastante tonta, la verdad.

—Eh, no puedo hablar por Rozanov ni sé cómo es en Boston, pero sé que los fans de Montreal aman a su equipo y desde luego que esperan que demos la vuelta a las cosas y volvamos a entrar en los *play-offs* y ganemos algunas copas. Y, ¿sabéis qué? Yo siento justamente lo mismo. Así que... supongo que mi respuesta es que no siento una presión mayor de la que ya me pongo yo para conseguirlo.

Confiaba que con eso el periodista se diera por satisfecho. Por desgracia, no pilló que a Rozanov le estaba costando horrores entender la pregunta, y dijo:

—¿Ilya?

—Eh —respondió Rozanov—. Lo que ha dicho Hollander. Sí.

Dedicó una de sus sonrisas juguetonas a la sala y todos se echaron a reír otra vez. Shane lo miró y Rozanov le devolvió la mirada y le guiñó un ojo. Shane frunció los labios para reprimir una sonrisa.

Debajo de la mesa, notó que Rozanov le daba un golpecito en el pie con el suyo. Fue el contacto más casto del mundo, pero aun así a Shane le dio un vuelco el corazón.

Ahí acabó la rueda de prensa. Ambos se quedaron allí mientras la sala se sumía en el caos de decenas de personas recogiendo equipos de grabación. Shane le ofreció la mano a Rozanov y este se la estrechó. Cuando Shane rompió el apretón de manos, Rozanov deslizó despacio los dedos por la palma del otro.

—Nos vemos luego, Hollander —dijo en un tono mucho más sugerente de lo que debería haber sido.

Shane tragó saliva.

—Sí. Luego.

Una vez en la pista, Shane se permitió un instante para asimilarlo todo. El Concurso de Habilidades All-Star de la NHL se celebraba la víspera del All-Star Game, y era una oportunidad de que las estrellas se luciesen y demostrasen que eran el patinador más rápido o el lanzador más potente. Era una velada relajada, para divertirse, y nadie se la tomaba muy en serio, pero él estaba allí, maldita sea. Era un *rookie* y un All-Star de la NHL. Tenía motivos para estar un poco orgulloso de sí mismo.

Todos los jugadores de ambos equipos habían entrado ya en la pista de hielo, estaban apretujados delante de sus respectivos banquillos. Algunos esperaban de rodillas a que llegara su turno. Otros estaban de pie y charlaban con los que iban a ser sus compañeros de equipo para ese fin de semana. La liga no se había cortado en mostrar su deseo de ver a Shane y Rozanov en un cuerpo a cuerpo en una de las pruebas del concurso. Y esa prueba resultó ser el concurso de puntería.

Empezó Rozanov. La red tenía cuatro dianas de espuma —una en cada esquina— atadas a los postes de la portería. Cuando se pusiera en marcha el cronómetro, el objetivo sería dar en las cuatro dianas con lanzamientos desde la línea azul lo más rápido posible. El récord de la liga rondaba los siete segundos.

Cuando sonó el silbato, Rozanov no perdió el tiempo. Dio en las dos dianas superiores con los dos primeros tiros, luego falló el siguiente y después dio en las dos dianas inferiores de forma clara con el cuarto y el quinto lanzamiento.

Ocho segundos.

Shane negó con la cabeza y observó cómo Rozanov jugaba con la multitud. Este patinó por toda la pista sujetando el *stick* como si fuera un rifle y celebró su hazaña fingiendo que disparaba a las gradas.

Shane fue patinando para sustituir a Rozanov en la línea azul y el ruso se paró justo delante de él.

—Lo siento, Hollander.

—¿Crees que no puedo ganarte?

Rozanov se limitó a guiñar un ojo y dio un ligero empujón a Shane cuando pasó por delante de él. El canadiense oyó la reacción emocionada de la multitud.

A la mierda todo. A la mierda Rozanov. Shane podía hacerlo. Podía hacerlo con los putos ojos cerrados.

Sonó el silbato y Shane se concentró en el centro de esas cuatro dianas. Contempló cómo se iban rompiendo una a una con cuatro lanzamientos perfectos.

Seis. Coma. Siete. Segundos.

La multitud se volvió loca. Shane levantó los brazos por encima de la cabeza y celebró más de lo que probablemente fuera necesario o deportivo, pero joder, ¡qué bien se sintió!

Sonrió con sorna a Rozanov mientras volvía patinando adonde estaban sus compañeros de equipo. El ruso no sonreía, pero la expresión de sus ojos era...

Shane se puso colorado y dirigió la atención a sus compañeros de equipo.

Una vez terminada su contribución al concurso, Shane podía relajarse sin más y divertirse mientras los demás competían. Le habría encantado decir que su movimiento gradual por la línea delante del banquillo hasta donde se encontraban los dos equipos no había sido deliberada, pero sería mentir. Y parecía que no era el único que estaba haciendo ese recorrido.

Shane se inclinó sobre la valla de madera que había detrás del banquillo, fingiendo concentrarse en los jugadores que competían por el lanzamiento más potente, en lugar de en el hombre que tenía de pie a unos palmos de él.

—Buen trabajo, Hollander —dijo Rozanov arrastrando las palabras.

—Gracias.

—¿Te divertiste anoche?

—¿Anoche?

—Con tus colegas. ¿Cenaste fuera? ¿Te emborrachaste?

Shane bajó la mirada hacia el hielo.

—Eh, sí. Estuvo bien. Eh..., ¿y vosotros qué?

—Una pasada. Ni un puto tío de Canadá ni de Estados Unidos. Fue perfecto.

—Ah.

Volvió la mirada hacia la cara de Rozanov. Nadie se ponía casco para el concurso de habilidades, pues en realidad no había contacto físico, y Shane pudo admirar el perfil de su mandíbula bien marcada y los suaves rizos.

—Creo que esta noche me iré pronto a dormir —dijo Rozanov de repente.

A Shane se le secó un poco la boca.

—¿Ah?

—Sí.

Se quedaron en silencio, observando lo que sucedía en la pista. La música alta atronaba y la muchedumbre vitoreó cuando alguien batió otro récord.

Rozanov se agachó. Shane notó su aliento en la oreja cuando Ilya dijo en voz baja:

—Mil doscientos veintiuno.

Un escalofrío recorrió el cuerpo de Shane y, antes de que se le hubiera pasado, Rozanov se había ido. Shane contempló cómo iba patinando hasta otro de los jugadores rusos.

Shane confió en no haberse ruborizado.

—¿Qué coño quería Rozanov? —preguntó Liam Casey, un defensa de Pittsburgh.

—Nada —dijo Shane a toda prisa—. Tocarme los huevos, ya sabes.

—Ese tío es un hijo de puta.

—Sí.

Ilya no se sorprendió en absoluto cuando llamaron a la puerta.

Era tarde. Pasada la medianoche. Llevaba en la habitación casi dos horas.

Hollander se metió rápido en cuanto Ilya abrió la puerta. Se dio la vuelta y cerró con pestillo, como si alguien pudiera entrar de improviso en cualquier momento.

Parecía muerto de miedo.

—¿Hay fantasmas en el pasillo? —preguntó Ilya divertido.

—No. Vete a la mierda. Esto es peligroso de cojones y lo sabes.

—Ah, ¿sí? No estamos haciendo nada.

Hollander lo fulminó con la mirada. Sus ojos oscuros eran una mezcla de rabia y lujuria. Ilya decidió dejar de fingir.

—Aun así, has venido —dijo.

—Sí —contestó Hollander, con la voz tensa y llena de un valor forzado—. Supongo.

Ilya asintió y entonces Hollander soltó un taco en voz baja y se abalanzó para besarlo. Agarró la camiseta de Ilya apretando los dedos y tiró de él para acercarlo.

El otro gimió al notar la lengua caliente y húmeda de Hollander deslizándose contra la suya. Tiró fuerte del pelo de la nuca de Hollander, echándole la cabeza hacia atrás para poder besarlo con más intensidad.

Se separaron y Hollander lo miró, con los ojos encendidos y el pelo moreno alborotado, suplicando en silencio que le diera indicaciones.

—De rodillas —dijo Ilya con voz suave, solo para ver qué hacía.

Casi esperaba que Hollander le dijera que se fuera a la mierda. A Ilya se le cortó la respiración cuando vio que Shane bajaba al suelo sin pensárselo. No dejaba de mirar a Ilya. Esos ojos, que siempre eran tan vivos, se nublaron entonces por el deseo mientras se inclinaba hacia delante para olisquear y morder el bulto de los pantalones de chándal de Ilya.

—Joder, Hollander —susurró Ilya y tiró con suavidad del pelo de Hollander mientras el canadiense besaba con la boca abierta y con pasión la tela que se tensaba con la erección de Ilya. Se sintió mareado y con menos control del que le habría gustado cuando Hollander le metió los dedos por la cintura del pantalón y tiró hacia abajo hasta liberar la polla de Ilya.

Hollander no lo dudó. Pasó la lengua por toda la longitud antes de rodear la punta con los labios y hundir la boca. Ilya ni siquiera tuvo tiempo de hacer un comentario ingenioso. Se limitó a jadear y a dejar caer la cabeza, totalmente superado por la necesidad que Hollander tenía de hacer aquello. Desde luego, no se veía capaz de pensar palabras en inglés en ese momento.

Hollander levantó una mano y la deslizó, con los dedos extendidos, por debajo de la costura en la camiseta de Ilya. Le levanto la camiseta hasta que Ilya captó la indirecta y se la sacó por la cabeza. Con cuidado, se quitó del todo los pantalones, sin que Hollander separase la boca de él, y le plantó una mano en la coronilla. Tuvo cuidado de no apretar con demasiada fuerza. No era cuestión de control: Ilya simplemente quería tocarlo. Dejar que los mechones sedosos del pelo le resbalaran por los dedos mientras Hollander se entregaba a lo que claramente ansiaba hacer.

Hollander seguía moviendo las manos mientras se la chupaba. Sus caricias eran suaves y curiosas, las yemas de los dedos casi hacían cosquillas a Ilya mientras exploraba sus muslos, sus caderas y la zona alrededor del culo. Ilya se preguntó hasta dónde quería llegar Hollander con él. Se preguntó si habría hecho algo con otros hombres desde la última vez que se acostaron. El movimiento desesperado y algo torpe de su boca y el ligero temblor de sus manos le insinuaban que no.

La idea de que probablemente Ilya fuera el único que lo había visto así alguna vez…, que era la única persona en todo el puto mundo que sabía qué se sentía al tener esos preciosos labios rosados alrededor de la polla…

Ilya soltó un taco en ruso y se apartó. Agarró a Hollander por la pechera de la camisa y lo levantó; lo besó con pasión antes de tirarlo encima de la cama. Quería saber cuánto le daría esa noche.

Hollander lo miraba desde la cama, con los labios oscuros, mojados y entreabiertos. Estaba totalmente despeinado. Ilya se quedó de pie y contempló cómo se quitaba las zapatillas empujando con los pies, sin perder el contacto visual ni un momento. A Hollander le costaba respirar, como si no fuera una de las personas más en forma del planeta.

Ilya se mordió el labio y observó cómo se quitaba la camisa. En cuestión de segundos, lo cubrió entero con su cuerpo y empezó a besarlo con ansia.

Ilya siempre había sido así. Le encantaba el sexo, y le encantaba aún más cuando era arriesgado; cuando era con alguien con quien sabía que no debería estar. Ya fuera el hijo de su entrenador, la novia de su hermano o la hermana de su compañero de equipo, Ilya no podía resistirse a una mala idea.

Y Shane Hollander era una idea pésima. La puta peor idea que podía tener. Estaba mal en cualquier sentido imaginable. Dos hombres. Dos jugadores de la NHL, destinados a ser las dos mejores estrellas de la liga en poco tiempo. Dos rivales acérrimos de equipos contrarios que llevaban casi cien años enfrentados a muerte.

Además, Ilya odiaba a ese tío. Odiaba su cara de niño bonito y su puñetero inglés perfecto y su puñetero francés perfecto y sus padres cariñosos y sus buenos modales y su sonrisa de millón de dólares. Odiaba lo serio que era. Lo sensato y formal. Era todo lo que la liga quería de sus estrellas.

Ilya besó la boca entumecida de Shane y se tragó sus estúpidos suspiritos y notó sus irritantes dedos en el pelo. Se apartó para mirar aquella cara horrible con las ridículas pecas.

«Mierda».

Ilya lo besó otra vez para no tener que pensar en él. Quería darle por el culo. Dios, ¿le dejaría Hollander que lo hiciera?

Se besaron frenéticamente, rodando por la cama y cambiando de postura, poniéndose a horcajadas uno encima del otro y, de paso, sacando las prendas de ropa que todavía llevaba puestas Hollander. Ilya besó el cuerpo de Hollander hasta llegar a la cintura y se metió la polla en la boca. Este arqueó la cadera y la separó de la cama, casi obligando a Ilya a soltarlo, pero el ruso aguantó. Se la chupó y disfrutó de los ruidos desesperados que le arrancaba.

Deslizó los dedos por debajo de los huevos de Hollander. Dio unos golpecitos con un dedo contra la abertura arrugada y esperó a ver la reacción. El cuerpo de Hollander se quedó quieto, así que Ilya describió pequeños círculos alrededor de su agujero, como una sugerencia espontánea.

Notó que Hollander se tensaba. Se había quedado totalmente mudo. Ilya apartó la boca y lo miró a la cara.

—¿Alguna vez…? —preguntó Ilya.

Hollander negó con la cabeza.

—¿Te gustaría?

—No lo sé.

—Tienes miedo.

—¡No! No, no tengo miedo.

—No pasa nada.

Hollander exhaló el aire con fuerza.

—Que no tengo miedo —repitió.

—¿Alguna vez te has tocado… —preguntó Ilya, volviendo a trazar un círculo con el dedo— aquí?

La cara de Hollander se puso de un rojo encendido, e Ilya sonrió de oreja a oreja.

—Por Dios —murmuró Hollander.

—Te da vergüenza.

—¡A ver!

—¿No juegas con tu culo? ¿Es de gays?

—Joder, ¿qué coño…?

—¿Sabes qué es más de gays?

—Rozanov…, calla la puta bo…

—Chuparme la polla. Y lo estabas haciendo hace un minuto.

Hollander se sentó en la cama.

—He jugado con él, ¿vale? Eh…, tengo… una cosa.

—¿Una cosa?

—¡Un dildo! ¿Vale?

Ilya sonrió tanto que casi le dolió la boca.

—¿De qué color?

—¡Déjame en paz!

—¿Es grande?

—Me voy.

Hollander se dispuso a salir de la cama. Ilya se le echó encima al instante y lo inmovilizó. Lo sujetó por las muñecas y Hollander hizo un tímido ademán de liberarse, pero desistió cuando Ilya lo besó.

—Quiero metértela, Hollander —confesó Ilya pegado a su oreja.

Hollander se estremeció e Ilya estaba seguro de que iba a decir que sí, pero en lugar de eso…

—Yo… no. No puedo. Aquí no.

Ilya calibró su respuesta y asintió. Aquí no. No en un hotel rodeados de sus compañeros de la NHL. De los medios de comunicación. De los fans. No ahora, cuando tendrían que estar lo más callados posible justo cuando Ilya lo penetraba por primera vez…

—De acuerdo —dijo Ilya y le dio un mordisco en la garganta—. Entonces, la próxima vez.

Hollander resopló, pero sonreía esperanzado.

—¿La próxima vez?

Ilya encogió un hombro.

—Jugamos en Montreal dentro de dos semanas.

—Eso no significa que podamos… O sea, ¿cómo íbamos a…? ¿Dónde íbamos a…?

—¿No tienes casa?

—Claro.

—Pues entonces…

—¿Entonces qué? ¿Vas a escaparte del hotel y ya? ¿Qué les dirás a tus compañeros de equipo?

—¡La puta verdad! ¡Que voy a ver si pillo! ¡Como en todas las ciudades en las que jugamos!

Hollander arrugó la frente.

—Ah.

—Sí. Ah.

—Entonces… ¿quieres que después del partido te espere en mi casa y ya? —La voz de Hollander sonó irritada, como si estuviera enfadado por algo.

Ilya puso los ojos en blanco. No tenía ni idea de por qué perdían el tiempo hablando ahora mismo.

—¡Sí! Espérame. Iré a tu casa y te daré por el culo.

Hollander volvió a sentir vergüenza.

—Es un piso —murmuró.

—¡Dios! ¡Vale! Pues te daré por el culo en tu piso. ¿Podemos volver a lo que hacíamos?

—Sí. —Hollander frunció el entrecejo—. Pero…

—¿Pero qué?

—En la ducha. Así el agua se lo llevará… todo.

Rozanov resopló, pero en realidad era una buena idea.

—Sí —dijo levantándose de la cama de un brinco para ponerse de pie—. Pero date prisa, joder.

Hollander le dio un empujón cuando pasó por delante y lo guio hasta el baño. Abrió el grifo y, mientras esperaban a que el agua saliera caliente, Ilya lo besó contra la puerta cerrada hasta que Hollander lo apartó y tiró de él para meterlo en la ducha. Estampó a Ilya contra las baldosas y le rodeó la polla con una mano mientras lo besaba. Ilya sonrió pegado a su boca. Ese era el Shane Hollander que deseaba: competitivo, agresivo.

—Tienes las manos tan suaves… —dijo Ilya—. Como una chica.

—Vete a la mierda.

Ilya se rio. Hollander siguió haciéndole una paja con más brusquedad, como si tratara de demostrarle lo fuerte y masculino que era.

El ruso se mordió el labio y dejó de meterse con su rival. De momento. Le cogió la polla a Hollander y se la menearon a lo bestia hasta que los dos se corrieron en la ducha, dejando que el chorro de agua se llevase su blasfemia en inglés y ruso.

Hollander se vistió a toda prisa cuando terminaron. Ilya se quedó plantado con una toalla alrededor de la cintura, esperando a ver qué decía el otro.

—Eh…

Ilya no respondió nada. Aguardó.

—Sé que hemos dicho… lo de Montreal…, pero…

Ilya cruzó los brazos y se apoyó contra la pared.

—Sería mejor que no —acabó la frase Hollander.

—¿No?

—No. O sea…, es evidente, ¿no?

Ilya observó a Hollander mientras se pasaba una mano nerviosa por el pelo húmedo.

—Es una locura —dijo Hollander, más para sí mismo que para Ilya—. Esto es una locura. No sé por qué lo hemos hecho. Otra vez.

Ilya caminó despacio hacia él. Cuando llegó hasta donde estaba, le puso una mano en la mejilla e inclinó la cabeza hasta que pudo mirarlo directamente a los ojos.

—Dame tu móvil.

—¿Mi móvil? —preguntó en voz baja Hollander.

—Sí.

El canadiense sacó a toda prisa el teléfono del bolsillo y se lo pasó a Ilya, quien lo cogió y puso su número en los contactos de Hollander, con el nombre de Lily. Hollander resopló al verlo.

—¿Y yo quién soy? —preguntó mientras cogía el móvil de Ilya de la cómoda—. ¿Shannon?

—Jane —dijo Ilya.

—La virgen… —murmuró Hollander mientras tecleaba.

—No. Solo Jane.

Hollander lo fulminó con la mirada mientras le devolvía el móvil.

—Eso no es un sí, solo para que lo sepas.

—Lo será.

Hollander negó con la cabeza, pero Ilya sabía que estaba reprimiendo una sonrisa.

—Buena suerte mañana —dijo Shane.

—Claro.

Hollander se volvió para abrir la boca, pero se detuvo.

—Oye, eh…, ¿quieres echar un vistazo para ver que no haya ni cristo?

Ilya no acertó a traducir lo que decía.

—¿Perdón?

—Nada… Que mires si no hay nadie en el pasillo. ¡No quiero que nadie me vea saliendo de tu habitación!

Ilya abrió la puerta lo suficiente para asomar la cabeza.

—Vacío.

Hollander soltó el aire.

—Vale. Bueno…, adiós.

—Buenas noches.

Hollander asintió. Y se marchó.

Capítulo 7

Febrero de 2011, Montreal

Cincuenta minutos en la cinta de correr y Shane seguía sin poder tranquilizar la mente.

Tenía un gimnasio bastante completo en casa, que estaba cerca de la pista de entrenamiento de los Voyageurs en Brossard. Algunos jugadores más jóvenes compartían piso o casa con otros compañeros, pero Shane prefería vivir solo. Había estado en el punto de mira de los medios desde que tenía dieciséis y eso le hacía aferrarse a cualquier momento privado que pudiera arañar. Además, se movía en terreno pantanoso con sus compañeros de equipo; su… estatus… en el mundo del hockey hacía que con frecuencia los otros jugadores sintieran envidia, y era comprensible. Estaba seguro de que las rencillas empeorarían si vivía con alguno de ellos.

Mientras ponía su cuerpo a prueba en la cinta, se suponía que Shane tenía que concentrarse en el partido de esa noche contra Toronto. En lugar de eso, no paraba de pensar en la promesa de cierto ruso de ir a «casa» de Shane y…

Había demasiadas cosas que procesar. Ilya Rozanov había hecho que se corriera en una habitación de hotel. ¡Otra vez! Ilya Rozanov quería escaparse del hotel de su equipo cuando volvieran a estar en Montreal (¡la semana siguiente!) y quedar con Shane ¡en su piso! para poder follárselo.

Ilya Rozanov quería follárselo.

Shane estaba aterrado y claramente excitado con la idea. Sí, clara e increíblemente excitado con la idea.

Pero eso no cambiaba el hecho de que fuera una idea de mierda.

Shane había aceptado que no pasaba nada por tener relaciones sexuales con un hombre. Vale. Ya hacía un tiempo que sospechaba que le gustaban los tíos, y quizá Rozanov solo hubiera sido el primero en darse cuenta, en ofrecerle la oportunidad de experimentar un poco. Así que a lo mejor lo único que le hacía falta a Shane era encontrar a otro hombre con el que ligar.

Pero ¿quién coño podía ser?

Estaban en Montreal. Y él era Shane Hollander... Si su carrera iba según lo previsto, la situación iba a volverse cada vez más imposible. Definitivamente no quería que los rumores sobre su sexualidad —fuera la que fuese— se airearan por ahí. A la NHL le gustaba fingir que era un entorno inclusivo, pero Shane sabía cómo eran las cosas en la pista y en el vestuario. Ningún jugador se había declarado abiertamente *queer* en la NHL y los capullos homófobos eran lo bastante imbéciles para que Shane se imaginara qué podía pasar. Quien fuera que saliera del armario el primero tendría que ser valiente de cojones. Y joder, estaba claro que no iba a ser Shane.

De una cosa estaba seguro con Rozanov: no se lo contaría a nadie. Tenía tanto que perder como él.

Por lo que se imaginaba Shane, tenía tres opciones: olvidarse de los putos hombres por completo y limitarse a las mujeres; arriesgarse a buscar tíos o incluso un único tío, que pudiera ser discreto y... paciente; dejar que lo que fuera que tenía con Rozanov siguiera ocurriendo y tratar de no pensar mucho en eso.

Por supuesto, la primera opción era la más sensata. Y sin duda, la más segura.

También la menos atractiva.

«Joder».

Shane bajó el ritmo en la cinta hasta una velocidad relajada y agarró la botella de agua.

Sí. No. Vale. Tenía que acabar con esa chorrada con Rozanov y punto. Había logrado entrar en la NHL y estaba al principio de lo que confiaba que fuera una carrera en auge. Un puto escándalo mayúsculo no era la mejor manera de ganar puntos, desde luego. Y Shane no veía la manera de seguir en secreto si la cosa continuaba.

¿Por qué se lo planteaba siquiera, eh? ¿Una relación larga y furtiva con Ilya Rozanov? ¿Era eso lo que esperaba una parte de su cerebro de mosquito?

No. Definitivamente tenía que acabar con aquello. No era más que Shane siendo un tío… de diecinueve. Sí, tenía diecinueve y estaba cachondo y se sentía solo, por raro que pareciera par una estrella del deporte. Que Rozanov estuviera «disponible» no significaba que Shane tuviera que aceptar.

Contento con esa decisión, se bajó de la cinta y se dirigió a la barra de dominadas. Estaba decidido. Rozanov le mandaría un mensaje para pedirle su dirección y él contestaría «no».

Semana siguiente, Montreal

Lily: Dame tu dirección.

Shane: No.

Shane miró el móvil con una sonrisa, encantado por su respuesta rápida y tajante al mensaje de Rozanov.

Lily: No me jodas. ¿Qué pasa?

Shane: No te importa.

Lily: Vale. Tú te lo pierdes.

Shane dejó de sonreír. Se desplomó en el sillón y encendió la lámpara recién estrenada. Los Bears llegarían a la ciudad al cabo de dos días. Jugarían esa misma tarde y luego…

Shane se mordió el labio, pensativo. No es que no quisiera… «ver» a Rozanov. Si era sincero, había estado pensando en eso de forma compulsiva desde el fin de semana del All-Star. Era solo que no le apetecía que su mayor enemigo fuera a su casa. Le parecía que era cruzar una línea demasiado peligrosa.

Volvió a escribir.

¿Y si quedamos en otro sitio?

Notó que se sonrojaba de vergüenza al enviarlo. Dios, ¿por qué no podía dejarlo como estaba? Había conseguido rechazar a Rozanov. ¿Por qué devolverle el poder?

Lily: ¿Tipo dónde?

Shane: ¡No lo sé!

Lily: Pues piensa. Y dime dónde.

Shane odiaba lo relajado que estaba Rozanov con todo aquello. No era justo, joder. Estuvo a punto de escribir «Déjalo». Pero en lugar de eso, se levantó y se metió el móvil en el bolsillo.

Ya pensaría un sitio.

Shane: 1822.

Lily: ?

Shane: Número de habitación.

Lily: OK…, ¿en qué hotel?

Shane: En el que estás tú.

Lily: Hasta luego.

Shane se quedó sentado en el borde de la cama extragrande del hotel. Luego se levantó. Después, volvió a sentarse.

Era una puta locura. ¿Por qué lo hacía? ¿Reservar una habitación en el mismo hotel que todo el equipo de Boston (varias plantas por encima de ellos, pero aun así) para poder enrollarse con un tío que ni siquiera le gustaba? Si los pillaban, podía ser devastador para la carrera de los dos.

Y, en el mejor de los casos, sería un bochorno brutal.

Shane se levantó y se acercó al espejo. Se miró los dientes y se recolocó un mechón rebelde.

Oyó un golpe seco en la puerta. Se volvió como un resorte, aturdido por lo fuerte que había sonado, y cruzó la habitación a toda prisa para abrir.

—Joder… ¿Quieres que se entere todo el mundo?

Rozanov se coló en la habitación. Llevaba la gorra calada sobre los ojos. Shane cerró y echó el pestillo a toda prisa.

—Estás nervioso —dijo Rozanov. No era una pregunta.

—No —mintió Shane.

—Es solo sexo, Hollander —dijo Rozanov.

—Ya lo sé.

Ilya se quitó la gorra y aparecieron sus rizos castaños, que cayeron desordenados alrededor de su cara sonriente. Llevaba una camiseta gris carbón con un pequeño logo de Nike en el pecho y pantalón de chándal negro. Shane vestía pantalones azul oscuro y un jersey de rayas de cachemir, y se sintió ridículo.

—Qué guapo vas —dijo Rozanov. Su tono fue plano, como si estuviera enunciando un hecho sin más en lugar de echarle un piropo. «Qué guapo vas. Hace frío. El hotel es grande».

—Gracias —respondió Shane, porque algo tenía que decir—. Creo que me he arreglado demasiado. Me sobra esta ropa.

—Sí, a mí también —dijo Rozanov y se quitó la camiseta antes de inclinarse para sacarse las zapatillas de marca.

Shane se fijó en cómo le colgaba la cruz de oro a Rozanov en el espacio entre las rodillas y el pecho; la cadenita relució contra su nuca.

Cuando Rozanov se levantó de nuevo, Shane ya no recordaba por qué aquello era una mala idea.

—Ven aquí —dijo Ilya.

—No. Ven aquí tú.

Rozanov sonrió con sorna y negó con la cabeza, pero dio un paso hacia Shane.

Este debía de haber dado un paso adelante también sin darse cuenta, porque estuvieron a punto de chocarse. Un segundo después, estaba contra la pared y Rozanov le comía la boca. Shane se abalanzó contra él y recordó que Montreal había ganado el partido esa noche. Seguro que Rozanov estaba por lo menos un poco cabreado y por eso debía de tomarla con él, pensó. No es que le importara. Hundió los dedos en los bíceps de Rozanov y lo apretó más contra su cuerpo. Le rodeó el tobillo con el pie y Rozanov gruñó y, sin avisar, agarró a Shane por los muslos y lo subió por la pared, de modo que este no tuvo otra opción que abrazar con las piernas la cintura del otro, que era más alto.

En otras circunstancias, Shane se habría enfadado, pero en lugar de eso jadeó y besó a Rozanov con más pasión todavía.

—Podría metértela así mismo —gruñó Rozanov—. Contra la puta pared. Te gustaría, ¿sí?

¿En serio que a Shane le gustaría? Seguramente…

—Pero esta noche no —siguió Rozanov, moviendo la boca junto a la oreja de Shane—. Esta noche iré despacio contigo.

Shane sintió ganas de mandarlo a la mierda, pero Rozanov había empezado a besarle la garganta y le rozaba la piel sensible con los dientes, así que en vez de ofenderse echó la cabeza hacia atrás, contra la pared, como la perra cachonda que al parecer era.

Notó que Rozanov chasqueaba la lengua pegado a su garganta y luego notó cómo lo separaba de la pared y lo llevaba en brazos —¡en brazos!— a la cama ¡como a un puto crío!

—¡Bájame, cabrón!

—Chiiist.

—¡Sé andar!

Las manazas de Rozanov le agarraron bien el culo mientras cruzaban la habitación. Shane se apartó de los hombros de Rozanov y acertó a ver esa sonrisa torcida y esos ojos juguetones.

—Bájame.

Rozanov se dio la vuelta y soltó a Shane en la cama. Este lo fulminó con la mirada. Estaba a punto de reñirle, pero se distrajo con la forma alta, musculosa y con el pecho al descubierto que se alzaba sobre él. De pronto Shane se sintió minúsculo en la cama, lo cual era ridículo: medía casi un metro ochenta y era puro músculo compacto. Pero Rozanov miraba desde arriba a Shane, quien todavía llevaba toda la ropa, como si tratase de decidir si dar el primer mordisco, y el canadiense se sentía… vulnerable.

Y en parte le gustaba.

Rozanov dejó caer los pantalones de chándal y se quedó en la punta de la cama solo con el bóxer negro, la cadena de oro y el ridículo tatuaje del oso. Shane miró directamente a los calzoncillos y al miembro duro que se advertía atrapado dentro. También notaba cómo los enormes muslos de Rozanov salían de las perneras de la ropa interior, unos músculos duros que no cabían dentro del tejido estirado.

Ilya se inclinó hacia delante y plantó una rodilla con firmeza en la cama entre las piernas extendidas de Shane, peligrosamente cerca de su entrepierna. Shane levantó la mirada, con los ojos como platos, mientras Rozanov iba bajando y le atrapaba la boca de nuevo. Dos manos aterrizaron en el pecho de Shane y lo acariciaron por encima del jersey.

—Qué suave —murmuró Rozanov.

—Es de cachemir —dijo Shane como un bobo.

—Sí. Quítatelo.

Lo hizo. Rozanov se apoyó en los brazos, separando el cuerpo, y lo observó mientras se quedaba en calzoncillos.

El canadiense se quedó esperando a que Rozanov volviera a ponerse encima, a que dejara caer su peso sobre él, pero en lugar de eso, Rozanov acarició con las yemas de los dedos una de las piernas de Shane; le hacía cosquillas y le ponía los pelos de punta. Dibujó un camino que subía hasta donde la piel de Shane desaparecía en la pernera de la ropa interior y entonces se paró. Shane sintió como si le recorriera una corriente eléctrica. Notaba su propia polla hinchada dentro de los calzoncillos, suplicando que le hicieran caso. Se mordió el labio y esperó.

Rozanov inclinó la cabeza y besó a Shane en el estómago. Lo hizo varias veces, con unos labios tan delicados y juguetones como las yemas un momento antes. ¿Cómo se le daban tan bien esas cosas?

La boca de Rozanov encontró uno de los pezones de Shane y lo mordió flojo antes de lamerlo. Shane se retorció y Rozanov cubrió con una mano buena parte de su muslo para evitar que se apartara. Una vez más, el canadiense se maravilló de lo grandes que tenía las manos.

Cuando Rozanov volvió a besar a Shane, por fin movió la mano para tocar su erección a través de los calzoncillos. El canadiense hizo un ruido bochornoso en la boca de Rozanov.

—¿Lo has traído todo? —preguntó Ilya.

—Sí —dijo Shane.

Estaba bastante seguro de tenerlo todo. Lubricante y condones, ¿no?

—Buen chico.

—Que te den.

—Exacto.

Deslizó la mano por el calzoncillo de Shane y le sacó la polla tiesa. Shane deslizó una mano entre los dos cuerpos para poder frotarla por la parte de delante del bóxer de Rozanov.

Ilya lo besó con ímpetu y apretó la entrepierna contra la suya, mientras se sujetaba con una mano plantada junto a la cabeza de Shane.

Este gimió al notar las caderas y la pelvis de Rozanov moviéndose contra él.

«Me la va a meter».

Todo su cuerpo se tensó. Rozanov se dio cuenta.

—Relájate —susurró Rozanov junto a la oreja de Shane—. Te gustará, ya verás.

—Sí —contestó, con voz entrecortada—. Pero…

Rozanov se separó un momento para quitarse los calzoncillos a toda prisa. Shane hizo lo mismo. Cuando volvió a mirar a Rozanov, se quedó alucinado al ver lo grande que tenía la polla. Ya la había visto, claro, y sabía que tenía un tamaño decente, pero al mirarla ahora, con la idea de que de algún modo fuera a «encajar» dentro de él…

Seguro que la ansiedad se le notaba en toda la cara. Rozanov se echó a reír.

—Cabrá.

Shane se sonrojó muchísimo, cosa que hizo que Rozanov se riera aún más.

—Confía en mí. ¿Dónde están las cosas?

Shane, agradecido de tener algo más que hacer que contemplar la polla de Rozanov con horror, estiró el brazo y abrió el cajón de la mesilla.

—Tengo, eh, lubricante. Lo pedí por internet. Se supone que es el mejor para… esto.

—¿Dar por el culo?

Shane puso los ojos en blanco.

—¿Siempre les dices cosas tan bonitas a tus parejas sexuales?

—Soy un encanto.

Cogió el bote de Shane y lo miró a conciencia.

—También tengo condones.

Sacó un paquete entero del cajón.

Rozanov enarcó una ceja.

—¿Seguro que habrá bastantes?

—Oye, mira…

Rozanov le dedicó esa maldita sonrisa ladeada tan sexy y Shane también se rio. Se fijó mientras el ruso se ponía una cantidad generosa de lubricante en los dedos y luego le rodeaba con ellos la polla.

—Uf —se quejó—. ¡Está frío! ¡Podrías haberlo calentado un poco!

—Chiiist. Relájate.

Shane tenía una respuesta ingeniosa que darle, pero se le deshizo en la lengua cuando Rozanov le frotó la punta con el pulgar.

Los dos se quedaron mirando cómo Rozanov jugaba con la abertura hasta que sacó una gota de líquido. La pasó por toda la punta de la polla de Shane, quien se aferró con los dedos a las sábanas.

Con la otra mano, Rozanov acarició e hizo rodar los huevos de Shane. Mostraba mucha seguridad, pero también mucha cautela. La combinación hacía que Shane se muriera de ganas.

—Por favor —susurró.

—¿Por favor qué? —preguntó Rozanov levantando una ceja.

—No lo sé —respondió Shane con sinceridad.

—Por favor…, ¿tócame… aquí? —preguntó Rozanov, deslizando los dedos por los huevos de Shane y sobre la fina piel que llevaba al…

—Sí.

Shane cerró los ojos y dejó caer la cabeza sobre la almohada.

—¿Sabes cómo va esto, Hollander?

«No mucho».

—Sí, claro. —Abrió un ojo—. ¿Tú ya lo has hecho?

—Sí.

—¿Con… el hijo del entrenador?

Rozanov se encogió de hombros.

—Claro. Entre otros.

—Ah.

—Con tías también. ¿No has hecho esto con una tía?

Con las tías Shane nunca había querido hacer nada que fuera complicado. O que pudiera… alargar las cosas.

—No.

Rozanov paró ambas manos.

—Pero sí has follado con más gente, ¿no? —preguntó.

—¡Sí! ¡Por Dios!

—Vale.

Rozanov volvió a acariciar la polla de Shane y acercó más los dedos a su agujero.

—¿En serio crees que no? —Shane estaba indignado.

Rozanov se encogió de hombros.

—He tenido mogollón de sexo, Rozanov. A puñados.

—Perfecto.

A Shane no le gustaba que Rozanov se riera de él.

Pero sí le gustó cuando Rozanov se echó más lubricante en los dedos y empezó a acariciar con ellos el agujero de Shane. Inspiró hondo y todo su cuerpo se estremeció.

—Tranquilo… Relájate, Mr. Sexo a Puñados —dijo Rozanov—. Verás cómo enseguida estás listo para mí.

Shane tenía ganas de reñirlo, pero en realidad le parecía tierno el cuidado que estaba mostrando Rozanov. Aun así, seguía un treinta y cinco por ciento aterrado.

Rozanov continuó acariciando el agujero de Shane con los dedos, mientras le daba meneos suaves y lentos a la polla. Todo junto, era una delicia. Shane notó que su cuerpo soltaba gran parte de la tensión que tenía acumulada y flotó, dejándose llevar un poco por las buenas sensaciones que lo recorrían. Era tan genial que casi se le olvidó sentir vergüenza de dónde lo estaba tocando Rozanov.

—¿Bien? —preguntó el ruso.

—Mmm… —suspiró Shane.

Y entonces notó la punta del dedo de Rozanov entrando en él y se puso tenso.

—Lo siento.

Shane apretó los ojos y luego respiró hondo.

Sí qué sabía cómo iba aquello. Sí que había hecho un poco… de experimentación. Por su cuenta. Con el susodicho dildo. Pero esas veces había estado solo. En privado. Esto era…

—Está bien —dijo Rozanov en un murmullo suave y tranquilizador—. Iremos despacio, ¿sí?

—Gracias —murmuró Shane.

Lo otro que pasaba con las sesiones privadas con el dildo era que a Shane se le había dado… regular. Por lo menos, estaba bastante seguro de que hacía algo mal. No era que no le hubiera gustado, precisamente. Pero tampoco había sido para tirar cohetes.

Rozanov hundió la cabeza y se metió la polla de Shane en la boca. Este notó que se relajaba; cada movimiento de la lengua de Rozanov le hacía olvidar que estaba nervioso. Fue respirando despacio, a un ritmo regular, mientras Rozanov metía un poco más el dedo y entonces…

«Oh».

Shane se arqueó y jadeó.

—¡Hostia puta!

Rozanov apartó la boca y sonrió con picardía.

—Bien, ¿sí?

Volvió a frotar con el dedo por encima de lo que tenía que ser la próstata de Shane. Alguna vez ya se la había tocado, cuando estaba a solas, pero Rozanov parecía saber exactamente dónde estaba y qué hacer con ella.

Shane cerró fuerte los ojos y se mordió el labio. De lo contrario, iba a hacer algo bochornoso, como gemir. La combinación de la boca de Rozanov en la polla y el dedo dentro no se parecía a nada que hubiera sentido antes. Y, si seguía así, era imposible que aguantase sin correrse hasta que Rozanov lo penetrase.

—Tienes que… Joder… Espera… un momento —dijo entre jadeos Shane.

Rozanov se detuvo al instante.

—¿Estás bien? —preguntó.

—Sí. Sí…, muy bien. Mejor que bien…

—Ah.

Rozanov empleó ese momento de descanso para darle unos cuantos meneos suaves a su propia erección. Shane lo observó y volvió a fijarse en lo alucinantemente grande que era su polla.

—No es obligatorio —dijo Rozanov, al ver la cara de Shane.

—Quiero hacerlo —dijo Shane a toda prisa. Demasiado...

Rozanov asintió y cogió el lubricante y los condones. Se preparó y luego volvió a concentrarse en Shane, quien notó dos dedos que apretaban contra su agujero antes de colarse dentro. Esta vez le escoció menos.

—Menéatela —le indicó Rozanov.

Shane asintió y obedeció.

Rozanov soltó un ruidito que sonó a gruñido.

—Date la vuelta.

Shane se puso a cuatro patas, porque así era como se hacía, ¿no? Estaba casi seguro. Había visto unos cuarenta segundos de porno gay, una vez, antes de que le diera vergüenza y apagara el portátil. Ahora se arrepentía de no haber aguantado un poco más, aunque solo fuera para informarse.

Notó que las manos de Rozanov le agarraban los muslos y lo arrastraban hasta quedar con las rodillas al final de la cama. Ilya plantó un pie en el colchón, junto a la rodilla de Shane, y le puso una mano firme sobre la cadera.

Y entonces Shane lo notó; la punta enorme de la polla de Rozanov dando golpecitos contra su agujero. Cerró fuerte los ojos y se preparó para el dolor.

Cuando Rozanov empujó, lo hizo despacio y con cuidado, pero el cuerpo entero de Shane tembló de todos modos. Sintió dolor, pero no tan agudo como esperaba. La sensación más fuerte era de presión. Se sentía lleno a rebosar y no podía imaginarse cómo se suponía que iba a moverse Rozanov cuando hubiera entrado del todo. De pronto a Shane le entró un miedo terrible a que Rozanov se quedara «atascado» dentro de él. ¡Ay, Dios! ¡Tendrían que llamar a urgencias o algo así!

Shane se obligó a respirar hondo y apartó las imágenes de los médicos tratando de separarlos mientras todos los compañeros de equipo de Rozanov los miraban.

—¿Estás bien? —volvió a preguntar Rozanov.

Despacio, le pasó una mano por la espalda para tranquilizarlo.

—Sí —respondió Shane, aunque su voz sonó tensa.

Rozanov la sacó un poco y luego volvió a empujar, entrando más esta vez.

—Joder —jadeó Shane—. Guau.

Animado, Rozanov repitió el movimiento. Una vez. Y otra.

Luego ajustó un poco las caderas y, en la siguiente embestida, tocó la próstata de Shane, lo que provocó una oleada de placer por todo su cuerpo.

—¡Dios! ¡Sí! Joder. Sigue así.

—A eso voy. No te preocupes...

Ahora Shane ya no sentía dolor, y tampoco tenía miedo. Empezó a empujar contra Rozanov cuando este embestía contra él, quien pareció tomárselo como una invitación para darle más fuerte. Aceleró el ritmo, con lo que la cama se sacudió y a Shane le temblaron los brazos mientras intentaba mantenerse en equilibrio. Era más de lo que Shane creía que sería capaz de aguantar, pero lo deseaba. Le encantaba.

Rozanov había hundido tanto los dedos en las caderas de Shane que le había dejado marcas. Tiraba de Shane hacia él mientras se la metía hasta el fondo. Shane se llevó una mano a la boca para morderse los nudillos y no gritar como un poseso.

Entonces supo por qué la gente estaba tan loca por el sexo. Nunca había sentido nada nada igual con nadie... Y, por supuesto, Ilya Rozanov, a sus diecinueve años, follaba con la confianza y la habilidad de, tipo, un dios del sexo.

Shane se atrevió a quitarse la mano de la boca para poder agarrarse la polla. Ojalá hubiera puesto una toalla o algo... Iba a correrse por toda la ropa de cama del hotel. Sabía que luego le daría reparo, pero no lo suficiente para impedir que ocurriera ahora.

—Sí. Vamos, Hollander —gruñó Rozanov. A él le daba igual el pobre personal del hotel.

—Joder —mascculló Shane.

Y se corrió con tanta fuerza que casi todo el semen salió disparado y le dio en el pecho. Estaba tan mareado por su propio orgasmo que casi no se dio cuenta de que Rozanov se tensaba y se paraba detrás de él. Rozanov gimió y se corrió ¡dentro del cuerpo de Shane! Llevaba condón, claro, pero aun así. El cuerpo de Shane había provocado aquello y él no acababa de creérselo.

Entonces, para desgracia de Shane, Rozanov se desplomó encima de él y lo aplastó, de modo que toda la corrida que le había caído en el pecho acabó estampada en las sábanas hasta entonces casi limpias.

—Ahora la cama está hecha un asco —se quejó Shane sin poder evitarlo.

—¿Qué? —preguntó Rozanov adormecido—. Cállate.

Shane cerró los ojos y disfrutó del peso de Rozanov encima de él.

Al final, Ilya rodó hacia un lado y fue al cuarto de baño a limpiarse. Shane se movió con cuidado para tumbarse bocarriba; ya empezaba a notar el dolor que haría que le costase sentarse al día siguiente.

Una vez que Rozanov había salido de la habitación, Shane se sintió libre de sonreír como un bobo mirando el techo. Puede que estuviera más feliz de lo que tocaba por que su experiencia sexual más satisfactoria hasta el momento hubiera sido con Ilya Rozanov.

La sonrisa se esfumó cuando se preguntó cómo coño iba a volver a experimentar aquello. Porque no podía dejar que Rozanov le diera más por el culo. Obviamente. Y no estaba seguro de cómo podría encontrar a otros hombres que lo hicieran sin correr riesgos.

—A la ducha, Hollander —dijo Rozanov en cuanto salió del baño—. Me visto y me voy.

—Ah —dijo Shane. Por supuesto que iba a marcharse. ¿Qué cojones esperaba Shane? Se levantó—. Sí, claro. Vale…

Rozanov apoyó una mano en el hombro de Shane con aire condescendiente. Sus labios dibujaban una sonrisilla irritante.

—Ha sido divertido.

—Sí, eh…, gracias, supongo.

Rozanov asintió y luego se dio la vuelta para recoger la ropa desperdigada. Shane fue al cuarto de baño y cerró la puerta.

Cuando salió, recién duchado y con una toalla en la cintura, Rozanov ya se había ido. No había rastro de él, salvo por las sábanas hechas un desastre. Shane hizo una mueca al mirarlas, sacó la de arriba y la tiró al suelo. Supuso que el personal del hotel tenía que lidiar continuamente con cosas mucho más asquerosas que esa.

Dejaría una buena propina.

Echó la toalla húmeda junto a la sábana sucia y se vistió. Se aseguró de recoger todo lo que había llevado a la habitación y luego dejó un billete de cincuenta dólares en la cómoda para quien fuera a limpiar y se marchó para volver al apartamento. Solo.

Capítulo 8

Junio de 2011, Las Vegas

La cosa no podía haber estado más reñida.

Era la noche de los Premios NHL en Las Vegas y de lo único que hablaba todo el mundo era de quién ganaría el premio al Rookie del Año. Tanto Shane Hollander como Ilya Rozanov habían marcado más de cincuenta goles. De hecho, habían marcado exactamente sesenta y siete goles cada uno. Ambos habían ayudado a sus equipos a llegar a los *play-offs* por primera vez en años, aunque a los dos los habían eliminado en la primera ronda. Eran los dos jugadores de los que más se había hablado en la liga durante toda la temporada y habían despertado un debate feroz entre los fans y la prensa a propósito de cuál era el mejor.

Shane sabía que era imposible responder de manera definitiva a esa pregunta, pero sería una pasada si lo nombraban Rookie del Año.

Rozanov había hecho que aflorase algo en él. Shane no era la clase de tío que necesitaba ser el mejor jugador del equipo: lo era, y punto. Y quizá ahí estaba la cuestión. Quizá Shane se había aburrido un poco hasta que había aparecido Ilya Rozanov.

El ruso era muchas cosas, pero, desde luego, no era aburrido. Frustraba a Shane en la pista, lo volvía loco fuera de la pista. Shane quería darle un puñetazo en la boca y después quería besársela para curarlo. Quería olvidarse de él y quería jugar todos los partidos contra él. Quería...

Quería ganar el puto premio al Rookie del Año.

Quería restregárselo a Rozanov por la cara.

Quería restregarse él por la cara de Rozanov.

La banda de rock canadiense acabó por fin de tocar su canción y una famosilla de segunda se subió al escenario, con un sobre en la mano.

Ahí estaba.

La madre de Shane le puso una mano en el brazo. Estaba tan nerviosa como él. O tal vez más.

Shane le sonrió con timidez y esperó.

La fiesta posterior fue tan escandalosa como esperaría cualquiera de un banquete en un hotel de Las Vegas abarrotado de jugadores de hockey profesional en ciernes. Casi todos iban bastante borrachos, pero Shane no podría haberse emborrachado ni siquiera de haber tenido edad suficiente para pedir alcohol en Nevada, porque tuvo que lidiar con un desfile interminable de gente que le daba palmaditas en la espalda y lo felicitaba. Algunos incluso le alborotaban el pelo.

La única persona a la que Shane no había visto aquella noche era a Ilya Rozanov.

En secreto, Shane lo había estado buscando toda la noche. La mitad de las veces que hablaba con alguien, miraba por encima del hombro de la otra persona. No entrevió ni una sola vez aquellos rizos castaño dorado, que deberían haber sido fáciles de identificar, dada la altura de Rozanov.

Se preguntó si habría vuelto a su habitación.

Solo de pensarlo se enfadaba. Menudo niñato imbécil. Si Rozanov hubiera ganado, ahora Shane estaría allí, en esa sala, listo para felicitarlo. Si Rozanov quería pasar su primera celebración de los Premios NHL asqueado en la habitación del hotel, no era problema de Shane.

O tal vez quisiera emborracharse en su habitación sin que nadie se enterara para luego bajar a la fiesta. Rozanov tampoco tenía edad suficiente para pedir alcohol allí.

—Oye, ¿has visto a Roz? —le preguntó alguien de repente.

Shane dio un respingo. Sintió que le habían leído la mente.

—¡No! —exclamó, demasiado rápido. Y poniéndose más colorado de lo que tocaba. Respiró hondo—. ¿Por qué iba a saber dónde está Rozanov?

El tío, un delantero de Toronto, se encogió de hombros.

—Pensaba que igual os ponían a los dos en la mesa infantil o algo así.

—No —dijo Shane—. No lo he visto. Ni en pintura.

—Bueno, vale. Enhorabuena, tío.

Le dio un apretón en el hombro y se marchó.

Hacía calor en la sala. Demasiada gente. Unos cuantos jugadores se habían quitado las americanas y las corbatas. Cada vez costaba más soportar el ambiente del lugar sin la ayuda del alcohol.

Shane buscó a su familia con la mirada. Encontró a su padre repantigado en una silla, bebiendo lo que suponía que era Sprite. Su madre parecía estar taladrando a un portero estrella hablando sin parar.

—Voy a salir a tomar el aire —le dijo a su padre—. Nada, un momento. Enseguida vuelvo.

—Claro —respondió. Parecía agotado—. De todas formas, en breve voy a intentar convencer a tu madre de que es hora de irse a dormir.

—Buena suerte.

Shane sonrió.

En cuanto salió de allí, notó el alivio del aire acondicionado que se expandía, sin obstáculos, por el pasillo prácticamente vacío. Se apoyó en la pared un momento y soltó el aliento.

Se preguntó en qué habitación estaba Rozanov.

«No», pensó. «Es un puto crío y no merece… nada».

Pero ¿de verdad estaba Rozanov tan disgustado? Normalmente se tomaba las cosas con mucha calma, como si no fueran con él. Al revés, Shane habría esperado que se presentara en la fiesta solo para demostrarle a todo el mundo que le importaba un carajo perder.

Sabía dónde no podía estar Rozanov en ese momento: los casinos; los bares. Podía estar en su habitación. O… en la de alguien. O en su habitación con alguien.

Shane frunció el ceño. Sacó el móvil del bolsillo de la americana para mirar la hora. Casi las dos de la madrugada. Aunque la hora daba igual en Las Vegas.

Nunca había estado allí. Justo había volado la noche anterior y, en realidad, no había visto nada todavía. Lo más probable era que no tuviera ocasión, porque volaba de vuelta al día siguiente por la tarde. Al hacer el *check-in*, le habían informado de que había unas vistas espectaculares desde la azotea del hotel. Inquieto y sin ganas de volver a la fiesta, decidió ir a echar un vistazo.

Cogió el ascensor hasta la última planta. Cuando se montó, había un trío de chicas borrachas armando jaleo. Se quedó en el rincón, al fondo, y clavó la mirada en los números de las plantas que se iluminaban conforme el ascensor subía.

—¡Ay, Dios! ¿Vas de boda? —le preguntó una de las chicas de repente.

—¿Perdón?

—El esmoquin. ¿Te has casado hoy?

—Eh… No.

—¿No ves que no lleva anillo? —susurró una de sus amigas.

Soltaron unas risitas.

Shane volvió a concentrarse en los números que había encima de las puertas del ascensor. Se movían más despacio de lo que le habría gustado.

—¿Vas al Stratospeeeeeer? —preguntó la primera chica.

—¿A dónde?

—Al Strat-o-sphere —dijo de nuevo más despacio.

—Eh…

—Stratosphere —aclaró una de sus amigas—. El bar de la azotea.

—¿Hay un bar en la azotea?

Todas se rieron de nuevo.

—Qué mono eres —dijo la amiga. Asintieron y se rieron otra vez—. ¡Ven al bar con nosotras!

—No puedo. Lo siento.

Por Dios, qué trayecto de ascensor tan largo.

Cuando por fin llegaron a la azotea, las chicas se habían olvidado de él. Salieron dando tumbos del ascensor y giraron a la derecha, seguramente en dirección al bar. Shane giró a la izquierda.

Se oía mucho ruido procedente del local. Música alta y vibrante, voces borrachas. Al otro lado de la azotea, había un rincón tranquilo desde el que se veía toda la ciudad. Shane supuso que era el sitio que solían utilizar para las bodas. Ahora estaba vacío.

Casi vacío.

Al principio, no lo vio. Todo de negro con el esmoquin y con la cabeza inclinada sobre la barandilla, Rozanov se camuflaba en la oscuridad. Entonces levantó la cabeza y exhaló una nube de humo blanco.

—No vale la pena saltar —dijo Shane, mientras caminaba hasta quedarse justo detrás de él.

Rozanov se dio la vuelta. Ni siquiera parecía sorprendido de ver a Shane. Dio otra calada larga al cigarrillo y después dijo con voz cansada:

—¿Qué? ¿La fiesta ya ha terminado?

—No. Necesitaba aire…

Rozanov exhaló. El humo revoloteó alrededor de su cara y luego flotó en el cielo desierto.

—Qué noche tan emocionante para ti, ¿eh?

—Supongo.

Rozanov puso los ojos en blanco.

—«Supongo».

—Podría haber ganado cualquiera de los dos.

—Pero has ganado tú.

—Sí, bueno, oye… ¿Quién sabe cómo deciden estas cosas? —Shane no estaba seguro de por qué decía esas chorradas. No tenía que disculparse por nada. Se merecía ese puto trofeo—. Así que has decidido subir a lloriquear aquí, ¿no? ¿Tanto te molesta que haya ganado yo?

Rozanov dio otra calada y se puso a contemplar las vistas. Dijo algo que Shane no entendió.

—¿Qué has dicho? —le preguntó y se puso a su lado en la barandilla.

—No todo tiene que ver contigo, Hollander.

No miró a Shane ni un momento mientras lo dijo. No sonaba enfadado. Simplemente sonaba… cansado. Y triste.

Shane analizó el perfil de Ilya. Su propia rabia se apagó y, sin saber cómo, empezó a «preocuparse» por Ilya Rozanov, lo cual era una sensación extraña. «¿Qué pasa entonces?».

Rozanov tiró la colilla al suelo y la pisó. Soltó una risita, pero sin pizca de humor.

—¿Qué quieres, Hollander?

—Nada. Solo quería tomar el aire. Ver las vistas.

—Estupendo —dijo Rozanov y pasó la mano por el aire ante ellos—. Pues aquí las tienes.

Shane volvió la mirada hacia el manto de luces urbanas que se extendían a sus pies, pero no tardó en dirigirla de nuevo hacia la cara de Rozanov. Vio que apretaba la mandíbula y notó la dureza en su mirada.

—Vuelvo a Rusia. Dentro de tres días.

—Vaya.

Los dos se quedaron callados un buen rato. Shane no estaba seguro de si Rozanov tenía más cosas que contarle o no. Decidió no insistir. No es que fueran amigos y tal.

—Tengo que volver —dijo Shane, tras contemplar la ciudad varios minutos—. Puede que mis padres aún estén en la fiesta.

—Tus padres. Muy bien.

—Supongo… Supongo que nos veremos la próxima temporada.

Shane extendió la mano. Rozanov la miró. Luego giró la cabeza a derecha e izquierda y miró alrededor.

Una décima de segundo después, Shane notó que lo apartaba de la barandilla y lo aplastaba contra una pared. Rozanov le había plantado la boca en la suya con fuerza y le agarraba los brazos de forma agresiva. Se le estaban clavando los dedos en los bíceps.

Le entró pánico. Joder, era superpeligroso. Y absurdo. Y confuso. Y…

Shane le devolvió el beso, con la misma rabia. Porque ¿qué coño se creía ese tío para hacer algo así, eh? Pasarse toda la noche escondido en la puta azotea, fumando un puñetero cigarro a oscuras como el peor cliché de un rompecorazones taciturno. Hacer que Shane se sintiera mal por ganar un premio que se merecía como el que más, joder. Y luego, en un arrebato, estampar a Shane contra una pared y besarlo como si fuera a morirse si no le comía la boca. Besarlo hasta que todos los sentidos de

Shane se llenaran del músculo duro apretado contra él y del sabor a tabaco y de la lengua caliente y húmeda de Rozanov metida en la boca.

«¿Qué pollas…?».

Shane agarró a Rozanov por las solapas y lo apartó. No podían hacer eso. Ni en sueños.

Miró frenético alrededor. No había nadie. Pero, ¡por Dios! ¡Podría haber habido alguien!

Rozanov se inclinó para besar otra vez a Shane y este se retiró.

—No. Imposible. Aquí no. Pero ¿qué te pasa?

Rozanov le dedicó esa sonrisa torcida que provocaba un cosquilleo en el estómago a Shane.

—No podemos —dijo el canadiense. Hablaba en serio, pero le dolió decirlo—. Tengo que marcharme. Y tú deberías irte a la cama, Rozanov.

La sonrisa desapareció.

—Nos vemos la próxima temporada —dijo el ruso.

Luego se dio la vuelta y se dirigió a los ascensores.

Shane esperó unos minutos para no tener que bajar juntos.

La siguiente temporada… La siguiente temporada sería distinta. Pondría fin a esa estupidez que había entre ellos y se concentraría en el hockey.

SEGUNDA PARTE

Capítulo 9

Diciembre de 2013, a casi 11.000 metros sobre Pennsylvania

Tap. Tap. Tap. Tap.

Ilya podía oír los pies de Ryan Price dando golpecitos contra el suelo, incluso con un asiento vacío entre ellos. Y a pesar de que llevaba puestos los auriculares y estaba viendo una película muy ruidosa de *Fast and Furious*.

Ilya miró de reojo. La rodilla de Price rebotaba de modo que empujaba el libro de bolsillo que tenía abierto y boca abajo apoyado sobre el muslo. Estaba agarrado a los reposabrazos y tenía los ojos cerrados. Tenía mal aspecto.

Y sin duda iba dejar caer ese el libro al suelo. Y después perdería la página.

Ilya suspiró, paró la película y se quitó los auriculares. No conocía mucho a Price. Nadie lo conocía; se había unido al equipo al inicio de la temporada. Era un defensa enorme, pero su verdadero rol sobre hielo era el de intimidador. Su trabajo era el de asegurarse de que nadie interfiriera con los mejores jugadores. Ilya podía cuidarse por sí mismo, pero jugar con tipos como Price significaba no tener que preocuparse por ello.

En la pista Ilya soltaba mierda de los demás provocándolos, y luego Ryan Price tenía que recibir los golpes. Un muy buen trato para Ilya.

—Price —le dijo—, tu libro.

No respondió.

—Price —repitió Ilya. Como seguía sin haber respuesta, se acercó y le tocó el brazo—. ¿Estás bien?

Price abrió los ojos de golpe y dio un respingo, haciendo que el libro acabara en el suelo. Ilya vio cómo se caía con consternación. Había fallado.

—Lo siento —dijo Price—. ¿Estaba dando golpecitos con los pies?

—Sí.

—Lo siento —repitió—. Es que, eh, me pongo nervioso en los vuelos. A veces.

—Ah. —Ilya se agachó y cogió el libro. Echó un vistazo a la cubierta antes de devolvérselo. *Ana de las Tejas Verdes*. ¿No era ese un libro para niñas o algo así?—. Has perdido la página.

Price esbozó una ligera sonrisa.

—No pasa nada. Ya lo he leído. Es solo para... Lo llevo en los aviones para tranquilizarme.

Ilya no conseguía entender a ese tipo. Era más alto y corpulento que él, con una melena pelirroja hasta los hombros y una barba que le hacía parecer miembro de una banda de moteros. Podía machacar a cualquiera de un puñetazo. Algunos de los oponentes más duros de la liga tenían miedo de enfrentarse con Price en una pelea.

—¿Es por el pelo rojo? —preguntó Ilya. No entendía a Price, pero al menos podía intentar ayudarlo a calmarse—. *¿Ana de las Tejas Verdes?*

Price se lo quedó mirando como si no entendiera de qué hablaba, y luego se rio. Fue una risa sosa e incómoda, pero aun así se rio.

—Sí, quizá.

Ilya estaba bastante seguro de que esa era la cuarta temporada de Price en la NHL, aunque ya había jugado en tres equipos distintos. Era callado en el vestuario, aterrador sobre el hielo y claramente un manojo de nervios en los aviones, por lo que Ilya supuso que no le resultaría fácil hacer amigos.

—¿Te pones así en todos los vuelos? —le preguntó. No se podía imaginar cómo tenía que ser. Desde luego se había equivocado de profesión si odiaba volar.

Price negó con la cabeza.

—No en todos los vuelos. Quiero decir, sí, siempre me pongo nervioso, pero no siempre así.

Se sonrojó, como si no hubiera querido admitir que estaba más aterrorizado de lo normal. Iban desde Raleigh, Carolina del Norte, hasta Montreal, por lo que no era un vuelo especialmente largo, pero había tenido turbulencias en el despegue. Quizá esa había sido la diferencia. A Ilya no le apetecía hablar del tema, y supuso que a Price tampoco.

Así que hizo un gesto hacia su iPad.

—*Fast Five*. ¿La has visto?

—Sí. Creo que sí. ¿Es esa en la que hay una persecución con la caja fuerte del banco?

—Sí. Es la mejor. —Ilya bajó la mesa del asiento vacío que había entre ellos, y puso su iPad en ella. Solo llevaba unos auriculares, pero siempre veía todo con subtítulos. Eso ayudaba a que su inglés mejorara.

Le dio los auriculares a Price, pensando que le iría bien distraerse viendo algo.

—Ah, eh…

Price se pasó una mano por la espesa melena.

—No te preocupes. Yo te aviso si el piloto dice que vamos a estrellarnos.

La broma era arriesgada, pero mereció la pena. Price resopló y aceptó los auriculares.

—Gracias.

Vieron la película, Price escuchándola e Ilya leyendo los subtítulos, y la pierna de Price se mantuvo el resto del vuelo quieta. Incluso pidió una Coca-Cola a los tripulantes de cabina, lo que tenía que ser buena señal.

Cuando Ilya se cansó de leer los diálogos de la película, se quedó mirando la oscuridad por la ventana. En realidad, había tratado de distraerse con la película porque ir a Montreal siempre lo alteraba. No eran nervios, era… algo distinto. Expectación, quizá. No quería decir emoción.

Jugarían la noche siguiente, era su segundo enfrentamiento de la temporada. El equipo de Montreal ya había estado en Boston en octubre. Los Boston Bears habían ganado en la prórroga, y Hollander estaba de muy mal humor cuando se presentó en la habitación que Ilya había reservado en el hotel calle abajo de donde se alojaban los de Montreal.

A Ilya le gustaba cuando Hollander se enfadaba, cuando Hollander desahogaba sus frustraciones con su cuerpo, cuando Shane le insultaba mientras le metía la polla en la boca a Ilya.

Esos eran los tipos de pensamientos por los que Ilya se había intentado distraer viendo *Fast and Furious*. Porque pensar en esa mierda con Hollander le hacía sentirse mal consigo mismo. También lo excitaba de una forma incómoda, cosa que solo hacía que se sintiera peor.

Sí. Supersano de cojones.

—Roz, ¿estás despierto?

Ilya miró de reojo para ver la cara de Cliff Marlow asomar en el asiento de enfrente. Cliff era un año menor que él, un poco idiota, y probablemente el mejor amigo de Ilya.

—No —dijo Ilya sin mostrar expresión alguna.

—He estado hablando con esta chica en Montreal. Nos hemos estado mandando mensajes por Instagram desde hace un par de semanas. Está buenísima. Mira.

Le estampó el móvil en la cara. En la pantalla había, en efecto, una chica que estaba buena.

—Buen trabajo —le dijo Ilya.

—La cosa es que quiere que nos veamos después del partido mañana por la noche. Le ponen los jugadores de hockey y me ha dicho que podría traerse a una amiga. ¿Te apuntas?

«Ah, no, gracias. Estaré ocupado follándome a Shane Hollander en una habitación de hotel».

—Tenemos toque de queda mañana por la noche. Hay vuelo temprano a la mañana siguiente, ¿sí? —le recordó.

—Sí, lo sé, pero… —Cliff miró melancólico el móvil—. Tengo que verla. Quizá pueda… No. ¿Sabes qué, Ilya? Voy a ser completamente sincero contigo: es muy probable que me salte el toque de queda. No es que vaya a perder el autobús al aeropuerto.

—Soy el capitán asistente, imbécil. No me cuentes tu plan para saltarte el toque de queda.

—Pensaba que la «A» era de «amargado».

—Graciosillo.

—Así que, ¿no te apuntas a venir conmigo mañana?

—No. Pero diviértete.

—Aún recuerdo cuando eras divertido, Roz.

—Yo soy la hostia de divertido.

«Y voy a tener una hora entera de diversión antes de que vuelva a tiempo para el toque de queda».

Cliff señaló con la cabeza a Price, que estaba viendo la película con atención y parecía no haberlo visto. Su cara era un signo de interrogación, e Ilya no sabía cuál era la pregunta. Así que Cliff, siendo un gilipollas, puso una mano a un lado de la cara para taparle la visión a Price y dijo con la boca: «Un poco raritо, ¿no?».

Ilya se encogió de hombros. Es posible que Ryan Price fuera raro, o quizá simplemente no era lo que la gente esperaba de él.

Desde luego que Ilya no estaba en condiciones de criticar a nadie por eso.

La noche siguiente, Montreal

—Te lo aseguro —dijo J. J.—, si el Rozanov de los cojones te busca problemas esta noche, voy a por él.

Shane se pasó las hombreras por la cabeza y empezó a asegurárselas.

—Si vas a por Rozanov, Ryan Price irá a por ti.

—Que le den a Price. Pienso mandar a ese pedazo de hijo de puta llorando de vuelta al sitio de donde mierda sea.

—Nueva Escocia, creo.

—Tan solo aviso. —J. J. apuntó con su espinillera a Shane para darle más énfasis—. Si Rozanov te busca problemas, me lo cargo. Con o sin Price.

Shane ignoró educadamente el miedo que J. J. trataba de ocultar. Era uno de los mejores de la liga y podía apañárselas solo en una pelea, pero Ryan Price daba un miedo de cojones.

Price era una de las cosas que hacían que esos partidos contra Boston fueran tan tensos. Montreal era una ciudad que vibraba de la emoción con su equipo de hockey durante todo el invierno; se podía sentir la electricidad en el aire cada que vez que jugaban en casa. Y siempre que Boston los visitaba, Shane sentía que la ciudad se ponía tan tensa como él. Cada célula de su cuerpo ardía con la necesidad de saltar a la pista y enfrentarse a Rozanov. Y cuando los partidos terminaban, le invadía un tipo de necesidad diferente.

Una carcajada fuerte interrumpió los pensamientos de Shane. Hayden le arrojó el móvil a la cara.

—Oye, mira lo que están haciendo los fans ahí fuera.

Era un vídeo publicado en Twitter de un grupo de personas fuera del estadio quemando lo que parecía ser un muñeco de Ilya Rozanov.

—Bueno, quizá eso ya es pasarse —dijo Shane.

J. J. le cogió el móvil.

—¡Ja! ¿Y eso está pasando ahora?

—Hace unos minutos —respondió Hayden.

—Precioso. Me encanta.

Hayden recuperó su móvil y miró con detalle la pantalla.

—No lo han hecho lo suficientemente feo.

«Claro, Hayden».

—Lo más probable es que en Boston hayan quemado muñecos con mi cara —dijo Shane.

—¡Ay, sí! Te aseguro que lo han hecho. Espera, déjame cargar YouTube…

—Ya, mejor no. La verdad es que estoy tratando de centrarme en ganar el partido de hoy. Así que nada de YouTube, por favor.

El jefe de relaciones públicas del equipo, Marcel, entró en el vestuario y suspiró.

—Shane —dijo Marcel—. La NBC quiere hablar contigo. ¿Va bien?

—Claro. Voy en un segundo.

Los comentaristas siempre querían hablar con Shane antes de los partidos, sobre todo antes de los partidos contra Boston. Trató de pensar en alguna nueva y emocionante manera de responder a la pregunta: «¿Qué tienen que hacer los Montreal Voyageurs para ganar esta noche?», mientras se dirigía al pasillo fuera del vestuario.

—Última pregunta, Shane: ¿Qué tienen que hacer los Montreal Voyageurs para ganar esta noche?

Shane puso su mejor cara de estar «pensando» para dar la impresión de que le había sorprendido la pregunta.

—Llevar el *puck* a la portería, lanzar más tiros, mantenernos fuera de la caja de castigo… —«Marcar más goles que el otro equipo antes de que se acabe el tiempo»—. Estamos en buena forma, estamos todos sanos, así que creo que sin duda se lo vamos a poner difícil a Boston hoy.

—Gracias, Shane, y buena suerte esta noche.

—Gracias, Chris.

Shane trataba de no resentirse con esas entrevistas. Cada vez que tenía que hacer una, que era a menudo, pensaba en los niños que lo estaban viendo. A él le encantaba ver las entrevistas de sus estrellas favoritas en la televisión antes de los partidos.

De vuelta en el vestuario, cogió el móvil para enviar un mensaje a sus padres. Les escribía siempre antes de los partidos.

Vio que tenía un mensaje esperándolo, y no era de sus padres.

Lily: ¿Cuántas veces te puedes correr en una hora?

«Qué coño».

Eso era una jugada sucia de narices, incluso para Rozanov. No se mandaban mensajes antes de los partidos. Y aún menos con mierdas como esa.

Sin duda no iba a responderle. Ni se le iba a poner dura con el suspensorio puesto.

Mierda. Se le había puesto dura. Y encima le estaba respondiendo.

Ilya casi se atragantó cuando vio la respuesta de Hollander.

Jane: No sé. Un par, ¿quizá?

¡Qué inocente, joder! Era tan sincero y dulce.

Ilya: Eres bastante malo haciendo sexting.

Jane: ¿Quién te ha enseñado esa palabra?

Ilya: Tu madre.

Vale, eso había sido bastante ridículo. Pero Hollander quería mucho a su madre y probablemente le fuera a molestar.

Jane: Para. Te escribo después del partido.

Y al cabo de unos minutos.

Jane: Si tienes suerte.

Ilya resopló. Hollander estaba muy orgulloso de sí mismo por esa pulla.

Ilya: ¿La tienes dura ahora?

No hubo respuesta. Ah, bueno. Ilya sabía que estaba cruzando una línea con esos mensajes, pero le resultaba tan divertido burlarse de Hollander… Se lo podía imaginar, en el vestuario de los Montreal Voyageurs, sonrojándose mientras metía el móvil en una bolsa o algo así para que nadie lo viera.

Esperaba que Hollander estuviera enfadado luego, cuando se encontraran en la habitación del hotel.

Ilya frunció el ceño al ver el edificio de tres pisos que parecía estar abandonado al que lo había llevado el taxista. Volvió a comprobar la dirección y confirmó que era la misma que Hollander le había mandado. «¿Qué cojones…?».

La única instrucción que Hollander le había dado a Ilya era que tenía que ir a la parte trasera del edificio, escribirle y esperar en la puerta. Así que Ilya lo hizo, tratando de no pensar en que lo asesinarían en un descampado oscuro detrás de un edificio que daba miedo. Si creyera que Hollander tenía algún tipo de naturaleza cruel, Ilya sospecharía que estaba a punto de gastarle una broma.

Al minuto de que Ilya mandara el mensaje se abrió la puerta, y lo único que vio fue a Hollander mirando a su alrededor como si una unidad de S.W.A.T. estuviera a punto de ir a por ellos en cualquier momento.

—Pasa —dijo.

Ilya entró con él hacia una escalera con poca luz y Hollander cerró la puerta a su paso.

—¿Qué es este sitio? —preguntó Ilya.

En lugar de responderle, Hollander lo empujó con las dos manos.

—Que te den por mandarme mensajes antes del partido, ¡imbécil!

Ilya sonrió.

—La tenías dura, ¿verdad? ¿Cuánto te duró así? ¿Todo el partido?

Hollander lo fulminó con la mirada y le dijo:

—Sígueme.

Los llevó por unas escaleras interminables hasta la última planta y luego abrió otra puerta con una llave. Al hacerlo, se vio un gran apartamento tipo loft, que, a juzgar por su aspecto, solo estaba parcialmente terminado. Parecía que las paredes estuvieran recién enlucidas y que aún no las hubieran pintado. Había una escalera apoyada contra una pared y una caja de herramientas abierta junto a ella. La zona de la cocina tenía una encimera y armarios nuevos, pero no tenía electrodomésticos.

—¿Esta es tu casa? —Ilya no había estado todavía en casa de Hollander. Hasta entonces solo se habían visto en habitaciones de hoteles. La idea lo excitaba.

—No. O sea, no vivo aquí. Pero sí, es mía.

—¿Te vas a mudar aquí?

—No, es solo una inversión, o algo así. He pensado que podía ser un espacio seguro para... encontrarnos.

Hollander era tierno de narices cuando se apuraba.

—¿Has comprado un edificio para que tengamos un sitio en el que follar, Hollander?

Ilya dio por supuesto que estaba tratando de sonar serio, pero el rubor de sus mejillas estaba estropeándole la intención.

—No. Es una inversión. Lo estoy reformando y luego venderé los apartamentos. Y ya tengo un inquilino para el local comercial de la planta baja.

—Vaya. Un hombre de negocios.

Hollander cruzó los brazos. Eso no le hacía parecer más intimidante.

—Se acabaron las preguntas. No estamos aquí para hablar.

—Sí. ¿Dónde me quieres? ¿En esa escalera? ¿En la pila de madera de allí?

—Aquí, idiota.

Hollander cruzó la habitación y abrió otra puerta, que lo conducía a...

... un dormitorio completamente reformado. Tipo, uno bonito de verdad.

—Es que, eeeh, he hecho que el dormitorio fuera la prioridad. Y el baño. Para que pudiéramos...

Pero Ilya no dejó que Hollander acabase la frase. Lo agarró de los brazos, lo empujó contra la pared más cercana y lo besó. Hollander había comprado un puto edificio para los dos.

Durante todo el verano, Ilya había estado seguro de que ese iba a ser el año en que Hollander lo dejaría. Pero también lo había pensado el verano anterior, después de que su temporada de novatos terminara con Hollander apartándole tras besarse en una azotea en Las Vegas. Pero cuando sus equipos se habían enfrentado por primera vez en la segunda temporada, Ilya le había escrito un mensaje con el número de la habitación del hotel y Hollander había aparecido a los veinte minutos.

—Has fumado —se quejó Hollander apartándose del beso.

—Solo uno.

—No deberías fumar.

—Y tú no deberías hablar. —Ilya dio un empujón en el pecho a Hollander y lo tiró de espaldas sobre la cama. Ilya se tomó un momento para mirarlo: sus mejillas sonrojadas, el cabello revuelto y una parte de la piel que se veía porque la camiseta se le había subido. Después se le abalanzó.

Se besaron con su estilo bruto habitual durante un rato, Hollander los hizo rodar para inmovilizar a Ilya y atacarle la boca antes de que Ilya los volteara y recuperara el control. Se quitaron las camisetas, luego los pantalones, después los calcetines y la ropa interior.

—Una hora —murmuró Ilya. Ahora él estaba encima, mordisqueando y lamiéndole la clavícula a Holander—. Y luego me tengo que ir.

—Pues date prisa, joder.

Ilya sonrió contra la piel de Hollander. Es que era un mocoso. Ilya se levantó y se sentó a horcajadas en la cintura de Shane asegurándose de apretar lo suficiente con los muslos. Se cogió la polla y la acarició lentamente, pensativo.

—¿Quieres esto, Hollander?

Y, madre mía, Ilya podía ver la guerra que se libraba en la cabeza de Hollander. Podía ver las ganas que tenía de decirle que se pudriera en el infierno, pero más que eso, podía ver la forma en que la lengua se le asomaba para humedecerse el labio inferior.

—Estás deseándola, Hollander, ¿sí? —Ilya se deslizó hacia delante, acercando su cuerpo a la cara de Hollander. A su boca. El pecho de Hollander se agitaba debajo de él y mantenía una mirada oscura e intensa—. Está bien —dijo Ilya con ternura. Y golpeó ligeramente los labios de Hollander con la punta de la polla—. Toda tuya. Cógela.

—Te odio.

—Sí. Lo sé. Demuéstramelo.

—Joder —susurró Hollander, como si hablara para sí mismo. Luego separó los labios y le lamió la punta húmeda de la polla.

Ilya estiró la mano y agarró el cabecero. Parecía un buen cabecero, robusto. Esperaba descubrir pronto cuán robusto era.

Hollander le toqueteó la raja de la polla durante un rato que se hizo largo, pero, joder, menudo espectáculo. Ilya miró cómo Hollander cerraba los ojos mientras se metía la punta en la boca. Su lengua la rodeó, acariciando la parte inferior y luego centrándose en la raja. Era bueno, pero no era suficiente, joder.

Hollander gruñó, al parecer igual de frustrado con la postura que Ilya, y lo empujó de nuevo hacia el colchón antes de volver a meterse la polla en la boca. Esta vez, se la comió entera, moviendo la cabeza a un ritmo rápido que Ilya no iba a poder soportar mucho rato. No si también quería metérsela a Hollander en esa hora asignada.

Pero Hollander no cedía. Lo cogió de las pelotas con la presión justa, e Ilya podía sentir la erección de Hollander deslizándose por su muslo.

—Hollander… —le advirtió. El viaje era fuerte y demasiado rápido.

Holander gimió, o quizá trataba de articular alguna palabra con la polla en la boca, pero lo único que consiguió fue provocar unas vibraciones que Ilya no necesitaba en ese momento.

—Joder. Joder. Tienes que parar. Si quieres que te la meta…

Hollander apartó la boca de la polla, y entonces se quedó muy quieto.

—Mierda. Joder. Hostia.

Ilya sintió un chorro húmedo salpicándole el muslo. El cuerpo de Hollander se agitó un par de veces, y luego hundió la cara en el hombro de Ilya.

«Joder».

—¿Hollander?

—Lo siento —gimió—. No me puedo creer que me haya… ¡Ni siquiera me has tocado!

E Ilya… se rio. Porque era puto divertido.

—No te rías de mí, joder.

—¿Tanto hacía que no nos veíamos? —bromeó Ilya.

Hollander mantuvo la frente apoyada en el hombro de Ilya, ocultando completamente su rostro.

—Cállate.

Pero entonces Ilya se rio aún más fuerte. Se rio hasta que Hollander acabó haciéndolo también, y estuvieron abrazados y entre carcajadas hasta que se les secaron las lágrimas de los ojos.

—Podrías ganar el premio al tiro más rápido.

Hollander le dio un puñetazo en el pecho en broma. Ilya rodó hacia un lado, tirando a Hollander a su lado sobre el colchón.

—Qué pena. Quería follarte. ¿Todavía te apetece?

—No creo que pueda. Me da tanta vergüenza que no creo que pueda empalmarme otra vez.

—¿Es acaso un reto?

—No. Pero… ¿puedo acabar lo que estaba haciendo?

Ilya volvió a tumbarse boca arriba y cruzó los brazos detrás de la cabeza.

—Todo tuyo.

Y Hollander lo hizo, pero esta vez con más calma y tomándose su tiempo. Ilya disfrutó con cada segundo.

Mentiría si dijera que Hollander tenía la boca más talentosa en la que había estado su polla. Pero tenía tantas… ganas de complacer. Estaba tan decidido a hacerlo bien. Por Ilya.

Había algo muy dulce en la forma en que Hollander le estaba haciendo la mamada en ese momento, como si no estuviera tratando de terminar cuanto antes, a pesar de que él ya hubiera tenido su propio orgasmo. Parecía que disfrutara de forma genuina haciendo sentir bien a Ilya.

E Ilya siempre se sentía bien con Hollander. No quería decir que fuera mejor de lo que había sido con otra gente, pero era… diferente. Y no solo porque Hollander fuera un hombre. Ilya no había estado con ningún hombre que no fuera Hollander en… eh… en más de un año. Casi dos, ¿quizá? Pero no era por eso.

Hollander lo miró e Ilya sonrió y le acarició el pelo. El reloj no se detenía e Ilya en breve tendría que irse, así que sujetó suavemente la cabeza de Hollander y lo guio para que siguiera el ritmo que necesitaba y… así… Sí. Joder…

—Así está genial, Hollander. Justo así. Haz que me corra.

Hollander gimió y hundió los dedos en los muslos de Ilya, manteniendo con la boca el ritmo que Ilya le había marcado. La familiar y estimulante sensación de presión de la inminente liberación se apoderó del cuerpo de Ilya —ese subidón que no podía ignorar—, y apretó los ojos con fuerza.

—Me corro. Ay, joder, Hollander.

Este se apartó y sustituyó la boca por la mano.

—Que yo lo vea.

Segundos después, Ilya estalló. Gritó, mucho más fuerte de lo habitual, mientras un orgasmo candente le recorría el cuerpo.

—Hostia puta, Hollander —jadeó Ilya cuando pudo volver a hablar—. Estoy muerto. Me has matado.

Hollander se había sentado y miraba fijamente el desastre que había en el estómago de Ilya.

—Eso es muy sexy.

—Sí.

—Me alegro de que estemos en un edificio vacío donde nadie pueda oírte.

Y entonces Ilya sintió la rara y desagradable sensación de notar sus mejillas sonrojarse de la vergüenza. No solía gritar así cuando se corría.

No quería pensar en eso, así que dijo:

—Tengo que irme.

—Vale.

Quince minutos después, esperaban al pie de las escaleras a que llegara el taxi de Ilya.

—Es un edificio bonito —dijo Ilya, porque odiaba el silencio—. ¿Quieres vivir aquí?

—No. Pero las reformas probablemente tarden, así que quizá podamos usarlo para… esto. Un tiempo.

Más silencio, y entonces Hollander dijo:

—Debes de estar emocionado por los Juegos Olímpicos. En Rusia.

—Sí. —Ilya estaba emocionado. Pero pensar en las expectativas de su país natal, de su padre, le daba dolor de estómago. Y también ganas de fumar.

—He soñado con los Juegos Olímpicos toda mi vida —dijo Hollander—. Me muero de ganas.

—¿De qué? ¿De tener una medalla de bronce?

—Vete a la mierda.

Ilya se rio.

—Oye, ¿recuerdas que te has corrido sin venir a cuento?

Hollander lo fulminó con la mirada, pero Ilya se dio cuenta de que estaba tratando de no reírse.

—Madre mía. Que te den.

—Ha sido un truco increíble.

—Tu taxi debe estar ahí fuera, ¿no?

Ilya puso la mano en la puerta, pero antes de abrirla, se inclinó y besó rápidamente a Hollander en la boca.

—Buenas noches, Hollander.

—Buenas noches.

Ilya sonrió como un idiota todo el trayecto en taxi de vuelta al hotel.

Capítulo 10

Febrero de 2014, Sochi, Rusia

—¡Shane Hollanderrrrrrrr!

Shane casi pegó un brinco al oír que gritaban su nombre detrás de él. Miró hacia los lados y vio dos caras que le resultaban familiares acercándose: Carter Vaughan (gritando) y Scott Hunter (sin gritar). Scott era el capitán del equipo masculino de hockey estadounidense y Carter era su compañero de equipo aquí y en Nueva York, donde jugaban para los Admirals.

Shane había estado paseando solo por la playa de Sochi. Tenía el resto de la tarde y noche libres, y no sabía muy bien qué hacer. Sus padres habían valorado si viajar a Rusia, pero finalmente decidieron no hacerlo. Por un único motivo: los preparativos para el viaje y buscar alojamiento resultaron ser una pesadilla. Él los había convencido de que no merecía la pena todo ese engorro y había insistido en que ya lo habían visto competir en torneos internacionales desde que era adolescente. Y quizá estaba siendo demasiado precavido, pero habían salido un montón de titulares sobre el tema de la seguridad en los juegos, y quería mantener a sus padres a salvo.

Shane no tenía ni idea de qué esperar antes de llegar a Sochi. No había ido nunca a Rusia y no estaba muy seguro de que todo ese espectáculo fuera la mejor representación de la patria de Rozanov. A menudo se preguntaba sobre la presión que podía sentir Ilya. Solo el hecho de estar en los Juegos Olímpicos ya le resultaba emocionante y estresante sin que además fuera en su país.

—¿Qué tal? —les dijo cuando Carter y Scott lo alcanzaron—. ¿Os imaginabais que aquí pudiera haber playa? Es un sitio raro de narices, ¿verdad?

Carter se rio.

—¡No! ¡Que hay putas palmeras! Pensaba que Rusia en invierno sería, pues, frío.

—Enhorabuena por tu victoria de anoche —dijo Scott.

Era un tío muy majo. Carter también era majo, pero Scott era, tipo, un ángel al que se le daba muy bien jugar al hockey. Su aspecto era angelical: rubio con ojos azules y con un cuerpo como el de un militar de la Marina que también era modelo y quizá también bombero.

—Gracias. Fue una victoria bastante fácil, pero te acepto la felicitación.

—Estos partidos del principio son todos fáciles. ¿Quiénes son nuestros próximos contrincantes, Scotty? ¿Fiyi?

Scott le frunció el ceño.

—Dinamarca. Y no quiero que nadie se ponga a chulear por eso.

—Sí, señor —dijo Carter bromeando.

Carter no se parecía en nada a Scott; tenía la piel oscura y los ojos marrones, aunque también era atractivo. La diferencia era que Carter sabía que lo era. Era el tipo de persona que acaparaba la atención de todo el mundo, pero en el buen sentido. Siempre caía bien.

—¿Qué os parece el alojamiento? —preguntó Shane.

—¿Me estás vacilando? —preguntó Carter—. Estoy durmiendo en un catre…

—Es una cama individual —le corrigió Scott.

—Lo que sea. Una puta cama individual, pegada entre otras dos camas individuales. Y en una de ellas está el puñetero zoquete este roncando.

—Que yo no ronco.

—Y en la otra está Sully —Eric Sullivan—, que apenas lo conozco, pero es aún más grande que Scott. Me gustaría saber dónde está el famoso resort Sochi Four Seasons.

Shane se rio.

—Yo comparto habitación con J. J. y con vuestro compañero de equipo, Greg Huff.

—Bueno, Huff no ocupa mucho espacio —dijo Carter—, pero J. J. es inmenso.

—A él tampoco le apasionan esas camas.

—¿Qué planes tienes para esta noche? —le preguntó Scott.

—Pues creo que voy a ver algo del patinaje de velocidad.

La cara de Scott se iluminó.

—Ah, ¿sí? Qué buen plan. También he visto que el programa corto de patinaje artístico masculino era hoy.

—Esos tíos son valientes de la hostia de estar aquí, lo sabes, ¿no?

—¿Valientes? —preguntó Scott.

Carter bajó la voz y echó un vistazo por la playa.

—Sí, por… por lo de ser gays, ¿me explico? Algunos están poniendo en riesgo su vida aquí. Son valientes de narices, joder.

—Ya —dijo Scott.

Se quedó mirando al océano. Shane sabía sobre la legislación rusa contra la homosexualidad, pero había tratado de no pensar mucho en esas cosas. Él tan solo quería disfrutar de los Juegos Olímpicos, ganar la medalla de oro y volver a casa. Pero entonces se vio pensando en Dev, un chico de Ottawa con el que había entrenado alguna vez y que formaba parte del equipo de patinaje artístico masculino, y que sabía que era gay. Él estaba ahí. ¿Tendría miedo? Lo más seguro.

—¡Debería haber voleibol de playa en estos juegos! —dijo Carter con tono alegre—. Voleibol de playa femenino. Eso es justo lo que necesitan los Juegos Olímpicos de Invierno, ¿verdad?

Shane asintió, pero seguía pensando en Dev.

Y en Rozanov.

Rozanov podía cuidar de sí mismo. Ese era su territorio. Sabría cómo mantenerse a salvo.

—¿Estás aquí, Hollander?

Shane parpadeó y miró a Carter y Scott.

—Perdón. ¿Qué habéis dicho?

—Vamos a ver qué tal el McDonald's que hay en la villa olímpica. Quizá sea divertido. ¿Te apuntas?

—Eeeh, creo que voy a... —¿Escribir a Rozanov? ¿Intentar localizarlo? ¿Asegurarse de que no lo hubieran detenido por chupársela a un saltador de esquí o algo así?— relajarme un rato en mi cuarto. Creo que todavía tengo algo de jet lag, ¿sabes?

—¿Y te puedes relajar en esa habitación? —Carter se rio—. Pues buena suerte. ¿Tienes mi número?

—Sí, lo tengo. Os veo luego.

Shane trató de no caminar muy rápido mientras se iba, pero de pronto estaba desesperado por contactar con Rozanov. El único problema era que no sabía dónde podría encontrarlo.

Le mandó un mensaje.

¿Lo estás pasando bien?

Ea. Era guay e informal. Un amistoso: «¡Oye, que los dos estamos en los Juegos Olímpicos! Qué divertido, ¿verdad? Por cierto, ¿te han metido en la cárcel?».

Esperó toda la noche una respuesta, pero no la hubo.

Los Juegos Olímpicos eran una puta mierda.

Ilya había estado de los nervios toda la semana. Habían sido días de sonreír a los medios de comunicación rusos y de socializar con los funcionarios que provocaban que se le pusiera la piel de gallina. Eran hombres y mujeres que apoyaban al líder de su país sin cuestionarlo, y que esperaban que Ilya lo hiciera también. No había tiempo de disfrutar; ni siquiera había tenido tiempo para centrarse en sus partidos.

Y se notó.

El equipo masculino de hockey ruso era un completo desastre. Ese tipo de torneos internacionales siempre eran complicados, con deportistas a los que ponían a jugar a su suerte creyendo que podían crear un «superequipo» de los mejores, cuando en realidad no sabían cómo jugar juntos. Pero es que este era especialmente desesperanzador. Demasiados egos. Demasiada presión, aquí en su país de origen, caldeando el ambiente tanto en el vestuario como en la pista. Habían cometido demasiadas faltas absurdas y fallado demasiados goles.

Ya habían perdido la oportunidad de ganar una medalla, y eso fue más que humillante. Ilya estaba deseando que todo acabara para poder irse a… casa.

¿Desde cuándo había empezado a considerar Boston su casa?

Esa noche habían solicitado (exigido) la presencia de Ilya en una ridícula gala, que tan solo era una excusa para que el gobierno se pudiera lucir ante dignatarios extranjeros. Era justamente el tipo de eventos que no podía soportar.

Y algo que lo empeoraba aún más era el hecho de que su padre también asistiría. Su padre, que tan solo había hablado con él esa semana para decirle lo mucho que había defraudado a

Rusia, iba a estar exhibiendo a su hijo famoso por todo el salón como si estuviera orgulloso de él.

Pero antes, Ilya tenía que ir a la habitación del hotel de su padre. Ojalá fuera lo bastante fuerte como para negarse.

No lo era. Así que llamó a la puerta cinco minutos antes de las seis en punto, porque si llamaba pasadas menos cinco ya se consideraba llegar tarde a los ojos de su padre.

La puerta se abrió, y ahí estaba Grigori Rozanov, en toda su gloria intimidante. Vestía su uniforme de policía al completo, e Ilya podía verle el ceño fruncido a pesar de la barba canosa que le cubría la cara. Su padre era casi cincuenta años mayor que él.

Se hizo a un lado para dejar entrar a Ilya en la habitación. Esperó a que Ilya se sacara el abrigo de lana para empezar la inspección. Sus ojos lo rastrearon mientras Ilya se quedaba quieto, como un niño tembloroso que esperaba su castigo. No había nada —pero nada— mal en su traje. Era uno clásico negro, hecho a medida y con la pajarita impecable. Incluso se había dejado el afeitado más corto que en años. Pero su padre acabaría encontrando algo.

—Tienes que cortarte el pelo —sentenció Grigori finalmente.

Ilya se había dejado crecer el pelo la temporada anterior, pero esa noche se lo había peinado hacia atrás.

—Sí, señor.

Su padre arrugó la frente mientras miraba su pelo durante otro minuto como si pudiera hacerlo encoger hacia el cuero cabelludo de Ilya antes de que cruzara la habitación dirigiéndose al bar. Sirvió vodka en un par de vasos y le entregó uno a su hijo.

—El ministro quiere conocerte esta noche.

Se refería al ministro de Interior. Su jefe.

—Será un honor —mintió Ilya.

Quería beberse el vodka de un trago y servirse cuatro o cinco más.

—Deberías sentirte halagado de que siga queriendo hacerlo. Después de lo que pasó anoche.

Ilya se mordió por dentro un lado de la mejilla.

—Perder contra Letonia —siguió su padre—. ¿Cómo permitiste que ocurriera? ¿Cómo no estás avergonzado?

—Estoy avergonzado, padre.

Su padre negó con una mano.

—No lo suficiente. En la liga norteamericana no te enseñan suficiente disciplina. Ahora eres un blando. Es una vergüenza porque de adolescente habías sido toda una promesa.

«Tan solo tengo veintiuno. Soy uno de los mejores jugadores del mundo».

—Soy mejor jugador ahora que antes. Es solo que el equipo no ha sabido jugar bien en conjunto.

Error haber dicho eso.

—Tú eres el capitán, ¿no? ¿De quién es la culpa si el equipo no ha jugado bien en conjunto?

«¿Del entrenador?».

En lugar de responder, Ilya miró al suelo esperando a que su padre cambiara de tema.

Grigori se acercó, dejó el vodka en una mesa y empezó a reajustarle la pajarita a Ilya sin que fuera necesario.

—Ay. ¿Quién le ha hecho el nudo a esto? ¿Tu madre? Ella no sabe hacer estas cosas bien.

Ilya se quedó helado. Se le quedó el aliento atrapado en la garganta y tragó saliva antes de decirle lo más tranquilo posible:

—No, padre. Mamá está muerta. ¿Recuerdas?

Y entonces Grigori se quedó helado, e Ilya pudo ver la confusión en sus ojos antes de que parpadease y agitara la cabeza.

—Claro, sí. Ya lo sé. Hablaba de tu madrastra.

—¿Y dónde está Polina esta noche? —le preguntó Ilya, ignorando por completo la mentira de su padre.

—En casa.

No dio más explicaciones. Perfecto. De todos modos, a Ilya le daba igual.

Su padre soltó la pajarita de su hijo y le alisó las solapas con la mano.

—Deberíamos irnos —dijo Ilya.

Grigori frunció el ceño.

—Sí…

—A la gala —añadió Ilya—, de los Juegos Olímpicos. Vas a presentarme al ministro.

Grigori levantó la cabeza de golpe abriendo mucho los ojos.

—¡Que ya lo sé!

Se apartó de su hijo y abrió la puerta del armario. Sacó el abrigo y se lo puso.

A Ilya no le gustaba su padre, pero odiaba verlo deteriorarse. Se preguntó si sería más fácil cuando el cerebro de Grigori se hubiera ido por completo y ya no tuviera que sufrir más el bochorno de entrar y salir de su propia conciencia.

—Conmigo, Ilya. Y compórtate esta noche. Intenta compensar la vergüenza que ya has traído a tu país.

Hacía que fuera difícil sentir pena por él.

—Claro. Lo haré.

Mientras seguía a su padre cruzando el pasillo hacia el ascensor, notó que el móvil le vibraba en el bolsillo. Rápidamente miró la pantalla.

Jane: ¿Lo estás pasando bien?

Lo último que necesitaba era que el imbécil de Shane Hollander tratara de hablarle. No ahí. No en ese momento.

Ignoró el mensaje y volvió a meterse el móvil en el bolsillo.

Shane vio a Rozanov en la parte superior de la grada inferior durante el partido de Suecia contra Finlandia. Estaba solo, con un abrigo largo de lana negro en lugar de con la chaqueta de su equipo. Llevaba el cuello levantado. Tenía las manos metidas en los bolsillos.

Shane llevaba la chaqueta y el gorro de lana de su equipo. En la siguiente pausa del partido, dejó su asiento y caminó alrededor del perímetro hasta quedarse de pie junto a Rozanov.

—Hola —dijo Shane.

Rozanov lo miró y negó con la cabeza.

—Aquí no —dijo tajante.

—No, no quiero... Solo quería ver... cómo estabas.

—Bien. Venga. Ve a sentarte.

Shane frunció el ceño. Rozanov parecía agotado. Tenía ojeras oscuras y la cara pálida. Pero el cambio más notorio —y alarmante— eran sus ojos. La chispa juguetona que siempre hacía bailar los ojos marrón avellana de Rozanov se había simplemente... ido. Esfumado.

—Yo...

—No somos... nada. Aquí no, Hollander.

Los ojos de Rozanov se movieron rápidamente a su alrededor, como si buscara amenazas. Era la primera vez que Shane veía a Rozanov incómodo.

—¿Estás bien? —le preguntó. Habló lo más flojito que pudo entre todo el ruido del estadio.

—Por favor, vete.

—No respondiste a mi mensaje y pensé... —De golpe todas las maneras de acabar la frase de Shane sonaban estúpidas. «Pensé que estabas en peligro. Pensé que estabas en la cárcel. Pensé que estabas... triste».

—No, no he respondido a tu aburrido mensaje. Y ahora, ¿te puedes ir?

Rozanov estaba siendo un gilipollas, cosa que no era nueva, pero no parecía querer serlo. De hecho, Shane hubiese apostado que lo que realmente Rozanov quería era que se quedara. Parecía que necesitaba un abrazo.

Pero era obvio que Shane no iba a abrazarlo allí, así que solo asintió y se fue. De todos modos, no tenía tiempo para pensar en él; Canadá tenía que jugar los cuartos la noche siguiente contra Estados Unidos o, si Finlandia perdía ese partido, contra Suecia.

Rozanov y su equipo estaban eliminados. Y Shane sabía que eso debía de ser terrible. El equipo ruso lo había hecho… fatal. No era culpa de Rozanov, pero Shane sabía que él se estaría culpando por ello. Joder, él lo estaría haciendo consigo mismo si fuera su equipo.

Cuando Shane volvió a su asiento, Rozanov ya se había ido.

Capítulo 11

Junio de 2014, Las Vegas

Al final de temporada, la liga pidió a Rozanov y Hollander que presentaran los premios de la NHL juntos. Como la liga era graciosa, les pidieron que presentaran el premio al Jugador de Conducta Más Deportiva.

Shane estaba esperando detrás del escenario con su traje. Solo. Nadie sabía dónde estaba Rozanov. Tenían que salir al escenario en tres minutos.

—¿Dónde narices está Rozanov? —preguntó un director asustado.

—No tengo ni idea —dijo Shane—. Nosotros, eh, no hablamos mucho.

El director se fue enfurecido maldiciendo.

No había mentido. No había hablado con Rozanov, fuera de pista, desde las cuatro palabras que intercambiaron en los Juegos Olímpicos. La humillación de no conseguir ni la medalla de bronce parecía haber sido razón más que suficiente para no querer mirar más a Shane, y mucho menos querer hablar con él. Tocarlo. Besarlo.

Shane lo sentía por él, pero luego Rozanov había convertido la vergüenza de perder de un modo tan horrible en los juegos en combustible que lo impulsara tanto a él como a los Bears a conseguir la Copa Stanley.

Había visto la final con Hayden y algunos de los otros chicos que se habían quedado en Montreal después de que los eliminaran en la tercera ronda. Se había muerto de envidia, pero también había estado innegablemente orgulloso al ver a Ilya Rozanov alzar la copa sobre su cabeza y rugir. Las lágrimas corrían por su rostro mientras gritaba y gritaba, y Shane se había percatado de que eso iba más allá del orgullo de ser el mejor jugador del mejor equipo de la NHL ese año. Rozanov le estaba demostrando algo a alguien.

Shane se había sorprendido al notar sus propias lágrimas mientras veía la cruda emoción estallar en Rozanov. Era como si, con cada movimiento de la copa sobre su cabeza, Rozanov estuviera diciendo: «Que te den, que te den. Lo he conseguido. Que te den» a alguien.

Quizá a Shane. Pero no lo creía. Esperaba que no.

La última vez que habían hablado de verdad había sido hacía seis meses, antes de los Juegos Olímpicos, y Shane no había hablado tanto. Lo que había hecho era dejar que Rozanov lo empujara de rodillas en el medio de la habitación de su hotel y le metiera la polla en la boca hasta que a Shane se le saltaron las lágrimas.

En ese momento, Shane se tiró del cuello de la camisa intentando no ponerse rojo.

—¿Me buscabas? —Una voz familiar apareció detrás de él.

Shane se dio la vuelta y encontró a Ilya Rozanov luciendo como nadie el traje. Se había dejado crecer la melena durante toda la temporada anterior, y esa noche se la había peinado hacia atrás y se la había recogido con un moño. Parecía un modelo europeo.

—Joder, Rozanov. ¿Qué mierda…? ¡Salimos como dentro de cinco segundos!

—Cincuenta segundos. Vamos bien.

—¿Acaso te importa lo más mínimo haber tenido a gente al borde de un ataque por buscarte?

—La verdad es que no.

Las manos de Shane se cerraron en puños al lado del cuerpo.

—¿Y dónde has estado?

—Ocupado.

—Ah, ¿sí? ¿Con quién?

Rozanov se limitó a sonreír.

—Nos toca.

Se adelantó a grandes pasos hacia el escenario, provocando que Shane se quedara atrás y tuviera que seguirlo. «Que le jodan. ¿Ni un mensaje en cinco meses y ahora va a actuar así de sexy como si nada hubiera cambiado?».

Subieron al podio y recitaron su tonto discurso sobre la importancia de respetar a los compañeros de juego. Shane no tuvo que fingir en absoluto odiar a Rozanov en ese momento.

Provocaron muchas risas. El hecho de que Shane estuviera rechinando los dientes mientras hablaba solo aumentó el efecto cómico.

—Oye —dijo Rozanov—, antes de que entreguemos el premio, ¿podemos hacernos un selfie?

—¿Qué? —preguntó Shane. Todo formaba parte del guion.

—Uno rápido. Claro, no sabemos cuándo podrá volver a ocurrir, ¿no?

—Bueno, pero date prisa.

Rozanov rodeó el hombro de Shane con el brazo apretándolo fuerte hacia él. Todo el mundo se rio. Rozanov sacó el teléfono y disparó, por lo menos seis fotos, que Shane pudiera contar.

—Dame tu número. Que te las envío.

—En tus sueños —dijo Shane sin expresión.

Aún más risas.

Rozanov tardó en retirar el brazo del hombro de Shane. Cuando finalmente lo hizo, dejó que los dedos le rozaran el cuello, y eso hizo que los pelos se le pusieran de punta.

Shane notó cómo se le ponía dura y lo maldijo por eso.

Leyeron a los nominados, entregaron el premio al ganador y luego Shane se fue del escenario lo más rápido posible. Siguió caminando hasta que encontró un pequeño baño detrás del escenario. Entró y no echó el pestillo.

En menos de un minuto, Rozanov se coló dentro y cerró con pestillo. Empujó a Shane contra la pared. Shane estaba furioso; miró a Rozanov a los ojos y esperó a que él hiciera el primer movimiento.

—¿Y bien? —dijo Rozanov.

—¿Y bien qué?

Señaló hacia el suelo.

—¿No me vas a chupar la polla?

Los ojos de Shane se entrecerraron.

—¡Que te den! ¿Por qué no me las chupas tú?

—Mmm. —Ilya pasó el dedo por la mandíbula apretada de Shane… lo hizo tan suave que Hollander cerró los ojos y abrió los labios sin querer—. Quizá si me lo pides bien.

Shane quería mandarlo a la mierda. Pero en lugar de eso, para sentirse aún más humillado, se oyó diciendo:

—Por favor.

Rozanov levantó una ceja.

—¿Quieres que me arrodille en este suelo tan sucio? Tienes que pedírmelo mejor, Hollander.

—Por favor —dijo Shane apretando los dientes—, arrodíllate y chúpamela. Por favor.

Rozanov apoyó su mano en la erección de Shane, que se marcaba en los pantalones del traje, y Shane jadeó y echó hacia atrás la cabeza contra la pared. Rozanov se acercó y rozó la oreja de Shane con los labios.

—No.

Soltó a Shane y se echó atrás.

—¿Qué? —balbuceó Shane.

—No. No pienso hacer nada contigo aquí. Vamos a salir ahí, sentarnos en nuestro sitio y luego ir a la fiesta. Y luego, cuando hayas esperado durante toda la noche, vendrás a mi habitación de hotel. Y puede que ahí haga algo más que chuparte la polla.

Shane se sintió mareado. Y enfadado. Y en parte sorprendido con el inglés de Rozanov. Había hecho un buen avance.

—¿De verdad me vas a dejar así?

—Sí. De momento.

—Pues muy bien —refunfuñó Shane.

—Ah —dijo Rozanov fingiendo compasión—. Hagamos una apuesta: si ganas el MVP esta noche, te la chuparé, te follaré…, te haré lo que te dé la gana.

Shane tragó saliva.

—¿Y si ganas tú?

Rozanov soltó una sonrisa pícara.

—Ya te lo haré saber.

Puso su mano en el pomo y, cuando estaba a punto de irse, se giró de golpe y agarró la chaqueta de Shane. Lo besó con intensidad y luego lo soltó.

—Buena suerte hoy —le dijo.

Y se fue.

Shane se fue de la fiesta lo más rápido que pudo. Ojalá tuviera la fuerza de voluntad suficiente para quedarse más y hacer esperar a Rozanov. Ojalá tuviera la fuerza suficiente para plantarle cara.

Llevaba horas nervioso, medio cachondo y agitado por el ansia. Había bebido algunas cervezas, que ya eran una cuantas más de lo que tomaba normalmente, y su mente tan solo podía pensar en correrse cuanto antes.

Había recibido un mensaje con el número de habitación de Rozanov, y lo había visto irse de la fiesta hacía unos minutos. No habían hablado más desde el encuentro en el baño de detrás del escenario.

Rozanov había ganado. Por supuesto que había ganado. Y ahora Shane tenía que averiguar qué quería exactamente de él.

Habían hecho… ¿de todo? Estaba más que seguro que llegados a ese punto habían hecho de todo. Mamadas: sí. Pajas: por supuesto. Penetración: sí, aunque solo con Shane como pasivo. Tampoco se podía imaginar a Rozanov queriendo que eso cambiara. Y, de todos modos, esperaba que no lo quisiera.

Le mandó un mensaje a Rozanov conforme se acercaba a la puerta y oyó el tic del mensaje abrirse justo antes de llegar. Entró rápido.

Ilya tenía una suite enorme reservada en el casino de Las Vegas donde se había celebrado la entrega de premios. Estaba de pie en medio de la habitación y se había quitado la mitad del traje. Solo llevaba unos elegantes pantalones negros con la mitad de los botones de la camisa desabrochados. Iba descalzo. Shane se había quitado la pajarita y la había guardado en el bolsillo cuando se había desabrochado un par de los botones de la camisa antes, pero tenía que ponerse al día también.

—¿Has venido a felicitarme? —dijo Rozanov.

—Supongo.

Ilya abrió los brazos como si estuviera diciendo: «¿Y bien?».

—Enhorabuena —respondió Shane sin ganas.

—Gracias. Ahora quítate la ropa.

Shane esperaba que Rozanov le fuera a ayudar un poco con eso, pero obedeció y se sacó todas las prendas del traje para dejarlas en la parte trasera del sofá.

Rozanov no se sacó nada. Se apoyó en una mesa de cristal y cruzó los brazos mientras lo miraba.

—Quizá deberíamos… Quiero decir. Hay ventanas. Hay muchísimas ventanas.

—Estamos en una planta dieciséis.

—Sí, pero…

Ilya se impulsó e hizo un movimiento rápido con la mano en el aire para que Shane lo siguiera a la habitación.

—A la cama —le ordenó sin apenas mirarlo.

Shane hizo lo mejor que pudo para aparentar estar cómodo y relajado en esa inmensa cama, como si no estuviera de los nervios por lo que tuviera planeado Rozanov. Esperaba que se uniera a él, pero en lugar de eso, salió de la habitación.

Se fue un rato demasiado largo. Cuando volvió, traía una copa con un líquido transparente. Se sentó en la silla que había contra la pared al final de la cama y bebió un sorbo.

—Mmm. Estoy impresionado con este hotel. Este vodka no es fácil de encontrar.

—Muy bien —dijo Shane impaciente.

—Tócate.

—¿Qué?

—Enséñamelo. Déjame verte.

—¿Que quieres qué?

—Es mi noche especial, Hollander. Quiero verte.

Cada parte del cuerpo de Shane se sonrojó.

—Nunca… Yo nunca…

Ilya sonrió.

—Ya imaginaba que quizá no. Así que… enséñame. ¿Cómo te tocas, Shane Hollander?

«Joder».

Shane quería quejarse, pero como sus calzoncillos no estaban ocultando en absoluto cómo de dura se le había puesto la polla en el último minuto, sintió que quizá el argumento sonaría flojo.

—Pues entonces dame un poco de ese vodka —dijo—. Estoy demasiado sobrio para esto.

Rozanov negó con la cabeza.

—No. Vodka podrás luego. Será el premio.

—Que. Te. Den.

Rozanov se rio.

—¡Es un buen vodka! Venga. Mira a tu pobre polla, Hollander. Hazle un poco de caso, ¿sí?

Shane lo fulminó con la mirada, pero Rozanov se limitó a cruzar las piernas y echarse atrás en la silla, la mar de cómodo.

—Cierra los ojos —le sugirió—. Imagina que estás solo. ¿Cómo empezarías?

Shane exhaló y cerró los ojos. Trató de ignorar al ruso sonriendo en la esquina mientras se ponía la mano sobre el estómago. Se toqueteó lentamente la piel, dejando que los nervios se avivaran.

Oyó a Rozanov moviéndose en la silla. Shane esbozó una pequeña sonrisa; quizá aún tenía algo de poder ahí.

Con la mano abierta, se masajeó y bajó hasta tocarse el paquete dentro de la ropa interior, despacio y con mimo. Soltó un gemido flojo y desvergonzado y se puso la mano en forma de copa para agarrarse los huevos.

Si Rozanov quería un espectáculo, iba a tener un puto espectáculo.

Se frotó alrededor de la tela de los calzoncillos, asegurándose de que se notaba su erección. Estaba empezando a disfrutar de lo que hacía; su miedo estaba desapareciendo.

Abrió los ojos y echó una mirada lasciva a Rozanov, que tenía los ojos fijos en su entrepierna mientras se le abría la boca.

—Venga, Hollander —le murmulló—. Enséñame.

Shane levantó las caderas, metió los pulgares en las bandas de los calzoncillos y se bajó la ropa interior por debajo del muslo. Su polla saltó libre, dura y reluciente.

—Menéatela —le ordenó—. Córrete para mí.

Shane se rodeó la polla con los dedos, pero en lugar de meneársela, tan solo usó el pulgar por la raja de la polla un par de veces.

—Hay lubricante en el armario —le dijo Rozanov—. Junto a la cama.

—Mmm. Tráemelo.

«Toma. Que te jodan, Rozanov».

Rozanov se levantó sin protestar y cogió el bote de lubricante. Se lo tendió a Shane, pero cuando iba a cogérselo, Rozanov lo apartó. Se rio ante su mirada furiosa y tiró el bote sobre la cama.

—¿Te gustaría saber —preguntó Rozanov mientras se acomodaba en su silla— cómo se siente?

—¿Cómo se siente?

Se inclinó hacia delante, sonriendo como un tiburón.

—La copa. ¿Quieres saber qué se siente al sostener la Copa Stanley?

—Ay, vete a la mierda.

Rozanov se rio.

—Tampoco sabría cómo describirlo. Es imposible.

—Pronto lo descubriré por mí mismo —refunfuñó Shane.

—Claro. Y ahora, enséñame cómo te gusta, Hollander.

Shane pensó que esa petición era casi dulce. Considerada. Se quitó los calzoncillos por completo y cogió el bote. Hizo un alarde de rociarse el lubricante directamente sobre la polla.

Si Rozanov pensaba que Shane iba a estar hablando durante ese rato, es que no lo conocía muy bien. Shane se habría sorprendido de decir apenas un par de palabras.

Se acarició con movimientos lentos y relajados. Cerró los

ojos de nuevo y dejó que el placer iluminara cada parte de su cuerpo. Con la otra mano se acarició hacia abajo hasta toquetear los huevos. Se arqueó un poco en la cama, jadeando y gimiendo.

Se preguntó si Rozanov también iba a empezar a tocarse. Abrió un ojo y le pareció que Rozanov estaba contento con solo mirarlo. Aunque se estaba inclinando hacia delante y parecía un poco sonrojado.

Abrió los dos ojos. Quería bajarse de la cama y arrastrarse de rodillas hasta donde estaba sentado Rozanov. Quería acariciar su polla a través de los pantalones. Quería presionar su boca abierta contra el bulto que podía ver desde ahí.

Esos pensamientos provocaron que la mano se le acelerara. Dejó escapar un «ah» entrecortado y plantó los pies en la cama, con las piernas abiertas y las rodillas dobladas.

—Ábrete —le dijo Rozanov—. Usa los dedos.

Joder. Shane se sintió a la par avergonzado y excitado. Cogió el lubricante.

—Eso. Déjame ver cómo te abres para mí.

—¿Vas a follarme? —logró decir Shane.

—Ya veremos.

Era innegable lo humillante que resultaba estar así tumbado en la cama, con los dedos metidos en el culo hasta los nudillos, mientras Ilya Rozanov bebía tranquilamente su vodka y lo observaba todo como si fuera a ser examinado más tarde.

Lo único que podía hacer la situación aún más bochornosa sería…

—Por favor —jadeó Shane. Suplicó.

—¿Por favor, qué?

—Necesito que…

Se dio cuenta de que Rozanov estaba empezando a perder los papeles. Pudo ver cómo se le movía bruscamente la nuez al tragar saliva, cómo se mordía el labio inferior con los dientes.

—¿Qué necesitas, Hollander?

—A ti. Fóllame. Por favor.

Rozanov contuvo el aliento, se levantó y dejó el vaso en la mesita auxiliar. Se desabrochó lentamente los últimos botones y dejó caer la camisa al suelo detrás de él. Caminó hasta el final de la cama y Shane se arrastró hacia él, tal y como había imaginado. Gateó por el colchón hasta que su cara se encontró con el bulto en los pantalones del traje de Rozanov. Lo acarició con la nariz y lo besó, y Rozanov hundió los dedos en el pelo de Shane y murmuró algo en ruso.

Shane no sabía si Rozanov estaba diciendo algo alentador o reverente. O quizá lo estaba llamando puto. Se sentía un poco perra cachonda en ese momento. Se sentía salvaje. Quería la polla de Rozanov en todas las partes de su cuerpo a la vez.

Y se odiaba por desear todo eso. Pero no lo suficiente como para parar. Nunca lo suficiente como para parar.

Le desabrochó los pantalones a Rozanov y se los bajó hasta los tobillos, junto con los calzoncillos. Se metió la polla en la boca y gimió de alivio.

—Qué bien me sienta. Mírate.

Shane soltó otro gemido avergonzante, odiándose por lo mucho que le gustaba aquello.

Rozanov dejó que se la chupara durante unos minutos de éxtasis antes de empujar a Shane hacia la cama. Giró la mano en el aire.

—Date la vuelta —le dijo.

Shane lo acató y levantó el culo en el aire con mucho ímpetu. Oyó el ruido de un condón al abrirse y luego vio cómo el envoltorio vacío caía al suelo cuando Rozanov lo tiró a un lado. El ruso respiraba con dificultad mientras se echaba lubricante y, joder, a Shane le encantaba cuando Rozanov perdía la calma y la compostura.

Rozanov lo folló con fuerza con una mano apretando los omoplatos de Shane... presionándolo contra el colchón. Shane gritaba más de lo que quería, suplicando por más, aunque eso probablemente fuera imposible. A pesar de que resultara vergonzoso estar tan desesperado por Ilya Rozanov.

Se corrió tan fuerte que gritó. No había otra palabra para describirlo. Y, una vez más, había ensuciado las sábanas de la cama del hotel.

En sus oídos todavía resonaba su propio orgasmo cuando sintió que Rozanov se quedaba paralizado detrás de él y gritaba. Y entonces la frente de Rozanov se apoyó sobre la espalda de Shane mientras ambos luchaban por recuperar el aliento.

—Joder, Hollander —jadeó Rozanov mientras se dejaba caer de espaldas a su lado. Se le había soltado el pelo del moño y se le pegaba a la frente en un mechón húmedo.

Shane se dio la vuelta con cuidado, dejando la mancha húmeda de las sábanas entre los dos.

—¿Y mi vodka?

Rozanov se rio.

—Claro. Dame un minuto.

Shane sonrió. Sabía que más tarde se sentiría por lo menos un poco abochornado y avergonzado cuando pensara sobre esa noche, pero en ese momento estaba eufórico.

Rozanov al final se levantó de la cama y, después de limpiarse en el baño, le llevó una toalla húmeda a Shane y un vaso de vodka con hielo. Para él cogió un cigarrillo y un mechero.

Se sentó con la espalda apoyada en el cabecero, con una pierna doblada y la otra estirada. Seguía desnudo, tan solo llevaba su cadena de oro con una cruz. Encendió el cigarrillo y Shane ni siquiera tuvo fuerzas para regañarle por ello. Sobre todo porque estaba sexy de narices.

—¿Volverás pronto? —preguntó Shane.

—¿Volver?

—A Rusia. Para pasar el verano.

Rozanov exhaló una gran bocanada de humo.

—Sí.

—Ah.

Se quedaron en silencio un momento, y entonces Shane no pudo evitar preguntar:

—¿Por qué?

Rozanov se encogió de hombros.

—Es mi casa.

—Pero… ¿te gusta ir?

No respondió. Echó otra calada al cigarro y cerró los ojos.

—Debería ir a dormir —dijo finalmente.

—Ay, sí. Y yo… también debería irme.

—Sí.

Ah. Ahí estaba esa vergüenza que Shane estaba esperando. Se limpió en el baño y luego fue a la habitación principal a recoger su ropa. Se puso los pantalones y la camisa y se llevó el resto del traje. Rozanov no salió del dormitorio.

—Nos vemos —gritó Shane.

—Adiós, Hollander —le respondió Rozanov desde la otra habitación.

Y Shane se fue. Cuando volvió a su habitación, se dio cuenta de que ni siquiera se habían besado. También se dio cuenta, con horror, de que lo lamentaba.

TERCERA PARTE

Capítulo 12

Octubre de 2016, Filadelfia

Ilya tenía a un hombre inmovilizado bajo el peso de su cuerpo.

El tipo era grande, casi tan alto como él, y lo empujaba con agresividad. Ilya colocó una rodilla entre sus muslos sujetándolo con fuerza en esa postura.

—Que te jodan, imbécil —gruñó.

Ilya se apoyó aún más fuerte.

—Vale, Rozanov, suéltalo —le dijo el árbitro—. Si no lo haces, te llevarás una sanción.

Le soltó el jersey y levantó las manos haciéndose el inocente.

—Cabronazo —le dijo el otro jugador.

Empujó a Ilya antes de alejarse patinando de la valla donde lo había acorralado.

—Eso ha estado feo —le gritó Ilya.

Podía oír los abucheos y las burlas de la multitud mientras patinaba hacia el banquillo.

«¡Que te jodan, Rozanov!».

«¡Rozanov, eres un puto maricón!».

«¡Vuelve a Rusia, pedazo de mierda!».

Etcétera.

Ilya sonrió disimuladamente. En realidad, aquello le encantaba. Le encantaba estar de gira y encrespar al público local de toda Norteamérica. Le encantaban los insultos, los gritos y, sobre todo, el sonido de una multitud tan desanimada por el rendimiento de su equipo que ni siquiera se molestaba en abuchear. Una multitud agotada y humillada. Ese era su sonido favorito.

En Filadelfia el público seguía animando a su equipo. No era una ciudad fácil de silenciar. Esa noche iba a tener que esforzarse mucho para conseguir aquel glorioso y devastador silencio que tanto ansiaba.

Se sentó en el banquillo junto a Brad Hammersmith. Brad era un delantero veterano. Tendría como ciento y pico años.

—¿Haciendo amigos? —le preguntó Hammersmith.

—Estoy jugando al hockey.

Un defensa del Filadelfia patinó junto al banquillo cuando se paró el juego.

—Tú sigue así y verás lo que pasa, Rozanov —le amenazó.

—Ya sé qué pasará. Que ganaremos nosotros.

—Chúpamela, Rozanov.

«Sería la mejor mamada de tu vida, corazón».

Ilya le guiñó el ojo.

—Maricón —refunfuñó el defensa.

Ilya se encogió de hombros. No era del todo mentira.

Y entonces, las pantallas del marcador mostraron un momento destacado del partido entre Montreal y Ottawa que también se estaba disputando esa noche. Hollander acababa de marcar un gol. Cómo no.

Ilya vio las imágenes de Hollander recibiendo un pase rápido y marcando con esa increíble precisión por la que era famoso. Lo vio abrazar a sus compañeros de equipo y cómo se le iluminaba el rostro con una amplia sonrisa de alegría. Y a Ilya, sentado en el banquillo en Filadelfia, se le escapó una pequeña sonrisa.

Bueno, ahora tendría que marcar dos goles esa noche.

Octubre de 2016, Montreal

—Jackie está embarazada.

Shane se paró en seco en medio del ecosistema del golfo de San Lorenzo, en el Biodomo de Montreal.

—¿Otra vez? —dijo.

Hayden se rio.

—Ajá, gracias.

—¡Ay, perdona! Quería decir que enhorabuena.

Hayden le lanzó una mirada de cachondeo.

—Sí, se te nota feliz por mí.

Shane señaló el cochecito en el que Hayden empujaba a su hijo de un año y luego a las gemelas de tres que miraban fijamente un terrario donde se podía tocar a los animales.

—Bueno, lo que quería decir…

—Ya —suspiró Hayden—. Lo sé. Pero Jackie está contenta. O sea…, está aburrida de cojones, ¿sabes?

El padre de un niño pequeño que se tambaleaba cerca de donde estaban les lanzó una mirada fulminante.

—Perdona —dijo Hayden rápidamente a la parte ofendida. Luego, se dirigió a Shane y dijo—: Tengo que vigilar cómo hablo. Jackie siempre me lo dice.

—Son los riesgos de nuestra profesión —le dijo Shane.

—Ya, yo… ¡Oye! ¡Jade, cariño, no salpiques a tu hermana! Necesito algo como una hucha para las palabrotas.

—No creo que te lo puedas permitir.

Shane era uno de los pocos jugadores del equipo que no tenía ni mujer ni hijos. La mayoría de los chicos se habían casado mucho antes de cumplir los veinticinco. Hayden se había casado con Jackie a los veintiuno, cuando solo llevaban uno saliendo juntos. Shane estaba presente la noche que se conocieron. Hayden lo había arrastrado a él y a un par de colegas más a una discoteca, y allí conoció a su futura esposa, y Shane se fue a tener uno de los encuentros sexuales más bochornosos de su vida con una chica muy paciente que se llamaba… ¿Olivia? ¿Ophelia?

Pero Jackie era genial. Hayden había hecho bien en casarse con ella. Y sus hijos eran adorables, aunque haber llamado a sus mellizas Jade y Ruby hubiera sido una decisión más que discutible.

—Gracias por venir —le dijo Hayden, mientras se agachaba para recoger el chupete que su hijo Arthur había dejado caer en el suelo.

Lo limpió rápidamente con la camisa y se lo volvió a meter en la boca a Arthur. Shane puso una cara de asco que Hayden no vio.

—La hermana de Jackie está por aquí y querían ir de compras y esas mierdas.

—La hucha… —le dijo Shane.

—Ay, sí. Ir de compras y esas «cosas». La cuestión es que es complicado organizar planes con estos tres monstruos, así que te agradezco la ayuda.

—Nada, es un placer.

Shane en realidad lo estaba pasando bien. El Biodomo era un buen lugar para ir sin que lo acosaran. La gente estaba tan distraída con los animales y con intentar controlar a sus propios hijos que no se molestaba en mirar a los demás adultos del recinto. Además, Shane llevaba una gorra y una chaqueta básica negra para intentar pasar aún más desapercibido. Y de momento estaba funcionando.

—Mierda. Quiero decir, vaya… Parece que Ruby está intentando robar una estrella de mar. —Hayden empujó el manillar del cochecito hacia Shane—. Toma, vigila un momento a Arthur, ¿vale?

Se fue escopeteado hacia el terrario donde estaban las mellizas antes de que Shane pudiera responder.

Shane se arrodilló frente al cochecito y sonrió al niño, que tenía los ojos adormecidos.

—Hola, coleguita —le dijo—. ¿Te lo estás pasando bien?

Arthur estiró el brazo y le agarró la parte delantera de la gorra.

—¡Vamos a ver los pingüinos! —dijo Hayden, que había vuelto con una melliza bajo cada brazo.

—¡Pingüinos! —gritaron las dos niñas a la vez.

—¡Pingüinos! —respondió Shane, aplaudiendo y tratando de imitar el entusiasmo de las niñas.

Hayden resopló.

—Muy bien, chicas. Seguid al tío Shane.

Dejó a las niñas en el suelo y cada una cogió una mano de Shane. Se le encogió el corazón. Sus manos eran tan pequeñas…

En la sala de la Antártida, Hayden y Shane pudieron sentarse en un banco con el cochecito aparcado a su lado, mientras las gemelas corrían hacia el cristal para ver a los pingüinos.

—Jackie tiene una amiga… —dijo Hayden.

«Ay, no. Ya estamos otra vez».

—No —dijo Shane.

—Que sí, pero escúchame. Es muy guapa y da muy buen rollo. Es profesora de yoga. A ti te gusta el yoga, ¿no?

—Estoy seguro de que es fantástica, pero de verdad que no estoy interesado en salir con nadie ahora mismo.

—¿Por qué coñ…? Quiero decir, ¿por qué no? Eres joven, guapo, famoso, eres… un partidazo.

Shane le lanzó una mirada coqueta.

—Hayden, ¿te parezco atractivo?

—Mira, tío, si yo fuera una chica, estaría colgada de ti.

Shane se rio. En realidad, se le ocurrían situaciones peores que tener a Hayden Pike detrás de él. Pero no se lo iba a decir. Además, era su mejor amigo. Nunca había sentido nada más que cariño genuino por él, a pesar de tener el pelo rubio, ojos verdes y un hoyuelo en la barbilla.

—Bueno, pues, esta amiga —volvió a intentar Hayden—, se llama Samantha. Creo que te podría gustar.

Shane se tapó la cara con las manos y casi se le cayó la gorra.

—Hayd, por favor, deja de intentar buscarme novia.

—¡Solo quiero verte feliz! ¡Y que tengas cientos de hijos para que comprendas mi dolor!

Shane se frotó las manos por la cara y levantó la vista para ver a Jade y Ruby empujándose delante del cristal.

—Joder. Tengo que separarlas —refunfuñó Hayden mientras iba a por ellas.

Shane suspiró.

—Dile a tu papi que deje mi vida amorosa, ¿vale, Arthur?

Pero Arthur se había dormido.

Shane se planteó contarle a Hayden que le gustaban los hombres. Sabía que no lo rechazaría ni nada por el estilo. Quizá no era el tipo más abierto del mundo, pero tampoco era intolerante. Lo peor que podría pasar era que las cosas se volvieran más incómodas entre ellos. Quizá no, pero Shane no se iba a arriesgar a averiguarlo. De todos modos, no había ninguna razón para hacerlo. Probablemente, Shane conocería a una chica agradable algún día, sentaría cabeza y entonces su atracción esporádica por los hombres dejaría de importar.

Su imaginación siguió divagando, pensaba en una situación en la que le contaba a Hayden que se había estado enrollando con Ilya Rozanov desde su temporada de *rookie*. La hipotética reacción en la cara de Hayden hizo que Shane soltara una carcajada. Rápidamente se tapó la boca y se volvió para mirar a Arthur, como para insinuar que el pequeño había hecho ese extraño ruido mientras dormía.

—Disculpe, ¿es usted Shane Hollander?

Shane levantó la cabeza y vio a dos adolescentes mirándolo boquiabiertas.

—Eeeh… —soltó flojito.

—¡No puede ser! ¡Sí lo eres! ¿Podemos hacernos un selfie contigo?

—Eeeh, está muy oscuro —dijo Shane mientras trataba de llamar la atención de Hayden. Si empezaba a hacerse selfies con fans, no acabaría nunca.

—Por favor… —pidieron las chicas mientras hacían pucheros.

Shane se contuvo para no respirar. Tampoco estaba haciendo nada más en ese momento.

—Claro. ¿Cómo os llamáis?

Las caras de las chicas se iluminaron.

—¡Ay, genial, muchas gracias! ¡Te quiero muchísimo! Me llamo Emma.

—Yo Jessica.

—Encantado, Emma y Jessica.

Se recolocaron de modo que cupieran todos en el encuadre de la pantalla del iPhone de Emma. Mientras ella hacía las fotos, Hayden volvió.

—Oh, oh… —dijo.

Shane tardó un segundo en darse cuenta de que Hayden se refería a las decenas de cabezas que prestaban atención a su pequeña sesión de fotos.

Y, como era obvio, tan pronto como las chicas le dieron las gracias y se alejaron, un hombre y su hijo se acercaron a Shane.

Quedó atrapado en la sala Antártida durante veinte minutos, mientras se hacía fotos con los fans y firmaba cualquier objeto que llevaran encima en ese momento. Cuando Shane consiguió excusarse para poder irse, se encontró con Hayden en la salida.

—Qué cabrones —se quejó su amigo.

—Son fans, Hayden.

—¡Pero que ni me han reconocido!

Shane se rio y le dio una palmada en la espalda.

—Si quieres, me hago un selfie contigo.

—No debería haberme hecho amigo tuyo.

Shane sonrió y le abrió la puerta para que pudiera pasar con el cochecito.

—¡Te lo digo en serio! —continuó—. ¡Mi ego no puede más, colega! Es como ser amigo del puñetero sol o algo así. Espera, ¿llevo a todos los niños? ¿Cuántos hay aquí?

—Tres. Ruby está escondida detrás de ti.

—Vale —exhaló Hayden—. No me puedo creer que vayamos a tener otro.

—¿Seguro que solo es uno?

Los ojos de Hayden reflejaron puro terror.

—Ni se te ocurra hacer bromas sobre eso, Hollander.

Octubre de 2016, Washington

Ilya se tumbó en la cama del hotel y se entretuvo mirando las distintas opciones de personalización del Audi Spyder 2017. Ya tenía un Spyder 2015, así que no era que necesitara uno nuevo.

Pero no tenía uno en color Amarillo Vegas...

La televisión estaba sintonizada en la ESPN, pero no le estaba haciendo mucho caso. Al menos, no hasta que oyó el nombre de Shane Hollander.

Era solo uno de esos programas absurdos con los que las cadenas deportivas de 24 horas rellenaban su programación: una pequeña pincelada para los fans sobre la vida de Hollander fuera de la pista.

En la televisión, Hollander estaba de pie en una especie de muelle rodeado por las tranquilas aguas azules de un lago enorme. Y un espeso bosque verde bordeaba las orillas.

«Cuando terminan las exigencias de la temporada, aquí es donde Shane Hollander viene a relajarse y recuperarse: su cabaña de más de cuatrocientos metros cuadrados frente al lago».

Ilya se incorporó. Nunca había visto ningún sitio al que Hollander llamase hogar.

—Este es mi lugar favorito del mundo —dijo el Hollander que aparecía en la televisión—. Acabé de construirlo hace un par de años. La cabaña de mi familia, en la que pasaba los veranos cuando era niño, está justo allí. —Señaló fuera de cámara, a su derecha—. Seguí pasando los veranos ahí hasta que terminé esta.

—Aaayyy, qué bonito, Hollander —dijo Ilya, mientras ponía los ojos en blanco.

Había algunas escenas de él navegando solo en kayak por el lago, en las que parecía sereno y estúpido mientras observaba la naturaleza. Su voz en *off* se escuchaba sobre las imágenes, en las que decía que ese lugar le curaba el alma o alguna tontería por el estilo.

Había tomas panorámicas de algunas de las habitaciones de la cabaña. Una amplia sala de estar con techos altos, un sofá modular de cuero con unos cojines y mantas a cuadros de estilo muy canadiense; una cocina moderna y de alta gama con una gran isla en el centro; una mesa de billar y un bar y un gimnasio con una pared de ventanales que cubrían desde el suelo hasta el techo con vistas al lago.

Entonces, sin venir a cuento, pusieron un fragmento de Hollander haciendo yoga en el muelle.

—Empecé a practicar yoga el año pasado y creo que me ha ayudado mucho a concentrarme, y desde luego he mejorado en flexibilidad. —La voz de Hollander se escuchaba sobre la toma prolongada de él haciendo una pose ridícula.

—Madre mía, eres putísimo aburrido —murmuró Ilya.

Pero era cierto que Hollander parecía flexible.

El fragmento duró un poco más. Hollander habló de lo importante que era para él tener una casa cerca de sus padres. De cómo les ofreció construirles también una cabaña a ellos, pero lo rechazaron. Se rio cuando lo dijo. Cuando se rio, se le arrugó la nariz e Ilya sintió un vuelco en el estómago.

Ilya se preguntó si Hollander se habría follado a alguien en esa cabaña. Seguramente. Seguramente a alguna chica maja y estupenda que habría conocido mientras… hacía piragüismo. O lo que fuera.

Él también había grabado una de esas tonterías. Había llevado al equipo de grabación al garaje en que guardaba su colección de coches deportivos europeos. Desde luego, sus planos tenían un aire muy distinto al de Hollander.

Pero así había sido durante más de seis temporadas: Shane Hollander era el héroe fantástico y encantador e Ilya Rozanov era la estrella del rock detestable. Según cualquier analista de la NHL, eran polos opuestos, por lo que estaban destinados a chocar siempre… y eso creaba una clara división entre los aficionados del hockey.

Era como debía ser. Shane e Ilya eran opuestos en casi todos los aspectos imaginables, pero a Ilya le resultaba cada vez más difícil negar que había algo en su interior que le hacía sentirse atraído por Hollander. En lugar de sacárselo de la cabeza con sus encuentros, estos solo hacían que lo deseara más.

Y eso era una mierda peligrosa.

Capítulo 13

Noviembre de 2016, Boston

—¿Te vas? —preguntó Hayden desde la cama del hotel mientras veía la televisión.

—Sí. Solo un rato. Voy a ver a una amiga.

—Si tú lo dices. —Hayden sonrió. Shane tragó saliva y trató de ocultar su reacción en la cara. Por dentro se sentía avergonzado, con miedo y ansia.

—Es solo una amiga —dijo Shane.

—Pues no te voy a esperar despierto.

—Que no es… —Shane cerró los ojos y se calmó—. No es ese tipo de amiga. Volveré enseguida.

Hayden lo observó un momento.

—Bueno, pues es una lástima. Necesitas echar un polvo.

—Estoy bien. —Shane se puso la chaqueta y se miró en el espejo antes de irse.

No debería estar haciendo eso.

Habían llegado a Boston esa mañana y habían tenido un pequeño entrenamiento por la tarde. El partido no era hasta la tarde del día siguiente, así que tenía toda la noche libre.

Rozanov vivía en un edificio al que se llegaba rápido en taxi desde el hotel. La temporada anterior habían trasladado sus encuentros en Boston de las habitaciones de hotel al ático de Rozanov. De entrada, Shane se había opuesto a la idea argumentando que no quería arriesgarse a que lo vieran entrando en el edificio de Rozanov. Se había preocupado bastante con el tema, y todavía le pasaba, pero el motivo real por el que se había opuesto —y el único que no había manifestado— era que no quería que pareciera que hacían cosas más… personales. Que se vieran en habitaciones de hotel o en la propiedad en la que había invertido era una cosa, pero cada vez que iba a la auténtica casa de Rozanov, sentía que su vida se tambaleaba un poco. Era una capa más en la montaña de malas ideas que habían estado escalando durante seis años.

Cuando estaba en las escaleras frente al edificio, le mandó el mensaje.

Estoy aquí.

La puerta se abrió, Shane entró y subió en el ascensor hasta la última planta. Se había convencido de que esa noche hablaría con Rozanov. De que iba a acabar con eso, y luego volvería al hotel. Hacía tiempo que había perdido la cuenta de las veces en las que había incumplido esa promesa en los últimos años.

Rozanov lo recibió con unos pantalones de chándal de tiro ancho y sin camiseta. Shane soltó un taco entre dientes. Todos los pensamientos de hablar con Rozanov desaparecieron de golpe.

En cuanto Shane entró en el ático, Rozanov se volvió y fue hacia la habitación. No le dirigió ni una palabra. Shane se quitó los zapatos, tiró el abrigo en el suelo y lo siguió.

—¿Y esto qué mierda es? —preguntó Shane cuando entró en la habitación—. ¿No me dices nada? ¿Esperas que te siga como si fuera un perro?

—Chiiist —dijo Rozanov.

Le levantó la cabeza y lo besó con ansia. Shane se rindió al momento y le introdujo la lengua en la boca mientras deslizaba las manos por la parte trasera del pantalón de chándal.

De todas formas, a Shane no se le ocurría ninguna razón por la que tuvieran que hablar. Ya no. No cuando Rozanov le estaba chupando la lengua y le estaba levantando la camiseta por encima del pecho.

Le quitó la camiseta y Shane empujó a Rozanov hacia la cama, de modo que quedó sentado en el borde. Shane se arrodilló y le bajó los pantalones. No le apetecía perder más tiempo.

Rozanov no llevaba calzoncillos y tenía la polla medio dura. Shane se la metió en la boca.

—Joder, Hollander —dijo Rozanov. Le puso una mano en la mejilla—. No te podías aguantar, ¿verdad?

Shane cerró los ojos. Debería sentirse avergonzado, pero le encantaba la sensación de notar cómo a Rozanov se le ponía más dura contra su lengua. Haciéndolo nunca se sentía sumiso. Amaba reducirlo a gemidos y blasfemias en ruso. Y, que Dios se apiadara de él, le encantaba hacerlo ahí, en casa de Rozanov. En su habitación.

Su relación era extraña. Estaba claro. Shane sabía que nada de lo que ocurría ahí era normal.

Los hechos eran los siguientes: eran dos de las mayores estrellas del hockey del mundo y, por alguna razón, a ambos les gustaba follar entre ellos. La otra cosa en la que estaban de acuerdo era que nadie podía saber que les gustaba follar entre ellos. Lo ideal sería que nadie supiera que les gustaba follar con hombres en general, pero desde luego no podía saberse que las superestrellas rivales estaban familiarizadas con la polla del otro.

Rozanov acarició con el pulgar las pecas de la mejilla de Shane, justo debajo del ojo.

—Para —dijo Rozanov bajito—. Así es suficiente. Para.

Shane se apartó y esperó.

—Creo que hoy me gustaría mirarte. ¿Te pones arriba? —preguntó Rozanov.

—Vale —dijo Shane, pero le puso nervioso que le pidiera eso. Normalmente, Rozanov solo le daba por detrás, en la cama o contra la pared. Así, Shane podía fingir (o fingir que fingía) que Rozanov era otra persona.

Shane se quitó rápidamente el resto de la ropa. Rozanov se tomó su tiempo para quedarse mirando con una ceja levantada la polla rígida de Shane, que no habían tocado todavía. Shane se sonrojó.

—Cállate —murmuró.

Rozanov sonrió y se echó hacia atrás en la cama, desnudo y estirado con las manos detrás de la cabeza. Shane no pudo evitar devolverle la sonrisa. Era raro de narices, pero quizá podrían fingir que no lo era durante más o menos una hora. Quizá podrían ser tan solo dos tíos que querían tener sexo.

Rozanov se dio una palmada en los muslos, como una invitación, y Shane se acercó.

Al rato, cuando estaban follando, Shane pasó una mano por el pecho de Rozanov. Él puso la mano sobre la suya, y eso sorprendió a Shane. Rozanov no apartó en ningún momento los ojos de su cara, excepto para mirar cuando Shane comenzó a acariciarse.

Shane vio la mirada perdida en sus ojos y cómo se le había abierto la boca, y entonces lo montó aún con más fuerza.

—Joder —gruñó Rozanov y, sin avisar, les dio la vuelta a los dos poniéndose encima y mirando a Shane mientras le sujetaba las piernas y lo penetraba más fuerte. Su collar con la cruz colgaba entre ellos, rozando el pecho de Shane.

Cuando Shane llegó al orgasmo, fue intenso y de golpe. Su corrida parecía infinita, le salpicó en el pecho e incluso le llegó hasta la garganta.

—Sí, cariño —jadeó Rozanov, y Shane ni siquiera tuvo tiempo de sorprenderse por el apelativo antes de que Rozanov se corriera también. Cuando terminó, se dejó caer sobre Shane y lo besó intensamente.

Se turnaron para limpiarse en el baño. Cuando Shane volvió al dormitorio, se quedó parado como un tonto en medio de la habitación, cerca de su montón de ropa en el suelo. Quizá lo mejor era que se fuera.

Pero Rozanov estaba tumbado en su cama y dio una palmada al colchón a su lado, así que Shane se acercó. Se tumbó boca arriba junto a él, sin tocarlo, y se quedó mirando al techo hasta que Rozanov se volvió hacia él, se apoyó en un codo y lo miró.

Shane sintió la misma ansiedad que lo había invadido la última vez que habían estado juntos. Había algo... tierno... en la manera en que Rozanov lo miraba. Y había algo demasiado relajante en la forma en que los dedos de Rozanov le peinaban la corta melena y se curvaban para trazar el puente de pecas que se extendía por su cara.

Shane siempre había odiado sus pecas. Cuando se hizo famoso, le sorprendió darse cuenta de que a muchas mujeres les parecían sexis. O, por lo menos, adorables. Pero le sorprendió aún más que Rozanov pareciera sentir cierta fascinación por ellas.

Rozanov se inclinó y le dio besos en el pelo, la cara y el cuello. Los besos no eran seductores ni apasionados. Eran suaves y en cierto modo... adorables. Shane cerró los ojos, sintiéndose de repente adormecido, y oyó a Rozanov murmurar algo en ruso para sí mismo y notó que las palabras le hacían cosquillas en la piel debajo de la mandíbula.

—¿Qué? —preguntó Shane distante.

—Podrías quedarte —dijo Rozanov.

—¿Quedarme?

—Quedarte aquí. Esta noche.

Shane abrió los ojos. Rozanov lo estaba mirando serio otra vez.

—¿Quieres que me quede?

Rozanov parecía haberse dado cuenta de lo que acababa de preguntar, porque su cara cambió y se encogió de hombros, esbozando una media sonrisa.

—Todavía no he acabado contigo.

—Ah. —Eso le resultaba más familiar—. No puedo quedarme. Ya lo sabes.

—Podrías. El partido es mañana por la tarde. No hay entrenamiento por la mañana.

—Le he dicho a Hayden que…

Rozanov puso los ojos en blanco.

—¿Es Hayden tu madre?

—No. Pero… me está esperando. Le he dicho que iba a ver a una amiga.

Rozanov resopló.

—Eso era mentira.

Shane se rio.

—Bueno, ya.

Rozanov se inclinó hasta que su nariz quedó a pocos centímetros de la cara de Shane.

—Quédate.

Shane no podía quedarse. Había como un millón de razones por las que no se podía quedar.

—Vale —dijo.

Rozanov sonrió y lo besó. Se quedaron mucho rato en la cama tan solo… besándose. Sin ir más allá. Y eso era nuevo. A Shane le gustaba mucho besar a Rozanov, pero aquello le parecía demasiado. Y peligroso.

—¿Tienes hambre? —preguntó Rozanov.

—¿De qué?

—De comida.

Shane lo miró y Rozanov se echó a reír. Saltó de la cama y se puso de pie.

—Vamos a comer algo.

Rozanov volvió a ponerse los pantalones del chándal y esta vez cogió una camiseta de la cómoda para ponérsela. Shane recogió los vaqueros y la camiseta del suelo y lo siguió a la cocina.

—Tengo, ehm, ginger ale. A ti te gusta esa movida, ¿verdad?

—Sí, me gusta. —Shane lo miró extrañado. No solía beber porque no quería hacer nada que pudiera comprometer su rendimiento en la pista. Con los años, había desarrollado una afinidad por el ginger ale como sustituto de la cerveza. Pero no era algo de lo que hubiera hablado antes con Rozanov.

En lugar de preguntarle cómo narices sabía que le gustaba el ginger ale, o por qué se preocupaba tanto como para comprar, preguntó:

—¿Quieres pedir comida a domicilio o…?

—¿Te gustan los bocadillos de atún?

—¿Quieres prepararme un bocadillo de atún?

Rozanov se encogió de hombros.

—Yo voy a prepararme uno. Puedo preparar dos. El ginger ale está en la nevera.

Parecía que de verdad quería que Shane se tomara el ginger ale. Mientras él se cogía uno de la nevera, se preguntó si estaría envenenado.

Rozanov estaba poniendo atún en conserva, una baguette y lonchas de queso en la encimera, así que Shane se apoyó en la nevera y observó cómo la otra superestrella de la NHL le preparaba un bocadillo.

—¿Te vas a Florida después de este partido? —preguntó Rozanov, como si no supiera ya la respuesta.

—Sí. Son un par allí. Luego a Dallas y a St. Louis.

Rozanov asintió.

—Nosotros estamos por aquí esta semana y luego iremos hacia el oeste. ¿El ginger ale está bueno? ¿Está frío?

—Sí, está bien. Gracias.

Parecía satisfecho. Shane lo observó con atención mientras ponía la mezcla de atún, mayonesa y zumo de limón en las rebanadas de la baguette. Esa escena doméstica era rara. No era algo que hubieran hecho antes.

Rozanov metió los bocadillos en el horno y cogió una Coca-Cola de la nevera. Shane cayó en la cuenta de que él sabía que la bebida favorita de Rozanov era la Coca-Cola. Así que quizá habían aprendido cosas el uno del otro durante esos años sin habérselo propuesto.

—Estarán listos en diez minutos —dijo Rozanov.

Salió de la cocina y fue a sentarse en el sofá del salón. Encendió el televisor; estaban transmitiendo el partido de Buffalo contra Chicago.

Shane se sentó en la otra punta del sofá, aunque antes había barajado sentarse en el sillón reclinable de piel que había junto al sofá. Fueran lo que fuesen, no eran novios. Sabía cómo actuar con él cuando estaban desnudos y pegados el uno al otro, y también sabía cómo jugar contra él cuando estaban en la pista, pero estar vestidos sin hacer nada era territorio desconocido.

—Madre mía —dijo Rozanov mientras veían cómo se llevaban a la caja de castigo a un jugador de Buffalo—. ¿Sabes quién es Ryan Price?

—Bueno, de jugar contra él. Y de no querer enfrentarme con él, ya sabes. —Price era grande y duro como una roca—. Tú jugaste con él, ¿verdad?

—Sí. Solo una temporada. No era… como te imaginas.

—¿A qué te refieres?

—Es… callado. En realidad, no hace amigos. Pero no es mal tipo. Más bien… raro. Algo así.

—Bueno, es que lo traspasan cada temporada. Así tampoco creo que sea fácil hacer amigos.

—Y probablemente esté deseando que lo traspasen de nuevo. Buffalo es malísimo.

—Son malísimos.

Vieron el partido durante otro minuto y entonces Shane preguntó:

—¿En qué ciudad te gusta más jugar cuando viajas?

Rozanov lo pensó.

—Nueva York, porque es Nueva York. Allí me puto odian.

—Te odian en todas partes.

—En Florida me quieren. Está lleno de fans de Boston, ¿sabías?

—A mí me gusta Ottawa, porque es mi ciudad. Toronto, por la historia entre nuestros equipos. Y, bueno, cualquier sitio cálido, supongo.

—Los Ángeles también está bien. Hay mujeres muy guapas.

Shane se dio cuenta de que Rozanov lo había mirado mientras lo decía.

—Sí, claro —dijo Shane—. En realidad, hay mujeres guapas en todas partes.

—Cuando eres rico y famoso, sí.

Se quedaron en silencio. El partido pasó a publicidad.

—En Nueva York —dijo Rovanov—, había una chica con la que solía quedar.

—¿Solías?

—Se va a casar.

—Vaya. —Shane miró la botella de ginger ale—. ¿Y… eso te enfada?

—¿Qué? Qué va. —Rozanov parecía genuinamente sorprendido, y como si le hubiera hecho gracia la pregunta—. No es lo que te crees. Es solo que… era conveniente tener una chica con la que acostarse en Nueva York. Con tres equipos contra los que jugar allí, vamos mucho.

—¿Crees que es la única de Nueva York que estaría dispuesta a acostarse contigo? —preguntó Shane con tono burlón.

Rozanov soltó una sonrisita.

—Creo que encontraré a alguien.

Se creó otro silencio. Shane se preguntó si Rozanov esperaba que él le diera información similar. No podía, así que dijo:

—Me resulta difícil, siendo tan… famoso, ¿sabes? A veces, me cuesta… acostarme con la gente porque sí.

—Sí. Es bueno tener gente de confianza.

Shane le respondió con una sonrisa.

—Sí.

Rozanov asintió, se levantó y fue a la cocina.

—Quédate —le dijo—, yo lo traigo.

Shane se centró en la televisión y no en lo que acababan de hablar. Rozanov volvió con dos platos en los que parecía haber puesto cierto empeño al colocar los bocadillos de atún, patatas fritas y pepinillos.

—¿Quieres tomar algo más? —le preguntó.

—No. Estoy bien.

Shane no acababa de creerse que Rozanov hubiera preparado cena para dos. Se dio cuenta, un poco horrorizado, de que le parecía tierno.

—¿Te gustan? —preguntó Rozanov tras un minuto en silencio.

—¿El qué? ¿Los bocadillos de atún?

—No. Las chicas.

Esa pregunta lo cogió de improviso.

—Sí. Claro. Claro que me gustan.

La respuesta que había dado casi tartamudeando no encajaba

con el primer pensamiento que le había venido a la cabeza a Shane, que era: «La verdad es que no».

—Nunca he oído nada de que hayas estado con ninguna —dijo Rozanov sin rodeos.

—Bueno, es que es privado.

—Claro. Privado.

—¡Hay muchas cosas que no cuento! —dijo Shane. Movió una mano señalando a los dos y añadió—: Evidentemente.

Rozanov no dijo nada de inmediato. Luego se volvió hacia la televisión y dijo:

—A mí me gustan las chicas.

—Anda, no me jodas.

—Y también me gustas tú.

—Bueno, soy afortunado —refunfuñó Shane.

—Aunque no como persona, claro —bromeó Rozanov—. Pero tienes una buena boca. —Y mordisqueó el pepinillo insinuándose.

Entonces, sonó el teléfono de Rozanov. Miró la pantalla y murmuró algo en ruso.

—Tengo que contestar. Perdona.

—No pasa nada —le dijo Shane, porque, obviamente, no le importaba.

Rozanov se levantó y salió de la habitación para hablar en ruso con quien fuera que le hubiese llamado. Shane se quedó en el sofá dándole vueltas al tema.

La verdad es que él no había tenido lo que pudiera considerarse una relación satisfactoria con ninguna chica. Tenía bastante experiencia con ellas, pero no le venía a la mente ningún encuentro sexual que le hubiera encantado. Tampoco estaba seguro de cómo se habían sentido ellas. Quizá solo estaban emocionadas por acostarse con una estrella del hockey, y eso era suficiente para distraerlas del poco entusiasmo que les había dedicado.

A él no le gustaba mucho ser el que follaba; le encantaba ser al que follaban. Y a Shane siempre le había dado vergüenza pedirles a las chicas que utilizaran un dildo con él, así que más o menos se obligaba a aguantar el hecho de tener que penetrarlas. Una vez estaba lo suficientemente excitado, ya podía hacer lo que fuera. Era un medio para alcanzar un fin, el mismo fin que buscaba sin importar con quién estaba o qué estaban haciendo con él. Era obvio que tenía un cuerpo atlético, cosa que parecía que ellas agradecían, y seguramente gracias a eso disimulaba que quería que todo terminara lo antes posible. Al menos, eso esperaba; no le gustaría que ninguna mujer se sintiera poco deseada. Si Shane llegara a pensar que no estaban disfrutando con él, pararía.

Prefería las mamadas. Cuando una mujer le chupaba la polla, le resultaba fácil cerrar los ojos e imaginar… a cualquiera… con los labios alrededor de él. El problema era que no le gustaba mucho corresponder. Lo hacía, porque no era un capullo, pero tenía que mentalizarse bastante para ello, y estaba prácticamente seguro de que se le daba fatal. Había oído a sus compañeros de equipo hablar de comer coños como si fuera lo más parecido al cielo en la tierra. Shane nunca lo había visto así.

Pero quizá era porque aún no había conocido a la chica adecuada. Eso era lo que se repetía a sí mismo. Para él tenía todo el sentido del mundo; el hecho de que ninguna mujer lo hubiera dejado impresionado en la cama no significaba que eso fuera imposible. Tenía que haber una chica en algún lugar que pudiera hacerle sentir como cuando estaba con…

—Perdona —dijo Rozanov de nuevo y volvió a sentarse en el sofá—. Mi padre.

—Ah. —Y Shane sabía que tenía que preguntar si estaba todo bien en su casa, pero estaba ensimismado en un pensamiento:

«Nadie me hace sentir como Ilya Rozanov».

Y precisamente por la cara de terror que puso Shane, Rozanov fue el que acabó preguntándole:

—¿Todo bien?

—¿Qué? Sí. Claro. Eeeh…, ¿le ocurre algo a tu padre?

—No —respondió Rozanov, rápido y sin darle mucha importancia—. Está bien.

—¿Está…?

—No estás comiendo —dijo Rozanov, señalando el plato de comida que apenas había tocado en la mesita frente a él.

—Perdona. Está bueno. Tan solo, mmm… me he distraído con el partido.

Rozanov asintió. Siguieron viendo el partido y esta vez Shane se aseguró de comerse su plato. No dejaba de mirar de reojo a Rozanov mientras comía, como si lo viera por primera vez.

«Dios mío. ¿Qué coño…?».

El partido terminó y el programa cambió a un partido de la Conferencia Oeste que ya estaba empezado. Rozanov lavó los platos y, cuando volvió, se colocó entre Shane y el reposabrazos. Se giró un poco y rodeó a Shane con un brazo, guiándolo para que se recostara en su pecho. Shane se sorprendió, pero se dejó llevar porque le apetecía. Le apetecía mucho.

Apoyado así contra Rozanov, en su casa, viendo el hockey, lleno de comida que él le había preparado… Todo eso era exactamente lo que no debían hacer. Eso era lo que hacían las parejas.

Pero el pecho de Rozanov era cálido y duro, y como Shane tenía la oreja pegada a él podía oír los latidos de su corazón. Los dedos de Rozanov jugaban distraídos con su pelo, lo que hacía que se sintiera adormecido e irracionalmente feliz.

Y luego, Rozanov movió su otra mano para deslizarla por el muslo de Shane y acariciarlo a través de los vaqueros. Lo masajeó con una mano grande y experta, y la polla de Shane respondió enseguida. Cuando el bulto amenazó con romper el tejano, Rozanov abrió el botón de la bragueta y bajó cuidadosamente la cremallera. Shane no se había molestado en volverse a poner los calzoncillos, así que su polla salió disparada, y Rozanov comenzó a acariciarla despacio y con un ritmo un poco frustrante para Shane.

Se retorció contra Rozanov e incluso empujó un poco sus caderas para que acelerara. Frotó su espalda contra el bulto de los pantalones de chándal de Rozanov, con la esperanza de que así él también tuviera algo de urgencia en el asunto. Pero no mordió el anzuelo. Resultaba irritante lo delicado y paciente que estaba siendo, incluso había empezado a darle besos suaves en el pelo.

Shane no estaba seguro de por qué estaba dejando que Rozanov llevara la iniciativa. Se dio vuelta y lo besó con fuerza. En esa postura, Shane era más alto que él y podía pasarle los dedos por el pelo, echarle la cabeza hacia atrás y atacarle la boca con toda la fuerza que quisiera.

Metió la rodilla en el pequeño espacio que había entre el respaldo del sofá y la cadera de Rozanov y se apretó contra su regazo. Lo estrujó con los muslos, sujetándolo de tal modo que se frotaba la polla contra su estómago.

—¿Por qué necesito esto tanto? —murmuró Shane contra los labios de Rozanov, esperando que el otro no le hubiera oído.

—¿Necesitar el qué? —preguntó Rozanov fingiendo que no sabía la respuesta.

Shane no respondió. En lugar de eso, levantó las caderas para poder bajarle los pantalones a Rozanov y sacarle la polla.

—Joder, Hollander.

Rozanov echó la cabeza hacia atrás sobre el reposabrazos y Shane aprovechó para besar, lamer y morderle el cuello. Entonces, agarró las dos pollas con la mano y empezó a menearlas.

—Sí. Así —gimió Rozanov.

Estaban secas y un poco ásperas, pero era justo lo que quería Shane. Rozanov se apoyó contra su mano y Shane supo que eso era lo que él también quería. Volvió a juntar sus bocas y besó a Rozanov bruscamente.

—Espera.

Rozanov agarró la muñeca de Shane y pausó la paja. Llevó la mano de Shane a su cara y escupió. Lo cual resultaba asqueroso. Pero en lugar de poner cara de asco o quejarse, a Shane le excitó.

La saliva apenas lubricaba, pero como la polla de Shane para entonces ya goteaba lo suficiente, compensaba. Las meneó más rápido, con la frente apoyada en el hombro de Rozanov. Shane estaba a punto de correrse y, a juzgar por la manera en que Rozanov movía las caderas y balbuceaba en ruso, tampoco le quedaba mucho.

—¿Te gusta así? —gruñó—. ¿Te vas a correr para mí, Rozanov?

—Haz que me corra, Hollander.

Shane jadeó, y el ritmo de las pajas se volvió más frenético y descuidado, y estaba a punto de…

—Venga —jadeó.

Entonces Rozanov se quedó muy quieto y dijo:

—Dios. Shane…

Y se corrió en ráfagas en la mano de Shane, quien aprovechó la corrida para lubricarse y llegar él también casi de inmediato con el sonido de su nombre pronunciado con acento ruso sin aliento resonándole en los oídos.

Se abrazaron, jadeando mientras esperaban a que sus corazones dejaran de latir con tanta fuerza. Pero Shane no creía que su corazón fuera a dejar de latir así jamás.

«Shane. Me ha llamado Shane».

Se apartó para poder verle la cara a Rozanov y se sorprendió al ver que lo estaba mirando con la misma cara de terror que debía de tener él.

—Ilya —dijo sin que apenas le saliera voz.

Ilya no respondió. A cambio, se abalanzó sobre él y lo besó de un modo descontrolado y salvaje, como pidiéndole disculpas.

«Ay, no. Joder. Ay, no».

Cuando se separaron, Ilya apoyó la frente contra la de Shane y se quedaron quietos respirando. Shane sujetó la cara de Ilya entre sus manos, mientras Ilya le acariciaba la espalda.

¿Se suponía que Shane tenía que decir algo? En realidad, nadie había admitido nada. Nadie había declarado nada. Ni preguntado nada.

Shane se separó de Ilya y se levantó.

—Debería irme.

Estaba siendo sutil. Shane necesitaba salir de ahí cagando leches. Inmediatamente. Se puso los pantalones como pudo mientras se iba alejando de Ilya.

«Mierda, ¿dónde he dejado los calzoncillos?».

—¿Irte?

—Sí… Es que, eh…, no debería quedarme. No puedo. No podemos. Esto es…

Ilya se movió en el sofá, estiró un brazo por encima del respaldo y apoyó un codo en la rodilla, con total naturalidad.

—Esto no significa nada, Hollander.

«Hollander. Me has llamado Shane».

—Lo sé. Es solo que… tengo una reunión de equipo por la mañana. Se me había olvidado.

Eso hizo que Ilya se riera. No de forma cordial.

—¿Habías olvidado una reunión de equipo por la mañana?

Shane ya estaba en la puerta, poniéndose los zapatos. A la mierda los calzoncillos; tenía que irse.

—Gracias por el bocadillo de atún. Eeeh…

Ilya suspiró fuerte y se levantó del sofá. Shane estaba paralizado, mirando con terror cómo Ilya se acercaba lentamente hacia él. Cuando llegó a donde estaba, le tiró del dobladillo de la camiseta y se la estiró.

—Pues buenas noches.

Shane se topó con la mirada intensa de Ilya. Sus ojos lo retaban a que se quedara, y, Dios, estaba deseando aceptar ese desafío.

—Buenas noches —dijo Shane en voz baja.

Se agachó, cogió el abrigo que seguía en el suelo, se levantó y puso la mano en el pomo de la puerta. Y se volvió para mirar una última vez a Ilya.

Los ojos de Ilya perdieron su intensidad y frunció el ceño; parecía que acabase de caer en la cuenta de que Shane se iba de verdad. Y enseguida recuperó su expresión habitual de fría indiferencia.

Shane quería besarlo, pero en lugar de eso, abrió la puerta y salió disparado al pasillo. Pasó por la zona de los ascensores, pero se fue hacia las escaleras, no quería quedarse cerca de la puerta de Ilya. Bajó corriendo las dieciséis plantas, tratando de poner la máxima distancia posible entre él y la tentación. Cuando llegó abajo, se apoyó contra la pared de la escalera durante un momento.

«¿Qué está pasando?».

Eso era malo. Eso era malo de narices. El corazón de Shane latía a toda velocidad, y no era por haber bajado por las escaleras. Cada célula de su cuerpo quería volver corriendo escaleras arriba y lanzarse a los brazos de Ilya. Abrazarlo, acostarse junto a él y despertarse a su lado.

Y por eso Shane salió disparado del edificio de Ilya y no paró hasta llegar sano y salvo a su habitación de hotel.

Estaba tan asustado que no tuvo cuidado de no despertar a Hayden. No llevaba ni diez segundos allí cuando se encendió la lámpara de la mesilla.

—¿Cómo ha ido? —preguntó Hayden mientras sonreía adormilado—. ¿Estás enamorado?

—¡No!

«¡No! Por Dios».

—Voy a ducharme.

—¿Para qué? ¿Para limpiarte todo el sexo que no has tenido?

—Que te den, Hayden.

—Ya me he dado yo. Un par de veces. Gracias por dejarme la habitación para mí solo.

«Qué asco».

Shane fue al baño a darse una ducha y a perder los papeles en privado.

Capítulo 14

Noviembre de 2016, Montreal

—Hollander, ¿qué coño estás haciendo?

Shane frunció el ceño mirando el móvil. Quien le había llamado era su compañero de equipo, J. J. Boiziau. J. J. nunca escribía mensajes, siempre llamaba.

—Nada, ¿por?

—A la mierda. Mueve el culo y ven al centro. ¿Te acuerdas de mi colega, François, el chef? ¡Ha montado una fiesta privada en su restaurante y, no te lo creerás, pero el puto elenco de *Escuadrón X,* que está grabando por aquí, va a ir!

—¿Todos?

—¡Y yo qué coño sé! ¡Los suficientes! ¡Hay tías que están buenísimas en esa película, tío! Coge el puto coche. Sabes dónde es, ¿verdad? Se llama Djon-Djon.

—Ah, sí. Me llevaste a comer una vez, ¿no?

El primer instinto de Shane fue darle las gracias a J. J. por la invitación, pero decirle que prefería no ir. Aunque sabía por experiencia propia que decirle que no a J. J. implicaría recibir llamadas suyas cada hora en las que le contaría con pelos y señales qué era lo que se estaba perdiendo. Además, tampoco era que Shane tuviera nada mejor que hacer en ese momento. Aparte de ver el final del partido de Boston en la televisión y padecer en silencio sobre los sentimientos que había descubierto que le producía Ilya Rozanov. Desde luego, necesitaba distraerse.

Se cambió de ropa para salir y condujo hasta el barrio de Mile End. Era martes por la noche y no había alboroto en la calle. Encontró un hueco para aparcar cerca del restaurante y salió del todoterreno al frío.

Prácticamente todos los locales estaban cerrados o cerrando, pero podía ver las luces encendidas del restaurante de inspiración haitiana de moda en la esquina. El cartel en la puerta decía que estaba cerrado, pero le abrieron la puerta antes de que Shane llegara a estar delante.

Dentro había música, risas y un ambiente cálido. El sitio era pequeño, estaba repleto de gente y olía delicioso.

—¡Hollander! ¡Sí, zorra! ¡Ven aquí!

J. J. sobresalía por encima de todos. Medía más de dos metros y pesaba más de ciento diez kilos de puro músculo. Tenía la piel muy oscura y un fuerte acento francés. El contraste físico entre J. J. y Shane era casi cómico. Shane era unos veinticinco centímetros más bajo y pesaría unos treinta kilos menos.

J. J. también era más ruidoso. Y le encantaba hablar. Era el centro de atención sin importar en qué sitio fuera. Era francés, elegante y le encantaban la comida y el vino: era el tipo de famoso perfecto para Montreal. Todo el mundo lo adoraba.

Aparte de un par de sus compañeros de equipo, Shane no conocía a nadie más en la fiesta, aunque sí reconoció a algunos actores famosos entre la gente. Shane era bastante famoso —sobre todo en el ámbito del hockey—, pero tampoco deslumbraba entre toda esa multitud.

Fue hacia la barra, donde el camarero parecía no tener problema en servir a la gente aunque el local hubiera cerrado. El hombre esbelto, atractivo y de piel morena estaba preparando cócteles a los invitados famosos.

—¿Te puedo pedir una cerveza? —preguntó Shane en francés—. Cualquiera que tengas me va bien.

—Shane Hollander puede pedir lo que quiera —le respondió el camarero con una sonrisilla sexy. Le sirvió una y se la puso en un posavasos.

—Gracias —dijo Shane. Y deslizó un billete de diez dólares por la barra.

El camarero levantó las manos y dijo:

—Cortesía de la casa.

—Ah. Bueno, pero quédatelo.

El chico negó con la cabeza mientras sonreía y le dijo:

—Es un honor.

Shane le devolvió la sonrisa y le tendió la mano.

—Shane. Un placer.

—Maxime —le respondió mientras le estrechaba la mano.

—Encantado de conocerte, Maxime. ¿Te estás divirtiendo?

—¿Con esta gente? ¿Me vacilas? ¡Rose Landry está aquí, tío!

—¿En serio? —preguntó Shane. Miró por encima del hombro, casi de forma involuntaria, buscando entre la multitud para ver si encontraba a la famosa actriz. Se volvió rápido cuando cayó en lo que acababa de hacer.

Maxime sonreía. Shane encogió los hombros y le devolvió la sonrisa. Le hubiera gustado toparse con Rose Landry, pero de algún modo estaba disfrutando al ver a Maxime. Así que decidió poner algo de espacio entre ellos antes de que aquello pareciera demasiado obvio.

Se pasó la noche relacionándose con unos y otros, dejando que J. J. lo llevara por el local. Se quedaba entre grupos de gente riéndose de sus bromas; aunque él no hiciera muchas. Evitó la barra y al final encontró una mesa vacía en una esquina. Ya estaba listo para irse, pero quería sentarse un poco antes.

—Por favor, dime que tienes hambre —dijo una voz femenina.

Shane alzó la vista y vio a una chica esbelta, con una melena oscura y brillante y vestida con un top que parecía caro y unos vaqueros que parecían igual de caros.

Rose Landry.

—El chef me acaba de dar estos buñuelos y tienen una pinta impresionante, pero no podré acabármelos todos —dijo mientras se sentaba a la mesa del reservado junto a Shane.

Dejó en la mesa un plato repleto de buñuelos de bacalao haitianos. Sonrió a Shane, cogió uno y se lo metió en la boca. Se le abrieron los ojos de la sorpresa.

—¡Ay, Dios mío! ¡Están buenísimos! Tienes que probarlos. —Levantó tarde la mano para taparse la boca mientras hablaba. Luego se rio—. Perdona —dijo después de tragar—. Soy un poco cerda. Soy Rose, por cierto —dijo y le dio la mano con una manicura perfecta.

Él sonrió y se la estrechó.

—Shane —dijo—. Encantado. Soy tu fan.

—Bueno —dijo ella inclinándose—, ¿te sorprendería si te dijera que yo soy fan tuya?

—¿Te gusta el hockey? —preguntó Shane.

—Nací y me crie en Michigan —le respondió—. ¡Claro que me gusta el hockey!

—¡Ah! Bueno…, gracias.

—De nada. Coge un buñuelo, Shane Hollander.

Shane perdió la noción del tiempo mientras estaban sentados hablando sobre los (exquisitos) buñuelos de bacalao. Era fácil hablar con Rose. Sorprendentemente fácil. Conectaron describiendo las cabañas junto al lago en las que habían pasado los veranos de su infancia. Ella tenía un hermano mayor que había jugado al hockey en la universidad, y que luego se había hecho ingeniero.

—¿Habías estado en Montreal antes? —preguntó Shane.

—Una vez. Vinimos a rodar una película horrible del FBI contra unos terroristas o algo así. Ni siquiera recuerdo el nombre.

—*Bajo la oscuridad.*

—Venga, va. Sí, hombre. ¿La viste?

Shane se encogió de hombros y sonrió. Era cierto que era mala.

—Viajo mucho, así que veo muchas películas.

—Por suerte, solo tenía un papel pequeño. Apenas estuve una semana en Montreal. Y era verano.

—Aquí cambia un poco la cosa en invierno.

Rose se inclinó y le susurró como si le dijera algo confidencial:

—Michigan, ¿recuerdas? El invierno no me da miedo.

Shane sintió un revoloteo en el estómago. Notó que sus mejillas estaban un poco calientes, y después preguntó con la mayor naturalidad que pudo:

—Entonces ¿te vas a quedar más tiempo esta vez?

Por la sonrisa de Rose supo que había entendido qué le estaba preguntando realmente.

Al final de la noche, intercambiaron los números y hablaron de cenar juntos un día en que las agendas se lo permitieran. Shane salió del restaurante con el paso algo más alegre. Había sido de lejos la mejor conexión que había tenido con una mujer… en su vida. Le gustaba Rose. Quería conocerla mejor. Le emocionaba la idea de pasar más tiempo con ella.

Y era muy guapa. Eso era evidente.

Pero lo que más le había gustado a Shane era hablar con ella. Era divertida, había hecho muchas preguntas, pero ninguna que le hubiera hecho sentir incómodo.

¡A Shane le gustaba una chica!

En el coche, de vuelta a casa, se rio de lo ridículamente altos que eran sus estándares.

Diciembre de 2016, Detroit

Ilya se despertó solo en la habitación del hotel en… ¿Detroit? Sí. Estaba en Detroit.

Miró la cama vacía de su compañero de habitación y luego el reloj. Las ocho y media.

Suspiró y se frotó los ojos antes de incorporarse. No le sorprendió que Carmichael ya se hubiera levantado e ido de la habitación. El tío eran tan madrugador que daba hasta asco.

Se puso una sudadera y se fue al Starbucks que había en el vestíbulo del hotel a por un café y un sándwich para desayunar. Dos de sus compañeros de equipo, Cliff Marlow y Victor St-Simon, estaban sentados a una mesa.

—¡Roz! Tienes que ver esto. ¡Vas a flipar, tío! —le gritó Cliff.

Ilya no se podía imaginar qué narices podía ser tan interesante para él. Se acercó hacia la mesa y Victor le enseñó su móvil. Había un titular en el que ponía: «¿Sale Rose Landy con la estrella de la NHL Shane Hollander?».

—No —dijo de inmediato. Esperaba haber sonado más despectivo que sorprendido.

—¿Verdad? —se rio Cliff—. ¡Pero si es una actriz hiperfamosa! ¿Cómo coño se lo ha hecho para conocerla en plena temporada?

—Ha estado grabando una película en Montreal —leyó Victor—. Se conocieron en la fiesta de un amigo en común…, según fuentes anónimas.

Ilya resopló.

—Hay fotos —dijo Victor—. Mira.

Sacó de nuevo el móvil e Ilya se lo cogió. Deslizó el dedo por cuatro fotos que les habían hecho los paparazzi en las que aparecía Shane cenando con la guapísima estrella del cine de pelo oscuro. En una de ellas, Shane estaba sonriendo.

Ilya frunció el ceño y le devolvió el móvil a Victor.

—Lo más probable es que no sea nada —dijo.

Enero de 2017, Boston

Sí lo era. A medida que pasaban las semanas, aparecían en internet cada vez más fotos de Shane y Rose hechas por los paparazzi. Fotos de los dos caminando juntos, sonriéndose el uno al otro, saliendo juntos de restaurantes, besándose.

En la mejilla. Solo en la mejilla. Todavía podía no ser nada.

Ilya aumentó la resistencia de su bicicleta estática. Total, ¿a él qué le importaba? ¿Por qué no iba a poder Hollander salir con una chica guapa? Rozanov se había acostado con una hacía dos noches. Y con otra la noche anterior.

La cosa era que... Hollander no hacía eso. Ilya supuso que Hollander debía de acostarse con otras personas que no eran él, pero no había pruebas de eso. Y, en cualquier caso, tampoco quería pensar demasiado en ello.

Desde luego, no le constaba que Hollander hubiese tenido citas con ninguna chica. O que se le hubiera visto con suficiente frecuencia con una como para que la prensa se diera cuenta.

Hollander tenía novia.

Y quizá Hollander estaba enamorado.

Ilya se forzó en la bicicleta hasta que los muslos le gritaron basta. Paró y bebió un trago largo de agua.

Sabía que esa cosa ridícula que tenían entre ellos no iba a durar para siempre. Solo era… práctico para ambos. Así que quizá ahora se había acabado. ¿Y qué?

Boston jugaba contra Montreal la semana siguiente. Y a la otra era el All-Star Game. ¿Iba Hollander a… pasar de él?

Cuando salía del gimnasio, se golpeó el dedo del pie con otra de las bicicletas. Gritó palabrotas en ruso y lanzó la botella de agua contra la pared. Trató de controlar la respiración mientras veía cómo el agua calaba en una alfombra negra y dorada.

—Jesús —dijo Cliff mientras bajaba de la cinta—. ¿Qué cojones te pasa?

—Nada. —Ilya gruñó—. Me he golpeado en el pie.

Salió rápido de la sala, sin molestarse en recoger la botella de agua.

«Hayley», se dijo así mismo. Le enviaría un mensaje a Hayley para ver si tenía planes para esa noche. Le gustaba Hayley. Era divertida y tenía el pelo oscuro.

Y pecas.

Una semana más tarde, Montreal

Cuando el teléfono de Shane sonó, una hora después de que terminara el partido contra Boston, esperaba que fuera Ilya.

Era Rose.

Ven con nosotros esta noche. Vamos a ir al Ultraviolet.

Shane sintió cómo le invadía una mezcla extraña entre ansiedad y alivio. No estaba seguro de qué hubiera dicho si le hubiera escrito Ilya. Si hubiera querido… verlo.

Porque ahora Shane tenía novia. Más o menos.

Y su novia quería que él fuera de fiesta con ella y sus amigos. Shane odiaba las discotecas. Nunca se permitía tomar más de dos copas, lo que no resultaba suficiente como para sentirse cómodo en la pista de baile.

Pero su novia —su preciosa novia, estrella del cine— quería que saliera a bailar con ella. Y eso era lo que hacían los novios, ¿no?

Y si tenía que aguantar las burlas de sus compañeros por salir con ella —la semana anterior había encontrado un ramo gigante de unas sesenta rosas en la taquilla del vestuario, una broma muy estúpida además de cara—, por lo menos debería intentar disfrutar.

OK.

Respondió.

¿A qué hora?

Ilya no iba a escribir ningún mensaje a Hollander. Ni de broma.

Lo que iba a hacer en lugar de escribirle, al parecer, era enfurruñarse en la habitación del hotel y contestar mal a su compañero sin razón aparente.

—¡Oye! —dijo Ryan Carmichael, después del enésimo comentario malicioso e inmerecido de Ilya—. ¡Que te den! ¿Qué te pasa, tío?

Ilya suspiró y se sentó en el borde de la cama.

—Nada. Que le jodan. Necesito follar. Salgamos por ahí.

—¿Salir adónde?

Ilya señaló con la mano hacia el ventanal.

—¡Estamos en el puto Montreal! ¡Alguna discoteca habrá!

Carmichael lo miró parpadeando y luego sonrió.

—¡Tienes razón, joder! ¡Voy a avisar a Victor y Cliff!

Tras seis exitosas temporadas en la NHL, Shane se había ganado una reputación por dos cosas:

1. Ser un líder nato y generar ocasiones excelentes de gol.
2. No ser nada divertido.

Shane consideraba que esta segunda acusación era injusta. Él era muy divertido. Podía relajarse con una cerveza y bromear. Era sociable. Él…

Odiaba las discotecas. Era algo que no podía negar. No bailaba, no le gustaban las multitudes y no le gustaba la presión de tener que ligar con mujeres. Por lo menos esta noche no tenía que preocuparse de eso último.

Encontró a Rose y a sus amigos en la zona VIP del club. Ella se levantó y le dio un beso para saludarlo. Reconoció a la mayoría de gente que estaba allí. Dos de ellos eran los coprotagonistas de *Escuadrón X*: Miles y Jiya. Miles era un joven actor con un gran número de fans, ya que había tenido un papel de adolescente en una famosa serie de televisión. Era extremadamente atractivo, de piel bronceada, con barba de tres días repasada a la perfección y los ojos más increíbles que Shane había visto jamás. Eran grises, tan pálidos que incluso parecían plateados. Lucía genial sin apenas esfuerzo con una camiseta negra de manga larga, unos pantalones ajustados gris oscuro y un gorro de punto negro.

Shane lo saludó con la cabeza como pudo y Miles le correspondió con una sonrisa lenta y absurdamente sexy. Shane apartó al momento la mirada y se sentó junto a Rose.

—Buen partido el de esta noche —dijo Rose.

—Ah, gracias. ¿Lo has visto?

Sonrió disculpándose.

—Ojalá. Acabamos de terminar de grabar hace un par de horas. ¡Pero he ido comprobando el marcador en el móvil!

Le cogió la mano a Shane, se la apretó y luego se la llevó a su rodilla. Puede que para ella fuera algo natural, pero Shane sentía que todo el mundo estaba mirando fijamente sus manos cogidas.

«¿Qué me pasa?».

Se acercó un camarero y Shane se pidió una cerveza. Al parecer todos estaban tomando vodka. Él desde luego no iba a beber de esa mierda esa noche.

Se sentaron, bebieron y charlaron más de una hora mientras la sala se llenaba. La voz de Rose se notaba ronca de tanto gritar por encima de la música. Shane apenas había dicho diez palabras; disfrutaba escuchando a los demás y riéndose cuando alguien decía alguna tontería. Cuando no podía seguir la conversación, bebía un trago de la segunda cerveza, miraba la pista y lanzaba algunas miradas a Miles.

Lo cual era bastante estúpido porque Shane estaba ahí con Rose Landry.

—¡Venga, ven a bailar! —exclamó Rose de repente.

Se levantó e intentó tirar de Shane.

—Ah —dijo Shane—. No… Eeeh…

—Veeenga. ¡Nunca puedo bailar!

—No es verdad —se rio Miles.

—Bueno, pero quiero bailar con Shane.

Shane oyó a Miles decir algo que sonaba muy parecido a «Ya somos dos», pero no podía estar seguro por el volumen de la música.

Al final cedió y dejó su botella de cerveza sobre la mesa. Se levantó y dejó que Rose lo llevara a la pista.

Shane necesitaba mejorar mucho su estilo a la hora de vestir. Salir con Rose y sus amigos lo hacía sentir como un descuidado, y estar en la pista solo resaltaba lo poco inspirado que era su armario. Se había esforzado esa noche, pero el polo de color burdeos y los pantalones azul oscuro parecían algo básicos. Sin embargo, sus zapatillas estaban bien.

Rose le rodeó el cuello con los brazos y bailaron. O, por lo menos, ella bailó. Estaba increíble y se movía al ritmo de la música con cierta alegría despreocupada. Shane estaba hipnotizado.

Casi todas las chicas que había en la pista eran más bien… el prototipo de Rozanov. O, al menos, lo que él estaba bastante seguro de que le gustaba a Rozanov, basándose en las fotos que había visto en internet por casualidad y no porque a veces buscara imágenes de Ilya Rozanov. Podía imaginar fácilmente a Ilya ligándose a alguna (o más de una) de entre la diversidad de rubias bronceadas con pestañas oscuras y labios brillantes.

Se preguntaba qué estaría haciendo Ilya esa noche. ¿Se habría… decepcionado… por no haber quedado con él?

¿Y Shane, lo estaba?

Rose sacudió su oscura melena y se rio.

—¡Me encanta esta canción! —gritó.

Shane le sonrió también. No tenía ni idea de qué canción era. Mantuvo las manos en la cadera de Rose, apenas rozándola, mientras ella cerraba los ojos y deslizaba una mano por su pecho.

Shane era consciente de lo que en teoría debería estar pasando. Él debía… intensificar las cosas. Tocarla, provocarla. Hacer que lo deseara. Y luego se besarían y se apretarían el uno contra el otro y…

Entonces ¿por qué no lo hacía?

Ilya fue directamente a la pista de baile nada más entrar en la discoteca. Era tarde y el local estaba repleto de gente. Echó un vistazo rápido para comprobar que había muchas opciones interesantes. Había muchas chicas buenorras que podían distraerlo del imbécil de Shane Hollander.

Un momento.

Era imposible no ver a Rose Landry en la pista. Incluso entre toda esa gente, destacaba.

Y solo tardó un segundo más en darse cuenta de que el hombre al que tenía agarrado entre los brazos —y que la tenía cogida de la cintura— era Shane Hollander.

Joder.

Ilya se fue decidido al otro lado de la pista. En menos de un minuto ya había encontrado una chica que estuviera encantada de apretar su cuerpo contra el de él. Para cuando había empezado la siguiente canción, ella ya tenía la lengua en su boca.

Se preguntó si Hollander lo había visto.

Miles se unió a la pareja en la pista y Shane soltó las manos de la cintura de Rose. Ella se dio la vuelta, sonrió a Miles y bailó con él durante un rato. Miles no dejaba de mirar por encima del hombro de Rose a Shane. Parecía casi que había una invitación en sus ojos.

Shane apartó la mirada, incómodo. Se quedó en la pista, moviéndose un poco, con los brazos colgando a los lados. Ahora que Miles estaba allí, probablemente podría escaquearse. Volver a la zona VIP. O incluso irse a casa.

Sus ojos acabaron mirando a un hombre que juraría que era Victor St-Simon, jugador de Boston. Estaba sonriendo a la chica con la que bailaba. Shane frunció el ceño y miró alrededor. Localizó a Ryan Carmichael. Y a Cliff Marlow.

Y a Ilya Rozanov.

Ilya estaba bailando con una chica. Su cabeza y hombros sobresalían por encima de la gente. Shane se abrió paso entre el mar de bailarines hacia él sin siquiera darse cuenta de lo que estaba haciendo.

Se acercó lo suficiente como para ver cómo el calor de la sala hacía que el pelo húmedo de Ilya se rizara aún más de lo habitual, y cómo la piel le brillaba igual que durante los partidos. Pero los partidos no tenían luces como estas; en los partidos, la música no sonaba tan fuerte; el cuerpo de Ilya no se retorcía y el ambiente no rezumaba sexo.

Ilya llevaba una camiseta con cuello en V que era casi transparente, a pesar de ser oscura. A veces la luz daba justo en el punto exacto y Shane podía verle el contorno del tatuaje del oso y el brillo de la cadena de oro. La chica con la que bailaba le daba la espalda y parecía estar restregando el culo contra su entrepierna. Ilya la miraba con los ojos entrecerrados y los labios entreabiertos. Shane observó cómo se mordía el labio inferior y cerraba los ojos antes de inclinar la cabeza para besarle el cuello. Ella se volvió, se inclinó y lo besó. Fue un beso bruto y guarro. Tenía las manos por debajo de la camiseta de Ilya.

Y Shane se sintió mal. Necesitaba irse.

De golpe, como si despertara de un sueño, se dio cuenta de que estaba solo en medio de la pista de baile… quieto. Solo… mirando. A Ilya.

No podía permitir que Ilya lo viera.

Ilya se apartó del beso y sonrió a su entregada pareja. Era buena besando. Tenía un piercing en la lengua. Eso le gustó.

Echó un vistazo alrededor, preguntándose cuál sería el mejor rincón oscuro para…

Hostia puta.

Cuando su mirada aterrizó en Shane Hollander, los ojos de Shane se abrieron como platos.

¿Shane había estado… mirándolo?

Ilya no pudo resistirse a picarlo. Le dedicó lo que él creía que era su sonrisa más sexy y se inclinó hacia la chica para susurrarle:

—¿Quieres que vayamos a otro sitio?

No le quitó el ojo de encima a Shane.

—Lo siento —le dijo para su sorpresa—. Hoy no, amor. Estoy aquí con mi novio. Le gusta mirarme. Le pone cachondo. Pero me voy con él.

¿Qué cojones?

—¿Tu… novio?

Miró alrededor nervioso.

Ella se rio.

—Tranquilo. No te va a pegar. A él le gusta, ya te lo he dicho.

Le besó en la mejilla, se dio la vuelta y lo dejó plantado.

Y Shane se había ido.

Enfadado, y ahora aún más desesperado por desahogarse de lo que había estado en el hotel, Ilya salió furioso de la pista y agarró a Victor por el brazo.

—Me voy.

—¿Con la chica esa? Muy bien, tío.

Ilya no le respondió.

De vuelta en el hotel, Ilya se la meneó en la ducha antes de tirarse sobre la cama cabreado.

No podía dormir. Se acurrucó de lado y observó cómo pasaban los minutos en el despertador junto a la cama.

«Estúpido Shane Hollander de los cojones. Estúpida Rose Landry».

Dios mío, ¿qué le pasaba? ¿Por qué le importaba tanto? Ilya había estado dispuesto a dejar que esa chica rara con el novio pervertido hiciera con él lo que quisiera. ¿Qué importaba lo que hiciera Shane si Ilya no lo necesitaba?

Excepto por el hecho de que Shane lo había estado observando mientras besaba a la otra chica. Y Shane se veía muy bien. No, tipo, la ropa; el armario de Shane era tan aburrido como él. Pero algo en ver a Shane Hollander en ese ambiente había sido… excitante.

¿Y si Ilya hubiera podido acercarse más a él? ¿Habría bailado con él, en ese local abarrotado de Montreal? ¿Habría dejado que Ilya le subiera aquel estúpido polo y le acariciara con las manos las líneas marcadas de los abdominales? ¿Habría echado la cabeza hacia atrás y habría contenido el aliento cuando Ilya le besara el cuello?

No. No habría pasado. Shane ahora estaba saliendo con Rose. Y él e Ilya no podían aparentar ser amigos, y mucho menos dejar que los vieran morreándose en un club.

Apretó la cruz que le colgaba del cuello y la frotó con el pulgar mientras fruncía el ceño en la oscuridad de la habitación. Nunca en su vida se había enfadado porque alguien se hubiera acostado con otra persona. Normalmente le daba todo bastante igual.

¿Sería que, como a Ilya le gustaba el sexo con una buena dosis de peligro, Shane le proporcionaba ambas cosas? ¿O simplemente se estaba comportando como un crío por no querer compartir su juguete favorito con una estrella del cine guapísima?

En algún sitio, enterrada en lo más profundo de su cerebro, había una tercera razón que reclamaba su atención.

Pero Ilya hizo oídos sordos.

Capítulo 15

Una semana más tarde, Montreal

A Shane le gustaba Rose Landry. De verdad.

Era fácil hablar con ella y tenía una calidez que atraía a la gente. Era más famosa que él, pero lo llevaba con mucha naturalidad. Se reía mucho y, cuando preguntaba a la gente —cosa que hacía bastante—, parecía mostrar interés genuino por saber qué le decían. Quizá fuera porque era actriz, pero siempre parecía muy interesada en las personas. Era muy observadora. Y siempre recordaba cada detalle.

Se habían acostado un par de veces. Había estado… bien. Mejor de lo habitual, la verdad. Excepto porque Shane sabía que Rose no se dejaría deslumbrar por su fama hasta el punto de que obviara su papelón, y eso le ponía nervioso. Cosa que dificultaba aún más… disimular.

Pero ella había sido paciente y comprensiva, y él había cumplido en ambas ocasiones. Quizá había notado cierta sorpresa en la mujer al ver que a Shane le costaba tanto, sobre todo la segunda vez. Estaba seguro de que no estaba acostumbrada a que eso ocurriera.

Esa noche, Shane estaba a solas con ella en una mesa privada en una vinoteca en Vieux-Montréal. La verdad es que se había sorprendido al llegar y verla allí sola. Esperaba encontrarse al grupo de amigos y compañeros de trabajo de Rose.

—Pensé que estaría bien tener un rato para… hablar —le dijo ella—. Los dos solos.

—Claro —respondió asintiendo—. Sí. Es verdad, está bien.

Estuvieron hablando mucho rato mientras tomaban vino y embutidos. En algún punto, Rose se rio de una broma tonta que hizo Shane.

—Eres muy mono —le dijo—. ¿Te había dicho lo mono que eres?

—No —respondió Shane sonrojándose un poco.

—Lo eres. Mira, voy a ser clara —dijo inclinándose hacia él—. Miles está muerto de celos.

—¿De mí?

Ella se rio.

—¡No, tonto! ¡De mí!

—Ah. —Shane asimiló la información—. ¡Uy!

A Rose se le abrieron un poco los ojos.

—Espera… ¿No te habías dado cuenta de que Miles es gay?

—Pues… La verdad es que ni me lo había planteado —mintió Shane.

—Bueno, pues lo es. Y está pillado de ti.

—Ah.

Shane era consciente de que se estaba sonrojando. Esperaba que la iluminación del local lo ocultara.

—¿Te… sorprende que un actor joven sea gay, Shane?

—No… Claro que no.

Ella se apoyó en la silla.

—¿Hay jugadores de hockey gays? —preguntó—. O sea, es obvio que sí, ¿no? Pero ¿hay jugadores que lo sean abiertamente?

—No —dijo Shane—. O sea, sí. Hay jugadores gays. Hay bis. Lo que sea. Estoy seguro de que los hay, claro. Pero ninguno lo ha dicho nunca… públicamente.

«¿Por qué me está preguntando esto?».

—Mmm —dijo Rose.

—¿Qué?

Ella le sonrió. Shane no estaba seguro de qué quería decir eso.

—Perdona. Creo que no lo estoy abordando bien.

—¿Abordando el qué?

Y, de golpe, Shane sintió como si estuviera a punto de recibir un golpe. Se preparó para el impacto.

Ella estiró la mano y la puso sobre la de él.

—Shane. Me gustas mucho, pero… tengo la impresión de que quizá no soy tu tipo.

—¡Lo eres! ¡Claro que sí! ¡Tú también me gustas mucho!

—Te gusta hablar conmigo.

—Sí…

—¿Te gusta besarme?

—Ajá.

Ella se rio.

—Uau.

Ay, madre. Shane la estaba cagando.

—O sea, ¡claro que me gusta!

—Está bien, Shane. Es solo que… tengo la sensación de que… preferirías besar a, por ejemplo… ¿Miles?

Shane no sabía qué decir. Nunca se había enfrentado a una acusación tan directa.

Excepto que en realidad no era una acusación. Rose no lo estaba juzgando. Tan solo trataba de entenderlo.

Se quedó mirando la copa de vino. Sabía que había tardado demasiado en responder. Se había acabado el juego.

—Me gustas —dijo Shane—. Me gusta estar contigo. Me gusta hablar contigo. Pero lo del sexo… Sé que es… un problema.

—No es un problema —respondió Rose—. Un problema es algo que puedes arreglar. Somos como… una pieza cuadrada y un agujero redondo. —Arrugó la nariz—. Puaj. No. Qué asco. Olvida eso último.

Shane se rio.

—Te entiendo.

—Es solo que… no estamos hechos el uno para el otro. Y está bien. Pero no podemos seguir intentándolo.

Shane asintió.

—Pero que sepas que no estoy seguro de… ser como Miles, del todo.

Cuando él la miró, ella le sonrió.

—Bueno, tampoco es algo que tengas que averiguar hoy.

Dio un sorbo a la copa de vino, probablemente para prepararse para las siguientes palabras que saldrían de su boca:

—¿Has estado alguna vez con un chico?

Por la razón que fuera, Shane no tenía ganas de mentir. Ya había llegado hasta ahí.

—Sí.

—¿Y? ¿Fue distinto?

—Desde luego.

—Quiero decir…, ¿fue mejor?

La memoria de Shane lo llevó a ver flashes de rizos castaños dorados, ojos avellana, una sonrisa juguetona y manos fuertes que lo sujetaban mientras lo penetraban y lo llenaban…

—Sí —dijo Shane bajito—. Sí. Fue mejor. —Carraspeó—. Digamos que… prefiero ser el agujero. Más que la pieza.

—¡Ja!

Rose echó la cabeza hacia atrás de la sorpresa. Shane también se rio. De golpe, se sentía más aliviado.

Al rato, antes de salir del bar, Rose le lanzó una mirada pícara por encima de la copa y le dijo:

—Entonces… ¿debería darle tu número a Miles?

—No. Gracias, pero no. Necesito… aclarar algunas cosas.

—Lo sé. Estaba de broma. Más o menos.

Esperaron fuera a que llegara el chófer de Rose y ella le dijo:

—Podemos ser amigos. Y no me refiero a esa mierda de: «Espero que podamos seguir siendo amigos». Lo digo en serio. Seámoslo. Porque me importas de verdad, Shane. Y creo que quizá no tienes a nadie más con quien hablar… de ciertas cosas.

—Me encantaría. Tienes razón. No tengo. Y tú también me importas. Seremos amigos. Tienes mi número, escríbeme. Escríbeme siempre, por favor.

—Cada vez que coincidamos en alguna ciudad, nos veremos. Te lo prometo.

Lo abrazó mientras llegaba el chófer. Él la abrazó también y le dio un beso en la cabeza. Se sorprendió al notar lágrimas en los ojos.

La misma noche, Boston

Svetlana era su favorita.

Ilya la miraba, sentada en el borde de su cama, desnuda, cambiando de canal para encontrar el partido de hockey de Vancouver contra Colorado. Cuando lo encontró, dejó el mando sobre el colchón y lo deslizó hacia atrás hasta quedarse al lado de Ilya, contra el cabecero. Le quitó el cigarrillo de los labios y le dio una calada.

—Pensaba que lo habías dejado —bromeó Svetlana.

Tenía ojos azules claros y una melena larga tan rubia que casi no tenía color. No podía parecerse menos a…

—¿Por qué Matheson sigue en la línea de ventaja numérica? —se quejó en ruso a la televisión—. Menuda mierda. Lo ha hecho fatal toda la temporada. Deberían poner en su lugar a Bogrov.

—¿Y por qué no entrenas tú a Colorado? —le preguntó Ilya mientras recuperaba su cigarrillo.

—Ya les gustaría.

Ilya se rio. Había conocido a Svetlana hacía tres años, cuando ella trabajaba para el concesionario de Lamborghini en Boston. Se sorprendió al descubrir, después de acostarse con ella por primera vez, que era hija de un jugador estrella retirado de los Boston Bears. Seguro que sabía más de hockey que Ilya.

—¿Qué ha sido ese tiro? —le preguntó a la televisión—. ¡Tendría que haber tirado más alto!

—Mmm. Es un poco más complicado cuando te toca hacerlo.

Svetlana hizo un gesto con la mano como para quitarle importancia.

—Qué vas a saber tú —dijo.

Luego sonrió y los dos se rieron.

A pesar de ser una gran seguidora del hockey, nunca había venerado a Ilya por ser jugador. Probablemente porque era hija de una antigua superestrella y eso impedía que lo tuviera en un pedestal. Parecía querer justo lo mismo que Ilya: una relación esporádica sin ataduras. Se lo pasaban bien juntos y era muy guapa. Y el hecho de que pudiera hablar con Ilya en ruso era un punto.

—Puaj. Matheson otra vez. ¡Es malísimo!

—¿Por qué te preocupas por Colorado?

—Me preocupo por todos los equipos. Lo que no me gusta es que haya jugadores buenos rusos en segunda línea para que un canadiense manco acapare toda la atención.

—¿Manco?

—¡Manco! ¡Inútil! Puedes decírselo la próxima vez que lo veas.

—Lo haré.

—Genial. Le dices que Svetlana Vetrova dice que es un paquete.

—Lo veré la semana que viene en el All-Star Game.

—No me puedo creer que Matheson vaya a ir.

—Es muy querido.

—Es un paquete.

Ilya puso los ojos en blanco y sonrió.

—Jugarás con Shane Hollander este año, ¿verdad? —preguntó Svetlana, fingiendo que no sabía la respuesta.

—Sí. ¿Él también es un paquete?

—¡No! No, Hollander es increíble. Me encanta Hollander. —Las últimas palabras las dijo como ronroneando.

—Traidora.

—Es un patinador magnífico. Manos talentosas. Y es guapo.

—Ahora estás intentando picarme.

—No me puedes negar nada de eso, Ilya.

—No —dijo Ilya mientras apagaba el cigarrillo en un platito que había cogido como cenicero—. No puedo negarlo. Es muy bueno.

—Y guapo.

—Si tú lo dices.

Svetlana se llevó las rodillas al pecho.

—Oye, ¿vamos a follar otra vez o me visto? Tengo frío.

Ilya se lo pensó y se encogió de hombros.

—Tengo algo de hambre, así que mejor vístete.

Por un segundo ella pareció sorprendida, pero luego su cara cambió a la misma de tranquila indiferencia de Ilya.

—Vale.

Se levantó y empezó a recoger la ropa del suelo. Ilya la miraba, pero su mente no estaba pensando en su cuerpo firme y perfecto.

¿Se habría encogido de hombros también si Shane le hubiera preguntado si iban a volver a follar? ¿Habría rechazado la oportunidad de disfrutar de su cuerpo tantas veces como hubiera podido?

«Ni se te ocurra ponerte la ropa, Hollander. No he acabado contigo todavía».

La verdad —la que tanto se esforzaba por acallar— era que nadie le ponía tanto como Shane Hollander. Todas esas chicas… eran increíbles. Divertidas. Muy sexis. Pero él no pensaba en ellas cuando se iban. No las echaba de menos. Con ellas, se saciaba.

Hizo una mueca mientras Svetlana se ponía la camiseta. Shane Hollander no era una opción. En realidad, nunca lo había sido. Esa cosa que había entre ellos tenía que parar. Era malo para los dos e Ilya era consciente de que tenían que dejarlo.

Lo que asustaba a Ilya era lo desesperado que estaba por continuar.

Aunque no lo suficiente como para quedar en ridículo. Por eso ni siquiera se había molestado en mandarle un mensaje a Shane cuando sus equipos habían jugado uno contra el otro en Montreal la semana anterior. No tenía ningún interés en que Shane Hollander lo rechazara.

Tampoco tenía ningún interés en ver a Shane Hollander toqueteando a la puñetera Rose Landry en una discoteca, pero parecía que el destino se empeñaba en restregarle a Hollander por la cara. ¡En una puta discoteca! Si no podía estar allí a salvo de Hollander, ¿dónde iba a estarlo?

Ilya se preguntó si Rose Landry iría con Shane a Florida para el All-Star Game. Se preguntó si a partir de ahora Rose Landry acompañaría a Shane a todas partes. Quizá se casaran.

Por primera vez en su vida, Ilya no quería que llegara el All-Star.

Capítulo 16

Enero de 2017, Tampa Bay

Shane estaba nervioso. Tras seis temporadas y media, estaba acostumbrado a su mierda de acuerdo con Rozanov, pero ahora notaba algo diferente. Quizá fuera porque por fin había hablado con alguien sobre su… posible preferencia. O quizá fuera por la forma tan rara en la que habían terminado la última vez que había estado con Rozanov, en el apartamento de Ilya. O quizá fuera que ahora Shane se sentía más seguro de lo que quería, después de apartarse de una relación que había sido casi perfecta.

Casi.

Se moría de ganas de ver a Rozanov ese fin de semana. Deseaba estar con él, a solas, a puerta cerrada; estaba cansado de mentirse sobre el tema.

Ese año, por fin, Shane sabría qué se sentía al jugar con Ilya Rozanov. Seis ediciones del All-Star Game y esta era la primera vez que los habían puesto en el mismo equipo. Varias lesiones y organizaciones raras y efectistas de los equipos que la liga no paraba de sacarse de la manga habían impedido que ocurriera antes.

No era el único que estaba emocionado con ser compañero de equipo de Ilya. La prensa se frotaba las manos con ese acontecimiento monumental, en el que Shane e Ilya tendrían que dejar de lado su supuesta enemistad y aprender a trabajar juntos. ¿Serían capaces?, se preguntaba la gente.

Shane sonrió para sí mismo mientras colgaba el traje en el armario de la habitación del hotel. «Si la gente supiera…».

Aunque lo que pensaba en realidad era: si «él» supiera lo que pensaba Ilya en esos momentos… No estaba seguro de si Ilya quería darle puerta o si quería que dieran un paso más. La verdad era que no tenía ni idea de qué esperar de su compañero temporal de equipo aquel fin de semana.

Consultó el reloj. La reunión del equipo en la planta baja empezaba en pocos minutos.

Shane suspiró y se miró en el espejo.

«A por todas».

Hacía más de dos meses que Ilya no escribía a Hollander.

No era que hasta entonces se hubieran escrito con regularidad, pero ese silencio había sido especialmente incómodo. Las últimas semanas habían sido las primeras en las que Ilya había estado convencido de que, si él le decía algo, Shane no le respondería.

Lo más probable era que el canadiense enseñara el mensaje a su novia, la estrella del cine, y se rieran de lo patético que era Ilya.

No. Eso no iba a ocurrir. Por supuesto que Shane no haría eso.

Bueno, quizá.

Ilya sacó nervioso el paquete de chicles de nicotina del bolsillo y se metió uno en la boca. ¿Habría llevado Shane a su novia al fin de semana del All-Star? ¿Se la presentaría a Ilya?

Dios.

A Ilya se le acabó el tiempo para agobiarse, porque en ese momento, Hollander entró en el bar. Todo el mundo volvió la cabeza. Algunos tíos incluso se levantaron, qué pringaos.

Ilya se apoyó en la barra y miró a Shane mientras daba la mano y palmaditas en la espalda a los jugadores. Vio cómo sonreía y se reía con todo el mundo. Parecía relajado y seguro de sí mismo, como un hombre que tiene la vida resuelta. Como un hombre que ya no se cuestionaba nada. Estaba…

«Joder, está que te cagas».

A lo mejor Rose lo había llevado de compras o algo así. De pronto, vestía como el millonario que era. Se había puesto una camisa de lino blanca abierta por el cuello, con las mangas remangadas. Al fin y al cabo, estaban en Florida. La llevaba metida por unos pantalones azul pizarra que le sentaban como un guante. El look se completaba con un cinturón trenzado y unas zapatillas grises modernas sin calcetines.

Ilya llevaba bermudas y una camisa con estampado de palmeras porque le había parecido divertido. Ahora se sentía como un puto imbécil.

Pidió otra copa solo para dejar de mirar a Shane.

Se maldijo por estar tan de bajón. Ese finde era para divertirse; joder, el hotel era un puñetero resort en la playa…

Alguien se puso a su lado en la barra. Sin mirar, supo que era Hollander.

—Eh, compañero —dijo Shane.

—Hola, «capitán» —respondió Ilya, porque sí, habían elegido a Shane capitán de su equipo All-Star. Pues claro.

Cuando Shane llamó al camarero levantando el brazo, Ilya se fijó en el reloj carísimo que llevaba en la muñeca. ¿Sería un regalo de Rose?

—Puede ser divertido, ¿no? —comentó Shane—. Siempre me he preguntado cómo sería jugar en el mismo equipo.

—Ah, ¿sí?

—Genial que este año sea en Florida, ¿eh?

—Ajá.

Entonces llegó la cerveza de Shane e Ilya lo observó mientras daba un trago largo al botellín. Observó cómo se le movía la garganta al tragar.

Ya no aguantaba más.

—¿Has… traído a alguien? ¿Compañía? —preguntó Ilya.

Shane negó con la cabeza.

—No. O sea…, mis padres se lo plantearon, pero ya han ido a un montón de partidos y, además, irán a México el mes que viene, así que…

—Ah.

Rose Landry debía de estar rodando en algún sitio.

Shane sacó la lengua y se lamió el labio superior. Ilya habría jurado que lo hacía a cámara lenta.

—Bonita camisa —dijo Shane con una sonrisa.

—Era para meterme en situación. Ya sabes.

—A ti te queda bien. —Recorrió el cuerpo de Ilya con la mirada, y al ruso se le aceleró el corazón—. Es chula.

Ilya debería haber dicho algo parecido para corresponder, pero estaba demasiado ocupado con el hoyuelo en la garganta de Shane.

—¡Joder, mirad esto! ¡Qué maravilla! —Un par de brazos gigantescos cayeron a plomo sobre los hombros de Ilya y Shane. El intruso, Mike Brophy, un enorme defensa de Nueva Jersey, juntó la cabeza de los otros dos—. ¡Lo mejor de toda esta mierda! ¡Los putos Hollander y Rozanov jugando juntos! ¡Me encanta!

Shane había conseguido liberar la cabeza del bíceps de Brophy y le dedicó una tímida sonrisa.

—Sí, será divertido —contestó.

—Pero no hagas ni caso de nada de lo que te diga este cabrón —le advirtió Brophy, dándole un codazo fuerte a Ilya—. No te puedes fiar de este capullo. Te diga lo que te diga, casi seguro que quiere joderte.

—Lo tendré en cuenta —dijo Shane.

Brophy se marchó después de darles un puñetazo en el brazo a cada uno a modo de despedida.

—Creo que ya podemos ir preparándonos para esas bromas este fin de semana —dijo Shane.

Se dio la vuelta y se apoyó con los codos en la barra.

—Deberían dejar que nos conozcamos un poco —dijo Ilya. Se inclinó y bajó la voz—. A lo mejor hasta tenemos algo en común.

Shane sonrió mirando el suelo; se le pusieron coloradas las mejillas.

—Tú también vas guapo —dijo Ilya—. ¿Alguien te ha llevado de compras?

Shane lo miró a la cara.

—Si te cuento algo, ¿me prometes que no se lo dirás a nadie? ¿Ni te reirás de mí?

Ilya notó una helada puñalada de hielo en el estómago. Se preparó y dijo:

—Claro.

—Yo, eh... —Ilya esperó a ver qué decía. «Salgo con alguien. Voy a casarme. No te necesito»—. He contratado a un estilista personal.

Por un momento se hizo el silencio. Luego Ilya se echó a reír a carcajadas.

—¡No me jodas! —dijo, encantado.

—No sé por qué te lo he contado.

—¡No! ¡Me encanta! ¿Te has cansado de ir como el culo?

—No iba...—Shane trataba de parecer enfadado, pero Ilya sabía que estaba conteniendo una sonrisa—. Era solo que me ponía sobre todo, ya sabes, ropa deportiva. Supongo. Pantalones de chándal y camisetas y esa mierda. Hay tíos en la liga que van súper a la moda y, no sé, pensé... que me iría bien que me echaran una mano.

—¿No tiene nada que ver con Rose Landry?

—¿Qué? No. O sea…, sí, sus amistades siempre iban superarregladas. Supongo que me sentía como un paleto cuando salíamos juntos. Nunca me ha importado la ropa y pensé…, no sé. Solo quería presentarme mejor. No vestir siempre como si fuera al gimnasio.

Ilya no pasó por alto el tiempo pretérito que había empleado Shane para hablar de cuando salía con Rose. Incluso sin dominar el inglés se dio cuenta.

—¿Es que ya no estáis…?

Shane negó con la cabeza.

—No estamos, no. Fue una cosa corta. Es una tía genial. Lo que pasa es que no éramos, eh… compatibles.

Entonces miró a Ilya con cara seria. Al ruso le entraron ganas de besarlo.

—En fin —dijo Shane y señaló la sala con el botellín de cerveza—. Debería ir a saludar a los demás.

Se apartó de la barra.

—Muy bien.

Ilya se tapó la boca con la mano para ocultar su ridícula sonrisa.

El fin de semana fue muy divertido. Les dieron mucho tiempo libre el sábado, antes del Concurso de Habilidades de esa noche. Gran parte de los jugadores se quedaron por la piscina, refrescándose para paliar el sol de Florida, o fueron a la playa. Shane pasó un rato de la tarde en la piscina.

La liga había pedido a los fans que votaran quiénes serían los capitanes de equipo del All-Star y lo habían elegido a él. En realidad, le dio un poco de apuro porque, aunque hacía dos temporadas y media que era el capitán de los Montreal Voyageurs y este era su sexto All-Star Game, el honor de ser nombrado capitán del equipo All-Star solía ser para uno de los jugadores más veteranos del equipo. Shane solo tenía veinticinco años.

Pero que lo nombraran capitán a él en lugar de a Rozanov le había sabido a gloria.

Rozanov estaba en la piscina con un par de jugadores más y sus hijos, haciendo el tonto y riéndose. Shane estaba en una tumbona con una botella de agua, movía la cabeza y sonreía mientras veía a Ilya retar a los críos a una competición de natación. «Perdía» todos los largos y luego se hacía el ofendido y los acusaba de hacer trampas. Los niños se reían tanto que Shane temió que alguno se ahogara.

—¡Última carrera! —anunció Ilya—. Prueba de campeonato. ¡Quien gane se lo lleva todo! ¡Las demás no cuentan!

—¡No vale! —le chilló uno de los pequeños.

—Vamos. Una carrera más. Si pierdo... os compro chucherías de la máquina.

Con eso bastó para que los niños se pusieran en fila junto al bordillo.

—¡Eh, Hollander! —gritó Ilya de pronto.

Shane lo saludó con la cabeza.

—Tienes que vigilar, ¿vale? —dijo el ruso—. Asegúrate de que ninguno de estos gamberros hace trampa.

—De acuerdo.

—Chicos, ¿sabéis quién es ese tío? —preguntó Ilya.

—¡Shane Hollander! —dijeron a la vez casi todos.

—¿De verdad? —Ilya fingió sorpresa—. ¿Os suena de algo?

Se partieron de risa. Uno de los más lanzados dijo:

—¡Es el mejor jugador de la liga!

—Vale, descalificado. Ya no puedes participar. Fuera de la piscina. Fuera de Florida. Adiós. ¿Dónde está tu padre?

Los niños se rieron aún más. Shane también se rio. Se preguntó si Ilya habría pensado alguna vez en tener hijos. Se le daban bien.

Por fin empezó la carrera. Ilya salió disparado y luego fingió que le había atacado un tiburón.

—¡Tienes que comprarnos chuches! —dijo uno de los niños.

—Ah, maldita sea. ¡Oye, Hollander! ¿Me dejas, tipo, diez pavos?

Shane estuvo a punto de mandarlo a la mierda, pero entonces se acordó de los chiquillos.

—¿Qué pasa? ¿Boston ya no te paga o qué?

Sonrió.

—¡Me he dejado la cartera!

—Ya, sí. Claro.

Ilya se dio impulso para salir de la piscina. A Shane se le cortó la respiración al ver que se dirigía a la tumbona en la que estaba él. El bañador mojado se le pegaba a los muslos y el paquete, y el agua le bajaba formando riachuelos por el pecho. Cuando llegó a la tumbona de Shane, sacudió la cabeza a lo bruto y el agua salpicó toda la ropa seca de Shane.

—¡Ah! Jod… —Shane se contuvo—. ¡Para!

En lugar de hacerlo, Ilya se agachó y lo abrazó. Shane abrió los ojos como platos.

—¡Suéltame! Pero ¿qué co…?

Le alucinaba que Ilya hiciera algo así… «en público». Le alucinaba y también le daba un poco de morbo.

Pero para todos los que los miraban no era más que el típico Rozanov haciendo el capullo. Se rieron cuando Shane se retorció fingiendo que intentaba liberarse.

Cuando por fin lo soltó, Shane le dio un empujón y trató de parecer enfadado, pero sabía que estaba sonrojado y se le escapaba la sonrisa. Ilya se incorporó cuan alto era y quedó sobre Shane con el sol a su espalda. Cada centímetro de su piel era de oro resplandeciente.

Shane tuvo que usar toda su fuerza de voluntad para no alargar el brazo y acariciarlo. Estaba imponente.

Observaba a Shane con el pelo mojado caído sobre los ojos, y este siguió su mirada hasta su propio pecho. Tenía la camisa mojada y pegada al cuerpo. Era una camisa de guinga de cuadros azules y blancos, y ahora había partes transparentes.

—Me has destrozado la camisa.

—Lo siento.

Ilya no parecía sentirlo en absoluto.

Shane se lamió el labio inferior y el otro se apartó de él.

—¡Eh, Brophy! ¡Déjame diez pavos! Hollander es un rata.

Ilya se desplazó del centro al ala derecha para el All-Star Game, con el fin de poder jugar en línea con Hollander. Lo hizo encantado; llevaba mucho tiempo esperando la oportunidad de jugar con Shane.

Y hacerlo fue justo como se lo había imaginado.

En el fondo, sintió pena del compañero del ala izquierda, Carson, porque por lo que respectaba a Ilya, no había nadie más en la pista. Hollander era capaz de seguirle el ritmo a Ilya y era como si se leyeran la mente cuando se pasaban el *puck*. Apenas habían tenido tiempo de practicar juntos, pero encajaban de una forma que Ilya no había sentido con ningún otro jugador. Era una pasada.

El ruso recibió un pase de uno de los defensas y salió lanzado. Cuando miró a su izquierda, vio que Shane estaba justo a su lado. Cruzó la línea azul, lanzó el *puck* a Shane y ese se lo pasó, e Ilya se lo devolvió en el último segundo. Shane hizo un tiro limpio hacia la esquina superior de la red y metió su cuarto gol del partido.

El canadiense levantó los brazos para celebrarlo, con cara de felicidad absoluta. Estaba radiante, tenía los ojos entrecerrados y las mejillas coloradas. Ilya lo abrazó y Shane le apretó fuerte con ambos brazos. Ilya notó el aliento caliente de Shane en el cuello y vio el sudor que relucía en su piel y le dio un beso, fuerte, en la mejilla. Estaba seguro de que para la multitud había parecido la típica broma provocadora de Ilya, debían de pensar que el beso era una forma más de meterse con Hollander. Pero la verdad era que no había podido resistirse. Había visto la oportunidad y la había aprovechado.

—¿Qué coño…? —preguntó Shane entre risas.

Ilya notó que se le encendían las mejillas, una sensación incómoda y muy poco habitual.

—Buen gol.

—Buena asistencia —respondió Shane y le dedicó una mirada extraña.

Ilya sonrió y se encogió de hombros. Le dio un golpe en la espalda a Shane exagerando el papel de macho y fue patinando al banquillo.

Un domingo por la noche, después del partido, unos cuantos tíos fueron a un restaurante mexicano que, según uno de los jugadores de Tampa Bay, era donde mejor se comía de toda la ciudad. Otros se quedaron bebiendo en el bar del hotel sin más. También montaron más de una fiesta en las habitaciones.

Shane estaba en la playa, solo. Había anochecido, pero aún quedaba bastante gente paseando a la luz de la luna. Supuso que para eso iba la gente a Florida.

Únicamente necesitaba una horita a solas. El fin de semana había sido un reto por muchos motivos. Había intentado mantener cierta distancia entre Ilya y él, tanto porque no podía confiar en no tocarlo de algún modo que los delatara, como porque los medios estaban tan obsesionados con que los dos jugasen juntos pese a «odiarse» que tampoco quería darles más carnaza.

Y supuso que tampoco tenía ganas de cambiar la historia que se había montado el público. La rivalidad era buena para la liga, buena para sus carreras y, lo más importante, era ideal para ocultar la verdad.

Hundió los dedos de los pies en la arena fresca. Escuchó las olas que apenas podía ver en la oscuridad. Le gustaba. La mayor parte de su vida transcurría en interiores. Pistas y gimnasios y habitaciones de hotel y aeropuertos y aviones.

Alguien se sentó a su lado, a un palmo. No le hizo falta mirar.

—Te pillé —dijo Ilya.

—¿Me andabas buscando?

—Claro que no.

Se quedaron un rato sentados en silencio. Ilya plantó las manos en la arena detrás de la espalda y estiró las piernas largas. Iba descalzo, igual que Shane.

—Busqué la palabra —dijo el ruso—. «Compatibles».

—¿Qué?

—Creía que sabía lo que significaba. Pero quería asegurarme.

Shane se quedó pensando un momento y luego cayó en la cuenta de a qué se refería.

—Ah.

—Rose Landry y tú…

—Sí. No éramos compatibles. Bueno, por lo menos en ese sentido.

Ilya se quedó callado. Shane miró alrededor para comprobar que no hubiera nadie lo bastante cerca para oírlos. Al parecer, se hallaban solos.

Estaba muy oscuro.

—¿Cuándo vuelas de vuelta?

—Pronto —dijo Ilya.

—Yo también. A Columbus.

—Toronto. —Ilya arrastró un poco la erre y marcó mucho la segunda te al pronunciar el nombre de la ciudad. Shane sonrió.

Sin avisar, Ilya desplazó la mano hasta pegarla a la de Shane y luego entrelazó los pulgares de los dos. El primer instinto de Shane fue apartarse, pero se contuvo. En lugar de eso cerró los ojos e intentó no hacerse ilusiones con cosas imposibles. También contuvo las ganas de apoyar la cabeza en el hombro de Ilya.

—¿En qué habitación estás? —susurró.

—Mil doscientos diecisiete.

—Me gustaría hablar contigo. En privado.

Ilya apartó el pulgar. Shane sintió ganas de agarrárselo de nuevo. El ruso se levantó y, antes de regresar al hotel, dijo:

—Hasta pronto.

Capítulo 17

Ilya estaba plantado en mitad de la habitación de hotel. ¿De verdad Shane quería hablar con él? ¿Cuando decía «hablar» se refería a otra cosa, como había sido siempre? ¿Habría notado Shane el cambio en su relación que había sentido Ilya la última vez que habían estado juntos? De ser así, ¿estaba esperando romper lo que había y salir huyendo… o meterse de cabeza? O quizá ni él supiera qué quería, porque Ilya no tenía ni puta idea.

Lo que sí sabía era que, en el fondo, lo que los dos quisieran probablemente daba igual.

A Ilya le habría encantado poder ir a pasear o algo así… un paseo a la luz de la luna por la playa. Estaba cansado de habitaciones de hotel.

Le vibró el móvil.

Estoy aquí.

Abrió la puerta al instante.

Shane se coló en la habitación. Tenía la ropa arrugada y con algo de arena. La brisa del mar le había alborotado el pelo.

Cruzó la sala sin decir nada y se sentó en la punta de la cama. Juntó las manos y miró hacia el suelo.

—Guau —dijo Ilya—. Esto va en serio.

—No es… O sea… Bueno, un poco. Solo… déjame hablar un momento, ¿vale?

Ilya se sentó en la cómoda, justo enfrente del final de la cama, y esperó.

—Eh… —Shane hizo una mueca—. No soy solo yo, ¿verdad?

—¿No eres solo tú?

—Me refiero… Tú también lo sientes, ¿a que sí?

—¿Sentir el qué?

—No me jodas. ¡Ya sabes a qué me refiero! La última vez que estuvimos… juntos… fue… diferente.

Ilya se encogió de hombros y apartó la mirada. Sabía que no era la reacción adecuada, pero sentía un amasijo de emociones que no podía dejar que Shane advirtiera.

—No hagas como si no supieras de qué te hablo —le recriminó Shane enfadado—. Ya me cuesta bastante sin que seas un capullo.

Ilya se volvió hacia él, pero logró que su cara ocultara todo lo que sentía.

—¿Qué quieres, Hollander?

—Yo… —Shane no tenía ni idea de qué decir a continuación.

—Nos vemos y follamos. Es fácil —dijo Ilya.

—Fácil —refunfuñó Shane—. Vale.

Ilya volvió a encogerse de hombros.

—Para mí es fácil.

—Y una mierda.

Ilya puso los ojos en blanco. ¿Por qué le decía esas cosas Hollander? ¿Por qué ahora?

—Creo que soy gay —soltó Shane.

Ilya lo miró un momento, sobresaltado. Luego se echó a reír.

—Ah, ¿sí? ¿Y de dónde has sacado esa idea?

Shane lo fulminó con la mirada, cosa que hizo que Ilya todavía se riera más.

—La última vez que te metiste mi polla en la boca ya imaginé que a lo mejor eras un poco gay —se burló Ilya.

—Vete a la mierda. ¡Tú no eres gay!

—No —dijo Ilya poniéndose serio otra vez—. No del todo.

—Bueno… Creo que puede que yo sí. Del todo.

Ilya lo analizó un momento y luego dijo:

—Muy bien. Entonces, eres gay. ¿Y qué?

—¡Joder, es algo gordo! Por lo menos, para mí. ¡Perdona si te aburro!

Ilya se apartó de la cómoda y fue a la mininevera. Cogió una lata de Coca-Cola y otra de ginger ale. Le ofreció el ginger ale a Shane y se sentó en la cama junto a él.

—¿Por qué me cuentas que eres gay? —le preguntó con calma Ilya.

Shane se rio sin pizca de humor.

—¿A quién más se lo voy a contar?

Ilya dio un sorbo a la Coca-Cola.

—No eres el único jugador gay de la NHL. Supongo.

—Ya lo sé.

—¿Entonces?

Shane suspiró.

—No es solo… ser gay —dijo con torpeza, como si todavía se estuviera acostumbrando a la palabra—. Eres tú. Tú y yo. Ser gay es una cosa. Liarte con tu puto máximo rival es otra.

—Por eso es un secreto.

—Ya lo sé, pero… —Shane se pasó una mano por el pelo, desesperado—. La última vez que estuvimos juntos fue… bonito —dijo en voz baja.

Ilya estuvo un momento callado y luego admitió:

—Sí…

—Parecía que fuéramos… algo más.

—No podemos ser algo más, Hollander.

Shane volvió la cabeza con brusquedad hacia Ilya.

—¿Te gustaría? ¿Si pudiéramos?

—No podemos.

—No es lo que te he preguntado.

Ilya se levantó y apoyó la lata de golpe en la cómoda.

—¡No importa una mierda, joder!

Shane se estremeció y jugueteó con la lata de ginger ale, que todavía no había abierto siquiera.

—No puedo seguir fingiendo que no me gustas —dijo al fin.

—No te gusto —le rebatió Ilya.

—Sí. Puede que… me gustes demasiado.

A Ilya se le encogió el corazón.

—No —gruñó—. Hollander, no hagas esto, joder. No…

—¿… te lo mereces?

Ilya lo fulminó con la mirada.

—No. No soy gay. No puedo… ni planteármelo, ¿vale?

Shane se echó a reír.

—Vaya, ¡pues lo haces como el culo!

—En público no. No puedo… No podría volver a casa.

—¿Con tu familia?

—¡A Rusia! No podría volver a casa, a Rusia.

Shane puso cara de espanto.

—¿Qué te pasaría?

—No quiero averiguarlo.

Shane pensó un momento antes de responder.

—¿Y tus padres te… ayudarían?

Ilya negó con la cabeza y se sentó en el suelo, apoyado en la pared.

—Mi padre es poli.

—Vaya —dijo Shane—. Qué mierda.

—Y mi hermano es poli.

—¿Y qué pasa con tu madre?

—Murió.

—Lo siento.

—Era pequeño —dijo Ilya y sacudió la mano como si la muerte de su madre no le importase, cosa que estaba lejos de ser verdad—. Tengo una madrastra. Es… muy joven para mi padre. —Resopló—. Mi madre también era muy joven para mi padre.

—Ah.

Ilya soltó el aire despacio.

—Mi padre siempre ha sido un hombre complicado. Es muy… chapado a la antigua. Muy estricto. Mi hermano, Andrei, se parece mucho a él. Pero ahora… mi padre está enfermo.

—¿Enfermo? ¿Tipo… cáncer?

Ilya negó con la cabeza.

—No. Alzhéimer.

—Ay. Mierda. Lo siento.

Ilya asintió con la cabeza. Ya está. Ahora alguien lo sabía.

—Pero debe de estar orgulloso de ti, ¿no? ¡Eres una superestrella!

Ilya casi se rio al oírlo.

—Él no quería que me marchara. Quería que me quedase en Rusia.

Ambos permanecieron un rato sin decir nada.

—Me encanta mi país —dijo Ilya—. Pero no podía quedarme allí.

—Mi vida habría sido mucho más fácil… —se burló Shane.

Los dos se rieron. Shane negó con la cabeza y miró el techo. E Ilya se limitó a… mirarlo. A contemplar a aquella extraña superestrella tan preciosa y dulce y… allí.

—Joder, estás guapísimo —dijo Ilya.

Shane se levantó y dejó el ginger ale en la cómoda junto a la Coca-Cola abandonada de Ilya. Se dejó caer al suelo y se sentó a horcajadas sobre las piernas extendidas de Ilya.

—Oye —le dijo en voz baja.

El ruso cedió y se acercó a él. En cuanto tuvo a Shane en sus brazos, fue su perdición. Se inclinó hacia delante y le comió la boca. Esta vez notó una sensación distinta cuando rodeó la espalda de Shane con los brazos y lo atrajo contra su cuerpo. El otro cogió la cara de Ilya entre las manos y lo besó con la fuerza de todo lo que habían estado a punto de decir en voz alta.

Era tarde y Shane sabía que tenía que volver a su habitación, pero seguía en la cama con Ilya. No solo en la cama, sino ¡acurrucados!, mientras Ilya le acariciaba el pelo con cariño. Shane daba vueltas a la cruz de Ilya entre el pulgar y el índice.

—¿Eres creyente? —preguntó Shane—. ¿O la llevas porque sí?

—Ya no voy a la iglesia.

—Pero ¿crees en Dios?

—Sí. Me parece.

Shane no respondió. Dio vueltas a la información.

—¿Te parece una chorrada? —preguntó Ilya.

—¡No! No, es solo que me sorprende, supongo.

Ilya se rio en voz baja.

—¿Qué? —preguntó Shane.

—No crees en Dios, pero crees que si te pones el patín derecho antes que el izquierdo el partido será un desastre.

Shane negó con la cabeza y sonrió.

—Eso es distinto. Es ciencia.

Ilya resopló y le dio un beso en la coronilla.

—Era de mi madre.

—Oh. —Shane dejó de dar vueltas a la cruz y la apoyó con cuidado en el pecho de Ilya—. ¿Te apetece hablar de… algo? ¿De tu familia?

—No. Esta noche no.

—Pero sabes que, si quieres, puedes… hablar conmigo.

Ilya se quedó inmóvil un momento.

—Gracias.

Shane se preguntó si Ilya también lo sentía. La pesadez que quedaba después de sus encuentros. La imposibilidad de todo. Shane lo notaba cada vez. El propósito de sus polvos era liberarlos, pero Shane se sentía más atado cada vez que se veían.

—Será mejor que me vaya —comentó.

Ilya no respondió, así que Shane se levantó de la cama. El ruso tiró de él para que se tumbara y, sin saber cómo, Shane acabó encima y recibió un montón de besos de Ilya, hasta que se puso debajo.

—Quédate —le dijo.

—No puedo.

Pero le emocionó que Ilya se lo pidiera.

—Bah, nadie se dará cuenta. Este finde es un caos.

—Demasiado riesgo.

Ilya negó con la cabeza.

—¿Cuándo te tendré todo el tiempo que quiera?

A Shane le dio un vuelco el corazón.

—No lo sé. ¿Cuanto antes, mejor?

—Sí. —Ilya se acercó a besarlo—. Cuando haya ganado la Copa Stanley este año, deberíamos ir a algún sitio.

Shane se mofó.

—No vas a ganar esa copa. Y ¿dónde carajo vamos a ir?

—No lo sé. A algún sitio donde no nos conozcan.

—¿Algo, tipo, la luna?

—No, tipo… Fiji.

—No. Basta con que haya un turista canadiense con un iPhone.

—Subiremos una montaña. Buscaremos una cueva.

Shane sonrió con tristeza. No iban a viajar a ningún sitio juntos, y ambos lo sabían.

—¿Vuelves a Rusia este verano?

—Sí.

—Pues vaya.

—¿Adónde irás tú?

—A mi cabaña, seguro —dijo Shane.

—Suena bien.

—Claro. Es mi lugar favorito en el mundo.

Aunque esa cama se había convertido en una rival muy fuerte. Se deleitó en un último beso, moviéndose hasta cubrir el cuerpo de Ilya con el suyo mientras se lo comía.

—Tengo que irme.

Le apartó los rizos de los ojos a Ilya y este lo agarró por la muñeca, para luego llevarse la mano de Shane a los labios. Le besó con delicadeza las yemas de los dedos y Shane se quedó sin aliento.

—¿En serio? —preguntó Ilya.

Dios, tenía una voz muy sexy cuando estaba medio dormido, rota y áspera. Plantó un beso en la palma de la mano de Shane.

Este cerró los ojos, solo para aliviar uno de sus sobreestimulados sentidos. Sería tan fácil rendirse sin más…

—Sí. Ya toca.

Con mucho esfuerzo, salió de la cama y recogió la ropa del suelo. Del dobladillo del pantalón salió arena, que se extendió por la alfombra del hotel, mientras se vestía. Ilya se quedó en la cama, seguramente mirándolo. Shane no se atrevía a mirarlo, por miedo a acabar en sus brazos solo con dirigir la vista en aquella dirección.

Cuando ya estaba junto a la puerta, por fin se permitió volver los ojos hacia Ilya. Estaba sentado en la cama, con la sábana blanca cubriéndole las rodillas flexionadas. Se mordía el labio, calibrando si decir algo o no. Hubo un largo y tenso silencio entre ellos y luego Ilya dijo:

—Buenas noches, Shane.

Un salto de placer recorría el cuerpo de Shane cada vez que Ilya lo llamaba por su nombre de pila.

—Buenas noches, Ilya.

Comprobó que el pasillo estuviera vacío y luego se marchó a escondidas de la habitación de Ilya. Como sí que lo estaba, nadie vio la sonrisa que casi partió por la mitad la cara de Shane.

Capítulo 18

Febrero de 2017, Montreal

Dos semanas después del fin de semana del All-Star, Shane recibió un mensaje de «Lily».

¿Te has enterado del follón de Zullo?

Frank Zullo era un defensa de los New York Admirals famoso por ser un liante. Lo habían detenido la noche anterior por pelearse en un bar o algo así, y lo habían echado del equipo.

Shane: Sí. Qué pasada. Increíble que lo hayan expulsado.

Lily: Odio a ese hijo de puta.

Shane: Pues sí, siempre me ha parecido un cabrón.

Recordó unas cuantas veces en las que Zullo le había soltado comentarios homófobos a él o a sus compañeros de equipo.

Lily: Que le jodan. Scott Hunter debe de estar contento.

Shane: Ya te digo. Siempre lo ha odiado. Se nota.

Lily: Un homófobo menos en la liga.

Shane: Sí. Aunque quedan tipo un millón.

Estaba preparándose el *smoothie* de después de correr. Encendió la batidora y miró el móvil, a la espera del siguiente mensaje.

Eso era nuevo. Se preguntó por qué no se les habría ocurrido antes: hablar sobre hockey, aunque fuera sobre cotilleos y tal. En el pasado solo se escribían mensajes para apalabrar discretamente dónde enrollarse.

Se preguntó qué había inspirado a Ilya para lanzarse a escribirle esta vez.

Lily: ¿Dónde estás? ¿En casa?

Shane: Sí. He vuelto de correr.

Lily: Guay. ¿Estás sudado? :p

Shane se rio.

Shane: A punto de entrar en la ducha.

Lily: ¿Y si hacemos un Skype mientras? Videollamada.

Shane: Se mojaría el teléfono.

Lily: ¿Por qué nunca hemos hecho un Skype?

Shane se sorprendió al leerlo.

Shane: ¿Te gustaría?

Lily: Quizá. ¿Y a ti?

Dio por hecho que Ilya hablaba de hacer, tipo, *sexting* por llamada. O por vídeo. O lo que fuera. Shane nunca había hecho nada de todo eso. Pero ¿por qué no? Era una posibilidad... Si ninguno de los dos guardaba la llamada, no pasaría nada, ¿no?

Shane cambió de tema.

Shane: Menudo gol metiste anoche.

Lily: Sí, bueno. Ya sabes.

Y luego...

Lily: Tengo que contarte lo que nos dijo Hammersmith anoche...

Estuvieron mandándose mensajes casi una hora. Para entonces, Shane estaba tumbado en el sofá, moviendo a toda velocidad los pulgares por el teclado del móvil y se había reído un montón de veces en la sala vacía. Al final, le recordó a Ilya que tenía que ducharse sin falta. Le sorprendió lo dura que la tenía cuando acabó la conversación.

Sintió la bochornosa urgencia de escribir «Ojalá estuvieras aquí» o algo así. Se contuvo. En lugar de eso tecleó «Ta luego» y lo puntuó con el emoticono de la cara sonriente que lleva gafas. Ilya se despidió con el emoticono de la cara que da un beso.

Ilya había estado escribiendo con una mano.

No le había contado a Shane que se había fastidiado el codo durante el partido de la noche anterior. Se le había quedado atrapado contra la valla de una forma rara y ahora le dolía al estirarlo.

Le habían recomendado reposo y se aburría. Se dijo que si había escrito a Shane había sido solo por aburrimiento, claro.

Por lo de la lesión y porque eran, tipo, las nueve de la mañana, lo había dicho sobre todo en broma cuando había propuesto hacer *sexting*. Pero se preguntó si Shane se animaría a hacerlo algún día. Le costaba imaginárselo…

O, bueno, quizá si podía hacerlo. Porque de repente se lo imaginó. Y con mucho detalle.

Era como si lo viera. Shane con su carita decidida, fingiendo que no estaba aterrado. ¿Dónde sería? ¿En su cama? ¿En su puta cama, la auténtica? ¿La que Ilya nunca había compartido con él porque nunca había estado en su casa de verdad?

Ilya cerró los ojos y se hundió entre los almohadones de su propia cama.

¿Cómo sería el dormitorio de Shane? Aburrido, seguro. Paredes blancas. Fijo que habría una foto enmarcada de sus padres en la mesita de noche. Ilya la cambió enseguida por una foto de él. Con un autógrafo.

Seguro que Shane tenía plantas. Y lo más probable era que su habitación tuviera mucha luz natural. Habría una estantería pequeña con algunos libros de autoayuda de esos aburridos y algunas biografías de deportistas. Seguro que las sábanas eran azules.

Y seguro que se ponía, tipo, un pijama completo para dormir. De los que tienen botones.

Aunque quizá no siempre se los abrochara. Quizá ahora mismo estuviera recostado en la cama con la chaqueta del pijama desabrochada y los pantalones muy bajos. La lamparita estaría encendida para poder leer algún tostón.

Y luego, cuando se cansara de leer, dejaría el libro con cuidado en la mesilla, bostezaría y se desperezaría. La camisa se le abriría un poco más. Y tal vez se le cerrarían los ojos y se pasaría la mano con pereza por el pecho y los abdominales. Se frotaría los muslos y suspiraría al ver cómo le crecía el paquete por debajo de los pantalones del pijama.

Ilya no llevaba muy bien lo de descansar.

Maldita lesión en el codo. ¿Por qué tenía que ser justo el derecho?

Ahora necesitaba que ocurriera lo de Skype. Animaría a Shane a soltar alguna guarrada por esa preciosa boquita. Lo obligaría a salir de su zona de confort. Lo convertiría en un reto. Shane no podía resistirse ante un reto.

Se agarró la polla como pudo con la mano izquierda y se dio un meneo lento.

Quería pasar un día entero con Shane. Un fin de semana. Una semana. Quería estar en algún sitio en el que nadie pudiera interrumpirlos. Tal vez eso fuera lo único que les hacía falta. Solo la oportunidad de sacar a Shane Hollander de su sistema. Necesitaba beber de él hasta hartarse y luego desaparecer.

Porque tendría que desaparecer. Aquel lío ya se estaba complicando demasiado.

Marzo de 2017, Boston

Ahora la cosa estaba candente.

Boston y Montreal iban muy reñidos en su intento de conseguir ser los mejores de su división y faltaba solo un mes para los *play-offs*.

Shane deseaba un tercer anillo de campeón tanto como Ilya deseaba el segundo. Ganar la Copa Stanley las dos temporadas anteriores no había calmado sus ansias en absoluto. Siempre había un objetivo mayor que perseguir.

El récord de más victorias en la Copa Stanley para un único jugador era de once. Shane sabía que este número era una barbaridad, porque el récord se había conseguido en una época en la que había muchos menos equipos en la liga. Pero ganar seis lo equipararía a algunos de los campeones con más repeticiones de los noventa, de modo que ese era su objetivo secreto.

No. Su verdadero objetivo secreto eran siete.

Shane estaba concentrado. Llevaba jugando bien toda la temporada e iba primero en la liga en goles marcados, seguido de cerca por Rozanov. Sabía que Ilya debía de estar puteadísimo con eso.

En realidad, había intentado no pensar mucho en Rozanov. Era su acuerdo tácito cuando la temporada estaba tan avanzada. Solían quedar cada vez que coincidían en la misma ciudad hasta marzo o así, y luego los dos se concentraban en odiarse en la pista hasta la siguiente temporada.

Por eso Shane se sorprendió tanto de recibir un mensaje de Ilya esa mañana.

Lily: ¿A qué hora vuelas mañana?

Shane se quedó mirando el móvil, boquiabierto. Desde luego, no esperaba ver a Ilya antes o después del partido de esa noche.

Shane: Temprano. ¿Por?

No hubo respuesta. Shane se sintió mal por el «¿por?». Había sido borde sin motivo. Ya sabía por qué.

Al cabo de unos minutos, Ilya contestó.

Lily: ¿Qué haces ahora?

¿Ahora? Ahora era la una del mediodía de una jornada de partido. ¡Contra Boston!

Shane: Nada. Estoy en la habitación del hotel.

Se contuvo para no volver a preguntar «¿por?».

Lily: ¿Te vienes?

A Shane le dio un vuelco el corazón. ¿Que fuera? ¡¿Que fuera?! ¿Ahora?

Shane: ¡No puedo! No seas tonto.

Lily: Vente. Poco rato. ¿Una hora?

Shane soltó una risa genuinamente sorprendida.

Shane: No. Venga ya. Los dos sabemos que es una mala idea.

Lily: Todo lo que hacemos es una mala idea. Vente.

Al ver que Shane no respondía, Ilya añadió:

Lily: Valdrá la pena. Te lo prometo. ;)

Shane negó con la cabeza. Ni en sueños pensaba ir a verlo ahora. Se le ocurrían un millón de razones por las que no podía ir, y las fue repasando mentalmente mientras agarraba la cazadora y salía de la habitación del hotel.

—Pensaba que no vendrías —dijo Ilya con una irritante sonrisilla.

—Sí, bueno…

La burla de Ilya dio paso a una sonrisa cálida y genuina. Shane notó que le daba un vuelco el corazón. Y al momento estaban besándose y quitándose la ropa y yendo a trompicones al dormitorio, sin romper el contacto visual.

Debían darse prisa. No era solo que Shane tuviera que marcharse pronto, sino que no debería haber ido, eso para empezar. Ilya lo empujó sobre la cama y empezó a recorrerlo con la boca.

Shane lo observó mientras le lamía y le chupaba la polla y se permitió un momento para preguntarse por qué Ilya estaba tan desesperado por echar un polvo antes de un partido. ¿Por qué estaba tan hambriento de Shane que había roto su regla sagrada?

Por Dios, qué bien lo hacía con la boca.

«Algo le pasa a Ilya». De pronto ese pensamiento cruzó la mente de Shane.

Tenía que preguntárselo.

Después.

De momento, Shane bajó una mano y le acarició la cara a Ilya. Hundió los dedos en su pelo suave. Jugó con él, con ternura, mientras Ilya lo miraba. Tenía los ojos oscuros, pero en ellos había algo más que lujuria. Shane asintió con la cabeza e Ilya volvió a bajar la mirada y se concentró en conseguir que Shane acabara.

Shane se corrió rápido e Ilya se lo tragó todo con un gemido alentador. Cuando terminó, fue besando todo el cuerpo de Shane hasta llegar a la boca. Hollander lo besó con ansia y luego hizo que se dieran la vuelta para bajar él y devolverle el favor.

Tras llegar al orgasmo, Shane notó que empezaba a entrarle miedo. Aquello era raro, sí, malo y «raro». Había mil motivos para no estar haciendo eso.

Lo cual era, tipo, uno más que la cantidad habitual por la que ¡no deberían estar haciendo eso, joder!

Pero Ilya susurraba el nombre de Shane —su nombre, no su apellido— como si fuera una oración y lo contemplaba como si estuviera tan cerca como Shane de decir algo verdaderamente bochornoso, estúpido y definitivo.

Shane clavó los dedos en el músculo duro de los muslos de Ilya mientras se metía aún más la polla en la boca. Si la mantenía ocupada sería incapaz de usarla para estropearlo todo.

Ilya le advirtió que estaba a punto, porque sabía que a Shane no siempre le gustaba tragárselo. Pero esta vez Shane sí quería, y succionó más fuerte hasta que Ilya chilló en una mezcla de ruso e inglés y se corrió en la garganta de Shane.

Shane se desplomó junto a Ilya en la cama. El ruso empezó a reírse.

—¿Qué? —preguntó Shane.

—Mierda.

Shane no respondió, pero se sentía igual.

—Tengo que irme —dijo, al cabo de un minuto de silencio.

—Sí.

Shane se sentó en la cama y se disponía a levantarse cuando se acordó.

—Eh, esto… ¿Estás… bien?

—¿Eh?

—Si estás bien… O sea… Sé que no solemos… hablar. Pero si necesitas…

—Estoy bien —dijo Ilya.

Lo dijo tranquilo, como si nada. Shane no se lo creyó.

—¿Es… es por tu padre…?

Ilya suspiró fuerte y se frotó la cara con la mano.

—Mi padre se está muriendo. Pero el problema no es ese.

—Ah.

—Es Polina. Mi madrastra. Está…

Sacudió la mano en el aire, como si buscara la palabra.

—¿Triste? —se lanzó Shane.

Ilya se rio con amargura.

—No. Está… planeando. El futuro. A mi padre ya no le queda dinero.

—Vaya.

—Me ha llamado varias veces.

—Ah.

Entonces Shane lo entendió.

—Quiere dinero. Todos quieren dinero. Mi hermano. Mi padre antes de que…

Shane alargó el brazo y le cogió la mano a Ilya.

—¿Se lo vas a dar?

—Ya les he dado. Un montón. Quieren más. —Soltó otra risa—. Les importo una mierda yo y mi carrera. Lo único que saben es que gano mucho dinero.

—Lo siento.

Shane acarició los nudillos de Ilya con el pulgar.

—La última vez que hablé por teléfono con mi padre fue hace un par de semanas. Me preguntó si podía comprar pan de camino a casa.

Shane no sabía qué decir. Le rompía el corazón, en serio.

—La peor parte es… —dijo Ilya en voz baja— que ahora me gusta más hablar con él. Era un capullo integral cuando era… él.

—¿Volverás a Rusia este verano?

Ilya se encogió de hombros.

—Sí.

—¿Es... obligatorio?

—Deberías irte —dijo Ilya de sopetón.

No sonaba irritado ni enfadado. Solo cansado, y tal vez un poco triste. Apartó los dedos de los de Shane.

—Ya lo sé. Pero...

—Vete. No te pedí que vinieras para hablar.

—Bueno..., pero puedes hacerlo. Si alguna vez te apetece. O sea, puedes llamarme y ya está. O escribirme un mensaje. O, si estamos en la misma ciudad y quieres que quedemos para hablar en lugar de...

Ilya esbozó una sonrisa torcida al oírlo.

—¿En lugar de...?

—¿Además de...?

—Eso me gusta más.

Se inclinó hacia delante y besó a Shane. Fue un beso tierno y dulce, el más dulce que había recibido Shane jamás.

—Me disculpo de antemano por esta noche —murmuró Shane—. Os vamos a machacar, tío.

—Tú sueñas, Hollander.

Ilya se aseguró de que Boston ganara el partido. No fue una paliza, pero sí habían sacado una respetable ventaja de dos goles cuando sonó la sirena que marcaba el final del encuentro. Ilya había marcado dos veces y Shane una. La clase de dinámica que más le gustaba al ruso.

Tenía toda la intención de quedar con Hollander por la noche, aunque ya habían arañado una hora juntos esa tarde. Aun así sabía, en el fondo de su corazón, que lo que tenía con Shane debía terminar. No podía haber nada más que sexo. Pero de algún modo la situación había evolucionado sola y, de pronto, ya no le preocupaba parecer demasiado ansioso. Era capaz de admitir ante sí mismo que quería ver a Shane tanto como fuera posible, y descubrió que había dejado de preocuparle que Shane lo notara. Por lo menos, de momento. Ya llegaría el día en que tuvieran que cortar de cuajo, pero por ahora Ilya estaba contento de poder aprovechar todas las ocasiones de estar juntos.

Dio las buenas noches a los compañeros de equipo que aún quedaban en el vestuario y salió del estadio. Estaba mirando el móvil mientras cruzaba la puerta de los jugadores, tratando de decidir qué chorrada escribir para picar a Hollander, cuando empezó a sonarle el teléfono.

Era su hermano.

Ilya estuvo a punto de no contestar, pero solo se le ocurría un motivo por el que su hermano pudiera llamarlo que no tuviera nada que ver con el dinero.

Descolgó.

Shane esperaba recibir un mensaje de Ilya. Estaba sentado en la habitación del hotel, solo —Hayden había salido para llamar a su mujer—, e intentaba impedir que los errores del partido recién jugado lo atormentaran.

«No va a escribir», se decía. «Ya lo has visto hoy. ¿Por qué ibas a verlo otra vez?».

Pero pensó que tal vez Ilya sintiera lo mismo acerca de su…, bueno, no «relación», pero sí… ¿acuerdo? Que quizá a Ilya le gustara pasar el tiempo con Shane. Que no solo lo hacían porque era, de un modo complicado y curioso, conveniente. O sucio, o erróneo, o irresistiblemente sexy. Que quizá Ilya también sintiera un cosquilleo en el estómago por la emoción cada vez que programaban un partido entre sus dos equipos. Que quizá Ilya también se quedara a veces pillado con el recuerdo de un comentario en broma, o una sonrisa, o unos dedos cuidadosos acariciándole el pelo, y tuviera que ocultar la sonrisa de bobo.

Que quizá viera los partidos de Shane y en secreto se sintiera orgulloso cuando él jugaba bien. Porque así era como se sentía Shane por Ilya aquella noche. Y era ridículo.

Shane esperó a medianoche, pero Ilya siguió sin escribirle. Pensó en ser quien estableciera el contacto, pero decidió no hacerlo. Querer enrollarse con Ilya dos veces el mismo día era una locura. Y, además, ya era tardísimo. Volaban a Detroit a la mañana siguiente.

Shane permaneció despierto un rato más, mirando la oscuridad y preguntándose si Ilya no había querido volver a verlo o si en realidad había ocurrido algo que había impedido que Ilya le escribiera.

Decidió que estaba haciendo una montaña de un grano de arena y, al final, se quedó dormido.

Capítulo 19

Al día siguiente, Detroit

—¿Te has enterado de lo de Rozanov?

Shane dejó de atarse el cordón del patín y miró al banco que tenía enfrente, donde Gilbert Comeau y J. J. estaban charlando en francés.

—¿Qué pasa con Rozanov? —preguntó Shane, también en francés.

Los dos lo miraron, sin duda sorprendidos a causa del leve tono asustado de su voz. Comeau se encogió de hombros.

—Hoy no ha volado a Nashville con el resto del equipo.

—¿Ha ido por su cuenta? —preguntó Shane por decir algo.

—No —respondió Comeau, mirando a Shane como si fuera un poco tonto—. No está en Nashville.

—Anoche no se lesionó —dijo J. J.—. Al menos nadie vio nada, ¿no?

—Creo que no —dijo Shane y repasó mentalmente a toda prisa los últimos minutos del partido.

No le dio la impresión de que a Ilya le ocurriese algo. No había salido de la pista quejándose en ningún momento del partido.

—A lo mejor está enfermo —dijo Comeau—. Ya nos enteraremos. Ahora mismo lo único que dicen en la ESPN es que no ha ido a Nashville.

—Vale —dijo Shane en voz baja.

Pensó uno por uno en varios supuestos alarmantes antes de levantarse y coger el móvil de la estantería que tenía encima de la cabeza.

«¿Estás bien?», escribió.

No obtuvo respuesta. Cuando el equipo salió del vestuario para ir al calentamiento seguía sin haber respuesta. Cuando regresó al vestuario después de practicar, volvió a mirar el móvil a toda prisa. Nada.

«Olvídate», se obligó. «Ahora concéntrate en el partido».

Seguramente se enteraría de qué había ocurrido después del encuentro. Estaba convencido de que lo mencionarían cuando retransmitieran el partido de Boston contra Nashville.

Shane no jugó el mejor partido de su vida. Es más, probablemente fuera de los peores de la temporada para él, pero de todas formas su equipo logró ganar. No recordaba haber tenido nunca tantas ganas de que acabase un partido. Cuando volvieron a los vestuarios, se quitó los guantes, nervioso, y de inmediato consultó el móvil.

Nada.

Shane se dejó caer a plomo sobre el banco, sin dejar de mirar el teléfono. Abrió el buscador de internet y escribió «Ilya Rozanov Nashville» para ver si habían revelado más información. Encontró a distintos fans especulando en las redes sociales y vio una historia oficial de la ESPN que solo decía «motivos confidenciales» y apuntaba que no se sabía si Rozanov se uniría a su equipo en Tampa Bay para el partido que tenían programado dos días después.

Todo aquello era muy extraño. Shane no podía ni estornudar siquiera en público sin que las páginas sobre hockey elucubraran que tenía una enfermedad terminal y cómo afectaría eso a las apuestas deportivas. Ilya Rozanov, una de las mayores estrellas de la liga, desaparecía sin dar explicaciones y ningún periodista parecía estar indagando apenas. Ni daban posibles razones.

Lo cual significaba… que debían de conocer la razón. Y estaban respetando la probable petición de discreción por parte del equipo de Boston.

Lo cual significaba… nada bueno en lo que Shane pudiera pensar.

Shane se cambió de ropa más rápido que en toda su vida. Buscó un rincón tranquilo del pasillo, junto al vestuario, e hizo algo que no había hecho jamás: llamó a Ilya Rozanov.

No esperaba que contestase, pero quería que por lo menos la llamada perdida quedase registrada en el móvil de Ilya. Quería que supiera que se preocupaba por él.

Pero sí contestó.

—¿Hollander?

—Eh. Hola.

Hubo un largo silencio.

—¿Estás bien? —preguntó Shane por fin.

Oyó que Ilya soltaba una risa sin pizca de humor.

—No lo sé.

—¿Dónde estás?

—En casa.

—¿En Boston? ¿Estás enfermo?

—No. En casa. En Moscú.

Shane no esperaba esa respuesta.

—¿Moscú? ¿Qué ha pasado? Ay, mierda. ¿Tu padre?

—Sí. Muerto.

—Ilya…

—¿Qué dice la gente sobre mí?

—¡Nada! Los medios han sido superdiscretos. Supongo que los Bears han…

—Bien. A finales de semana estaré de vuelta —dijo algo tenso.

—Deberías tomarte más tiempo.

Ilya resopló.

—Te encantaría, ¿a que sí?

—Basta. Hablo en serio.

Más silencio.

—Lo siento mucho, Ilya.

No sabía qué más decir. El otro no respondió, pero Shane oyó que sorbía fuerte por la nariz y luego un ruido gutural, contenido.

—Ilya…

—Volveré dentro de unos días. Ahora tengo que irme.

—Vale.

—Adiós, Hollander.

—Espera —dijo Shane elevando muchísimo la voz.

Ilya esperó.

—Esto…, llámame, ¿vale? Si necesitas hablar. O mándame un mensaje. O lo que sea. Pero… te escucharé. Quiero ayudarte, si puedo.

Ilya se quedó callado un momento.

—Ya lo has hecho. Gracias.

Colgó.

Shane se apoyó en la pared y soltó el aire.

Dos días después, Buffalo

En realidad, Shane no esperaba tener más noticias de Ilya. Por eso le sorprendió cuando, después del partido en Buffalo, recibió un mensaje.

Lily: ¿Estás solo?

Shane se incorporó, le dio una excusa barata a Hayden para marcharse y salió a la escalera.

Shane: Sí.

Lily: ¿Puedo llamarte?

Shane: Sí.

Sonó el teléfono y Shane respondió de inmediato. La escalera estaba vacía y silenciosa. Se apoyó en la pared del descansillo de la planta inferior a la suya.

—¿Qué tal te va? —preguntó, sin molestarse a saludarlo antes.

—Me siento…, no sé. Mal.

—¿Qué tal te trata tu familia?

Ilya soltó una risa amarga.

—Como si no tuviera que estar aquí.

—Qué chorrada. Era tu padre.

—Sí, bueno. —Hubo una pausa y Shane esperó—. Lo estoy pagando todo, así que al menos… sirvo de algo.

—¿Cómo está tu… o sea, su mujer?

—Triste. Pero no por mi padre. Todo el mundo cree que es por eso, pero no. Tiene miedo por ella.

—¿Porque no hay dinero?

—Sí. Eso.

—¿Y tú? ¿También estás… triste?

Ilya suspiró.

—No lo sé. Quizá sí, pero no por lo que debería.

—¿Te gustaría que las cosas fuesen distintas? —se aventuró a preguntar Shane.

—Me gustaría... Yo quería que él... No lo sé. —Volvió a suspirar—. Hoy me cuesta mucho hablar en inglés.

—Lo siento. Ojalá supiera hablar ruso.

—Seguro que aprenderías en una semana —refunfuñó Ilya—. Perfecto. Sin acento extranjero.

Shane se rio.

—Lo dudo mucho.

Estaba a punto de preguntarle si tenía a alguien con quien hablar en Moscú, pero saltaba a la vista que no. De lo contrario, ¿por qué iba a llamar a Shane?

—¿Dónde estás ahora? —preguntó en lugar de eso.

—De paseo. En un parque. Necesitaba salir.

—¿Frío?

—Un frío que te cagas.

De pronto a Shane le asaltó una idea ridícula. O quizá fuera una idea genial. Decidió compartirla antes de que su mente tuviera ocasión de decidir cuál de las dos cosas.

—Cuéntame todo lo que quieras sacar. En ruso. No lo entenderé, pero... a lo mejor te ayuda...

Hubo un silencio lo bastante largo para que Shane se muriera de vergüenza por esa ocurrencia. Estaba a punto de retractarse cuando oyó que Ilya decía en voz baja:

—Vale.

Los siguientes minutos se llenaron de la voz de Ilya; sonaba más animada y emocionada de lo que Shane lo había oído nunca. Estaba acostumbrado a que Ilya transmitiera más con una sonrisa burlona o una mirada calculada que con las palabras en sí. Pero ahora era como si se hubiese abierto una presa, así que Shane se sentó en las escaleras y dejó que el torrente de su voz lo empapara.

Sin la capacidad de traducir absolutamente nada, Shane podía limitarse a disfrutar de la voz de Ilya, que le costaba reconocer. Las palabras eran muy rápidas y seguras, sin las limitaciones de tener que ir montando las frases pieza a pieza como cuando hablaba en inglés. Sonaba íntimo…, como si de algún modo estuvieran compartiendo un mayor secreto ahora que cuando se acostaban juntos.

Y había algo indudablemente atractivo en oír a Ilya hablar con tanta fluidez en su lengua materna.

Cuando terminó, Ilya soltó una risa que sonó medio avergonzada y dijo:

—Ya está.

Fue estremecedor oírle cambiar de repente al inglés. Shane notó que se le despejaba la cabeza de golpe, como si despertase de un sueño.

—¿Te sientes mejor? —le preguntó.

—Sí. Gracias.

Shane bajó la voz.

—Podrías enseñarme ruso algún día.

—Solo expresiones útiles —respondió Ilya.

Shane casi creyó «oír» esa sonrisa torcida. Entonces Ilya susurró algo en ruso.

—¿Qué significa eso? —preguntó Shane.

—Ponte de rodillas.

—Ah. —Shane repasó la escalera a toda prisa una vez más para asegurarse de que seguía solo. Ya estaba más excitado de lo que le convenía después de oír cómo Ilya abría el corazón ante él—. ¿Y qué otras expresiones útiles podrías enseñarme?

Ilya se echó a reír.

—Se me ocurren muchas, Hollander.

Shane cambió de postura.

—Ojalá estuvieras aquí. Me encantaría…

No podía creerse que hubiera dicho eso. Nunca manifestaban que desearan estar juntos. Se enrollaban a regañadientes cuando estaban en la misma ciudad porque así tenían algo que hacer.

Shane notó que sus tormentos se acababan cuando Ilya dijo en voz baja:

—A mí también.

Moscú

Algo se le ocurrió a Ilya después de hablar con Shane: ¿y si Shane había grabado la llamada y la pasaba por algún traductor automático o algo?

Pero Shane no haría algo así, ¿no?

Ilya entró en una cafetería y pidió un capuchino. Mientras esperaba a que se lo sirvieran, intentó no imaginarse situaciones en las que Shane podía traducir de alguna manera todo lo que acababa de contarle Ilya.

Básicamente había soltado el rollo sobre su familia, pero también había reconocido que le habría gustado que la relación con su padre hubiera sido distinta. Que siempre había tenido la ridícula esperanza de que su padre le dijera algún día que estaba orgulloso de él.

Reconocerlo ya habría sido bastante bochornoso, pero es que además a Ilya se le había escapado «y para colmo, estoy casi seguro de que me he enamorado de ti y no sé qué hacer».

Lo que de verdad había hecho que Ilya se sintiera más ligero había sido el pronunciar esas palabras en voz alta, incluso más que soltar las frustraciones que sentía a causa de su familia. Era un secreto con el que llevaba demasiado tiempo cargando. Pero en cuanto se permitió reconocerlo ante sí mismo, y después decirlo de viva voz, se sintió aliviado. No porque pudiera hacer algo con esos sentimientos, sino porque por lo menos se había permitido aceptarlos. Y, aunque de la forma más cobarde posible, se los había dicho en voz alta a Shane.

No traduciría nada. Ese no era el motivo por el que le había pedido a Ilya que se desahogara con él en ruso. Lo había hecho porque era su amigo.

«¿Su amigo?».

Claro, Ilya podía admitir que se habían hecho amigos. Desde luego, había sido la única persona que se le había ocurrido cuando había decidido que necesitaba hablar con alguien en esa situación.

Salió de la cafetería con el capuchino para llevar y, a regañadientes, puso rumbo a casa de su padre. El funeral era a la mañana siguiente. Después podría olvidarse para siempre de su maldita familia.

Al día siguiente, Montreal

Shane apenas había llegado a la puerta del piso cuando escribió a Ilya. Llevaba todo el día pensando en él.

Shane: ¿Qué tal estás?

No estaba seguro de si Ilya contestaría o no. Tal vez estuviera ocupado. El funeral de su padre había sido esa mañana. Ahora en Moscú ya era tarde, pasadas las diez de la noche.

Lily: De maravilla.

Shane esperó.

Lily: Bueno, en realidad, un poco borracho.

Shane: ¿Puedo llamarte?

Lily: Sí.

Cuando Shane oyó la voz de Ilya, le pareció que sonaba más agotada que borracha.

—Hollander.

—¿Cómo lo llevas, Ilya?

—Genial. De puta madre. —Shane lo oyó suspirar—. Aquí se está tranquilo.

—¿Estás solo? ¿Dónde estás?

—En mi piso. Tengo uno aquí. En Moscú. Para los veranos, ya sabes.

—Vale.

A Shane no le gustaba la idea de que Ilya estuviera solo en esos momentos.

—Si te preguntas si llegaré a tiempo para el partido en Montreal…

—Me importa una mierda el partido, Ilya. Ya sabes que no te llamo por eso.

Otro suspiro.

—¿De verdad tienes que estar solo justo ahora? —preguntó Shane.

—No estoy solo. Ahora estás aquí, ¿sí?

Shane se llevó una mano al pecho para asegurarse de que le seguía latiendo el corazón; habría jurado que se le había derretido y ahora era un charco viscoso. Ojalá pudiera teletransportarse a Moscú. Aparecer al instante en el apartamento de Ilya y abrazarlo y decirle que no pasaba nada por tener sentimientos encontrados a raíz de la muerte de su padre. Que no le debía nada a su familia. Que debería pasar de ellos porque le habían hecho la vida imposible y, además, no los necesitaba para nada.

En lugar de eso, respondió:

—Sí, estoy aquí.

—¿Y dónde más estás? —preguntó Ilya.

—Ahora en casa. En Montreal.

Shane oyó el crujido de los muelles del colchón cuando supuso que Ilya se había acomodado en la cama.

—Háblame de tu casa, Hollander —dijo con voz cansada—. ¿Cómo es? Me gusta imaginármela…

—Ah, ¿sí?

—Porque no me dejas verla.

—No es ve… —Shane sonrió—. No es que no quiera verte aquí. Ya lo sabes.

—Yo no sé nada. ¿Cómo es?

—Es, no sé… Tiene ventanales.

—¿Y qué ves por la ventana?

—Sobre todo edificios. Y un poco de agua.

—¿Una cocina moderna?

Shane se rio.

—Sip. Demasiado moderna, supongo. Apenas la uso. Creo que podría pasar con una tostadora y una licuadora.

—¿Qué es lo que más te gusta de tu casa?

—Ni idea. ¿Que está cerca de la pista de entrenamiento?

Ilya resopló.

—Sí, claro.

—Es discreta. Segura. Oye, he hecho un donativo a la Asociación contra el Alzhéimer de Canadá. Por tu padre.

Ilya se quedó callado un instante.

—Qué detalle. A lo mejor me va bien. Puede ser…, ¿cómo se dice? Cuando se pasa de unos a otros…

—¿Hereditario?

—Sí. Hereditario.

Los dos se quedaron un momento en silencio.

—Oye, Ilya…

—¿Y tu dormitorio? ¿Cómo es?

Shane no quería hablar de su absurdo dormitorio, pero comprendió lo que estaba haciendo Ilya. Salió del comedor y fue a la habitación.

—Es bonito. Bastante básico. O sea, es enorme. Con ventanales. Pero no tiene gran cosa.

—¿De qué color es la cama? ¿La manta?

—Azul. Tipo, azul marino.

—Lo sabía.

Shane sonrió y se sentó en la cama.

—¿Tienes libros? Me refiero en el cuarto…

—Unos cuantos.

—¿Y qué estás leyendo? ¿Cuál tienes en la mesilla?

—Pues mira, un libro sobre los partidos de Canadá/Rusia de 1972.

Ilya se echó a reír.

—¿Alguna vez lees libros que no traten sobre hockey?

—A veces —dijo Shane—. O sea, no. Casi nunca.

—Estás obsesionado.

—Pues claro. ¿Tú no?

—Puede. Pero de otra manera.

Shane lo cogió y tocó la parte que sobresalía del punto de libro. Llevaba más de un mes puesto entre la página cuarenta y uno y la cuarenta y dos.

—El hockey siempre lo ha sido todo para mí. Desde que tengo uso de razón.

—Para mí también. Pero… más como… una escapatoria. Se dice así, ¿no? Uf, tengo el cerebro frito ahora mismo.

—Sí —dijo Shane en voz baja—. Una escapatoria. Así se dice. Para mí nunca ha sido eso. Era lo único que me encantaba hacer.

—A mí también me encanta —dijo Ilya—. El hockey es… divertido. Y soy un crac.

Shane se rio. E Ilya también.

—Es una locura cuánto me pagan por jugar a esto —comentó Ilya.

—Dímelo a mí —coincidió Shane.

—No quiero volver aquí.

A Shane le confundió el repentino cambio de tema.

—¿Te refieres a Rusia?

—*Da*. Quiero hacerme de Estados Unidos. O de Canadá. Pero vivo en Estados Unidos, así que…

En ese momento, Shane deseó con todas sus fuerzas que Ilya jugara para un equipo canadiense.

—Deberías hacerlo. ¿Te has informa…?

—Deberíamos casarnos —dijo Ilya.

—¡¿Qué?! —Shane se puso colorado desde la coronilla hasta los dedos de los pies.

—No el uno con el otro —aclaró Ilya.

Entonces se echó a reír y no pudo parar.

—Ya sabía que no te referías a casarnos el uno con el otro —mintió Shane.

Cuando Ilya paró por fin de reírse, dijo:

—Podría casarme con una estadounidense. Tú también deberías casarte, Hollander. Quieres tener hijos, ¿no?

—Ya te he dicho… No quiero casarme… con nadie.

—Hay una chica rusa muy simpática en Boston. O sea, es estadounidense, pero de Rusia. Svetlana. Me gusta. Podría casarme con ella, creo.

—Ah.

—Es…, ¿cómo se dice…? Una tía sensata. El matrimonio debería ser como un trato de negocios, ¿sí? Solo hasta que tenga la nacionalidad.

—Entonces ¿no la amas?

—No —respondió Ilya en voz baja. Parecía que se estuviera quedando dormido—. A ella no. No.

Shane sabía que lo mejor sería colgar entonces, dejar que Ilya durmiera un rato. Pero en lugar de eso, soltó:

—¿Por qué no vienes a mi cabaña este verano?

—¿Tu cabaña? Pero ¿de qué hablas, Hollander?

—Sí, mi cabaña. En Ontario. No vas a volver a Rusia, así que… Vente a la cabaña conmigo. Es tranquila y bonita y… discreta.

Ilya se quedó un momento en silencio y Shane pensó que se había dormido de verdad.

—Lo pensaré —dijo Ilya al fin.

—Vale.

—Estoy cansado.

—Sí, ya lo noto. Duerme un poco, ¿de acuerdo?

—Sí. Buenas noches, Hollander.

Cuando colgaron, Shane se quedó sentado en la cama un buen rato, sin moverse. Cayó en la cuenta de que acababan de mantener una conversación en la que no habían hablado en absoluto de sexo, y apenas sobre hockey.

También se fijó en que el corazón le latía como si estuviera en mitad de una carrera y tenía la boca seca. ¡Había invitado a Ilya a su cabaña! ¡En serio! Y solo que se lo hubiera planteado ya era una locura, pero ¿y si Ilya aceptaba de verdad?

¿Y si Shane tenía a Ilya para él solo en su lugar favorito del mundo? No habría nadie que los interrumpiera, nadie de quien esconderse, nadie para recordarles todas las razones por las que no deberían desearse…

Sería una pasada. Shane jamás sería capaz de ocultar todo lo que había estado tratando de fingir que no sentía. Seguro que soltaba algo que jamás podría retirar.

«Nunca será tu novio, Shane».

Ay, Dios. Eso era lo que quería Shane, ¿verdad? No solo quería que Ilya fuera su amante en secreto. No quería que su relación fuese únicamente sexual. Quería consolar a Ilya cuando estuviera triste y hablar con él por teléfono y acurrucarse juntos en el sofá a ver pelis. Prefería la conversación telefónica que acababan de tener a cualquiera de sus encuentros sexuales.

Bueno, a «casi» cualquiera de sus encuentros sexuales.

Shane gimió y su recostó en la cama. Se tapó la cara con las manos. La había cagado, pero bien…

Capítulo 20

Al día siguiente, Moscú

Ilya volaría de vuelta a Boston al día siguiente.

Andrei era el albacea testamentario de su padre, quien gestionaría lo poco que le quedaba al morir, e Ilya ya había cumplido con sus obligaciones de hijo. Estaba en paz.

A lo largo de los últimos días, se había dado cuenta de que en realidad no tenía motivos para regresar a Rusia. Lo más probable era que lo hiciese, algún día, pero no se veía pasando otro verano allí. Cualquier obligación que hubiera sentido había muerto con su padre.

Había tomado una decisión impulsiva de darle el piso de Moscú a su hermano. Andrei podía venderlo, o quedar con sus amantes allí. A Ilya le daba exactamente igual; lo que no quería era tener que lidiar con venderlo. Ni siquiera había nada que quisiera conservar de allí.

Se sentó en su cama de ese piso en cuestión. Sería la última noche que durmiera allí.

Se le ocurrió algo que le gustaría hacer para conmemorar la ocasión.

Ilya: ¿Estás en casa?

La respuesta llegó al instante.

Jane: Sí.

Ilya sonrió y escribió:

Ilya: ¿Skype?

Esperó, mientras se preguntaba si Shane comprendería qué le insinuaba Ilya.

Jane: OK. Un segundo.

Esa fue la respuesta de Shane. Ilya decidió aclararle un poco las cosas, por si no lo pillaba. Se quitó la camiseta y la tiró al suelo, luego puso unas almohadas delante del cabecero y se acomodó en el colchón. Envió la solicitud de videollamada a Shane.

Este aceptó y allí estaba, llenando la pantalla del iPad de Ilya. Llevaba una capucha y… ¿gafas?

—¡Hostia, Hollander! ¿Llevas gafas?

—¡Ay! —Shane subió la mano y se tocó la montura, como si no creyera lo que decía Ilya—. Solo cuando leo. Es, eh… de hace poco.

Se las quitó.

—¡No! —exclamó Ilya sonriendo—. Me gustan.

—Bueno… —dijo Shane, y maldita sea, ya se estaba ruborizando otra vez—. En realidad, te veo mucho mejor si me las dejo puestas. —Volvió a ponerse la gruesa montura negra—. ¿Qué? —preguntó, porque Ilya no paraba de sonreír.

—¿Qué lees? ¿Ese libro de hockey tan aburrido?

Shane entrecerró los ojos detrás de los cristales.

—¿Me has llamado solo para reírte de mí?

—No. No solo por eso.

Observó a Shane mientras se mordía el labio inferior. «Dios, qué mono es».

—¿Se te ha ocurrido que quizá podríamos, ya sabes... hacer cosas? —preguntó nervioso Shane.

—Sí. Pero antes enséñame tu habitación. Me muero por verla.

—¿En serio? Vale.

Shane dio un toque en la pantalla y giró la cámara. De repente, Ilya tuvo delante una cama extragrande con una colcha azul marino.

—Esta es la cama —oyó que decía Shane fuera de la cámara.

—Ah, ¿sí?

—Vete a la mierda. Me lo has pedido tú. Ahí está la cajonera. Y el cuarto de baño por ahí. Y el armario. Y aquí está la vista...

Ilya decidió que ya no le importaba la vista ni el dormitorio. Era tan aburrido como se lo imaginaba. Podría haber sido una habitación de hotel.

—¿Por qué no te pones encima de la cama? —propuso.

—Se ha acabado la charla de compromiso, supongo.

—Y quítate la camiseta.

—Mandón.

Ilya esperó mientras Shane dejaba la tablet o lo que tuviera boca bajo, porque la pantalla se puso negra. Oyó ruido de telas y de pronto vio los pies de la cama de Shane.

—¿Mejor? —preguntó este.

—No. Dale la vuelta a la cámara.

—Ay, mierda. Ya está.

Y entonces la cara (con las gafas) y los hombros de un Shane Hollander sin camiseta llenaron la pantalla.

—Mejor.

—¿Cómo estás? He estado… pensando en ti.

A Ilya le dio un vuelco el corazón. Confiaba en que no se le notara en la cara.

—Estoy bien. Puede que no vuelva aquí a partir de hoy.

—¿Tienes miedo?

Ilya se encogió de hombros.

—Ahora mismo me siento… bien. Tipo, eh…

—¿Como si te hubieran quitado un peso de encima?

—Sí. Algo así, sí. ¿Hay alguna manera de que vea más parte de ti?

—Ah. Sí… Quizá pueda… un momento.

Ilya apoyó el iPad en la mesilla y extendió el cuerpo con las manos detrás de la cabeza. Cuando Shane reapareció en la pantalla, parecía que había hecho algo similar, porque ahora Ilya veía desde la cabeza hasta la goma de los pantalones de chándal.

Lo que de verdad le habría gustado a Ilya habría sido poder cubrir el cuerpo de Shane con el suyo. Besarlo sin parar e ir bajando por su pecho y su estómago.

Shane sonrió.

—Me alegro mucho de verte otra vez.

—Me encantaría verte entero llevando solo esas gafas.

—No creo que con mi cámara se pueda ver tanto.

—Pues entonces, la próxima vez que estemos juntos.

—Sí. La próxima vez.

Ilya hundió la cabeza en los almohadones. La tenía ladeada, mirando a la cámara.

—¿Recuerdas aquella vez, después de los Premios NHL en…? ¿Qué año era?

—Dos mil catorce —dijo Shane a toda prisa—. Sí, me acuerdo… Pienso mucho en aquella noche.

—Ah, ¿sí?

—Fue memorable.

—Desde luego —coincidió Ilya—. Fue todo un espectáculo.

—Me parece increíble que me convencieras para hacer eso.

—Creo que te gusta que te diga qué tienes que hacer, Hollander.

Shane tomó aire.

—Puede. Un poco.

—Y te encanta exhibirte.

—No es verdad.

—Sí es verdad. Te encanta que te alaben. Quieres que todo el mundo vea lo bueno que eres.

—Bueno, sí. Igual que tú.

—No. Yo ya sé que soy bueno. Me da igual lo que diga la gente.

Shane se inclinó hacia delante y lo señaló con un dedo acusador.

—Y una mierda. Te encantan los premios. La buena prensa. Los fans. Te encanta ganarme.

—Me encanta ganar a quien sea, pero sí. Sobre todo a ti.

—¿Por qué?

Ilya se encogió de hombros.

—Porque eres el mejor.

—No es verdad. ¿Qué me dices de Scott Hunter? También te encanta machacarlo a él. Siempre sueltas pestes de ese tío.

Ilya sacudió la mano con desprecio.

—Hunter tiene un millón de años y esta temporada está jugando fatal.

—A ver, tiene como tres años más que nosotros y últimamente está que se sale.

—Me da igual. No quiero hablar de Scott Hunter.

—Creo que lo que te pasa es que tienes un fetiche con los niños buenos.

Ilya se rio.

—¿Es lo que eres tú?

—¡Eso es lo que tú me dices! Lo que dice todo el mundo.

—Eeeh. Pero yo te conozco de verdad. Yo fui quien estuvo contigo en aquella habitación de hotel de Las Vegas, ¿sí? Y nadie más.

—Sí. —Shane cogió aire—. Solo tú.

—¿Se te ha puesto dura, Hollander?

—¿Tú qué crees?

Ilya sonrió con sorna.

—Enséñamelo. Ponte de rodillas. Mira a la cámara. Enséñamelo.

Shane obedeció al instante, cosa que a Ilya le parecía supermorbosa. La cabeza salió del encuadre, pero Ilya vio sus abdominales y cómo le tiraban los pantalones de chándal, tensos por el evidente paquete abultado, cuando Shane se puso de rodillas con las piernas abiertas sobre el colchón.

—Tú también —dijo Shane fuera de la cámara—. Quiero verte.

Ilya se puso en la misma postura y le mostró a Shane lo excitado que estaba ya. Joder, ojalá estuvieran juntos en alguna parte.

—Ojalá estuvieras aquí —dijo Shane, antes de que Ilya tuviera tiempo de hacerlo.

—Sí. ¿Qué harías?

—Te quitaría esos pantalones.

Ilya sonrió, aunque ahora Shane no podía verlo. Se metió los pulgares por la goma del pantalón de entrenar y se lo bajó hasta la cadera. Cuando levantó la mirada, vio a Shane acariciándose a través de la tela del chándal.

—No llevas ropa interior —comentó Shane—. Lo tenías preparado.

—Puede. —Se cogió la polla y le dio unos meneos lentos—. Ya me he quitado los pantalones. ¿Y ahora qué harías?

Shane entró en el encuadre. Había agachado la cabeza y el pelo le caía hacia un lado. Joder, estaba adorable. Sonrió a Ilya.

—Creo que después de tantos años sabes perfectamente qué haría.

—Aun así, quiero oírlo.

La cara de Shane desapareció de la pantalla. Se agarró con más fuerza por dentro del chándal y gimió.

—Me la metería en la boca. Te la chuparía de arriba abajo. Joder, uf… Ojalá pudiera. Ahora mismo.

—Mmm. Yo también. Me encanta tu boca, Hollander.

Le encantaban muchas cosas de él.

—¿Te gustaría que empujara y te la metiera hasta el fondo en la boca? ¿O preferirías que me quedase quieto y te dejase hacerlo todo a ti?

—Que estuvieras quieto. Lo haría yo. Te haría sentir en la puta gloria.

Y entonces Ilya gimió.

Shane se bajó de golpe los pantalones y los calzoncillos, hasta que quedaron tirantes sobre sus muslos separados. Se acarició y hundió el pulgar en la punta de la polla. Ilya sabía que debía de estar mojada; Shane siempre manaba como una fuente.

Se pasaron un par de minutos tocándose sin decir nada, y entonces Ilya vio que Shane paraba la mano y la dejaba a un lado.

—Eh, esto…, ¿Ilya?

—Sí.

Vio que la mano de Shane salía del encuadre, seguramente porque se la estaba pasando por el pelo con nerviosismo. Ilya detuvo la mano también.

—¿Pasa algo malo? —preguntó.

—No. Pero… creo que prefiero verte la cara.

Ilya agradeció que Shane no pudiera verle la cara en ese preciso momento, porque estaba casi seguro de que tendría la expresión más pastelosa del mundo.

—Claro, Hollander —susurró.

Shane se tumbó encima de la cama con la cabeza apoyada en una de las almohadas. Alargó el brazo, se acercó la tablet a la cara y sonrió con timidez. Ilya se derritió un poco más y se colocó de la misma forma en su cama; se acercó el iPad.

—Se me habían olvidado las gafas —dijo Ilya—. Ya.

—Te gustan mucho, ¿eh?

—Sí.

Shane le dedicó una sonrisa radiante. Ilya no pudo evitar sonreír también. Era casi como estar juntos en la cama, cara a cara. Charlando después de un día largo.

Shane cerró los ojos con un aleteo de las pestañas e Ilya supo que estaba tocándose otra vez. Y Shane tenía razón: así era mejor. Ver la cara de Shane tan cerca mientras se daba placer era mucho más íntimo que si Ilya hubiera estado viéndole la mano en la polla.

No ser capaz de ver qué hacía Shane para ponerse a gemir y suspirar era increíblemente excitante.

—Eres precioso —dijo Ilya.

Shane sonrió sin abrir los ojos.

—Venga ya.

—Es verdad. Tus pecas… —Ilya se pasó la yema del dedo por su propia mejilla—. Me vuelven loco…

—No entiendo por qué. Yo las odio.

—Noooooo… —gimió Ilya—. Hollander. Eres espectacular.

—¿Espectacular?

—Sí. ¿No he usado bien esa palabra? Muy guapo. Eh…, ¿me alucinas?

—Guau. Sí, vale.

Por debajo de las pecas, la piel se le puso muy pero que muy roja.

—Cuando te conocí. Esas pecas…

—¿Cuando me conociste? ¿Te refieres al Mundial Junior? ¿En Saskatchewan?

—Sí.

Shane soltó una risa sorprendida.

—Fuiste un capullo conmigo.

—Eh, no me gustabas. Solo tus pecas.

Shane negó con la cabeza apoyada en la almohada.

—Gracias, supongo.

—Ya te lo he dicho… —Ilya sonrió—. Te encanta que te alaben. —Como Shane no respondió nada, Ilya añadió—: Y te gusta acapararlo todo. Qué cabrón.

Shane sonrió y se le arrugó la nariz. Se le agruparon todas las pecas debajo de las gafas e Ilya estuvo a punto de morirse…

—Eres muuuy atractivo, Ilya —dijo Shane, en tono exagerado y conciliador.

—Con eso no basta. Quiero detalles.

Shane abrió los ojos y los puso en blanco. Pero contestó:

—Esa puñetera sonrisa torcida que tienes. No te imaginas… esa sonrisa me hechiza.

—¿Te hechiza? ¿Como una bruja? No suena a algo bueno.

—Sí que lo es. Y tus ojos. Me encantan tus ojos.

—Qué romántico, Hollander.

—Que te den. Eres tú quien me ha pedido piropos… Por cierto, ¿estás haciendo algo por ahí abajo o soy el único que trabaja aquí?

Ilya soltó una carcajada.

—No eres el único.

—Bien.

Fuera de la cámara, Ilya se bajó del todo los pantalones y se los quitó.

—Espera —dijo Shane—. Tengo que coger lubricante.

Ilya aprovechó la oportunidad para hacer lo mismo.

—Me sorprende que lo necesites. Con lo mucho que mojas.

Shane resopló.

—Mira quién fue a hablar.

Se quedaron en silencio un minuto, mirándose el uno al otro mientras se acariciaban con dedos viscosos.

—¿Alguna vez piensas en mí? —preguntó Shane—. ¿Cuando haces esto… a solas?

Se puso rojo en cuanto lo dijo. Era una monada.

—Sí.

—Yo también. Mucho. Todo el rato. Puede que… siempre que lo hago, la verdad.

Ilya levantó una ceja.

—¿Siempre que lo haces?

Vio que Shane encogía un poco el hombro, con timidez.

—Nunca he tenido… nada. Como esto. Con nadie más.

—¿No has estado con ningún otro hombre?

Ilya contuvo la respiración mientras esperaba una respuesta.

—Sí.

Ilya soltó el aire. Por supuesto que sí.

—¿Quién? —Le había salido sin querer, pero ya no estaba a tiempo de retirarlo.

Shane apretó los labios.

—Nadie. Deja de distraerme.

Pero a Ilya le había picado la curiosidad. Shane era tan precavido… ¿Con quién se arriesgaría a follar?

—Cuéntamelo. ¿Era otro jugador?

—No.

Ilya supo que la única manera de sonsacarle la información a Shane sería hacer que fuera algo sexy.

—¿Fuiste a un bar? ¿Viste a alguien y no pudiste contenerte?

—Fui…, joder…, fui a México con Hayden y un par de tíos más. Hace…, uf, Dios…, hace unos años. Salimos una noche y sí, me moría de miedo, pero… joder, hacía tanto que no mojaba.

—No follas lo suficiente, Hollander. No sé cómo lo aguantas.

Shane se rio, con cierta amargura.

—No me he corrido desde la última vez que nos vimos, ¿lo sabías?

Ilya inspiró hondo y aceleró la mano. Resultaba que él no había tenido un orgasmo desde hacía un par de días, lo que para él ya era una sequía épica.

—Háblame del tío ese de México.

—No hay mucho que contar. Era grande. Me pareció que era, ya sabes, lo que buscaba.

—¿Un activo fuerte y grande? —Shane se moría de vergüenza, así que Ilya se apiadó—. ¿Y lo era? ¿Era lo que necesitabas?

—No. O sea, más o menos. Pero…

—¿Te hizo daño?

—No. Pero no era…

Ilya necesitaba oírlo.

—¿No era qué?

Shane cerró fuerte los ojos y dijo:

—Tú. No eras tú.

Ilya casi se volvió loco. Shane iba a dejarlo hecho polvo si seguía diciendo cosas así.

—¿Y solo te lo has montado con él? —No podía frenar las preguntas que le salían por la boca.

—Una vez conocí a un tío en L. A., en una disco. Salí solo. Estaba desesperado.

—¿Y?

—Nos la chupamos. Estuve todo el rato nervioso.

—Ay.

—Y ya está. Dos tíos. Y tú.

«Joder».

—El activo de México. El tío de la mamada de Hollywood. Y yo.

Shane se rio.

—Sí. Y un puñado de mujeres decepcionadas.

—¿Un puñado?

—Unas pocas. Da igual. Oye, estoy intentando hacerme una paja…

Ilya soltó una carcajada. Volvieron a la tarea que tenían entre manos.

—Oye —dijo Ilya. Movió las cejas, provocador—. ¿Crees que puedes ganarme?

Shane tardó un segundo en pillarlo. Luego se rio.

—¿Quieres hacer una carrera?

—Vamos, Hollander. Demuestra que tienes huevos.

Shane negó con la cabeza, pero sonreía.

—Eres idiota —dijo con afecto—. Vale. Trato hecho.

Esas palabras retadoras provocaron una oleada de deseo que recorrió como un rayo a Ilya. Seguro que no le costaba nada ganar esa batalla.

—Creo que… —dijo Shane, ya con la voz jadeante— creo que el ganador debería ser quien aguante más rato. Así es más impresionante.

—Ni hablar. Harías trampas.

—¡Qué va! ¿Cómo voy a hacer trampas?

—No te veo la mano. Podrías parar.

—No lo haré.

Ilya se encogió de hombros.

—Vale. De todos modos, siempre te corres superrápido. Será pan comido para mí.

Shane frunció el ceño, pero luego algo le hizo cerrar fuerte los ojos y soltó un jadeo en voz baja.

Ilya chasqueó la lengua.

—Bah, qué pringao —dijo.

Entonces Shane abrió los ojos, que destellaban con algo claramente peligroso.

—¿Recuerdas la noche en que nos seleccionaron? ¿En el gimnasio del hotel?

Ilya gimió. «Mierda».

—Me habría tirado encima de ti, allí mismo en el suelo —confesó el ruso—. No podía parar de mirarte la boca. Pensaba que te darías cuenta.

—Pues no. Bastante tenía con intentar contenerme y no montarme encima de ti. Ni besarte.

—Joder, Shane.

—Me parecía increíble cuánto lo deseaba. Me aterraba. Nunca había…

—¿Nunca habías deseado a un hombre? —Ilya jadeó.

—No. Por lo menos, no había sido consciente. Pero tú…, Dios, Ilya. Fui directo a mi habitación y me hice una paja pensando en ti.

Entonces fue Ilya quien cerró fuerte los ojos. Se la meneó

más fuerte, más rápido. De pronto dejó de importarle por completo ganar esa estúpida competición. Jadeó.

—Yo también.

Shane gimió y los dos siguieron con las pajas mientras la sala se llenaba de los sonidos de sus respiraciones.

—Me muero de ganas de volver a tocarte —murmuró Shane.

Luego inspiró hondo y soltó un ruido agudo y frenético, e Ilya supo que si aguantaba un minuto más podría ganar, porque Shane estaba a punto de correrse, no cabía duda.

—Uf, joder. Mierda. Estoy a punto —jadeó Shane.

Ilya no podía ni responder. Se obligó a abrir los ojos para que sus miradas se encontraran.

—Joder —dijo Shane en voz baja—. Me estoy corriendo.

Y en otras circunstancias Ilya habría querido verlo, pero en ese momento no se imaginaba nada más sexy que el rostro de Shane Hollander mientras se corría. Ilya notó el placer recorriendo hasta el último rincón de su cuerpo cuando llegó al clímax, y el semen le salpicó la mano y el estómago.

—Hostia puta —jadeó Shane—. Vaya tela. Tengo todo pringado.

Ilya se tumbó bocarriba y se quedó mirando el techo.

—La he cagado —murmuró en ruso—. Estoy puto enamorado hasta las cejas y es horrible.

Cuando volvió a mirar la pantalla, vio los ojos borrachos de sexo de Shane que lo contemplaban con ansia por detrás de las gafas.

—Es muy sexy cuando hablas en ruso. ¿Lo sabías?

—¿Porque no sueno ridículo? ¿Es por el acento?

—¿Te cuento un secreto? Tu acento no suena ridículo. Para nada.

—¿No? ¿Te gusta?

—Sí. Y quiero aprender ruso. Iba en serio.

—Yo te enseñaré.

Shane sonrió de oreja a oreja, tan emocionado que Ilya casi tuvo que apartar la mirada.

—Debería dejarte dormir —dijo Shane.

—*Da*. Sí. Vale.

Y entonces…

Shane se besó las yemas de dos dedos y alargó el brazo para tocar con ellas la pantalla.

Y a Ilya se le paró el corazón. Literal.

—Buenas noches, Ilya.

Este sintió un nudo horrible en la garganta. Había enterrado a su padre el día anterior, pero no había llorado. Llevaba más de diez años sin llorar. Pero, en ese momento, supo que tenía que acabar lo que fuera que tuviera con Shane. No deberían haber llegado a ese punto nunca. De ninguna manera. No debería haberse enamorado de Shane Hollander. ¿A quién se le ocurría? Debería haber cortado mucho antes, porque ahora iba a doler mucho más, joder.

¿Qué otra cosa podían hacer, joder? Si seguían así, tarde o temprano los pillarían y sería un puto desastre. Ilya dudaba que hubiera un protocolo oficial de la NHL para quienes tenían una relación amorosa con un jugador rival, pero solo porque la liga no podía concebir que fuese necesario. La revelación sería una bomba si pillaban a Ilya y a Shane. El mayor miedo de Ilya era que lo echasen de la NHL —o, como mínimo, que no le ofrecieran un puesto en ningún equipo— y entonces tuviera que volver a Rusia, y no quería ni pensar qué le ocurriría entonces.

Ilya tenía más que perder, pero sabía que su relación también tendría consecuencias negativas para la carrera deportiva de Shane. Y, pese a lo que opinara el mundo del hockey, Ilya no quería eso.

—Buenas noches, Shane —dijo tratando de mantener la voz firme.

En cuanto cerró la ventana, se tapó la cara con las manos y soltó toda la angustia, la frustración y el miedo en el solitario apartamento.

Capítulo 21

Abril de 2017, Montreal

Shane distinguió a Ilya junto a la línea de centro mientras sus dos equipos calentaban antes del partido final de la temporada entre Boston y Montreal. Estaba hablando con uno de sus compañeros, no llevaba el casco y el pelo le caía aún suave y seco alrededor de la cara.

No lo había visto ni había hablado con él desde que el equipo de Ilya había llegado a Montreal. Se habían mandado algunos mensajes tras el regreso de Ilya de Moscú, pero no se habían visto en directo después de su memorable videollamada por Skype, si es que eso contaba.

Ahora estaba en la pista, de pie en el borde de la línea de centro que servía de barrera entre los equipos durante los calentamientos. Shane observó la puntera del patín de Ilya deslizándose por la ancha línea roja marcada en el hielo. Parecía una provocación… o una invitación.

El canadiense patinó por el perímetro de la mitad de la pista que correspondía a Montreal y se detuvo despacio delante de Ilya.

—Hola.

El ruso lo miró y lo saludó con la cabeza.

—Hollander.

Shane movió el *stick* para poder fingir que estaba revisando la cinta protectora de la pala.

—¿Sigue en pie lo de esta noche? ¿Después del partido?

Ilya asintió con la cabeza de nuevo, sin separar la mirada de la esquina de la pista.

—¿En el mismo sitio?

—Sí.

Shane notó cómo se le tensaba la mandíbula a Ilya.

—Oye —dijo lo más bajo posible—. ¿Estás bien?

Ilya se dio la vuelta y miró a los ojos a Shane, quien sintió una punzada de anhelo en el corazón. Estaban muy cerca, pero no podían conversar, porque en ese entorno se hallaban en el punto de mira más que en ningún otro sitio.

—Luego lo hablamos —le prometió Shane.

—Sí. Luego.

Ilya se marchó patinando. Shane lo observó hasta que notó el codazo de Hayden en el brazo.

—¿Qué quería Rozanov?

—Nada —respondió Shane. Parpadeó y se volvió hacia Hayden—. Solo quería… darle el pésame. Ya sabes.

La noticia de la muerte del padre de Rozanov se había hecho pública. Shane confiaba en que la prensa no le hiciera demasiadas preguntas a Ilya sobre el tema.

—Ah. Sí. Un detalle por tu parte —dijo Hayden—. No sé por qué no se me ha ocurrido… Es que como es… Rozanov, ¿sabes?

—No es mal tío —dijo Shane, arriesgándose un poco—. Es sobre todo una pose.

—Pues le sale muy convincente.

—Sí, bueno… —Shane estuvo a punto de añadir «todos tenemos secretos», pero se contuvo. En lugar de eso, añadió—: Vamos a asegurarnos de ganar este partido, ¿vale?

—Los vamos a machacar.

A Ilya le gustaba jugar contra Hollander casi tanto como le gustaba follar con él.

Ahora mismo estaba en la esquina con él, peleando por el *puck*, y esa era su parte favorita de cualquier partido.

Hollander ganó y se fue patinando con el trofeo. Ilya sonrió para sí mismo y salió disparado detrás de él. Shane se manejaba mejor con el *stick*, pero Ilya patinaba más rápido, así que lo atrapó y le arrebató el *puck* por detrás.

Ilya tuvo el *puck* tres segundos enteros hasta que Shane lo acorraló contra las vallas y se lo robó otra vez. Luego echó a correr de nuevo con una mirada retadora (o quizá coqueta) hacia Ilya, quien le sonrió y se lanzó detrás de él, pero estaba vez Shane volaba y a Ilya le costaba acortar la distancia y entonces…

«Ay, Dios. ¡No!».

Ocurrió tan deprisa que Ilya casi no pudo procesarlo. Un segundo, Shane patinaba como el rayo por la pista y, al segundo siguiente, estaba estampado contra las vallas tras chocarse fuerte con Cliff Marlow.

Y entonces quedó ovillado e inmóvil, sobre el hielo, e Ilya no supo qué hacer.

—¿Shane?

Unas formas brillantes y difusas y un chirrido.

—No te muevas, ¿vale? Quédate quieto. Vamos a sacarte de la pista.

«¿La pista?».

—¿Hollander?

Otra voz.

—¿Ilya?

«¿He dicho eso?». Shane oyó su propia voz, pero ¿había movido los labios? Parpadeó, tratando de enfocar la vista como fuera.

—¿Está bien? —No cabía duda de que era la voz de Ilya. Aunque sonaba diferente. Estaba… entrecortada. En pánico.

—… toy bien —murmuró Shane.

No tenía ni idea de si era cierto, pero no quería oír la preocupación en la voz de Ilya nunca más.

—Vamos a trasladarte al tablero espinal, Shane. No muevas la cabeza, por favor.

«¿Tablero espinal?».

—Ilya, apártate, por favor —dijo una voz con autoridad. Y la oscura nebulosa que pendía sobre Shane desapareció.

—No estamos solos —farfulló Shane—. Ilya. Pueden vernos.

Notó manos en los brazos y en las piernas. Notó correas que lo sujetaban a una tabla.

—¿Está bien? —repitió Ilya.

Nadie le respondió.

—Decídselo —suplicó Shane—. Decidle que estoy bien.

Quería volver la cabeza para mirar a Ilya, pero ahora no podía.

De pronto, lo levantaron en volandas. Observó las luces y las vigas y los banderines que colgaban del techo pasar por delante de sus ojos y lo sacaron de la pista. Oyó aplausos.

«Ay, Dios. ¿Y si no estoy bien? ¿Y si no vuelvo a caminar?».

—¿Qué ha pasado? —preguntó como pudo.

—Te has dado un golpe en la cabeza. Te estampaste contra las vallas.

«Mierda».

—Hay una ambulancia esperando.

Shane apretó los labios. Todavía sentía pinchazos en los ojos. Tenía miedo.

—Mis padres… Están en el partido.

Advirtió que el personal de emergencia intercambiaba miradas y luego uno asintió con la cabeza.

—Nos aseguraremos de que sepan adónde te llevamos.

Shane cerró los ojos porque le costaba mucho tenerlos abiertos.

—Tienes que mantenerte despierto, Shane. ¿De acuerdo?

—Sí, claro…

Conforme la confusión empezó a aclararse, fue capaz de concentrarse en el dolor que lo recorría.

Notó aire frío en los pies cuando alguien le quitó los patines.

—¿Puedes mover los dedos de los pies?

Mierda. Confiaba con toda su alma en que sí. Notar el aire fresco tenía que ser una buena señal, ¿no?

—Bien —dijo el paramédico, porque, al parecer, Shane había conseguido mover los dedos.

«Gracias a Dios. Gracias a Dios. Gracias a Dios».

El personal de la ambulancia hacía cosas a su alrededor y hablaba entre sí y le recordaba a Shane que siguiera despierto cada vez que se le cerraban los ojos.

Shane pensó en sus padres. «Deben de estar muy preocupados».

Pensó en Ilya. Ojalá pudiera mandarle un mensaje. Ojalá pudiera contarle que había movido los dedos de los pies.

Se preguntó con qué se habría golpeado. No recordaba nada.

Seguro que estaban retransmitiendo la grabación del accidente una y otra vez por televisión.

Nunca le había pasado algo así. De algún modo, a lo largo de todos aquellos años jugando, nunca lo habían noqueado.

«Con una vez basta».

Volvió a nublársele la vista, pero esta vez fue por las lágrimas que se le habían formado en los ojos.

El partido estaba a punto de acabar, ¿verdad? Shane no lo recordaba, pero estaba seguro de que ya iban por el tercer tiempo. Montreal iba ganando.

«¿Y si no puedo jugar en los *play-offs*?».

Iba dos goles por delante de Ilya en la competición por ser el mayor marcador, y quedaba una semana de la temporada oficial. Ya podía ir despidiéndose del título.

—¿Shane? Mantén los ojos abiertos, por favor. Es importante.

—Perdón.

Ilya tuvo que esperar hasta la mañana siguiente para poder ir al hospital. Su equipo debía desplazarse al aeropuerto dos horas más tarde.

Era el capitán. No era raro que el capitán del equipo rival fuese a asegurarse de que el jugador al que había lesionado uno de los suyos estuviera bien.

«Puto Marlow». Sabía que Cliff se sentía mal. No tenía intención de golpear tan fuerte a Shane, ni en un ángulo tan raro. Pero, aun así, Ilya lo habría matado.

Una mujer exageradamente interesada en él que trabajaba detrás del mostrador del hospital le dio el número de habitación de Shane. Parecía impresionada por el despliegue de deportividad de Ilya.

La puerta solo estaba un poco entreabierta, así que Ilya la empujó para abrirla del todo. Habían incorporado un poco a Hollander en la cama, de modo que quedaba casi sentado. Para alivio de Ilya, en la habitación no había nadie más.

—¡Ilya! —exclamó Shane.

Tenía el brazo izquierdo en cabestrillo.

—Hola —dijo Ilya incómodo—. Solo quería…, ¿estás…?

—Estoy bien —respondió Shane. Sonrió con timidez e Ilya supo que se alegraba de verlo—. O sea, tengo una contusión cerebral y me he fracturado la clavícula. No podré jugar en los *play-offs*. Pero...

—Podría haber sido peor.

—Sí.

—Marlow está..., se siente mal —dijo Ilya como un bobo—. Estaba muy... enfadado por lo que pasó. Y yo también estoy cabreadísimo con él.

Shane resopló.

—Es parte del juego. Sé que no es un camorrista. A todos nos toca en algún momento, ¿no?

Seguro que Shane iba dopado hasta las cejas. Se había puesto a sonreír.

—Aunque será mejor que no se encuentre a mi madre en un callejón, te lo juro —bromeó—. Tiene sed de venganza.

—Se lo advertiré.

Ilya quería tocarlo y saber que de verdad estaba bien. Apenas había dormido la noche anterior. Se la había pasado toda en vela, muerto de preocupación y actualizando sitios de internet en busca de noticias sobre las lesiones de Shane. Cada vez que cerraba los ojos veía el cuerpo inmóvil de Shane tirado en el hielo.

La emoción debió de notarse en la cara de Ilya, porque Shane extendió la mano que no tenía inmovilizada y dijo en voz baja:

—Oye.

Ilya cerró la puerta de un empujón y cruzó la habitación para quedar junto a la cama. Le pasó los dedos por la cara con cariño mientras Shane lo miraba y sonreía.

—Me has asustado —admitió Ilya.

—Yo también me asusté.

—Pero ¿te pondrás bien?

—Sí, sí. Quería decírtelo anoche. Ojalá hubiera podido escribirte. Estaba…

—Chissst.

Los párpados de Shane aletearon y cerró los ojos, mientras Ilya hundía los dedos en su pelo y se lo acariciaba.

—Tenía muchas ganas de estar contigo anoche —murmuró Shane.

—Sí.

—Estoy cabreado con Marlow sobre todo por joderme eso.

Ilya se rio.

—¿Cuándo volveremos a tener oportunidad de vernos? —preguntó Shane.

Y, por encima de todo, en ese momento Ilya deseaba decirle que se quedaría con él. Que se mudaría a su apartamento y lo ayudaría a recuperarse y le haría bocadillos y vería los *play-offs* con él y le leería ese aburrido libro sobre hockey.

Pero, claro, no podía.

—Estaré ocupado. Ganando la Copa Stanley —dijo Ilya forzando una sonrisa.

Shane hizo una mueca.

—Lo siento —dijo Ilya, y hablaba en serio.

Shane cerró los ojos otra vez.

—Vaya mierda.

—Pues sí.

—Quería hablar contigo anoche, antes de que pasara esto.

Ilya también tenía pensado hablar con él. Pero estaba seguro de que a Shane no le habría gustado lo que planeaba decirle. Se había convencido de que la única cosa sensata que podía hacer era poner fin a lo que había entre ellos de una vez por todas. De ahí no podía salir nada bueno. El corazón de Ilya había entrado en la ecuación y, desde entonces, todo había cambiado. Ya no era emocionante ni divertido…, era una tortura. Pensaba transmitirle eso a Shane la noche anterior, pero ahora…

—Shane —suspiró.

Este extendió la mano y cogió la de Ilya, entrelazando fuerte los dedos de ambos.

—¿Vendrás a la cabaña?

—Eh…, no lo sé.

No. No, no había forma de que Ilya hiciera eso, era una locura. Era imposible que pasara tanto tiempo a solas con Shane. No, si quería liberarse de aquello en algún momento.

—Podríamos estar una o dos semanas, Ilya. ¿Nunca has querido más?

A Ilya se le hizo un nudo en el estómago. Debería decir que no y punto. Dejar que Shane creyera que él no quería nada más que el par de horas que arañaban juntos unas cuantas veces por temporada.

Pero, en lugar de eso, le acarició el dorso de la mano con el pulgar y dijo:

—Claro.

—Entonces ven a la cabaña. Por favor. No habrá nadie más, estaremos solos tú y yo todo el tiempo que quieras quedarte.

Y, uf, sonaba tan perfecto… Y Shane lo miraba como si fuera a rompérsele el corazón si Ilya decía que no.

Así pues, Ilya se decantó por la opción más cobarde.

—Puede.

Shane le sonrió de oreja a oreja, como si no fuera un hombre hospitalizado con lesiones graves.

El pomo de la puerta giró y Shane le soltó la mano a toda prisa. Ilya dio un respingo y se volvió para quedar frente a la enfermera que acababa de entrar.

—Oh, oh —dijo sonriendo—. ¿No intentará asfixiarlo con una almohada, verdad, señor Rozanov?

—No —dijo Ilya, correspondiéndole con una sonrisa temblorosa—. De hecho, ya… me iba.

—Gracias por venir —dijo Shane, con tono frío—. Lo valoro mucho.

Ilya asintió con la cabeza.

—Que te recuperes pronto, Hollander.

Salió a toda prisa de la habitación del hombre al que amaba y se obligó a concentrarse en ganar la Copa Stanley.

Capítulo 22

Mayo de 2017, Ottawa

—Rozanov está lesionado.

Shane volvió la cabeza de donde estaba tumbado en el sofá para mirar a su madre.

—¿Por qué lo dices? —preguntó.

—Se protege las costillas. Se nota por cómo se inclina. Mira —dijo, señalando una retransmisión a cámara lenta en el televisor—. Justo aquí. Se aparta del golpe. Habría podido apartar a Hunter del *puck* aquí, pero se achicó.

Su madre tenía razón, por supuesto. Shane ya sabía que Ilya estaba jugando la segunda ronda de los *play-offs* con las costillas magulladas sin contárselo a su equipo.

Detroit había desbancado a Montreal en la primera ronda y Shane se sentía fatal. El equipo de Detroit había entrado por los pelos en los *play-offs* y debería haber sido un encuentro fácil para Montreal. Pero Shane no había podido jugar y el portero tenía una especie de gripe, así que los Voyageurs habían hecho lo que habían podido pero, al final, habían perdido.

Shane debería haber estado allí, ayudando a su equipo, pero en lugar de eso estaba recuperándose en casa de sus padres en Ottawa. Cada vez le dolía menos la cabeza, pero todavía se notaba agotado. Y la clavícula casi se le había curado del todo.

No había tenido noticias de Ilya tan a menudo como le hubiera gustado, pero sabía que era porque estaba ocupado. Concentrado.

—Creo que Nueva York va a ganar la copa —dijo su madre.

—¿Sí? ¿Nueva York?

—Sí. Scott Hunter va a por todas. Se nota. ¡Nueve temporadas sin una copa! Se asegurará de ganar esta.

Yuna Hollander casi nunca se equivocaba con esas cosas.

—Bueno —dijo su padre con tono alegre—, por lo menos no tendremos que ver a Rozanov levantando la copa.

Shane hizo una mueca. En realidad, le habría encantado ver a Rozanov levantando la copa.

—Aunque fue un detalle que fuera a ver a Shane al hospital —comentó su madre—. Ha ganado puntos por eso.

Su padre indicó con un ruido que estaba de acuerdo.

Ojalá Shane recordase mejor los detalles de aquella visita al hospital. Tenía el cerebro nublado por la contusión, y todavía más por los fármacos. Recordaba los dedos suaves de Ilya en la cara y en el pelo. Recordaba alegrarse mucho de verlo. Incluso ahora, bastaba con saber que Ilya se había desplazado hasta el hospital para que Shane sintiera un cálido cosquilleo.

Shane estaba locamente enamorado de él. Sería capaz de darse otro golpe en la cabeza solo para estar a solas con él en aquella tranquila habitación de hospital con esos cuidadosos dedos y esos ojos preocupados.

Estaba enamorado de él y jamás podría decírselo.

Pero quizá… quizá pudiera al menos contarles a sus padres… ¿parte de la verdad?

Uf, pero ¿cómo? Eh, ¿se lo soltaba sin más? ¿Cómo hacía la gente estas cosas?

Desde luego, no mientras veían juntos un partido de hockey.

—¿Has sabido algo de Rose Landry últimamente? —preguntó su madre, sin que viniera a cuento. ¿No sería eso una señal?

—Sí, me escribió un mensaje cuando estaba en el hospital. Vio que me había lesionado.

Su madre pareció complacida.

«No hay mejor momento que ahora…».

—No somos… Eh, solo somos amigos, mamá.

—Ya lo sé. Con los partidos y los viajes es muy difícil mantener una relación. Pero otros jugadores lo hacen. Mira a Carter Vaughan y esa Gloria como se llame de la tele.

—No es… —Shane se sentó como pudo y se estremeció por el dolor en la cabeza—. No es por los partidos y los viajes. O sea, sí, eso complica las cosas, pero no es la única razón.

Su madre lo miró con empatía.

—Cuando la persona adecuada aparezca, lo sabrás —dijo.

Y Shane se acobardó. Porque no podía decirles que la persona adecuada ya había aparecido y que era el ruso mosqueado que en ese momento se dirigía a la caja de castigo en la televisión.

—Sí, ya lo sé.

Sintió una urgencia de lo más ridícula de mandarle un mensaje a Ilya para decirle «Te quiero». Tenía esas palabras atrapadas dentro, llenando hasta el último rincón de su ser, y el esfuerzo de evitar que se le escaparan era cada vez más difícil de soportar.

En lugar de eso, escribió a Rose.

Shane: Mi madre se pregunta cuándo vamos a volver.

Ella respondió al cabo de unos minutos.

Rose: ¡Ja, ja!

Y luego:

Rose: Lo siento. En realidad, no es gracioso. ¿Cómo estás? ¿Y la cabeza?

Shane: Va mejorando. Ahora ya puedo ver la tele sin gafas de sol.

Rose: ¡Pero si ver la tele con gafas de sol es GUAY!

Shane respondió con el emoticono de la cara con gafas de sol.

Rose: ¿Tienes algún enfermero buenorro que te cuide?

Shane se rio, cosa que hizo que sus padres lo miraran.

Shane: No. Estoy en casa de mis padres.

Rose: Qué pena.

Shane: ¿Y si les pido que contraten a un enfermero buenorro para cuidarme? ¿Te parece una buena manera de salir del armario?

Rose: LOL, Shane. Te lo juro.

Shane también se rio.

—¿A quién escribes? —preguntó su madre.

—A nadie —respondió él a toda prisa—. A Hayden.

«Mentira sobre mentira».

—¿Qué tal el bebé?

«¿El bebé? ¡Ay!».

—Genial. Ya sabes. A Hayden y Jackie se les cae la baba con la criatura.

«Supongo».

—No tendrías que mirar tanto el móvil. No te va bien para la contusión.

—¡Ya lo sé, mamá! —soltó Shane.

Su madre levantó las manos con mucho dramatismo.

—¡Perdón por preocuparme por la salud de tu cerebro!

Shane puso los ojos en blanco.

—Te lo aseguro. Hay mogollón de gente preocupada por la salud de mi cerebro.

Llevaba en casa de sus padres desde que había salido del hospital y empezaba a pasarle factura. Tenía mucha suerte de poder contar con ellos y no quería ni imaginarse cómo habría sido pasar por la convalecencia él solo, pero necesitaba recuperar su independencia a toda costa.

Aunque había una persona a quien no le importaría tener a su lado. Pero esa persona estaba ahora mismo en la televisión con una cara de frustración impresionante.

Y muy sexy también, por cierto. Ilya llevaba la barba tupida que se dejaba en la época de los *play-offs*..., esa que siempre había envidiado Shane. Incluso cuando Shane había jugado hasta llegar a las finales de la Copa Stanley, lo máximo que había conseguido era que le crecieran unos patéticos círculos de pelo repartidos como islas por la cara. Ilya tenía una barba oscura y densa que enmarcaba sus labios carnosos y, por Dios... En lo único en que podía pensar ahora Shane era en el deseo de notar esa barba frotándose contra sus muslos.

Lo que había intentado sacarse de la cabeza para no preocuparse demasiado —dado que su situación ya era lo bastante deprimente— era que no estaba del todo seguro de que pudiera volver a notar ninguna parte de Ilya frotándose contra él. ¿Y no sería eso la broma más pesada del mundo? En cuanto Shane había reconocido ante sí mismo que deseaba estar con Ilya, cabía la posibilidad de que su extraño acuerdo se rompiera para siempre.

No era que alguno de ellos hubiera dicho nada concreto sobre cortar. En realidad, no se habían dicho gran cosa sobre ningún tema desde el día en que Ilya había salido de la habitación de hospital de Shane, pero este tenía la sensación de que tal vez todo aquello se estuviera haciendo demasiado grande. Cada vez era más difícil de contener, y costaba mucho fingir que no significaba nada. La única opción segura era alejarse.

Shane se había mentalizado de que Ilya le diría algo así en cuanto terminaran los *play-offs*. Y a juzgar por cómo iba el marcador, mientras los últimos minutos del partido se esfumaban, parecía que la eliminatoria iba a terminar esa misma noche para el ruso.

La parte irracional de Shane quería luchar por Ilya. ¡Por ellos! La parte sensata —la parte que controlaba la mayoría de las cosas en la vida de Shane— sabía que era imposible forjar un futuro con Ilya. Ni siquiera podía haber un presente con Ilya. Era preciso que cortaran cuanto antes y de la manera más limpia posible, para no volver a mirar atrás. El otro camino solo llevaría a quebraderos de cabeza, escándalo, dolor y… suaves palabras en ruso susurradas junto a la piel de Shane. Llevaría a quedarse dormido con unos brazos fuertes rodeándolo y a despertar con una sonrisa torcida y soñolienta y un sinfín de besos juguetones. Llevaría a bocadillos de atún con queso fundido caseros y a las valiosas ocasiones en las que Ilya le ofrecía los diminutos pedazos de sí mismo que solía guardar bajo llave.

El partido terminó. La temporada de Ilya también había acabado. Era solo cuestión de tiempo que todo acabara. Y Shane no sabía qué podía hacer para evitarlo.

Pero sí sabía qué deseaba hacer.

Junio de 2017, Boston

Jane: No puedo creer que Nueva York por fin vaya a ganar la copa.

Ilya tampoco se lo creía. El puto Scott Hunter iba a ser el campeón de la Copa Stanley dentro de unos cuarenta segundos.

Ilya: Odio a Hunter.

Jane: No es verdad.

Ilya: Sí.

Jane: Basta. Me pondré celoso si sigues hablando así.

Ilya se echó a reír. A solas, en su ático de Boston, se rio a gusto.

Transcurrieron los últimos segundos del último partido de la última serie de los *play-offs* y entonces se acabó. La pista de hielo se llenó de hombres exaltados con jerséis azules e Ilya dirigió toda su atención al teléfono, para no notar con tanta intensidad la punzada de envidia.

Estaba aburrido. La eliminatoria había terminado hacía semanas para él. Sin saber qué hacer ni adónde ir, se había refugiado en Boston. Ahora era el único hogar que tenía, aunque no había hecho amigos en la ciudad. Había algunos compañeros de equipo que pasaban allí los veranos, pero nadie con quien tuviera confianza.

Por lo menos, su colección de coches sí estaba ahí, y eso no era poca cosa.

Aunque la última vez que había ido al garaje donde los guardaba, tres días antes, en cierto modo sí había sentido que era poca cosa, nada.

Ya no invitaba nunca a Svetlana porque… porque no.

Así que se limitaba a ver el hockey, solo, y a mandar mensajes al hombre con el que se habría muerto de ganas de compartir el verano.

Ilya: ¿Crees que Hunter va a beber té o café en la copa?

Jane: ¿Cafeína? Ni en broma. A Hunter no le van las cosas tan fuertes.

Ilya volvió a reírse.

Ilya: Entonces, leche.

Jane: Leche calentita. ¡Y luego directo a la cama!

Ilya levantó la mirada hacia el televisor y vio que le entregaban la Copa Stanley a un exultante Scott Hunter.

Jane: Me alegro por él.

Ilya: Por supuesto que te alegras.

Su intención era cortar con Shane. Pero no había sido capaz de hacerlo. Aún no. De momento podían mandarse mensajes y hacerse bromas y fingir que eran amigos o algo así.

La invitación de Shane para ir con él a la cabaña todavía estaba en pie. Shane no había insistido, e Ilya hacía como que no se acordaba, pero seguía ahí. Si no fuera la peor idea del mundo, Ilya estaría de camino a vete a saber dónde coño, en Ontario.

Los jugadores de la televisión besaban a sus esposas y cogían en brazos a sus hijos. Ilya pensó que sería bonito tener a quien besar después de ganar la copa.

Tal vez ese fuera su objetivo para el año siguiente: olvidarse de Shane y concentrarse en encontrar a una mujer que le gustara lo suficiente para aguantar con ella hasta el final de los *play-offs*.

Ilya cogió el mando a distancia y estaba a punto de apagar el televisor cuando…

Hostia puta.

«Hostia. Puta».

¡El capullo de Scott Hunter estaba besando a un tío! No, tipo, a uno de sus compañeros de equipo en la mejilla en plan «Te quiero, *bro*». Scott Hunter estaba besando a un hombre que iba con ropa de calle ¡en la puta boca! Parecía que era un morreo con lengua.

A Ilya le vibró el teléfono.

Jane: Hostia puta.

Jane: ¿Lo estás viendo?

Jane: ¡¡¡¿Pero qué coño?!!! ¡¡¡¿Es su novio o qué?!!!

Ilya no podía apartar la vista de la televisión, de Scott Hunter y su probable novio. O de Scott Hunter y el tío mono que había sacado al azar de entre la multitud. Ilya era incapaz de procesar lo que estaba viendo. ¿Cómo podía ser real?

Pero ahí estaba Hunter, sonriendo con ese hombre misterioso como si fuera lo único que importara en el mundo. Y sujetándole la cara mientras se inclinaba para besarlo otra vez. Ilya sintió como si todas las peores cosas de su vida fueran succionadas por un tornado.

Entonces las cámaras cambiaron de plano e Ilya miró el móvil.

Jane: ¡¡¡¿Qué está pasando?!!! ¡¡¡¿De verdad acaba de hacer eso?!!!

Ilya apretó el botón de llamada.
Solo sonó un tono antes de oír:
—¡Joder, Ilya! ¿Era ese…?
—Sí que voy a la cabaña.

CUARTA PARTE

Capítulo 23

Julio de 2017, Ottawa

Shane daba golpecitos nerviosos con los dedos en el volante.

Ojalá hubiera podido entrar en el aeropuerto para recibir a Ilya en condiciones, pero que uno de ellos estuviera en el aeropuerto ya bastaba para crear bastante revuelo; si hubieran estado los dos juntos habría sido un caos...

Se caló todavía más la gorra y miró por el espejo retrovisor.

Todavía alucinaba de que Ilya hubiera aceptado su invitación, aunque suponía que tenía que darle las gracias a Scott Hunter por la decisión. Hunter había salido del armario de una forma totalmente pública la noche que había ganado la Copa Stanley. También había hablado sobre el tema abiertamente en las entrevistas de esa noche y todavía más en el discurso de la entrega de los Premios NHL de hacía una semana. Shane había visto ese discurso... unas cuantas veces. Ojalá hubiera podido asistir a la ceremonia para verlo en persona, pero volar a Las Vegas le pareció un tute innecesario para su cuerpo recién recuperado.

Pero, aun así, le habría encantado poder darle la mano a Hunter.

En lugar de eso, le había mandado un email. Había escrito varios borradores del mensaje antes de mandar uno en el que se limitaba a reconocer que Hunter había sido muy valiente. Había elegido las palabras a conciencia, porque no tenía el valor de Hunter. Al menos, de momento.

Pero quizá Hunter se imaginaría lo que trataba de decir Shane de todos modos.

Que un jugador de la NHL saliera del armario como gay por primera vez era muy emocionante, pero ni siquiera si saliera del armario un jugador de cada equipo de la liga sería suficiente para mejorar la situación de Shane. Ser gay (o lo que fuera) no era lo que iba a causar el verdadero escándalo. Estar enrollado con su mayor rival —¡durante toda la carrera en la NHL!— era algo que nadie entendería. Ni una sola persona. Shane tenía la impresión de que incluso Scott Hunter, el nuevo símbolo de la aceptación y la tolerancia de la NHL, se alarmaría si supiera lo que tenía con Ilya desde hacía tanto tiempo.

Serían el hazmerreír. Si el mundo los descubría, quedarían reducidos a esto: los depravados jugadores de hockey que follaban en secreto. Y Shane no quería ser eso. En absoluto. Quería ser el mejor jugador de hockey del mundo, además de desear mantener una relación con el hombre de quien por fin podía admitir que estaba enamorado, sin vergüenza ni miedo.

Pero no podía. Lo único a lo que podía aspirar eran esas dos semanas a solas con Ilya, escondidos donde nadie pudiera encontrarlos.

Oyó las ruedas de la bolsa de viaje antes de ver a Ilya por el espejo cruzando el aparcamiento.

Shane se planteó salir del coche, pero decidió quedarse donde estaba. Una vez que estuvieran en la cabaña se hallarían a salvo, pero no tenía sentido montar un circo ahora. Lo único que le hacía falta era salir de Ottawa sin que nadie se diera cuenta de que Shane Hollander e Ilya Rozanov estaban juntos en julio.

Conforme el ruso se acercaba, Shane vio que él también se había bajado la visera de la gorra y llevaba unas grandes gafas de sol de aviador. Se preguntó si alguien lo habría reconocido en el aeropuerto.

Abrió el maletero del todoterreno para que Ilya pudiera dejar la bolsa. No se dijeron ni una palabra hasta que el recién llegado se sentó en el asiento del copiloto.

—¿Qué mierda de coche llevas, Hollander?

—Un Jeep Cherokee.

Ilya se mofó.

—¿Qué? ¡Es práctico!

—Eres millonario.

—¿Qué pasa con el Cherokee? —preguntó Shane, mientras encendía el motor—. Va bien con la nieve. Y caben un montón de cosas. Es un buen coche.

—Es un buen coche para un padre que vive en una urbanización.

—Mejor que un ridículo coche deportivo en el que las rodillas me llegan a la puñetera cabeza.

—Ajá.

No volvieron a hablar hasta que Shane salió del aparcamiento.

—¿Ha ido bien el vuelo? —preguntó.

—Claro.

—¿Tienes hambre o algo? Podemos parar y uno de los dos podría ba...

Ilya se encogió de hombros.

—Creo que te gustará la cabaña. Es muy relajante.

—¿Eso es lo que vamos a hacer? —preguntó Ilya—. ¿Relajarnos?

Shane tragó saliva. Se dirigió al acceso a la autopista.

—Confío en que sí —dijo por fin—. Me encantaría relajarme contigo. Por una vez.

Lo miró de reojo un instante. Ilya miraba por la ventanilla de su asiento.

—Ayer compré provisiones —dijo Shane—. Así no tendremos que… salir. A menudo.

Circularon en silencio durante unos minutos. Shane se preguntó si Ilya estaría tan aterrado como lo estaba él de repente. Dos semanas. A solas juntos. Probablemente en todo momento a solas juntos.

¿En qué demonios pensaba cuando se lo propuso?

—Gracias —dijo Ilya de repente—. Por invitarme.

Shane notó que el pánico remitía.

—Me alegro de que estés aquí.

—Yo también me alegro. Pero… me muero de miedo, ¿eh?

Shane se rio aliviado.

—Sí. Yo también.

Ambos sabían que no había vuelta atrás. Más incluso que la primera vez que se habían besado o que habían follado. Esta era una frontera nueva, un nuevo nivel de intimidad.

—¿Te ha reconocido alguien en el aeropuerto?

—Creo que no.

Shane asintió con la cabeza.

—La cabaña está metida en un camino privado. Aquí estaremos totalmente solos.

—¿No vendrá de visita tu familia?

—No. Eh, les dije que necesitaba un par de semanas de soledad. Que era, no sé, una cosa psicológica. Como una especie de meditación para entrenar la mente.

—Qué astuto.

—Así no nos molestarán.

Se fijó en que Ilya se mordía la uña del pulgar.

—Yo, eh, tenía muchas ganas de que pasara esto —dijo Shane.

—Sí. Yo también.

Shane sonrió y separó una mano del volante. La acercó a Ilya, quien no tardó en entrelazar los dedos de los dos y apretar.

Dos semanas. Durante dos semanas podían fingir que su situación no era imposible.

De pronto a Ilya le inundó una oleada repentina de «hostia puta, esto está ocurriendo de verdad» cuando Shane aparcó delante de la inmensa casa junto al lago que había visto por televisión.

Ilya estaba bastante seguro de que una cabaña solía ser mucho más pequeña que esa casa gigantesca con la fachada de piedra, pero desde luego, tal como había prometido Shane, estaba en un lugar remoto. Dudaba que hubiera estado en un lugar semejante; un lugar en el que pudiera bajar la guardia de verdad sin preocuparse de que alguien lo reconociera.

Con razón le encantaba a Hollander.

Se percató de que este había sacado la bolsa de viaje de Ilya del maletero y la llevaba hacia la casa, como si Ilya fuera una tía de visita o algo así.

—Puedo llevarla yo.

Shane siguió caminando.

—¿Cómo tienes las costillas? —preguntó.

—Mis costillas están bien. Puedo llevar la bolsa.

—No puedo creer que jugaras con las costillas magulladas.

—¿En serio no te lo crees?

Shane le sonrió por encima del hombro.

—Supongo que sí.

Abrió la puerta y entraron. Uf, era una casa espectacular, desde luego. Era toda abierta y espaciosa, con techos altos y vigas a la vista. En la pared de enfrente había un conjunto de ventanales de arriba abajo que daban al lago. Ilya distinguió una terraza enorme con una piscina y un jacuzzi. Más allá estaba el embarcadero y la caseta para botes.

—Ponte cómodo, como en casa —dijo Shane.

Ilya se paseó por la sala de estar. Se quitó las gafas de sol y se las colgó del cuello de la camiseta. Y ahí estaba todo lo que había visto en aquel reportaje de televisión: el sofá de piel de varios módulos, la vista espectacular y el despliegue de mantas y cojines de cuadros de aspecto ridículamente canadiense.

Santo Dios. Estaba en casa de Shane Hollander.

—Bueno, si quieres te la enseño —dijo Shane—. O, si tienes hambre, como te decía antes, he comprado un montón de comida. También hay una nevera con cervezas en la sala de juegos, junto a la mesa de billar…

Shane iba un par de metros por detrás de Ilya. Este dio la espalda a las vistas del lago para quedar cara a cara.

—Aquí el agua del grifo está buenísima —continuó Shane. Se notaba mucho que estaba nervioso—. Hay un manantial cerca y…

Ilya cubrió la distancia que había entre ellos con pasos lentos y deliberados. Shane inclinó hacia arriba la cabeza para quedar frente a él e Ilya notó que tragaba saliva.

Se quedaron así un instante, mirándose en silencio, expectantes ante qué iba a suceder a continuación. Por fin, Ilya extendió una mano y acarició con las yemas de los dedos la mejilla de Shane. Este se mordió el labio de forma instintiva e Ilya se inclinó para besarlo.

En cuanto la boca de Shane se abrió debajo de la suya, todo cobró sentido. A Ilya se le pasaron todos los nervios y agarró a Shane por la camiseta para acercarlo más a él. Shane soltó un leve gemido y metió los dedos por debajo de la gorra de Ilya hasta que la tiró al suelo. Enredó los dedos en el pelo de Ilya y le hizo caminar hacia atrás en dirección al sofá de piel.

Hacía meses que no estaban juntos. Lo más ridículo era que Ilya no había estado con nadie en todo ese tiempo. Por primera vez en su vida, no había tenido ganas de estar con nadie más.

Pero ahora se sentía como si fuera a estallar si Shane no le tocaba del modo en que no había podido dejar de pensar.

Se tumbó encantado en el sofá cuando Shane lo empujó. Como no soltó la camiseta de Shane, el otro hombre se precipitó de inmediato sobre él. Ilya hizo una mueca al notar que se le clavaban las gafas de sol en el pecho, así que se las sacó y las tiró al suelo de cualquier manera.

Ilya besó a Shane con pasión, levantando las caderas para notar más fricción en la polla, y le encantó notar que Shane iba tan empalmado como él.

Le quitó la camisa a Shane pasándosela por la cabeza y deslizó las manos por su pantalón para desabrocharle la bragueta.

—Joder —jadeó Shane—. Eh… ha pasado mucho tiempo… No creo que aguante mucho.

—Sí. Lo mismo digo. Pero tenemos dos semanas, ¿vale?

Shane se rio.

—Vale. —Y añadió—. Espera… ¿«Lo mismo digo»?

—¿Eh?

—Has dicho «Lo mismo digo». ¿No has… estado con nadie? ¿Últimamente?

Ilya hizo una mueca. No debería haberlo reconocido, la verdad. Pero…

—No.

—Tipo, ¿no desde…?

—No. No desde entonces. ¿Podemos volver a…?

—¿En serio?

Shane se apartó hacia atrás para poder mirar a Ilya a los ojos. Parecía asombrado e increíblemente feliz.

—No es para tanto, Hollander. Relájate.

—Hace como…

—Meses. Sí. Por eso te digo que me muero de ganas de…

—Yo tampoco lo he hecho —dijo Shane a toda prisa—. Desde la última vez que estuvimos juntos. En Boston.

—Bueno, pues… —dijo Ilya, moviendo la mano para continuar bajando por los pantalones de Shane.

Pero este no siguió moviendo la cadera ni atacando la boca de Ilya con sucios besos desesperados. En lugar de eso, alargó el brazo y apartó un rizo de la cara de Ilya, quien no podía hacer más que contemplar, maravillado, la cara de Shane mientras el canadiense lo miraba con tanta… ternura.

—Tengo una idea —dijo Shane. Mientras tanto, pasaba el pulgar por el labio inferior de Ilya.

—¿Qué? —preguntó el ruso, con más valor del que sentía.

—Seamos sinceros el uno con el otro. Durante estas dos semanas, vamos a… decir solo lo que pensemos de verdad. En plan…, decir lo que sentimos.

«No puedo», quería contestar Ilya. «No puedo, porque si lo hago pensarás que soy patético o, peor, dirás lo mismo y entonces ¿qué coño se supone que tendremos que hacer?».

—Lo intentaré —respondió en su lugar.

—¿En serio? —preguntó Shane con escepticismo.

—¡Sí! ¡Haré lo que me pidas si así consigo que me toques la polla ahora mismo!

Shane se rio y negó con la cabeza. Pero entonces fue descendiendo por el cuerpo de Ilya y le bajó los pantalones cortos y «¡gracias a Dios!».

Shane se la metió en la boca y entonces todo volvió a ser sencillo. Ilya notó una ola de placer mezclada con una ola de alivio, y fue capaz de relajarse y disfrutar de la forma decidida con la que Shane siempre se disponía a hacerle mamadas.

Ilya hizo trampa al murmurar en ruso:

—Me quedaría aquí para siempre si pudiera.

Notó que Shane suspiraba pegado a su entrepierna, pero sonó más abstraído que exasperado. Quizá entendiera qué quería decir. Quizá algunos sentimientos no pudieran esconderse con palabras extranjeras.

Como era de esperar, Ilya no aguantó mucho. Y Shane tampoco, cuando Ilya le devolvió el favor de inmediato. Pero lo más sorprendente fue que las mamadas no fueron la mejor parte de la tarde. Una vez liberada la urgencia sexual, se limitaron a relajarse juntos en el sofá. La ropa que aún llevaban estaba arrugada y desabrochada; el pelo muy alborotado. Hablaron en voz baja mientras —no había otra forma de decirlo— se acurrucaron juntos durante más de una hora. Shane retorcía mechones de pelo de Ilya entre los dedos y los soltaba con cuidado; Ilya reseguía las pecas de Shane con las yemas de los dedos. De vez en cuando, Ilya le besaba la mandíbula, o la garganta, y una vez la punta de la nariz.

No podía creer cómo se había pillado tanto. Estaba... hechizado. Era asqueroso.

Pero era imposible que le importase mucho cuando tenía a Shane tumbado encima, con el pecho y el estómago suaves tocando cada centímetro de la piel de Ilya. El flequillo que le caía hacia delante y rozaba la nariz de Ilya. Sus ojos oscuros, sus pecas y su sonrisa... Shane parecía superfeliz. De algún modo, Ilya le hacía feliz.

Ilya quería hacerle feliz siempre.

Ilya no se sorprendió en absoluto al enterarse de que Shane tenía instalaciones completas de hockey para entrenar dentro de la propiedad.

El canadiense lo había conducido a un edificio de una sola planta anexo a la cabaña principal y, al abrir la puerta, había dejado al descubierto una enorme pista de plástico sintético, una red con dianas para los tiros, dianas móviles y un sinfín de máquinas de ejercicio. La pared que daba al lago también estaba cubierta de ventanales.

Así pues, ahora estaban en la pista de «hielo» con zapatillas de deporte, pasándose un *puck*.

—No te he contado lo que pasó después de los Premios NHL —comentó Ilya.

—¿Después?

—Sí. Salí por ahí. Con Scott Hunter.

Shane falló el siguiente pase.

—¿A qué te refieres?

—Había un bar en el que hacían una fiesta tipo «la noche de Scott Hunter», la mierda que signifique eso.

—¿Un bar? Tipo…

—Un bar gay. Sí. Conque se me ocurrió ir.

—Perdona. ¿¿Fuiste a un bar gay en Las Vegas con Scott Hunter??

—Y su novio. Sí. Un tío simpático.

Shane frunció el ceño.

—¿Por qué no me lo habías contado antes?

Ilya se encogió de hombros.

—Se me olvidó.

No era en absoluto cierto. Solo quería ver esa expresión en concreto en la cara de Shane. Para sus adentros, Ilya la denominaba la cara de «confusión contenida».

—Eh, y ¿cómo…, cómo fue?

—Estuvo bien. Un poco aburrido, pero bueno, ¿qué se puede esperar de Scott Hunter?

Ilya cogió otro *puck* de la pila que tenía al lado con el *stick* y se lo lanzó a Shane. Esta vez el canadiense lo atrapó con facilidad.

—Entonces ¿Hunter sabe que eres…?

—No dije nada. Pero igual se olió algo. —Sonrió—. Había unos cuantos tíos buenos.

Y entonces la cara de Shane adoptó la expresión que Ilya llamaba «desaprobación tensa».

—Me alegro de que te lo pasaras bien —dijo Shane cortante.

—El caso es que fui a un bar gay con otros jugadores de la NHL y fue… emocionante, ¿sabes?

Shane asintió y le lanzó el *puck* a Ilya.

—Me lo imagino.

—Me importa una mierda Hunter, pero lo que hizo fue muy valiente. Besar a su novio en la tele así… Y el discurso de la entrega de premios.

—Es verdad. Me dio… esperanza. En que quizá las cosas estén cambiando.

Ilya le devolvió el *puck* a Shane.

—Me dio envidia —reconoció.

Shane se rio.

—¿Quieres besarme en la tele?

—Sí. Después de ganar la Copa Stanley.

Shane extendió los brazos.

—Ah, muy bien, así que en esa situación romántica, ¿acabas de derrotarme?

—Sí. Lo siento.

—No estaré de humor para besarte si acabo de perder la Copa Stanley, Rozanov.

—¡Pero estarías muy orgulloso de mí!

Shane puso los ojos en blanco.

—Eres la persona más desagradable del mundo. No tengo ni idea de por qué… —Se detuvo justo a tiempo—. De por qué te soporto.

Ilya se deslizó sobre el hielo con las deportivas para acercarse a Shane. Una vez junto a él, le dio un sonoro beso en la mejilla.

—Tengo hambre —refunfuñó Shane—. Vamos. A ver qué hay en la nevera.

—¿Vas a enseñarme mi habitación o…?

Ilya estaba apoyado contra un pilar de la sala de estar, con esa maldita sonrisa torcida que siempre volvía loco a Shane.

—Bueno, tengo cuatro habitaciones de invitados —dijo Shane, siguiéndole el juego—. ¿Te gustaría que tuviera buenas vistas?

—Necesito una con cama extragrande.

Shane caminó hacia Ilya y sonrió.

—Todas tienen camas extragrandes.

—Y un baño en suite.

—Ah —dijo Shane con cara de falsa preocupación—. Me temo que solo hay un dormitorio que tenga un baño en suite.

—Tengo necesidades muy concretas.

—Trataré de satisfacerlas.

Pronunció las últimas palabras casi como un jadeo junto a los labios de Ilya y luego lo besó. Fue lento y maravilloso.

—Quiero dormir en tu cama, Shane Hollander —murmuró Ilya.

—Yo quiero hacer un montón de cosas en mi cama.

—Demuéstramelo. Llévame a la cama.

Shane lo condujo a la habitación que ocupaba la mitad de la segunda planta. Había anochecido, pero por la mañana tendrían una vista preciosa del lago a través de las ventanas que ocupaban dos de las paredes.

Observó a Ilya mientras asimilaba lo que había en el dormitorio; lo observó examinando los cuadros de las paredes y los artículos de la cómoda.

—Esta es tu habitación —dijo Ilya, más para sí mismo que para Shane.

—Sí. Probablemente más que la que tengo en Montreal. Este lugar es… mi hogar.

—Y estos son tus padres —dijo Ilya, señalando una foto enmarcada que había encima de la cómoda.

—Sip.

Con una sonrisilla juguetona, Ilya puso la foto bocabajo.

—No querrás escandalizarlos —le dijo.

Shane se rio.

Ilya se dirigió a la cama y se sentó en la punta. Shane se sentó a su lado.

—Es casi surrealista. Tenerte aquí.

—Sí. ¿Bueno o malo?

—Bueno —respondió Shane a toda prisa. Cogió la mano de Ilya y la apretó—. Muy bueno.

—Bien.

Entonces, sin previo aviso, Ilya se volvió y saltó sobre él, empujándolo de espaldas sobre el colchón. Shane no tuvo tiempo de sorprenderse antes de notar la boca de Ilya en la suya.

Gimió sin poder evitarlo y arqueó el cuerpo contra el de Ilya. Pasó una pierna por los muslos de Ilya para acercarlo aún más.

Fue un beso raro, y Shane se dio cuenta de que era porque ninguno de los dos podía dejar de sonreír.

—Estás aquí —murmuró.

—Sí. Ahora quítate la ropa.

Shane se rio y se desnudó enseguida. Fue tirando las prendas más o menos hacia el montón de ropa sucia, luego se tumbó bocarriba y contempló a Ilya mientras se quitaba la camiseta.

Ilya se pasó una mano por su propio pecho desnudo, como un *striper*. Se detuvo al llegar al botón de los pantalones cortos y enarcó una ceja mirando a Shane.

—¿A qué viene esta mierda? ¿Quién eres, el prota de *Magic Mike*? —preguntó Shane sonriendo.

Ilya respondió metiéndose las manos en el pelo e inclinando la cabeza hacia atrás con mucho dramatismo. Se sacó la polla y Shane se rindió.

—Espera, deja que te ayude.

Avanzó de rodillas por la cama hasta poder pegar la boca al estómago de Ilya. Le lamió las líneas de los músculos y oyó que este soltaba un gemido tembloroso.

—No juegues conmigo —dijo Ilya—. Llevo demasiado tiempo esperando esto.

—Mmm. —Shane acabó de abrirle los pantalones por delante y hociqueó juguetón en su pecho—. Meses.

—Años —suspiró Ilya—. Hace años que quería estar contigo en tu cama de verdad.

Shane se quedó de piedra.

—¿Años?

Ilya sujetó la mandíbula de Shane con sus largos dedos y le inclinó la cabeza para poder mirarlo a los ojos.

—Sí.

Shane tragó saliva.

—Quítate esos pantalones —logró farfullar.

Ilya apenas se había quitado la última prenda cuando Shane fue a por él. Necesitaba sentir su peso encima. Necesitaba besarlo y tocarlo y notar que se le ponía dura pegado a él (aunque parecía que ya era un poco tarde para eso).

Ilya estaba allí, y Shane por fin sabría cómo era estar con él teniendo todo el tiempo del mundo por delante. Ilya le había prometido dos semanas y a Shane se le hacía la boca agua ante la magnitud de tiempo que se extendía ante él.

El ruso lo besó, despacio y con ansia. Su erección rozaba la barriga de Shane y este se frotó contra el pene para darle a Ilya tanta fricción como fuera posible. Ilya respondió agarrando las muñecas de Shane y aplastándoselas contra el colchón.

—Ah —jadeó Shane.

Inclinó la cabeza hacia atrás sin pizca de vergüenza para que Ilya pudiera acceder mejor a su garganta. Ilya aprovechó la generosa oferta y chupó el punto sensible que había justo debajo de la articulación de la mandíbula de Shane.

Ilya iba a dejarle una marca —un «chupetón»— si seguía succionando así el cuello de Shane, pero este se dio cuenta de que no le importaba. Por primera vez en la vida, no tenían que preocuparse por si había pruebas. Ni por eso ni por nada. Nadie sabría jamás qué había ocurrido allí.

—Más fuerte —dijo Shane—. Quiero que se note luego.

Ilya gruñó y apretó más la boca contra la piel de Shane. Chupó tan fuerte que, por un segundo de histeria, Shane se preguntó si podría ser un auténtico vampiro.

«¿Hay vampiros en Rusia?».

«No, tonto. Los vampiros no existen».

Justo cuando el dolor estaba a punto de volverse desagradable, Ilya se apartó. Shane se vio inundado por el alivio y la deliciosa quemazón que latía en el punto en el que Ilya le había dejado marca.

Ilya le lamió con cuidado la zona y Shane se retorció de felicidad.

—Mío.

El aliento de Ilya hizo cosquillas en la piel de Shane cuando pronunció esa única palabra.

—Tuyo —dijo Shane adormilado.

—Todo esto. Dos semanas. Es mío.

«Para siempre», quiso decir Shane. «Para siempre si me lo pides».

Sabía que era imposible, pero en ese momento habría hecho

cualquier cosa para hacer que funcionase. Tenía que haber alguna solución para su problema.

Pero, de momento, se limitó a decir:

—Fóllame. Por favor.

Ilya se sentó y luego le dio la vuelta a Shane para que quedase bocabajo. Le dio un beso tierno entre los omoplatos.

Ay, Dios, cuánto deseaba Shane esto. Quería poner el culo en pompa y decirle a Ilya que se diera prisa, joder, pero Ilya estaba bajando lentamente por el cuerpo de Shane. Le daba besos tiernos en cada vértebra. Se tomaba todo el tiempo del mundo.

—Fabuloso —susurró Ilya entre besos.

Esa palabra, con su acento, sonó misteriosa y exuberante. Se deslizó por la piel de Shane y en aquel momento se sintió fabuloso.

Cuando llegó a la rabadilla de Shane, este esperaba que se apartara y tal vez cogiera el lubricante. Pero en lugar de eso, Ilya hizo algo que no había hecho antes: siguió bajando.

Deslizó la lengua por la raja del culo de Shane mientras sus manazas le apartaban los cachetes. Shane contuvo la respiración. No podía creer que Ilya de verdad fuera a...

—Ay, Dios. Ilya...

Shane notó el calor húmedo de la lengua de Ilya lamiéndole el agujero y jamás había experimentado algo parecido. Era tan íntimo que parecía imposible. Era atrevido y descarado y tan... Ilya.

Detuvo la lengua un momento.

—¿Bien? —preguntó.

—Una puta pasada...

Shane oyó que Ilya chasqueaba la lengua a su espalda y luego volvió a notar los lametazos. Puso los ojos en blanco y gimió. ¿Cómo podía ser algo tan relajante y tan excitante a la vez? Casi estaba enfadado porque Ilya le hubiera privado de eso durante tanto tiempo. Pero sería injusto; Shane lo valoró como el regalo que era.

Se moría de ganas. Tenía la polla dura contra el colchón y tuvo que usar toda su fuerza de voluntad para no empezar a restregarse contra la cama. No quería mover ni un dedo por miedo a que entonces Ilya parase. Y Shane no estaba seguro de cuánto tiempo más podría seguir haciendo eso Ilya, pero…

Ay.

¡Ilya le había metido la lengua!

Era caliente, resbaladiza y demasiado curiosa. Estaba en un sitio donde definitivamente no se suponía que debía estar. Pero le gustaba tanto, tanto, tanto…

—Joder. ¡Joder! Ilya…, hostia puta. Es flipante. Gracias. Joder.

Le dio apuro haber dicho lo de «gracias», pero intentó no pensar mucho en eso. Igual que intentó no sentir vergüenza de los gemidos desesperados que le estaba arrancando Ilya al meterle la lengua en el culo…

Shane estaba a punto de correrse. Se dio cuenta de repente y, aterrado, apartó las caderas de la cama para evitar la fricción contra la polla dolorida. Por desgracia, el movimiento también hizo que le diera a Ilya en la cara con el culo.

—¡Aaah! ¿Qué coño haces, Hollander?

—¡Perdón!

Se volvió para mirar por encima del hombro y vio a Ilya frotándose la mandíbula, con el ceño fruncido.

—Lo siento mucho —repitió Shane—. Es que… no quería correrme aún.

Ilya puso los ojos en blanco, pero esbozó una sonrisa.

—Supongo que eso es un halago.

—Ya lo creo —corroboró Shane de inmediato. Se puso bocarriba—. Ha sido increíble.

—Me alegro.

—Eh, ¿te… ha gustado hacerlo?

Ilya asintió.

—Pues sí. Hasta que me has atizado en la cara.

Shane se mordió el labio para contener la risa, pero Ilya se dio cuenta. Con un resoplido que en realidad no sonó enfadado, Ilya se inclinó hasta que las caras de ambos quedaron casi juntas.

Shane inclinó la barbilla para darle un beso antes de recordar dónde acababa de meter la boca Ilya. ¿Le importaba?

No.

Se estiró y lo besó, y la verdad es que no notó sabor a nada. Solo el calor habitual de la boca de Ilya sobre la suya. Notó la presión de la polla dura de Ilya contra la cadera y la necesidad de que se la metiera volvió a encender a Shane.

—Por favor.

Ilya miró alrededor y Shane señaló la mesilla que había a la derecha de la cama. El ruso abrió el cajón y sacó un bote de lubricante y un condón, pero no cerró el cajón enseguida.

—¿Qué? —preguntó Shane.

—Confiaba en que hubiera juguetes.

—Aquí no tengo ninguno.

—¿Tienes un arsenal en Montreal?

Shane se ruborizó.

—¡No!

—¿No? ¿Sigues usando un triste dildo?

«Sí».

Shane dejó caer la cabeza sobre el colchón con fuerza. Estaba a punto de ponerse a suplicar.

—Por favor, cállate y métemela.

Ilya no perdió tiempo para ponerse entre las piernas de Shane y metérsela hasta el fondo. El canadiense no estaba seguro de si era su forma de decirle «cuidado con lo que deseas», pero la verdad era que Shane no lo sentía en absoluto.

Gritó tanto que su gemido resonó por toda la habitación. Se permitió ser tan escandaloso como siempre había deseado, porque ahora podía.

—Ah, Shane. Sí. Quiero oírlo.

Ilya siguió dándole embestidas, una y otra vez, mientras el cabecero golpeaba contra la pared. Shane levantó una mano para parar la pieza de madera, pero Ilya se limitó a cubrirle la mano con la suya, agarrarse a la pared y penetrarlo todavía con más fuerza.

Shane levantó las piernas y apoyó los tobillos en los hombros de Ilya, quien gruñó y se lanzó hacia delante, doblando a Shane por la mitad para meterse en él todavía más.

Ilya tenía la cara brillante por el sudor y los ojos ardientes.

—Shane. Joder…, yo…, hostia puta. Eres maravilloso, Shane. Una puta pasada.

Shane solo pudo gemir con voz aguda y lastimera a modo de respuesta. Iba a correrse. No había nada que le tocase la polla, pero aun así iba a suceder. En cualquier momento.

—Parece que… ¿te vas a correr, Hollander?

—Sí… —jadeó Shane.

—Sí, joder. Venga. Vamos.

Ilya empujó más rápido con la mirada puesta en la polla de Shane, hasta que esta empezó a manar. Chilló y se arqueó y observó junto con Ilya cómo su polla le cubría de semen el estómago y el pecho.

—Shane… —Esa fue la única palabra que Ilya logró murmurar antes de quedarse quieto y correrse dentro de él.

Durante unos momentos que se hicieron largos, ninguno de los dos se movió. Jadeaban y se miraban a los ojos, y había unas palabras que Shane estaba peligrosamente a punto de pronunciar. Las notaba, dando coletazos dentro de él, desesperadas por salir, pero las obligó a bajar.

Y entonces Ilya puso la palma de la mano en la mejilla de Shane y se limitó a contemplarlo, y durante un segundo desquiciado Shane pensó que era Ilya el que iba a decir aquellas palabras prohibidas.

Sin embargo, no lo hizo. En lugar de eso, sacó la polla de su cuerpo y se tumbó en el colchón junto a él. Shane se puso de lado e Ilya hizo lo mismo, para quedar cara a cara. Shane sonrió porque la última vez que lo había visto desde esa posición Ilya estaba en Moscú y Shane estaba en Montreal.

—Podríamos pasarnos las dos semanas en esta cama —propuso Shane.

Ilya negó con la cabeza.

—No. Quiero follarte en todas las habitaciones de esta casa.

A Shane le entró vergüenza y se ruborizó.

—Tengo un jacuzzi, ¿sabes?

Ilya hizo una mueca.

—Los jacuzzis son fatales para el sexo. ¿Lo has probado?

—No.

—Es horrible. Te asas. Es incómodo.

—Vale, también tengo piscina.

Ilya se inclinó hacia él y olfateó debajo de la barbilla de Shane. Este inclinó la cabeza hacia atrás para que Ilya pudiera hacer un sendero de besos sobre su piel ruborizada.

—Y una mesa de billar —murmuró Ilya.

«Dios mío».

—El fieltro es muy delicado —gimió Shane.

Ilya soltó un bufido.

—¿Es que nunca te relajas?

Shane se apartó para poder mirarlo bien.

—¿De verdad vas a burlarte de mí ahora? ¿Mientras estás de invitado en mi casa? ¡¿En mi cama?!

Shane se sintió derrotado por una sonrisa torcida y perezosa.

—No —dijo Ilya—. Me gustas, Hollander.

No era una gran revelación, pero, aun con todo, esas palabras conmovieron tremendamente a Shane.

—A mí también me gustas tú, Rozanov.

Capítulo 24

A la noche siguiente, Ilya se apoyó en la barandilla de la terraza y observó a Shane mientras daba la vuelta a las hamburguesas en la barbacoa. Shane parecía muy emocionado con las hamburguesas. Había seguido una receta que había encontrado en internet.

Ilya dio un sorbo a su cerveza.

—¿Por qué narices estás preparando ocho hamburguesas? —preguntó.

—¡Pues lo que decía en la receta!

—¿Y calcular la proporción…? ¿Tipo, la mitad?

—Ay, déjame.

En lugar de eso, le rodeó el pecho con un brazo. Y lo besó detrás de la oreja.

—No —murmuró Ilya.

Shane echó la cabeza hacia atrás e Ilya pudo ver cómo se le sonrojaban las mejillas.

Resultaba emocionante estar al aire libre así y poder tocarse como les diera la gana.

Dios. No llevaba ahí ni dos días y ya no tenía ni idea de cómo iba a volver al mundo real.

—Podría llevar hamburguesas a la cabaña de mis padres, pero eso fastidiaría el rollo de «no me molestéis, estoy meditando» que les solté.

Ilya le besó el cuello.

—¿Has mentido alguna vez a tus padres?

Shane se estremeció.

—Probablemente. Quiero decir… Seguro que lo he hecho. Pero no, no suelo.

—Quieres mucho a tus padres. Eres un buen hijo.

—Lo intento.

—No tienen ni idea de lo malo que puedes llegar a ser.

—Para.

—¿Cómo se llama tu madre?

Shane se apartó y se volvió hacia él.

—¿Qué te pasa? ¿Por qué preguntas tanto?

Frunció el ceño, como si sospechara que Ilya se burlaba de él.

—¿Qué? ¡Solo quiero saber sobre tu familia! Lo único que sé es que tu madre es japonesa o de por ahí. Y seguramente de ahí vengan tus facciones.

—La mitad, sí.

—¿Y tu padre es… aburrido? ¿Eso te viene de ahí?

Shane negó con la cabeza, mientras sonreía un poco.

—Mi padre no es aburrido…

—¿Es interesante?

—Es… normal. Trabaja para el Consejo del Tesoro de Canadá.

—Superemocionante.

—Jugó al hockey para McGill.

—Guau. ¿McGill es una ciudad? ¿Qué cojones es McGill?

—¡Es una universidad! ¡En Montreal! Bastante famosa.

Ilya se encogió de hombros y dio un sorbo a la cerveza.

—Mis padres son geniales —dijo Shane mientras volvía a centrar su atención en la parrilla—. De verdad, son los mejores.

—Quizá los conozca algún día.

Shane se quedó paralizado. Ilya vio cómo se le tensaban la espalda y los hombros.

—Tranquilo —dijo Ilya—. Era una broma. Ya sé que no…

—Me encantaría que lo hicieras —dijo Shane bajito—. O sea, me encantaría que pudieras. Ya me entiendes. Si las cosas fueran… distintas.

Ilya estiró la mano y le dio un golpecito en el codo a Shane. Y Shane se volvió.

—¿Lo saben?

—¿Lo nuestro?

—No —respondió Ilya—. Lo tuyo.

Shane bajó la mirada y negó con la cabeza.

—No.

—¿No reaccionarían… bien si se lo dijeras?

—No lo sé.

—Pero has dicho que eran los mejores.

Shane levantó la vista.

—Y lo son… O sea, yo creo que no les parecería mal. Bueno, más bien estoy seguro, vaya. Me quieren y siempre me han apoyado. Y, la verdad, no creo que sean homófobos. Es solo que no es algo de lo que hayamos hablado nunca.

—Quizá deberías.

Shane se giró y cogió un plato en el que fue amontonando las hamburguesas.

—A veces pienso que ya podría habérselo dicho. Si no fuera por…

Ilya levantó una ceja, pero Shane no llegaba a verlo.

—¿Estás diciendo que es por mi culpa?

—No. Sí. Bueno, más o menos. Lo pienso por… si hubiera tenido relaciones «normales» y así. Quiero decir, salir con chicos, pero sin… hacer lo que hacemos nosotros. O sea, justo contigo.

—¿No quieres contarles a tus padres que te follas a Ilya Rozanov?

Shane soltó una carcajada.

—No. Desde luego que no les quiero contar eso.

—¿Y por qué ibas a hacerlo?

—¿A qué te refieres?

—Pues que creo que puedes decirles que eres gay sin tener que darles los nombres de los tíos que te follas. Creo yo, vaya.

—¡Ya, ya lo sé! Pero… —Shane suspiró—. Olvídalo. Da igual. Comámonos las hamburguesas antes de que se enfríen.

Ilya quería insistirle para que continuase, pero en lugar de eso lo siguió hasta la mesa.

La verdad era que Shane había pensado muchísimo en la idea de que Ilya conociera a sus padres.

Estaba como obsesionado con eso.

Ni siquiera sabía muy bien por qué para él era tan importante. Por un lado, era una idea absurda y terrible, y, por otro, no había ninguna razón para querer que sucediera.

Se había imaginado incluso posibles situaciones cotidianas en las que se encontraban en algún acto —como, por ejemplo, en los premios de la NHL— y Shane decía algo como: «Mamá, papá, ¿conocéis a Ilya Rozanov?», y listo, ya estarían presentados. Y se darían la mano e Ilya los saludaría con la cabeza de forma educada y les diría que estaba encantado de conocerlos. Luego, seguiría caminando y sus padres continuarían estrechando la mano a otra persona que se les acercara y no se harían a la idea, pero ni un poco, del alivio que supondría para Shane el haber sido testigo de ese pequeño contacto. Saber que las dos personas que más quería habían tocado la piel de Ilya Rozanov y lo habían mirado a los ojos, aunque hubiera sido por un segundo, y que así

Shane había podido corroborar que los tres existían en la misma realidad.

Esos eran los pensamientos que mantenían a Shane despierto por la noche. Una completa y absoluta locura. Su deseo más profundo y mejor guardado era que sus padres se pusieran en contacto con el hombre con el que había estado follando durante siete años en secreto. Una parte de él sentía que, si eso ocurría, se crearía algo tangible. Como que por fin todo tendría sentido.

La pura verdad —la que Shane boicoteaba constantemente cada vez que se le pasaba por la cabeza— era que quería que Ilya conociera a sus padres por la misma razón que lo haría cualquiera que quisiera que su novio conociera a sus padres: lo amaba y deseaba que sus padres también lo hicieran.

Pero Ilya no era su novio. Y, aunque lo fuera, si Shane presentara a Ilya como su novio, no lo acabarían de entender por una simple razón: en teoría, él odiaba a Ilya Rozanov. Y ellos también. Y todos los que estuvieran en el mundo del hockey sabían que Shane Hollander odiaba a Ilya Rozanov. Así que incluso una presentación formal en los premios de la NHL resultaría extraña.

Su peor pesadilla era que de algún modo los pillaran juntos. Los paparazzi o quien fuera. Y que entonces se enterase todo el mundo, y lo más importante, sus padres también. Se enterarían de que su hijo era gay y encima que estaba siendo gay con Ilya Rozanov.

Ilya Rozanov, que, en ese instante, estaba sentado frente a Shane a la mesa de su terraza devorando la comida que él mismo le había preparado. Y que tenía mostaza en la comisura de los labios.

Si Shane eliminaba todas las complicaciones que había en su relación —la rivalidad, las expectativas que tenían de ellos, el hecho de que Ilya fuera un poco capullo...—, podría sentirse orgulloso de que el tío estuviera buenísimo. En plan, sin duda Shane se había ganado un partidazo.

Esa mañana, Shane se había despertado pronto porque la noche anterior no había bajado las persianas. La luz del sol entraba en la habitación y se reflejaba en las sábanas blancas y en el precioso chico que estaba envuelto en ellas.

Shane había aprovechado el momento, mientras Ilya aún dormía, como una oportunidad para saciarse de él. Ilya estaba boca arriba, con el brazo extendido sobre la frente y los dedos largos curvados contra la almohada. Shane había deslizado la yema de un dedo por ese brazo sobre la curva del bíceps porque no podía evitarlo. La luz de la mañana hacía que todo se viera precioso, y Shane estaba enamorado, así que se inclinó y le besó suavemente la muñeca.

Cuando Ilya abrió los ojos, Shane tenía la cara a pocos centímetros de él. Primero vio que ponía cara de confundido, pero luego su expresión se suavizó en una sonrisa tímida.

Había sido una mañana perfecta.

Un día perfecto, la verdad. Habían entrenado muy duro en el gimnasio de Shane, luego se habían relajado junto a la piscina y, finalmente, se habían dirigido al cobertizo para botes. Shane había propuesto salir a hacer piragüismo, pero esa idea se descartó en cuanto Ilya vio las motos de agua. El resto de la tarde se la habían pasado haciendo carreras en el lago, riendo y mojándose el uno al otro. No había nada que hiciera más feliz a Ilya que conducir vehículos a alta velocidad.

Aunque también había sido feliz más tarde, cuando Shane lo había acorralado contra la pared del cobertizo y se habían quitado los bañadores y se habían cogido de la mano…

Había sido un día muy chulo.

Y ahora estaban los dos comiendo hamburguesas que Shane había preparado al punto, bebiendo cerveza en la terraza mientras el sol se ponía, y eso era todo lo que siempre había querido. Imaginó una vida en que los dos pasarían los veranos juntos en la cabaña. Su intención era convertirla en su casa permanente cuando se retirara. Se preguntó si a Ilya le gustaría cuando...

«Para el carro, ¿no, Hollander? Quizá te estás yendo muy lejos, ¿no crees?».

Pero esos eran los pensamientos que lo quemaban esos días: Ilya conociendo a sus padres, Ilya compartiendo los veranos con él e Ilya formando un hogar con él.

Daría cualquier cosa por volver a lo sencillo de sus primeros días juntos, en los que lo único que le quemaba era el deseo de tener la polla de Ilya en la boca.

Durante siete años se habían salido con la suya. En algún momento se les tenía que acabar la suerte, ¿no?

Ilya se quedó mirando el fuego porque no sabía muy bien qué otra cosa se suponía que tenía que hacer. Ese parecía ser todo el entretenimiento que podía ofrecer una hoguera: contemplar cómo ardía.

Encender la hoguera había sido idea de Shane, por supuesto. A Ilya se le ocurrían cosas mejores que hacer en su velada a solas más allá de mirar cómo los troncos se convertían en cenizas, pero Shane tenía tantas ganas...

Aun así, era una noche magnífica: el tiempo había refrescado y el fuego los calentaba, e Ilya estaba pegado a Shane en un pequeño banco que se había hecho con un tronco.

No estaba mal.

—¿Cómo va tu cabeza? —Ilya preguntó. Shane se había quejado por la tarde de que le dolía la cabeza. Le había comentado que le pasaba bastante desde la lesión.

—Ay, ahora mejor. Gracias.

Eso eran buenas noticias, porque Ilya tenía muchas ganas de hacer cosas sexuales con él más tarde.

De golpe, el teléfono de Shane se iluminó y la pantalla brilló entre la oscuridad que los rodeaba. Cuando Shane miró la pantalla, su rostro se iluminó casi con la misma intensidad.

—¿Qué? —preguntó Ilya. No pudo evitarlo.

—Ah —dijo Shane medio distraído mientras respondía un mensaje—. Nada. Es solo que Rose me ha escrito.

Ilya resopló.

«Rose».

—¿Y qué quiere Rose?

—Saber cómo me encuentro. Me ha... Oye... No estarás celoso, ¿no?

—No.

Había sido la mentira menos convincente del mundo.

—Ilya... Soy gay.

—No tan gay como para no follarte a Rose Landry.

Shane dejó el móvil y lo miró.

—Ay, Dios mío. Solo me acosté con ella dos veces y las dos fueron un completo desastre. Créeme, te aseguro que no tiene intenciones de repetir tremendo circo.

Ilya contuvo una sonrisa.

—¿Un desastre?

—No te voy a dar detalles, así que cállate —refunfuñó Shane.

Removió el fuego por enésima vez. Ilya no sabía muy bien si eso servía para algo, pero Shane parecía disfrutar haciéndolo.

Había algo un poco turbio en estar sentados en ese pequeño círculo de luz en medio de la oscuridad total. Había un silencio inquietante... Solo se oía el crepitar del fuego, el ocasional chapoteo del agua del lago y...

«Un puto lobo. Lo que se oía era un puto lobo aullando».

—¿Qué cojones ha sido eso? —dijo Ilya. No pudo ocultar el miedo en su voz. Pero le importaba una mierda, ¡porque estaban rodeados de lobos hambrientos!

Shane se rio.

—Es un colimbo.

—¿Un qué?

—¡Un colimbo! —En ese punto Shane se estaba partiendo—. Es un pájaro. Son parecidos a los patos, más o menos. Ay, Dios mío, ¡pensabas que era un lobo!

—¿Qué puto pájaro hace ruidos como esos?

—¡Un colimbo! —repitió Shane.

Luego se dobló de la risa. Ilya sintió ganas de empujarlo al fuego.

—¡Que te den a ti y al colimbo! —dijo Ilya—. Puto pájaro lobo canadiense.

Shane, todavía riéndose, lo miró. Tenía toda la cara arrugada: los ojos, la nariz y las pecas. Ilya quería coger brasas del fuego y aplastárselas en los ojos porque no podía soportar ver esa adorable cara arrugada y feliz.

—Mira —dijo Shane. Hizo un túnel con las manos, se las llevó a la boca y…

Hizo el ruido del pájaro lobo.

Ningún humano debería ser capaz de hacer ese ruido.

—¿Ahora también hablas pájaro? —preguntó Ilya inexpresivo.

Shane volvió a reírse a carcajadas y lo empujó. Ilya intentó aguantarse, pero al final acabó riéndose también.

—Hablo pájaro fluido. ¡Sin acento extranjero! —susurró Shane.

—Te odio tanto…

Shane se inclinó hacia él.

—No, no me odias.

Ilya suspiró. No. No, era cierto.

Cogió su lata de Coca-Cola, que estaba sobre una mesa hecha con un tronco junto al banco y le dio un sorbo. Le acercó el ginger ale a Shane.

Se quedaron sentados en un silencio que resultaba cómodo durante un buen rato.

—¿Has hablado con tu familia?

La pregunta surgió de la nada, lo que significaba que Shane llevaba rato pensando sobre ello. Además, lo más probable era que esa no fuese la pregunta que quería hacer de verdad.

—No. Ahora allí solo está mi hermano. Y es un imbécil.

—Ah… Vale.

Se produjo un silencio algo más incómodo entre ellos.

—Lo siento —dijo Shane sin motivo aparente.

—¿Por qué?

—Por tu familia. Mis padres son muy buenos. Me encantaría que… tú también tuvieras algo así.

Ilya se encogió de hombros.

—Mi madre era buena.

Sabía que no debería haber dicho eso, porque solo iba a llevarlo a…

—¿Cómo murió?

Habían pasado casi catorce años, pero igualmente a Ilya se le hizo un nudo en la garganta.

—Un accidente —dijo con sarcasmo.

Lo dijo así porque eso era lo que su padre le había dicho a todo el mundo. Era lo que le habían dicho a él con dureza, aunque él supiera que no era cierto incluso cuando tenía doce años. «Ha sido un accidente, Ilya. Lo entiendes, ¿verdad?».

—¿Un accidente? —preguntó Shane. Ahora tenía la mano sobre el brazo de Ilya, apretándolo a través de la manga de su sudadera.

—Sí —dijo Ilya con una sonrisa tensa y seria—. Se tomó un bote entero de pastillas sin querer. Ups.

Notó que el cuerpo de Shane se tensaba. Estaba seguro de que Shane ni siquiera podía imaginar algo así. No en su pequeña familia perfecta.

—Ilya —dijo con voz suave—, lo siento muchísimo.

Ilya frunció los labios y negó con la cabeza. El fuego de golpe se veía muy borroso.

—¿Cuántos años tenías? —preguntó Shane.

—Doce. —Y entonces, de algún modo, las palabras salieron de dentro de Ilya, palabras que no había compartido con nadie nunca—. La encontré yo.

Su voz se quebró en la última palabra, así que Shane se puso de pie y lo levantó. Lo envolvió en sus brazos y lo abrazó con fuerza, dejando que Ilya enterrara la cara en su hombro.

—No quiero que pienses que era débil —dijo Ilya—. No lo era. Mi madre era... increíble. Pero estaba muy deprimida. Y mi padre era muy duro con ella...

Ilya no llegó a llorar. Pero estuvo a punto. Se secó rápidamente los ojos para limpiarse las lágrimas e inhaló el aroma de Shane. Olía a humo de leña porque todo a su alrededor olía a humo de leña, y eso hizo que le apeteciera fumarse un cigarro.

Pero sobre todo le apetecía abrazar a Shane en ese sitio donde nadie los encontraría jamás. Quería quedarse junto a la luz de la hoguera, bajo las estrellas infinitas, y sentir los dedos de Shane acariciándole el pelo sin pensar en su horrible padre ni en su increíble, pero deprimida madre. Tampoco quería pensar en hockey, ni en rivalidades, ni en lo que pasaría cuando acabasen esas dos semanas.

—Eres muy fuerte —le susurró Shane al oído. Le besó la cabeza—. Eres genial, te...

Ilya contuvo la respiración.

Y entonces otro puto colimbo gritó sobre sus cabezas. Y a ambos casi les dio un infarto. Se abrazaron mientras se sacudían y se reían. Fue un alivio increíble poder reírse después de todo eso.

Volvieron a sentarse, pero esta vez Shane se acurrucó contra Ilya con las piernas recogidas en el banco. Ilya le rodeó con un brazo y lo besó en la coronilla.

—¿Hay más leña para el fuego? —preguntó Ilya.

—Sí. Hay muchísima.

—Genial.

Capítulo 25

—¿Qué cojones…? ¡No puedes elegir Montreal!

—Anda que no, mira.

Ilya apuntó con el mando de la PlayStation hacia la televisión.

—Vale, pues… Yo elijo Boston.

—Buena elección.

—Te pienso destrozar.

—Pues soy tú.

—No eres nada —refunfuñó Shane.

Ilya se rio y le dio un codazo.

—Yo salgo en la carátula del juego.

Shane lo empujó contra el reposabrazos.

—Menudo mérito.

Apenas habían pasado los primeros minutos del partido cuando sonó el móvil de Shane.

Este lo miró y frunció el ceño.

—Es Hayden. Debería responderle.

Ilya puso los ojos en blanco y pausó el juego.

«Hayden».

En realidad, no conocía a Hayden Pike en absoluto. Sabía que era un delantero mediocre, que físicamente no destacaba en nada y que era el mejor amigo de Shane.

Shane se alejó unos pasos detrás del sofá, quedándose entre el salón y la cocina.

—Hola, Hayden. ¿Cómo está, eeeh…, cómo está la bebé?

Ilya sonrió para sí mismo. A Shane se le había olvidado el nombre de la hija recién nacida de Hayden.

—Amber. Sí. ¿Está bien…?

Hayden debió de dar una respuesta larguísima a esa pregunta, porque Shane estuvo callado un buen rato. Ilya aguantó como unos cinco minutos en los que Shane no dijo nada más que «Ah, ¿sí?», «Qué guay», «Claro, claro…» antes de levantarse y meterle prisa con la mirada.

Shane se encogió de hombros.

«¿Qué quieres que haga?».

Ilya tuvo una idea.

Cruzó la habitación para ponerse justo delante de Shane. Le dedicó una pequeña sonrisa y Shane frunció el ceño.

La mirada de Ilya bajó hasta la entrepierna de Shane y luego volvió a subir. Shane negó con la cabeza en silencio.

—¿Y cómo está Jackie? —preguntó Shane al móvil—. ¿Cansada?

Ilya desabrochó el botón de los pantalones cortos de Shane. Shane volvió a negar con la cabeza, esta vez con más fuerza.

Pero, aun así, no lo paró.

Ilya poco a poco abrió la bragueta y Shane lo recompensó con un suspiro.

El pantalón de Shane cayó al suelo e Ilya se arrodilló.

Levantó la vista y vio a Shane articulando un «no» con los ojos muy abiertos.

Ilya exageró una cara de confusión.

«¿No qué?».

Le quitó los calzoncillos con cuidado y dejó que cayeran al suelo junto los pantalones.

La verdad era que Shane tenía la polla bastante flácida, así que tal vez en realidad no quería que Ilya hiciera eso. Ilya se quedó en cuclillas y miró la cara de Shane intentando averiguar si le apetecía jugar o no.

Shane se mordió el labio inferior mientras lo miraba, y ahí Ilya supo que el juego había empezado.

—Ay, dame un segundo, Hayden. Me llama mi madre. Un segundo.

Silenció el micrófono del móvil y le gruñó a Ilya:

—¿Qué coño haces? ¡Estate quieto!

—Me da que te apetece.

—Eeeh… A ver…

—¿No?

—Es raro de la hostia.

—Pero te pone, ¿sí?

Shane resopló.

—Luego, ¿de acuerdo?

—Quizá luego no quiera.

—Ilya…

—No te voy a tocar. Si no se te pone dura, no haré nada. ¿Trato?

Shane se quedó boquiabierto.

—No se me va a poner dura.

—Bueno, entonces no hay problema.

Shane lo miró con el ceño fruncido y luego volvió a la llamada.

—Perdona, Hayden. Es que hay veces en que mi madre puede ser bastante pesada.

Ilya le sonrió. Hizo un gesto de poner las manos detrás de la espalda. Shane le lanzó una mirada asesina y luego miró al techo.

—Mi cabeza está bastante mejor. Yo creo que ya está bien. Es cierto que hay veces que me dan dolores de cabeza, pero… Sí, exacto… Sí, he ido entrenando.

Ilya observó con atención la polla de Shane. Él conocía a Shane. La verdad era que esa era una de las pocas veces que le había visto la polla tan flácida. Lo común era que la tuviera como un puto mástil cada vez que se acercaba a él.

La polla de Shane era exactamente igual que él: limpia y suave. Y ansiosa. Sus huevos apenas tenían vello, e Ilya estaba seguro de que, al igual que el pecho, era natural. Su polla, que al parecer no estaba interesada en el asunto, caía sobre ellos acurrucada en un pulcro mechón de pelo oscuro.

Quería metérsela en la boca. Quería sentir cómo se le ponía dura contra la lengua.

Pero había hecho una promesa y podía esperar.

Levantó la vista hacia Shane y lo pilló mirándolo. Ilya se humedeció los labios.

—Anda… ¿En serio? Qué guay. ¿Cuándo fue eso?

Shane apretó los labios y se puso rojo.

Ilya sonrió porque, cómo no, la polla de Shane se había movido y estaba empezando a hincharse.

La observó durante un minuto mientras disfrutaba de aquel espectáculo íntimo tan poco habitual. Shane apretó el puño a un lado. Cerró los ojos con fuerza, como intentando parar la erección.

No le estaba funcionando. No muy bien.

Shane se empalmó por completo en menos de un minuto, con la punta de la polla moviéndose excitada frente a los labios de Ilya.

—Guau —dijo Shane con la voz forzada—. Así que crees que ella va a… ah. Vale. Entiendo.

Ilya ignoró la punta de la polla de Shane y bajó la cabeza. Puso los huevos sobre su mano con cuidado y presionó los labios en ellos. El cuerpo de Shane se estremeció, pero no se apartó.

—Perdona —le dijo Shane a Hayden con una voz bastante tranquila—, ¿Mark era el marido de tu hermana? Ah, vale. Sí, sí.

Ilya se metió uno de los huevos de Shane en la boca, disfrutando de su peso. Shane dejó escapar un pequeño gemido.

Era brutal. A Ilya le encantaba jugar así. Ni siquiera estaba seguro de cuál era el objetivo de ese juego, pero el hecho de que Shane no hubiera acabado la llamada le hacía pensar que estaba disfrutando el reto de tener que quedarse callado. Había que reconocer que el gemido de Shane apenas se oyó cuando Ilya empezó a acariciarle con un dedo detrás de los huevos.

Ilya estaba orgulloso de él. Pero aun así no se lo iba a poner fácil.

Empezando por debajo, Ilya lamió una buena parte de la polla de Shane hasta llegar al líquido preseminal brillante que había en la punta.

—Uuum —dijo Shane, y luego hizo una mueca.

Ilya puso en marcha sus habilidades con las mamadas comiéndose a Shane hasta el fondo y moviendo la cabeza mientras hundía los dedos en los músculos de los muslos de Shane.

—Anda… Ah, ¿sí? Qué… qué guay —balbuceó Shane al móvil.

Ilya lo miró. Shane le devolvió la mirada con ojos desafiantes y las mejillas sonrojadas. Ilya no se podía creer que aún no hubiese colgado. ¿De verdad quería que Ilya lo hiciera correrse mientras seguía al teléfono?

Él siguió y la voz de Shane cada vez se notaba más tensa, ¿cómo narices no iba a darse cuenta Hayden?

Los muslos de Shane temblaban bajo las manos de Ilya, los músculos del estómago se tensaban e Ilya se moría de ganas de ver cómo iba a gestionarlo Shane, porque definitivamente estaba a punto de correrse.

Shane apartó el móvil y presionó rápido la tecla para silenciar el micrófono.

—¡Aaaaaah! ¡Joder!

Su otra mano agarró el hombro de Ilya, apretando tanto los dedos que casi le hizo daño mientras se estremecía y se corría en la boca de Ilya.

Shane respiró hondo, inspiró y espiró, y una vez que acabó su orgasmo, volvió a pulsar la tecla para activar de nuevo el micrófono.

—¿Estás ahí? Perdona. Aquí a veces la cobertura va fatal.

Ilya corrió hacia el sofá para poder taparse la risa con un cojín.

Shane debió de colgar, porque de golpe estaba encima de Ilya pegándole con otro cojín.

—¡Que te den, capullo! ¡Eso ha estado fatal!

Ilya apartó el cojín que tenía sobre la cara.

—No, no es verdad.

—Dios, que te den. ¿Por qué me pones tanto?

—Porque te gusta ser malo, Shane Hollander.

Y, uuuf… Decirlo justo así removió algo dentro de Ilya. Estaba de broma con Shane, pero se preguntó hasta qué punto esas palabras eran ciertas. ¿Sería eso, quizá, lo que significaba todo esto para Shane: rebelarse? ¿Eso era lo único que era para Shane?

La preocupación debió de reflejarse en su cara porque Shane dejó de golpearlo con el cojín. Se acercó la mano de Ilya a la boca y le besó la palma.

—No lo hago por eso. Contigo… Quizá lo fue cuando empezamos, no lo sé, pero ahora ya hace mucho tiempo que no.

Ilya movió la mano que Shane le sostenía para apartarle el pelo de los ojos.

—Vale.

«¿Y por qué lo haces ahora?».

Quería preguntárselo, pero le asustaba la respuesta. Así que, en lugar de eso, lo acercó a él para darle un beso.

—Y bueno —dijo Ilya mostrando indiferencia cuando se apartaron—, ¿cómo está Hayden?

Shane se tiró encima de su pecho e Ilya lo abrazó mientras los dos se partían de risa.

Ilya había estado planeando algo.

Todavía le faltaba atar cabos y probablemente era un mal plan, pero no podía evitar que su mente siguiera dándole vueltas.

No veía ningún escenario realista en el que Shane y él fueran algo más de lo que eran ahora. Ni siquiera estaba seguro de qué quería que fueran. Cuando su imaginación se volvía lo suficientemente imprudente como para evocar imágenes de los dos juntos, como pareja..., ¿viviendo juntos...? ¿Casados...? Joder, es que no tenía ningún sentido.

—¿Estás bien?

Ilya se sobresaltó al verlo, vestido solo con un bañador, de pie frente a la silla Adirondack en la que estaba sentado. Llevaba un libro en la mano y las gafas puestas, y fruncía el ceño como si fuera un híbrido entre socorrista y bibliotecario preocupado.

—Sí —dijo Ilya mientras hacía un gesto con la mano—. Bonitas vistas. El lago.

—Parecía que estuvieras pensando en algo serio.

Ilya se encogió de hombros. Shane se sentó junto a él y esperó.

—Ojalá me hubiera fichado un equipo canadiense —dijo Ilya.

—¿Qué? ¿Por qué?

—Facilitaría todo.

—¿Todo? Qué, o sea... Te refieres a... ¿A qué te refieres?

Ilya suspiró profundo. ¿Qué quería decir exactamente?

—Quiero decir... Estados Unidos no es tan buen sitio para los rusos ahora mismo. Y Rusia no es tan buen sitio para... los rusos como yo.

Shane se calló un segundo.

—¿Estás en peligro?

—No. No lo creo. Pero tengo que ir con mucho cuidado. Me gustaría... no tener que hacerlo.

Shane asintió.

—Pero parece que las cosas en Estados Unidos van a mejorar, ¿no? ¿Quizá en Rusia también?

—Puede.

—¿Sigues queriendo conseguir la nacionalidad estadounidense?

—No lo sé. Estoy pensando que... quizá la de otro sitio.

—Ah.

—He estado pensando y... —dijo Ilya. Nunca había dicho esto en voz alta. Quizá ni siquiera había madurado del todo el pensamiento—. Soy agente libre después de la próxima temporada.

Se había ganado toda la atención de Shane.

—¿Te irías de Boston?

—Solo lo he estado pensando. Quizá a... un equipo canadiense.

—Hostia puta, ¿en serio?

—Sí.

—Tipo, ¿dónde?

Ilya podía ver los pensamientos reflejados en la cara de Shane como en una película: «¿Y si jugamos los dos en el Montreal? No. Montreal no podría permitirse a los dos».

—No Montreal —dijo Ilya con suavidad.

—No. Ya.

Pero, Dios mío, Ilya estaba imaginándoselo... Jugando juntos, viviendo juntos, estando juntos.

No iba a ocurrir nunca.

Pero era un pensamiento precioso.

—Podría casarme con Svetlana —dijo Ilya de la nada. Era la noche siguiente y estaban jugando al billar.

Shane frunció el ceño al ver que la bola tres no había entrado en la tronera lateral. Habría metido ese tiro si Ilya no le hubiera soltado su peor pesadilla como si nada.

—¿Eh? —preguntó Shane calmado.

—Es estadounidense, así que sería la nacionalidad de allí, pero seguro que lo haría.

—Ah, ¿sí?

—Yo creo que sí. Sí. Es la hija de Sergei Vetrov, ¿lo sabías?

—¿Qué? ¿De verdad?

—Sí. Ella me ayudaría.

Shane vio cómo Ilya metía la bola doce. Y luego la catorce. Sintió ganas de romper su taco con la rodilla.

—¿Te…? Quiero decir…, ¿es alguien con quien… te querrías casar?

Ilya se incorporó y lo miró.

—Me gusta Svetlana, sí. Pero sería por la nacionalidad.

—Pero… —dijo Shane. Tenía que decir lo que iba a decir. Llevaba demasiado tiempo carcomiéndole por dentro—. Quieres casarte, ¿no? Con una mujer, me refiero. Tú no eres como yo. A ti te gustan las mujeres. Y estoy seguro de que… Svetlana es preciosa y divertida y… esas cosas, ¿no?

—Sí —dijo Ilya—. Es cierto, lo es. Pero…

—¿Pero?

Ilya se encogió de hombros y parecía que empezaba a sonrojarse.

—Tengo un problema —murmuró.

Shane esperó.

—Me gustan las mujeres. Siempre he pensado que sería chulo casarse. Tener hijos. Esas cosas. Algún día. Pero… aun así, el problema no desaparecerá.

Shane se mordió el labio.

—¿Cuál es ese problema?

—Es molesto —suspiró, y Shane pudo ver cómo luchaba por contener la sonrisa—. Siempre estoy rodeado de mujeres guapas. Mujeres preciosas. Por todas partes.

—Suena duro.

—Sí. Escucha. Esas mujeres… son sexis y divertidas, pero eso no importa. Porque no puedo dejar de pensar en ese puto jugador de hockey bajito que tiene esas estúpidas pecas y un revés flojo.

—¿Un revés flojo? —Shane no podía dejar de sonreír.

—Sí. Y es tan aburrido y conduce un coche de mierda y… ese es mi problema. Están todas esas mujeres preciosas y yo siempre deseando que sean él.

Ilya se inclinó para hacer su tercer tiro.

—Pues menudo problemón.

Joder. Shane iba a empezar a llorar ahí mismo, en su sala de juegos. Tragó saliva y se tranquilizó.

—¿Quieres que el problema desaparezca?

—No —respondió Ilya serio, mirando fijamente a Shane a los ojos—. No quiero que desaparezca nunca.

—No te cases con Svetlana —soltó Shane.

Ilya arqueó una ceja.

—No…, no lo hagas. Sé que no sería… por amor ni nada por el estilo. Pero no lo hagas. No podría… Podemos pensar en otra solución, ¿vale?

Ilya lo miró sorprendido, pero asintió.

—Vale.

—He estado dándole vueltas —dijo Ilya. Era última hora de la mañana del día siguiente y estaban sentados en la terraza tomando un café—. Si jugara en un equipo que no fuera Boston. Quizá en el oeste... La rivalidad no sería tan exagerada.

Shane lo valoró.

—Es verdad. Solo jugaríamos uno contra el otro dos veces al año.

Frunció el ceño e Ilya supo que a él tampoco le gustaba esa idea.

«Solo nos veríamos dos veces al año».

—Es tipo... un sacrificio. Para que el futuro sea mejor, ¿sí?

Shane se animó.

—¿Para que el futuro sea mejor?

—Sí. Nuestra rivalidad ha sido inmensa. Pero quizá podamos ayudar a que... ¿desaparezca? ¿Un poco?

—Sí... —dijo Shane, que se estaba emocionando—. ¡Sí! No me gusta la idea de que estés tan lejos, pero podríamos hacer que la gente se olvidara por completo de que somos rivales y quizá algún día nadie se preocuparía por nosotros.

—Algún día. Sí.

Shane sonrió tímidamente e Ilya le devolvió la sonrisa, y ambos se quedaron allí sentados sonriéndose como tontos mientras pensaban en la posibilidad de «algún día».

—Tengo otra idea —dijo Shane.

Había estado dándole vueltas todo el día a la propuesta de Ilya y se le había ocurrido un plan propio. Se incorporó apoyándose en el codo y dio un codazo en el hombro al ruso, que dormía plácidamente.

Ilya se dio la vuelta.

—¿Qué idea? ¿Sobre qué?

—¿Y si jugaras en Ottawa?

—¿Ottawa? Es casi tan malo como jugar para Boston. Seríamos igual de rivales.

—Sí, pero escucha. En primer lugar, Ottawa necesita desesperadamente un centro estrella, así que ahí hay una vacante. Pero ¿qué tal si juegas ahí y... cambiamos un poco la narrativa?

—¿El qué? ¿Qué coño me quieres decir con esas palabras, Hollander? Estoy cansado.

—Perdona. Lo que quiero decir es que... seríamos rivales sobre la pista, pero no deberíamos fingir que somos enemigos. Tipo, muchos jugadores tienen amigos por toda la liga. Pero nosotros somos como los únicos que tenemos toda esta historia construida a nuestro alrededor sobre que no nos soportamos y que no hay nada que nos guste más que destruirnos cada vez que nuestros equipos compiten entre ellos.

—Y esa historia fue verdad durante mucho tiempo, Hollander.

Shane sonrió ligeramente.

—Sí, ya. Pero ahora no es verdad. Creo que ya podemos decirlo, ¿no?

—Claro.

—Habrá nuevos jugadores, más jóvenes, y se formarán nuevas rivalidades. ¿De verdad tenemos que aguantar esta jarana hasta que nos retiremos?

Ilya frunció el ceño.

—Es muy tarde, Hollander. Todo esto es demasiado inglés. ¿Cuál es tu idea?

—Que juegues en Ottawa y yo en Montreal. Las ciudades están a dos horas de distancia. Creamos una organización benéfica juntos, tú y yo. Algo que beneficie a ambas ciudades. Así, la gente nos verá trabajando juntos en algo. Nos inventamos una historia sobre cómo te propuse la idea y…

—O yo a ti.

—Da igual. La cuestión es que les decimos a la prensa, a los fans y a todo el mundo que trabajar juntos en esa causa significa mucho para ambos y que hemos acabado respetándonos mucho…

—Sí. Tanto que hemos acabado follando. ¿No sé si alguien tiene alguna duda?

—¡Que te den! ¡Es muy buena idea, Rozanov!

Ilya se rio. Shane le golpeó con una almohada.

—No está mal —admitió Ilya al final—. Así que empezamos una organización benéfica…

—Y tampoco sería una bola. Yo llevo tiempo queriendo abrir una. Haremos algo que signifique mucho para los dos.

—Sí. Vale.

—Y seguimos jugando duro el uno contra el otro sobre la pista, claro. No te creas que voy a dejar de disfrutar machacándote.

Ilya resopló.

—Claro.

—Y eso…, como te he dicho. Estaríamos a dos horas el uno del otro. Durante todo el año.

Quería que Ilya viera esa visión lo más claro posible. Parecía estar al alcance de su mano. Fácil, incluso.

—Y tú estarías en Canadá. Y con el tiempo podrías pedir la nacionalidad.

—Sí. Esa parte la entiendo.

—Y quizá… algún día. Cuando nos retiremos podamos… estar juntos. De verdad.

Ilya se sorprendió con esa parte.

—¿De verdad piensas tan a largo plazo, Hollander?

—Sobre esto sí.

—¿Y quieres eso? ¿Que estemos juntos?

—Sí. Tanto que me aterroriza.

Ilya apartó la cara de Shane y se quedó en silencio. Una sensación fría inundó el estómago de Shane; había admitido demasiado.

Pero Ilya se volvió y, rápidamente, se puso encima de Shane y lo besó y lo besó y siguió murmurando una y otra vez lo mismo en ruso hasta que se apartó y lo tradujo:

—Te quiero.

Shane se quedó paralizado. E Ilya también.

—Hostia puta —susurró Shane. Así no era como había pensado responder.

—No te… —Los ojos de Ilya estaban muy abiertos y llenos de miedo.

—Yo también te quiero —dijo Shane.

Ilya esbozó una sonrisa temblorosa y suspiró.

—Gracias a Dios.

—¿Para ti… también es como una agonía?

Ilya empezó a asentir con la cabeza y luego paró. En lugar de eso, negó lentamente con la cabeza.

—Ya no.

Ilya tenía la sensación de que la sonrisa le iba a partir la cara. Estaba inmensamente feliz.

Shane le sonreía radiante, con los ojos brillantes y las pecas arrugadas, e Ilya lo amaba. Y Shane lo amaba a él.

«Hostia puta».

«Shane Hollander está enamorado de mí».

Quería besarlo, pero no podía parar de mirarlo.

—¿Cómo hemos dejado que esto pase? —preguntó Ilya, con la voz más temblorosa de lo que le hubiera gustado.

—No lo sé. Somos muy idiotas e irresponsables.

—Bastante tontos, sí. Ay, Dios, Hollander.

Y entonces lo besó. ¿Cómo no iba a hacerlo?

Ilya sintió la necesidad de inmovilizarlo, como si fuera a desaparecer si no lo sujetaba con fuerza. Rodeó con los dedos las muñecas de Shane y las sujetó a la almohada a ambos lados de la cabeza de Shane.

—Esto es real, ¿sí? —preguntó Ilya. Necesitaba asegurarse.

—Es real —confirmó Shane. Lo dijo bajito y con una voz ronca que sonaba adorable.

—Siento como si… ¿estuviera en un sueño?

—No lo estás. Te quiero.

Ilya no estaba seguro de que su corazón pudiera aguantarlo. Sentía como si le presionara los pulmones y le costara respirar. Le costaba pensar. Le costaba hacer cualquier cosa que no fuera sujetar a Shane y besarlo una y otra vez.

Shane se arqueó contra el colchón y presionó su polla dura contra el muslo de Ilya.

—Quiero estar lo más cerca de ti que pueda —dijo sin aliento.

—Ya lo estás.

—No. Quiero…

—Dime.

—Quiero estar en tu regazo cuando me folles. Mirarte a la cara. Abrazarte. Quiero… aaah. Joder, sí.

Se calló cuando Ilya rodeó con la mano la polla de los dos.

—Yo también quiero eso —dijo Ilya—. Te quiero.

Se movieron rápido, Ilya se sentó con la espalda contra el cabecero y Shane a horcajadas sobre su regazo. Se besaron un buen rato en esa postura, mientras Ilya seguía acariciando las dos pollas juntas.

—Ay, Dios —dijo Shane estremeciéndose—. Me voy a... tienes que parar. Te necesito dentro de mí.

—Mmm, todavía no. Tócate para mí.

—No puedo. Ilya, me voy a correr. Te juro que...

—Tócate para mí. Un poco. Creo que puedes hacerlo sin correrte.

Ilya no tenía ni idea de por qué le gustaba tanto poner al límite a Shane, pero no podía evitarlo. Le encantaba verlo agitado y luchando por mantener el control.

—Si me quieres... —dijo Ilya con tono desagradable.

Shane entrecerró los ojos.

—Estoy empezando a dudarlo.

Ilya negó con la cabeza mientras sonreía.

—Me quieres. Demuéstrame cuánto. Menéatela y quizá te acabe follando.

Como si hubiera alguna posibilidad de que Ilya no lo acabara haciendo.

Shane se la cogió con los dedos temblorosos y los deslizó con mucho cuidado a lo largo de toda la polla. Ilya jadeó ante tal muestra de obediencia. Sabía que Shane no mentía sobre lo poco que le quedaba para correrse. La punta empezaba a soltar líquido preseminal.

—Me encanta lo puto mojado que te pones, Shane.

—Ca... cállate. —Todo el cuerpo de Shane estaba temblando—. Estoy intentando concentrarme.

Ilya soltó una risilla.

—Tu polla quiere que vayas más rápido.

—No puedo ir más rápido —dijo Shane entre dientes.

Ilya cogió con suavidad por debajo los huevos de Shane, lo que hizo que él suspirara y blasfemara.

—Está durísima, Hollander. Sigue.

Shane gimió.

—Eres un cabrón. Métemela.

—Enseguida.

—Ahora.

Le salió otra gota de líquido preseminal de la punta de la polla, e Ilya la cogió con la yema del dedo. Shane observó, con los ojos abiertos de par en par, a Ilya chuparse el dedo.

—Dios, Ilya. Eres…, joder. ¿Puedes hacer el favor de metérmela? —jadeó Shane.

Y bien. Ya era suficiente. Ilya cogió el lubricante y un condón de la mesilla de noche y se preparó.

Y, ay, Dios, cuando Shane se hundió sobre él, mientras el cuerpo le temblaba del ansia, fue la mejor sensación que había tenido jamás. Se balanceó contra el cuerpo de Shane mientras él le cogía de la cara y lo besaba.

Lo notaba por todas partes.

Shane se sujetó con una mano en el cabecero y con la otra del hombro de Ilya, y utilizó toda la fuerza que pudo para cabalgarle la polla. Atrapó las caderas de Ilya entre sus sólidos muslos y golpeó con ese culo perfecto sobre el regazo de Ilya una y otra vez y joder…

Shane echó la cabeza hacia atrás e Ilya vio cómo su polla rebotaba en el espacio que los separaba. Ilya se preguntaba si Shane se correría al momento si lo tocara.

Se preguntó si Shane se correría de todos modos, sin apenas tocar su brillante polla.

—Qué bien, Ilya. Hostia puta. Joder. Estoy a punto, joder.

Y entonces Ilya se dio cuenta de que él también. Con la mayoría de sus parejas tenía la resistencia de un semental, pero cuando estaba con Shane parecía incapaz de controlar su cuerpo.

—Hazlo, joder. Dámelo, Hollander. Estoy aquí.

—Te quiero. Te quiero. Ay, joder. Me corro…

Los dos gritaron cuando Shane se corrió sobre el pecho de Ilya. Su cuerpo se estremeció en la polla de Ilya, quien llegó hasta su límite y se corrió con fuerza mientras murmuraba un «te quiero» ininteligible.

—Ay, Dios mío —jadeó Shane. Apoyó la frente sobre el hombro de Ilya—. Ha sido perfecto.

—Sí. Perfecto.

Ilya lo rodeó con los brazos y lo abrazó con fuerza.

«Lo más cerca posible».

Al acabar, Shane se apartó de él e Ilya se quitó el condón. Se acurrucaron juntos en la cama, ambos en silencio, adormecidos y repletos de felicidad.

—¿Cómo se llamaba tu madre? —preguntó Shane de golpe. Sus dedos acariciaban la cadena que colgaba del cuello de Ilya.

—Irina. —Había transcurrido mucho tiempo desde la última vez que Ilya había pronunciado su nombre, así que le resultó extraño—. ¿Por qué?

—Estaba pensando. —Se incorporó apoyándose en un codo—. Creo que, para la organización benéfica que vamos a crear, deberíamos abrir una escuela de hockey. Tipo, podríamos organizar campamentos de verano de hockey en Ottawa y Montreal.

—¿Y donaríamos el dinero?

—Sí. Creo que deberíamos donar el dinero a organizaciones de salud mental. ¿Quizá… prevención del suicidio?

Shane apartó la mirada, como si estuviera avergonzado, pero Ilya lo cogió de la barbilla para que volviera la cabeza y poder mirarlo de cara.

—Era solo una idea —dijo Shane en voz baja.

E Ilya se negó a llorar en ese momento.

—Shane —respondió—, me encanta la idea.

—¿Sí? —Shane sonrió.

—Sí. Es muy… —Joder. ¿Cuál era la palabra? ¿Había una palabra que describiera todo lo que sentía Ilya en ese momento? No podía pensar tan solo en una, así que en lugar de eso, dijo—: Ella te habría querido.

—Ojalá hubiera podido conocerla.

—Ya. Ojalá.

Shane bostezó y se acurrucó en el pecho de Ilya.

—Perdona. Estoy agotado.

—Supongo que es culpa mía.

—Desde luego. Pero te perdono —dijo Shane mientras volvía a bostezar.

—Buenas noches, Hollander.

—Te quiero.

—Y yo a ti.

—Mmm. ¿Puedes volver a decirlo en ruso?

Ilya llevó la mano de Shane a sus labios y le besó los dedos.

—*Ya tebyá lyublyú.*

—*Ya tebá lublú* —murmuró Shane.

Ilya se rio y apagó la lámpara.

Capítulo 26

Ilya rebotó sobre las puntas de los pies y sintió cómo el muelle se balanceaba en el agua debajo de él.

—¿Este es el muelle en el que haces yoga? —preguntó.

—No, no hago yoga aquí. Aquí solo me puse la vez que el equipo de grabación me pidió que… Espera. ¿Viste esa cosa?

—Sí. No estuvo mal. Necesitaba ayuda para dormir.

—Eres un gilipollas.

Observaron en silencio cómo nadaban un par de patos. Eso era lo que allí, en medio de la nada, se consideraba entretenimiento.

Era media mañana y ya hacía calor. Shane, al igual que Ilya, llevaba un pantalón corto. Habían dormido hasta tarde después de haber aguantado despiertos casi toda la noche.

El sol brillaba sobre cada centímetro de Shane: su piel, su pelo y sus pecas. Se veía tan guapo que hasta dolía y feliz.

Era una pena que Ilya fuera a arruinarlo. Una pena, pero no había otra opción: Shane Hollander estaba de pie en el borde del muelle y ahora le daba la espalda a Ilya. Como un tonto.

—¿Cómo está el agua? —preguntó Ilya.

—¿Qué?

Esa fue toda la advertencia que recibió Shane antes de que Ilya lo empujara con las dos manos para tirarlo del muelle. Shane soltó un «hijo de puta» antes de sumergirse en el agua oscura.

Cuando volvió a salir a la superficie, siguió balbuceando y maldiciendo mientras Ilya se partía de la risa.

—¡Que te den! —gritó Shane y lo enfatizó con un golpe con el brazo que creó una ola hacia Ilya. Le salpicó sobre todo en los gemelos—. Imbécil.

Ilya corrió hasta el final del muelle y se zambulló en el agua haciendo una bomba perfecta justo al lado de Shane. En cuanto asomó a la superficie, le salpicó de nuevo en la cara, por si acaso.

Shane intentó darle un puñetazo en el hombro, pero Ilya le agarró la muñeca y lo atrajo hacia sí mismo. Rápidamente lo besó y Shane lo empujó fuerte en el pecho.

—¿Y si llego a llevar el móvil en el bolsillo? —se quejó Shane.

—No lo llevabas. Lo has dejado en la mesa. En la terraza.

—Bueno…

Ilya volvió a besarlo. Era un poco incómodo mientras los dos se mantenían a flote. Shane sabía a agua fresca y fría.

Como si tuviera que demostrar que seguía funcionando bien, el móvil de Shane empezó a sonar a lo lejos.

—Ay, no. —Ilya sonrió con cara burlona.

—No pasa nada. No tengo que responder.

—No.

Volvió a besar a Shane y, esta vez, giró el cuerpo de ambos para que la espalda de Shane quedara apoyada contra el muelle. Seguramente fuera incómodo para este, pero no parecía importarle. Se besaron con efusividad e Ilya apoyó las manos contra la madera del muelle a los lados de los hombros de Shane. Para sorpresa de Ilya, Shane agarró su cadera con las piernas y lo atrajo hacia él con fuerza.

A Ilya le encantaban esos momentos en los que Shane era capaz de dejarse llevar y desconectar. Le encantaba conseguir que Shane hiciera eso.

Amaba a Shane. Dios, es que lo amaba.

Se besaron así durante un rato, hasta que Shane se agarró con ambas manos y se impulsó para salir del agua. Ilya enseguida lo siguió. Se tiró sobre Shane, empezó a besarlo y lo obligó a quedarse boca arriba, luego le agarró de la erección a través de los pantalones mojados.

—Alguien podría vernos. Desde un barco —jadeó Shane.

—Pues vigila.

Ilya metió la mano por la cintura del pantalón de Shane mientras iba escuchando sus gemidos.

El móvil de Shane volvió a sonar.

Shane echó la cabeza hacia atrás para mirar en dirección al teléfono y le gritó:

—Que te den.

Ilya se rio y continuó acariciando la polla de Shane. Se frotaba un poco contra su muslo. El muelle rebotaba con fuerza en el agua debajo de ellos.

Le mordisqueó la mandíbula a Shane y le besó la sonrisa. No creía que estuviera vigilando los barcos.

—¿Te gusta, Hollander?

—Sí. Sí… He esperado mucho para esto.

—¿Qué querías? Cuéntame.

—A ti. Aquí. Al aire libre como ahora.

Ilya aguantó el aliento.

—¿Qué querías que te hiciera?

—Lo que sea. No lo sé. Todo.

—Pero dime alguna cosa.

Ilya cada vez se movía más rápido y con más fuerza contra el muslo de Shane.

—Pensaba en… ti… metiéndomela. Al aire libre. En la terraza. O… contra un árbol.

Su cara se sonrojó, pero Ilya sonrió.

—Joder, Hollander. Solo tenías que pedírmelo.

Shane jadeó y arqueó la espalda. Ilya lo acarició más rápido.

—Quizá podríamos ir en canoa o algo así. A una de esas islitas —dijo Ilya con los labios rozándole en la oreja a Shane—. Allí solos, y allí te la meteré, al aire libre donde nadie nos vea.

—Uuuf. Joder, Ilya.

—Quizá alguien te oiga. Desde un barco.

—Aaay.

El calor de la corrida de Shane se mezcló con el tejido frío y húmedo del pantalón corto. Ilya empujó unas cuantas veces más contra la pierna de Shane y gritó cuando su polla palpitó y se corrió dentro del pantalón.

Se derrumbó sobre Shane, jadeando.

Shane sin apenas aliento, se rio.

—Guau. ¿Qué cojones?

Ilya sonrió y acarició el cuello de Shane con la nariz.

—Yo qué sé. No he podido evitarlo.

—Ni siquiera recuerdo por qué habíamos bajado al muelle.

—¿Importa?

Shane giró la cabeza y lo besó rápidamente.

—No.

Al minuto, Ilya se incorporó haciendo una flexión sobre Shane, luego lo besó rápido antes de dejarse caer de nuevo al agua. Shane lo siguió pensando que así por lo menos podría limpiarse un poco el pantalón.

Nadaron un rato más antes de volver a casa porque coincidieron en que tenían hambre. Shane estaba a punto de cruzar las puertas corredizas acristaladas cuando Ilya lo agarró de la muñeca y tiró hacia él.

—¿Pasa algo si te digo otra vez que te quiero? —preguntó Ilya. Su sonrisa torcida tímida resultaba adorable.

Shane le devolvió la sonrisa. Dios, seguramente le había sonreído de oreja a oreja.

—Está perfecto.

En lugar de decirlo, Ilya lo besó. Fue un beso lento y cuidadoso, su lengua presionaba la de Shane y los dedos reposaban sobre su cadera. Shane sintió que las piernas le fallaban. Emitió un pequeño gemido de satisfacción y se le acercó aún más, para poder sentir a Ilya apretándose contra cada centímetro de él. Sus manos se deslizaron sobre la piel húmeda de la espalda de Ilya hasta llegar a la melena mojada.

Ilya resopló e inclinó la cabeza de Shane hacia atrás, dándole un beso profundo y pasional. Shane se sintió mareado de tanta felicidad. Que lo abrazara y besara así el hombre a quien amaba —y que a su vez le amaba a él—, ahí, en su lugar favorito del mundo…

Los dos oyeron un ruido.

Los dos giraron la cabeza al instante.

Y los dos vieron al padre de Shane dentro de casa, de pie, paralizado, mirando hacia donde estaban abrazados en la terraza.

Durante un segundo, nadie se movió. Nadie hizo ningún ruido. Todos se quedaron mirando.

De golpe, y muy rápido, el padre de Shane dio media vuelta y se fue hacia la puerta principal de la casa. Shane soltó a Ilya y dijo:

—¡Mierda!

—Tu padre, ¿sí?

—¡Sí! Joder. Vaya mierda. Vale, a ver…

Shane se agarró la cabeza con ambas manos.

«¡Joder!».

—¿Deberías…?

—Sí. Vale. Voy a… Espera aquí.

Shane caminó rápido por la casa hasta llegar a la puerta principal. La abrió justo a tiempo para ver cómo el coche de su padre desaparecía por el camino boscoso.

Se quedó ahí durante unos minutos quieto, con los pantalones cortos en los que se acababa de correr y con cara de pánico.

—¿Shane?

Oyó a Ilya llamarlo, pero no le salía la voz para responder.

—¿Hollander?

Notó una mano en su codo.

—¿Ya se había ido?

—Sí.

Los dos se quedaron de pie en silencio. Shane supuso que Ilya también estaba dejando que todo lo que acababa de ocurrir le invadiera.

—Qué mal —dijo finalmente Shane.

—Deberías ir. Habla con él.

—Sí. Mierda. Sí, debería. Quizá sea lo mejor ahora.

Oyó a Ilya resoplar detrás de él.

—¡No tiene gracia! —le gritó Shane.

—Un poquito.

Shane se dio la vuelta, dispuesto a mirarlo con rabia, pero cuando vio la cara de Ilya, se echó a reír también.

—Dios —dijo—. Nos saltamos lo de ir poco a poco.

Ilya se rio aún más fuerte.

—¿Quizá ni se ha enterado?

Los dos se echaron a reír. Eran un saco de nervios, pero Shane se rio hasta que se le llenaron los ojos de lágrimas. Su plan era decirles a sus padres, pronto, que era gay. Había pensado en darles tiempo para que lo digirieran y luego, más adelante, ya les diría que estaba en una relación. Que se había enamorado.

Y después, una vez que hubieran asimilado eso, les soltaría la bomba.

Pero ahora estaba ocurriendo todo en el orden opuesto.

—¿Qué coño les voy a decir?

«Pues, probablemente os estaréis preguntando por qué me estaba enrollando con Ilya Rozanov…».

—¿Quieres que te acompañe?

Shane se sorprendió ante su propuesta. ¿Quería? ¿Si iba, haría que todo fuera aún más raro? Tenía la sensación de que el apoyo le vendría muy bien.

—No lo sé. ¿Vendrías, en serio?

Ilya lo cogió de la mano y la apretó.

—Claro. Si te ayuda…

Shane asintió.

—Quizá sí. Será raro de narices, pero… Creo que me gustaría que estuvieras.

—Vale.

—Tal vez deberíamos vestirnos primero.

—Sí.

Se vistieron rápido. Shane se puso una camiseta de un campamento benéfico de hockey en el que había ayudado entrenando el verano anterior, solo para recordarles a sus padres que era una buena persona.

Ilya optó por una camiseta de los Boston Bears. Shane le puso mala cara.

—Eso no va a ayudar.

—Ay, ¿es que no saben que juego para Boston?

Shane puso los ojos en blanco.

—Venga. Acabemos con esto.

El trayecto hasta la cabaña de los padres de Shane duró unos diez minutos, pero esta vez se hizo mucho más largo.

—Vale —dijo Shane mientras aparcaba frente a la cabaña—. Déjame hablar a mí.

—Claro.

—Joder, quizá es mejor que esperes aquí.

Ilya levantó una ceja.

—No —dijo Shane—. No, ni caso. Ven conmigo.

Salió del coche e Ilya lo siguió. Shane se preguntó si sus padres lo estarían viendo por la ventana.

Ni se molestó en llamar. Nunca lo hacía con ellos. Abrió la puerta y dijo lo más calmado que pudo:

—¿Hola? Soy yo… Shane.

Sus padres se levantaron del sofá donde estaban sentados. Era evidente que su padre le había contado todo lo que había visto a su madre.

—¿Shane? —dijo su madre. Lo había dicho como si fuera la primera vez que oía su nombre.

—Mamá. Papá. Creo que… deberíamos hablar.

—Se nos había olvidado comprar pastillas para el lavavajillas —dijo su padre. Parecía estar en *shock*—. Solo quería preguntarte si podía coger alguna. No sabía que estuvieras… acompañado.

—Papá, no pasa nada. Lo siento. No… deberías haberte enterado así.

—¿Enterarse de qué, exactamente? —preguntó su madre.

Tenía los ojos clavados en Ilya, a la altura justo por encima del hombro de Shane.

—Bueno… que soy gay. Cosa que os iba a contar. Pronto. Lo… siento. Debería habéroslo contado.

Sus padres se quedaron callados. Los dos estaban mirando a Ilya como si fuera un puma a punto de atacar.

—Eeeh, y él es… Ilya. Rozanov. Seguramente ya sepáis quién es.

—Hola —dijo Ilya.

—Y ha venido… a verme. Es…, somos, eeeh…

¿Qué eran exactamente? Shane se dio cuenta de que ni siquiera habían decidido con qué etiqueta estaban más cómodos.

—Amantes —sugirió Ilya.

«Joder, qué manera de elegir la opción más horrorosa, Ilya».

Pero bueno, ya no se podía rectificar. Shane solo podía esperar las consecuencias.

—Pero… tú lo odias —dijo su madre.

—No, la verdad… es que no. Bueno. A veces sí, un poco. Pero, en realidad, casi siempre… lo quiero.

—¿Qué tú… qué?

El corazón de Shane iba a mil.

—¿Podemos… sentarnos? Lo siento. Sé que todo esto es mucha información de golpe. De verdad que esta no era la manera en la que os lo quería contar.

Se quedaron todos callados por un instante, entonces su padre asintió con la cabeza y señaló los muebles del salón. Sus padres se sentaron juntos en el sofá. Shane e Ilya se sentaron en sillas separadas frente a ellos.

—Shane —dijo su madre—. Creo que los dos… sospechábamos… que podrías ser… gay.

—¿En serio?

Shane se había esperado eso.

—Sí, bueno. No lo sabíamos a ciencia cierta, claro. Pero creímos que podría ser una posibilidad.

—Diooos. No tenía ni idea de que lo pensarais.

—Te conocemos bastante —dijo su madre.

Le dedicó una sonrisa, y ese pequeño gesto hizo que a Shane le dieran ganas de llorar del alivio.

—Lo que no sospechábamos —añadió su padre— es que fueras… amiguito… del señor Rozanov aquí presente.

—Ilya —dijo Ilya.

—Pues Ilya.

—Es… una larga historia. Y ni siquiera para nosotros tiene sentido —dijo Shane.

—Ninguno —asintió Ilya.

—¿Cuándo ocurrió esto? —preguntó su madre—. Espera, ¿fue en el All-Star Game? Jugabais en el mismo equipo…

—No —dijo Shane—. Ahí ya estábamos juntos.

Su padre soltó un suspiro.

—Nos habéis engañado, pero bien. Y… a todo el mundo.

—Entonces ¿cuándo? —preguntó su madre. Parecía desesperada por averiguar la cronología de todo. Shane podía ver cómo repasaba mentalmente las últimas temporadas.

—Desde, eeeh, nuestro año de *rookies* —murmuró Shane.

Pensaba que sus padres no podían parecer más sorprendidos de lo que ya estaban, pero en cuanto dijo eso vio que sin duda lo parecían aún más.

—No puede ser… ¿desde tu temporada de *rookie*? —exclamó su madre.

—No —dijo Ilya—. No es cierto. Fue antes de eso.

«No estás ayudando, Ilya».

—¡¿Antes?! —preguntó su madre.

—Un poco antes —aclaró Shane—. El verano anterior.

—¿Y habéis estado… enamorados todo este tiempo?

—¡No! —dijo Shane.

—Dios, no —dijo Ilya a la vez.

—Pero entonces… —saltó su madre—. Ajá —dijo y se sonrojó—. Ya veo.

—En fin —dijo Shane. Estaba aún más sonrojado que su madre—. La cuestión es, que… estamos juntos. Algo así. O nos gustaría estarlo. Si no fuera porque es prácticamente imposible.

Por primera vez, a sus padres les desapareció la expresión de sorpresa y se transformó en algo parecido a compasión.

—Es que no lo entiendo —dijo su madre—. ¿Cómo ha podido pasar eso entre vosotros? ¿No había ningún chico majo en Montreal, Shane?

—Seguramente —murmuró Shane.

—¿Tus compañeros de equipo saben algo sobre... esto? —preguntó su padre.

—¡No! No, nadie lo sabe. Absolutamente nadie. Es supersecreto, ¿de acuerdo?

Su padre se levantó.

—¿A alguien le apetece una cerveza? A mí sí.

—Sí —dijo Ilya.

—Desde luego —dijo Shane.

—¿Eso es lo más fuerte que tenemos? —preguntó su madre.

Shane aprovechó la pausa en la conversación como una oportunidad para mirar a Ilya. Pareció sentir los ojos de Shane sobre él porque al instante se volvió para mirarlo con expresión de duda.

«¿Cómo te parece que está yendo hasta ahora?».

«Ni tan mal, ¿no?».

«No, qué va».

Su padre entregó a cada uno una lata de cerveza Sleeman sin mediar palabra. Se detuvo frente a Ilya, pero volvió a su lugar sin decir nada.

—No me... —dijo su madre—. No me puedo creer que todo esto sea real.

—Lo sé —contestó Shane.

—Todo este tiempo —dijo su padre en voz baja, casi para sí mismo—. Has estado guardando este secreto para ti. Todo el tiempo.

—Nunca... —Su madre parecía horrorizada de golpe—. Nunca le dejaste ganar, ¿verdad, Shane?

—¡Por Dios, mamá! ¡No!

Ilya se rio.

—No necesita dejarme ganar.

—No lo haría nunca —dijo Shane enseguida—. El equipo va primero. Siempre. Y, además, me gusta ganarle.

Su madre lo miraba con el ceño fruncido sin acabar de creerse del todo lo que decía.

—Cuando papá y tú jugáis al Yahtzee, ¿le dejas ganar? —preguntó Shane desesperado.

—Nunca.

Su madre sonrió, quizá porque empezaba a entenderlo. Parecía más relajada.

—¿Y tu plan es seguir haciendo esto? ¿Mantenerlo en secreto? ¿Hasta que te retires? ¿Para siempre? —preguntó su padre.

—Quizá. O sea, sí. Seguramente.

—Ay, Shane.

Su madre parecía triste.

Su padre negó con la cabeza.

—¿Si te soy sincero? La verdad es que no veo otra manera. Ojalá la hubiera.

—Lo sé —respondió Shane con tristeza—. Lo sabemos. No es algo que podamos anunciar.

—He de decir —confesó su padre— que me sorprende de ti, Ilya. Siempre has tenido cierta fama de, ya sabes, mujeriego.

—No es mentira —le respondió Ilya.

—Ilya es bisexual —dijo Shane.

—Ah —soltó su madre.

Sus padres intercambiaron una mirada preocupada. Shane estaba a punto de cambiar de tema, porque aquello era demasiado incómodo y entonces Ilya habló:

—He estado con muchas mujeres. Eso no era… mentira. Pero… —Miró a Shane, y Shane contuvo la respiración—. Solo he estado enamorado de una persona.

Y entonces Ilya se veía muy borroso desde los ojos de Shane. Shane tragó saliva para contener las ganas de llorar y dijo:

—Yo también. Solo de una persona.

La madre de Shane se tapó la boca con la mano. Se dio unos golpecitos con los dedos en el labio superior y Shane supo que estaba a punto de ponerse en plan Yuna Hollander ante tal situación.

Y, en efecto, un instante después, ella dio una palmada y se levantó de un salto de la silla.

—Muy bien, ¿cuál es el plan? —dijo—. Tenemos un problema, pongámosle solución.

Shane miró a Ilya, que parecía desconcentrado. Ahora tenían a Yuna de su lado, y Shane no podía imaginar una aliada mejor.

—En primer lugar —dijo Yuna—. ¿Habéis hablado con Scott Hunter?

Pronunció el nombre como si le doliera físicamente hablar del hombre cruel que le había robado el oro olímpico a su querido hijito.

—Sí —dijo Ilya—. Pero no sobre… nosotros.

—Le escribí un correo electrónico —añadió Shane—. Pero solo le dije que admiraba su valentía o algo así. No le dije nada sobre mí. O sobre Ilya.

Yuna se volvió a tocar el labio de nuevo.

—Seguramente tampoco podría ayudar. Por lo menos con esto no.

—Y lo más probable es que estuviera muy confundido con lo nuestro.

—Confundido es justo la palabra —dijo el padre de Shane.

Su sorpresa parecía haber desaparecido por completo y la había sustituido algo que se parecía mucho a la diversión.

—Lo que hizo Scott cuando, eeeh, besó a su novio —Shane no se podía creer que estuviera diciendo eso. Ni siquiera lo había hablado con Ilya— cambió algo dentro de mí. Fue… inmenso. Me hizo… querer intentarlo. Me hizo querer ser más valiente y permitirme intentar ser feliz.

Miró al suelo hasta que no pudo soportarlo más y entonces miró a Ilya. La mirada de Ilya era la más tierna que jamás le había visto.

—Sí —dijo Ilya—. A mí también.

Shane carraspeó.

—Tenemos una idea.

Les contó a sus padres el plan de Ottawa/Montreal que le había explicado a Ilya la noche anterior.

—Pues —dijo su padre, pensativo— tampoco es mal plan.

—¿Te irías de Boston? —preguntó la madre de Shane, sorprendida—. ¿Por Shane?

Ilya no dudó.

—Sí.

Ella frunció el ceño como si no se acabase de creer lo que acababa de oír.

—¡Ay, Dios mío! —exclamó Shane—. Estás entrando en un conflicto, ¿verdad, mamá?

—¿De qué hablas?

—¡Te fastidia su falta de lealtad hacia su equipo!

—¡Bueno! —dijo su madre, como si su reacción fuera perfectamente razonable teniendo en cuenta que Ilya estaba tan locamente enamorado de su hijo que estaba dispuesto a poner su vida patas arriba.

Shane se volvió hacia Ilya.

—A mi madre, por cierto, le gusta muchísimo el hockey.

Ilya resopló.

—Ahora ya sé de dónde lo has sacado.

Shane estaba a punto de hacerle un gesto obsceno, pero luego se acordó de que estaban con sus padres. Y entonces cayó en la cuenta: sus padres estaban ahí. Con Ilya. El secreto había salido a la luz y ahora estaban hablando de Shane e Ilya como pareja.

Y de golpe Shane se sintió un poco mareado.

Todo estaba ocurriendo muy rápido: sus confesiones de amor, ser descubiertos por sus padres, hacer planes de futuro…

«Ay, Dios. Ay, Dios. Ay, Dios».

—¿Shane? —Era la voz de Ilya, sonaba preocupada. Shane sintió una mano en el hombro y entonces se dio cuenta de que tenía la cabeza entre las rodillas—. ¿Estás bien?

Shane inhaló y exhaló lentamente con la cabeza agachada.

La mano de Ilya se movió hacia la rodilla de Shane mientras se agachaba junto a él, buscándole los ojos.

—¿Shane?

—Estoy bien —dijo Shane con voz débil—. Solo me he… puesto nervioso. No te preocupes.

Ilya le cogió de las manos y le frotó los pulgares suavemente por el dorso.

—Aquí estamos bien, ¿sí? —dijo—. Tu familia está aquí. Y tu novio. Y aquí todo va bien.

Shane levantó un poco la cabeza.

—¿Novio?

Qué palabra tan ridícula. Qué palabra tan ridícula y maravillosa.

Ilya se encogió de hombros y sonrió.

—Yo creo que sí, ¿no?

—Sí.

Era una pena que estuvieran en el salón de sus padres y que los dos los estuvieran mirando fijamente, porque Shane quería saltar al regazo de Ilya y besarlo hasta que cayeran al suelo.

—Desde la temporada de *rookies*. —Oyó decir a su madre—. No me lo puedo creer.

—Viéndolos ahora, yo sí que me lo creo —dijo su padre.

Capítulo 27

Salieron de la cabaña de los padres de Shane habiendo prometido que irían a cenar la noche siguiente.

Ilya no estaba seguro de cómo se sentía Shane con todo lo que acababa de ocurrir, pero él creía que había ido sorprendentemente bien.

—Hostia puta —dijo Shane.

Ni siquiera había arrancado el coche, tan solo estaba sentado en el asiento del conductor con la frente apoyada en el volante.

—Ha ido bien, ¿sí? —preguntó Ilya.

—No lo sé. ¿Tú crees? Joder. Ha sido rarísimo.

—Bueno. Pero ahora ya lo saben.

Shane exhaló un suspiro.

—Sí.

—Deberíamos ir a casa.

Shane asintió con la cabeza contra el volante y pulsó el botón de arranque.

Ilya se pasó todo el corto trayecto de vuelta a la cabaña de Shane preguntándose si era raro que hubiera llamado «casa» a la cabaña de Shane. Sabía que su dominio del inglés era justo, pero referirse a un lugar donde se alojaba durante dos semanas como «casa» no era raro, ¿no?

Si era raro, Shane no había dicho nada al respecto.

Shane no dijo nada durante el viaje de vuelta excepto un par de palabrotas que farfulló. Sus manos apretaban con fuerza el volante. Cuando llegaron a la cabaña, dejó caer las llaves en el cuenco y se dirigió al salón con una mano en el pelo.

—Necesito un poco de aire —dijo y caminó hacia la terraza dejando a Ilya solo en la casa.

Por suerte, Ilya había traído consigo justo lo necesario para esa situación.

Fue al congelador y sacó la botella de vodka que había escondido allí el día que llegó. Era mierda de la buena, destilado en pequeñas cantidades e imposible de comprar fuera de Rusia. Cogió dos vasos y los llevó junto con la botella al exterior.

—Quizá sea un buen momento para esto —dijo sujetando la botella.

Shane se volvió con recelo y resopló cuando vio el vodka.

—La última vez que bebí de eso fue en Las Vegas. ¿Te acuerdas?

—Sí —dijo Ilya mientras servía un par de dedos en cada vaso—. Pero nunca has bebido de esto. Este vodka es especial.

Le dio uno de los vasos a Shane.

Ilya cerró los ojos al dar el primer sorbo mientras disfrutaba del contraste entre la temperatura helada del líquido y la quemazón del alcohol al bajarle por la garganta. Perfecto.

Abrió los ojos al oír a Shane escupir y toser.

—Oh, guau —dijo Shane—. Es muy fuerte. Voy a necesitar echarle zumo de arándanos o algo así.

—Si lo mezclas con zumo de arándanos, te ahogaré en el lago.

Pero Shane, aparentemente incapaz de concentrarse en nada, ya estaba dando el segundo sorbo.

—Hoy ha sido el día más extraño de mi vida.

Ilya quería decirle a Shane que había sido uno de los mejores días de su vida. Había sido incómodo, desde luego, pero sentía que, si todavía no lo era, pronto sería bienvenido en la familia de Shane, y eso no era poca cosa. De hecho, para Ilya, que apenas había sido bienvenido en su propia familia, era algo inmenso.

Quería contarle que lo más cercano a un hogar que había sentido jamás era cuando estaba con él. Daba igual si era en una habitación de hotel, en el piso de Ilya, en ese extraño edificio refugio que Shane había comprado en Montreal o ahí en la cabaña; cuando estaba con Shane, era él mismo. Había dejado Rusia, se sentía incómodo en Estados Unidos y había pasado toda su vida adulta viajando sin rumbo entre continentes y entre amantes.

Pero ahora se había dejado atrapar por ese molesto canadiense, y lo único que sabía era que quería quedarse. Quería anclarse a él y… quedarse.

No podía decir nada de eso, literalmente, no podía encontrar palabras en inglés para expresar lo que sentía en aquel momento. Así que, en lugar de eso, le quitó el vaso de vodka a Shane y lo dejó en la mesa junto al suyo. Quizá no fuera alcohol lo que Shane necesitaba entonces.

Lo abrazó y lo sujetó entre sus brazos. Hundió la nariz en la melena de Shane y la olió.

—Te quiero —murmuró. Porque eso sí podía decirlo. Después de tanto puto tiempo, por fin podía decirlo.

Shane levantó la cabeza y miró a Ilya con cara de duda.

—Yo también te quiero —dijo—. ¿Estás bien?

Ilya asintió y se inclinó para besarlo.

Era exactamente como Ilya siempre había deseado besar a Shane en secreto: una muestra descarada de adoración y cariño. Sus lenguas se acariciaban lentamente mientras Ilya sostenía el rostro de Shane entre las manos y le acariciaba el pelo con las yemas de los dedos.

Su corazón daba volteretas sin control en su pecho. No había vuelta atrás. De ningún modo.

—No dejo de pensar en la logística —dijo Shane cuando se separaron, como si Ilya no acabara de poner todo su corazón en ese beso—. Tipo, lo más pronto que podrías estar en Ottawa sería dentro de dos temporadas, cuando acabe tu contrato con Boston, ¿no?

A Ilya no le apetecía hablar de nada de eso.

—Sí. Seguramente.

Lo mordisqueó por detrás de la oreja para ver si así lo distraía.

—Así que en dentro de poco más de un año estarás en Ottawa, y luego habrá que esperar cuánto, ¿otra temporada entera para anunciar la organización benéfica? Tendría que ser así de largo, ¿no?

—Mmm —dijo Ilya. La verdad era que le daba igual.

—Así que pasará un año y medio más o menos hasta que podamos anunciar la organización benéfica. Que es lo mismo para anunciar lo de nuestra amistad —dijo Shane mientras Ilya deslizaba las manos por la parte trasera del pantalón corto y se lo acercaba.

—¿Y entonces qué? —continuó Shane—. ¿Cuántos años más crees que jugarás?

—Joder, Hollander —gimió Ilya—. No tengo ni puta idea.

—Solo estoy intentando hacerme una idea de cuánto tiempo estaremos…, ¿qué estás haciendo?

Ilya se había arrodillado y creyó que era bastando obvio lo que estaba haciendo.

—Estoy celebrando —dijo Ilya. Le bajó los pantalones a Shane hasta tocar la madera de la terraza—. Deberías celebrarlo conmigo.

—¿Ahora? ¡Mi cabeza va a mil por hora! ¿Cómo puedes siquiera pensar en sexo ahora mismo?

—Porque es un día precioso. Y estamos solos. Y he conocido a tus padres. Y quiero que te tranquilices, joder. Y porque te quiero.

—Ah.

Ilya se inclinó y se lo metió todo en la boca, disfrutando de la sensación de lo suave de su carne fresca sobre la lengua.

—Ay, joder, Ilya —jadeó Shane.

«Así estaba mejor».

Quería follarse a Shane. Ahí mismo, en la terraza. Pero eso requeriría parar para entrar e ir a por el lubricante y un condón. No le apetecía parar.

Hasta entonces, pondría todo su empeño en hacer que Shane se derritiera.

—Eres el mejor en esto—suspiró Shane.

Ilya murmuró su conformidad.

Se le ocurrió que eso era todo. Esa iba a ser su vida sexual a partir de ahora. Se habían acabado las aventuras de una sola noche sin sentido, pero que habían resultado excitantes. Se habían acabado las llamadas para echar un polvo mientras viajaba. Iba a renunciar a todo a cambio de esta oportunidad de algo duradero. De la oportunidad de conquistar el corazón del precioso hombre que estaba susurrando el nombre de Ilya como si fuera la palabra más importante del mundo.

A Ilya no le importaba renunciar a todo eso. Renunciaría a muchísimo más, si tuviera que hacerlo.

—Ilya. Dios, Ilya. Qué bien. No pares. Te quiero.

Para responderle, Ilya lo cogió de la mano y la entrelazó con los dedos de la suya.

«Te quiero muchísimo. No me dejes».

—Ah. Sí. Joder, sí. Me voy a… Ay, hostia puta, Ilya. Joder, jodeeer…

Ilya apretó la mano mientras Shane se corría en su boca. Ilya tragó y lo limpió a lengüetazos lentos.

—Joder. Ven aquí —jadeó Shane.

Ilya se puso de pie, tirando del pantalón de Shane con él, y Shane lo miró con ojos embriagados de follar.

—Guau —dijo—. De verdad vamos a hacer esto, ¿no?

La afirmación era confusa, pero Ilya la entendió.

—Sí. Si quieres intentarlo, haré lo que tenga que hacer.

—Yo también. Lo que sea. Quiero esto. Nos quiero a nosotros.

Ilya le apartó el pelo a Shane de los ojos.

—Pues entonces me mudaré a Ottawa, creo.

—Y crearemos la organización benéfica.

—Y nos haremos amigos.

—Y nos veremos todo el rato. Todo lo que podamos. Y pasaremos los veranos juntos. Aquí.

—Sí.

Se besaron de nuevo. Ilya no se podía creer que hubieran resuelto ese problema imposible. Quizá no saldría tan bien como imaginaban, pero tenían un plan.

—Y cuando me retire —dijo Ilya—, después de haber ganado doce Copas Stanley y trece premios MVP…

—Ni en sueños.

—Y tú ya llevarás retirado, tipo, ocho años porque te habrás vuelto un paquete en el hockey…

Shane se rio.

—Ajá.

—Entonces te llevaré a ese muelle de ahí. Lo llenaré de cientos de velas…

—Eso suena peligroso por si pudiera haber un incendio.

—Está sobre el agua, Hollander. Relájate, joder. Será precioso, te encantará. Las velas. El lago. La luna llena.

—Anda, ¿en una noche clara?

—Sí. Claro. Y me arrodillaré…

—Ilya…

—Y te diré: «Shane Hollander, ¿te casarías conmigo para que pueda obtener la nacionalidad canadiense más rápido, por favor?».

Shane se echó a reír y lo empujó.

—Eres un imbécil.

—Y dirás que sí porque eres un niño bueno y te gusta ayudar.

—No —dijo Shane cogiéndole las manos—. Diré que sí porque seguiré locamente enamorado de ti y querré pasar el resto de mi vida contigo.

Y, ay, Dios, Ilya no se lo merecía, pero le daba igual. Así de egoísta era.

—Lo digo en serio —dijo Shane en voz baja—. Quiero compartir mi vida contigo. Sé que será extraño y que tendremos que seguir escondiéndonos durante un tiempo, pero es una apuesta a futuro. Así que sí. Cueste lo que cueste, voy con todo.

Ilya se llevó las manos unidas de los dos a los labios y besó los nudillos de Shane.

—¿Esto significa que podré ver tu piso en Montreal? ¿El de verdad?

—Incluso podrás dejar el cepillo de dientes ahí. Voy a vender el otro piso. Estaba paranoico cuando lo compré. Lo siento.

Ilya sonrió.

—Comprar un edificio entero porque estabas paranoico es muy tú.

Shane negó con la cabeza.

—Lo siento mucho. Tan solo quería proteger lo que teníamos. Tendría que haberte invitado antes a mi apartamento de verdad. Te quiero allí. Te quiero en mi vida. En toda ella.

Dios, ¿de verdad iban a ser capaces de mantener esto en secreto hasta que se retiraran? Ahora que los dos estaban siendo sinceros sobre lo que sentían el uno por el otro, Ilya temía que fuera imposible ocultar su relación al mundo.

Sobre todo, cuando Shane lo miraba como lo estaba mirando en ese momento, como si por Ilya valiera la pena todo ese embrollo. Como si valiera la pena amarlo.

—Quiero contárselo a todos —dijo Ilya—. Ahora.

Los ojos de Shane se abrieron del susto.

—¡No! Ni se te ocurra. Tenemos que ceñirnos al plan.

Ilya suspiró dramáticamente.

—Tú y tus planes. ¿Y si te beso en la boca en el siguiente All-Star Game?

—Te pegaré un puñetazo. Te lo juro por Dios.

—No lo harías. No si te beso así.

Ilya acarició el rostro de Shane con una mano rozándole el pómulo con el pulgar y lo besó. Se tomó su tiempo y terminó con pequeños mordiscos en el labio inferior de Shane. Shane, ya casi sin fuerzas por la mamada, cayó sobre el pecho de Ilya.

—Si me besaras así, te empujaría contra el hielo y empezaría a arrancarte la ropa —murmuró Shane adormilado.

—Eso sería interesante.

De golpe, la polla de Ilya se interesó mucho por ese escenario imaginario.

—¿Y si solo se lo contamos a nuestros amigos? —sugirió Shane—. Mi familia ya lo sabe. Podríamos... ir viendo cómo se lo toman los demás.

—Mmm —dijo Ilya—. ¿Y qué diría tu mejor amigo, Hayden Pike?

—Probablemente pensaría que le estoy tomando el pelo.

—Y tú eres famoso por tus bromas.

Shane se rio.

—Quiero contárselo. Quiero que te conozca como lo hago yo.

—¿En serio? —Ilya lo pronunció lo más sugerente posible—. ¿Crees que le apetecería unirse a nosotros? ¿Una noche lejos de los niños, quizá?

Shane enterró la cara en el hombro de Ilya, seguramente para esconder que se había sonrojado.

—Para.

—O quizá Rose Landry quiere tener una experiencia sexual contigo que no sea un desastre…

—¡Nada de tríos! —dijo Shane—. Esa es mi única regla inamovible.

—Nunca lo has probado —se burló Ilya—. Puede que te encante.

—¿Cuándo me ha gustado algo que pensaba que odiaría? —dijo Shane seco.

Ilya se rio y lo besó en la cabeza.

—Vamos a la cama.

—Son las cuatro de la tarde.

—Sí, pero cuando haya terminado contigo ya será la hora de irse a dormir.

—Veremos.

Ilya lo cogió de la mano y lo llevó hacia la casa. Con la otra mano cogió el vaso de vodka de Shane. No tenía sentido desperdiciarlo.

—Y mañana te voy a tener en la cama todo el día.

—Todo el día, ¿eh?

—Sí… Lleva la botella, ¿vale? Y quizá también el día siguiente.

—¿Durante dos semanas?

Ilya se encogió de hombros.

—Podría alargar mi estancia.

Shane dejó la botella de vodka sobre la encimera de la cocina.

—¿Puedes?

—Un poco. Sí. Si me acoges.

—Tengo a otros rusos buenorros que vendrán a quedarse conmigo dentro de un par de semanas…

Ilya se quedó sin aliento.

—¡Shane Hollander! Nunca me habías dicho que estoy buenorro.

Shane frunció el ceño.

—Ah, ¿no?

—No. Me acordaría.

—Bueno, quiero decir…, es evidente que estás bueno. Estás tan bueno que sigo sin acabar de creerme que me beses a mí.

—Sube. Puedes besarme y contarme cosas sobre Ottawa. Y quizá también hacer que me corra, porque me estoy muriendo de ganas.

Shane pasó volando junto a él hacia las escaleras.

—Solo si me ganas.

Ilya se rio.

—Acepto el reto, Hollander.

Epílogo

Dieciséis meses después, Montreal

—¡Me ha hecho la zancadilla! ¡Oye, qué cojones pasa, árbitro! ¡Me ha hecho la zancadilla!

Shane miró con rabia al árbitro y luego a Ilya, que se alzó imponente con su jersey de Ottawa.

—Te has caído —dijo Ilya.

—No me he caído. Me has hecho tropezar.

—Te has tropezado tú con tus propios patines.

—Que te den, Rozanov.

Ilya esbozó una sonrisa.

—Ya estaba entre mis planes.

Y entonces Shane tuvo que aguantarse la sonrisa. Se puso de rodillas y luego se levantó, todavía con el cabreo encima. Ilya le había hecho la zancadilla.

El público abucheaba y maldecía el nombre de Ilya, y Shane se le encaró.

—Deja de ser un imbécil.

—Deja de caerte.

Shane le dio un golpe en el pecho con el dedo con el guante puesto. Oyó a la multitud rugir animándole.

—No me puedes ganar sin hacer trampas.

Ilya levantó una ceja.

—¿Eso crees?

Alguien agarró a Shane por el brazo y lo apartó.

—Vale ya los dos, siempre dando por culo. Dios.

—Hola, Hayden —dijo Ilya sonriendo.

—Sigues sin gustarme, Rozanov —le respondió Hayden.

—¡Ay, no! —se burló Ilya—. ¿Cómo puedo impresionar al decimoquinto mejor jugador de Montreal?

—Shane, le voy a soltar un puñetazo.

—No lo hagas.

—Ya te digo yo que sí.

—No lo vas a hacer —gritó el árbitro—. Volved a vuestros banquillos, los tres. Estamos en pausa publicitaria. Id a calmaros.

Ilya le guiñó un ojo a Shane y luego se fue patinando al banquillo. Shane sentía que le ardían las mejillas.

—Todavía no me puedo creer que sea tu… ya me entiendes —refunfuñó Hayden mientras iban a su banquillo.

—Cállate.

—Que sí. Que sí. Es solo que… me jode pensarlo.

—¡Pues no lo hagas!

—Lo digo porque podría haberte encontrado alguien que valiera la pena, si me lo hubieras…

—Que te calles.

Habían llegado al banquillo y, aunque Shane había salido del armario ante sus compañeros la temporada anterior, no les había hablado de Ilya. Hayden había hecho sus cálculos y lo había descubierto después de un viaje a Boston hacía un mes.

—Oye, ¿puedo preguntarte algo? —le había dicho mientras caminaban hacia sus coches tras llegar a casa después de uno de sus viajes—. ¿Te acuerdas de que solías quedar con tu chico misterioso cada vez que jugábamos en Boston? ¿Ya no lo haces?

—Eeeh. Lo hemos… dejado —le había respondido Shane rápido. Y sin mucha credibilidad.

—Ajá. Pero este mes has estado yendo mucho a Ottawa.

—Claro, mis padres viven ahí. He ido… a verlos.

—Tus padres siempre han vivido allí y van a Montreal mucho más de lo que tú vas a Ottawa. Así que tengo otra teoría. Creo que tu chico misterioso es Ilya Rozanov.

Shane se sintió invadido por una mezcla de miedo y vergüenza, pero también se sintió aliviado. No dijo nada hasta que llegaron al coche de Hayden y entonces exhaló y asintió con la cabeza.

Hayden palideció.

—Hostia puta. Estaba de broma. ¿De verdad estás… liado… con Rozanov?

—Sí.

—Espera, ¿en serio? ¿Fichó por Ottawa para estar más cerca de ti? ¿Qué coño está pasando?

—Es una de las razones, sí.

Hayden se había dado la vuelta y había apoyado las dos manos en el techo del coche, se había inclinado hacia delante como si intentara respirar a pesar de un calambre.

—Shane, eso no está bien, colega.

Después de decir eso, Hayden lo había mirado como si a Shane le hubieran salidos alas y cola, y Shane se convenció de que acababa de perder a su mejor amigo. Pero, en lugar de gritarle o subirse al coche y alejarse a toda velocidad, Hayden había asentido y dicho:

—Entonces creo que tengo que conocerlo como es debido.

Se habían conocido como es debido una vez desde entonces, pero no había ido especialmente bien. Hayden no podía pensar en Ilya como otra cosa que no fuera el enemigo, e Ilya le había respondido con un sarcasmo implacable. Así que no eran precisamente amigos.

—¿Seguro que quieres dar esa rueda de prensa mañana? —preguntó Hayden—. Quiero decir, nadie sabe que vosotros dos sois amigos. Podríais mantenerlo así.

—Seguro.

Shane estaba del todo seguro. Los dos llevaban más de un año planeando lo que iban a hacer al día siguiente.

Él había vendido el edificio que utilizaban para acostarse e Ilya había vendido (la mayor parte de) la colección de coches. Con las ganancias obtenidas habían creado la Fundación Irina. Al día siguiente, en la sala de conferencias de un hotel en el centro, anunciarían y, lo que es aún más importante, explicarían todo sobre la organización benéfica que habían creado juntos.

—Supongo que es una buena causa —suspiró Hayden—. Pido perdón por adelantado si Rozanov aparece en la rueda de prensa con un ojo morado.

—Por favor, no le pegues.

—Hagamos un trato: si deja de ser un puto imbécil, no le pego.

Shane hizo una mueca. Eso significaba que al día siguiente Ilya tendría un ojo morado.

Ilya encontró a Shane en el baño al final del pasillo de la sala de conferencias. Estaba agarrado al lavabo y mirando fijamente uno de los lavabos.

—Relájate, Hollander —dijo Ilya.

Seguramente estuviera igual de nervioso que Shane, pero Shane era mucho peor ocultándolo. Ilya le puso las manos sobre los hombros y lo acarició suavemente, con cuidado de no arrugar su chaqueta de traje gris claro.

—Estoy nervioso —dijo Shane cuando no hacía falta aclararlo.

—Lo sé.

—Llevamos más de un año preparándonos para este día y ya ha llegado y tengo miedo. ¡Ni siquiera sé por qué!

—Nuestro plan ha funcionado a la perfección hasta ahora —dijo Ilya.

—Perfectísimo. Estoy esperando a que algo vaya mal.

Hasta ahora, todo había sido demasiado fácil. Cuando el contrato de Ilya terminó con Boston, Ottawa estuvo encantado de ficharlo. Ilya compró una casa enorme con garaje para cuatro coches a orillas del río Ottawa. En ese momento, en el garaje había dos coches deportivos y un todoterreno Mercedes muy completo. («Es bueno para la nieve —había dicho Ilya con timidez cuando se lo enseñó por primera vez a Shane—. Para conducir entre Ottawa y Montreal»).

Habían acordado que sería más fácil continuar en secreto si no vivían en edificios de pisos, así que Shane había comprado una casa en Bossard que seguía estando cerca de las instalaciones de entrenamiento del equipo.

Ilya rodeó con los brazos a su novio para acercarlo a su pecho. Shane lo miró a los ojos en el espejo.

—Tu mejilla está mejor de lo que creía.

—Todavía me duele.

—Te lo mereces. Fuiste un imbécil con Hayden.

—Hayden es un imbécil conmigo.

Shane suspiró.

—Tengo un gusto horrible para los hombres. Para los amigos y para los novios. —Cerró los ojos e inclinó la cabeza hacia atrás, apoyándola en el hombro de Ilya.

—Todo va a salir bien —dijo Ilya.

Besó la cabeza de Shane y le acarició el pelo con la nariz.

—No me despeines —murmuró Shane sonriendo.

—Dios.

Ilya giró la cabeza y vio a Hayden de pie junto a la puerta, con la mano sobre los ojos.

—Todavía no me he acostumbrado. Vosotros sois conscientes de que esto es un baño público, ¿verdad?

Ilya bajó los brazos y Shane se apartó. Hayden tenía razón. Shane e Ilya ni siquiera habían salido del armario públicamente como gay y bisexual, y mucho menos como pareja. Habían acordado que querían que su vida privada fuera solo suya, y solo se lo contarían a las personas que quisieran incluir en esa vida. Hasta ahora, era un círculo muy pequeño. Un círculo pequeño que, muy a pesar de Ilya, incluía a Hayden.

—En fin —dijo Hayden mientras miraba a la pared en lugar de a ellos—. Shane, tu madre me ha pedido que te busque. Han arreglado el problema del audio, así que podéis empezar cuando queráis.

—Vale, gracias. Ahora mismo vamos.

Hayden asintió.

—Me quedo fuera de la puerta, pero os doy máximo dos minutos, ¿vale? No vayáis a hacer otras cosas, ¿eh?

Ilya sabía que Shane estaba poniendo los ojos en blanco.

—Claro que no. Dios, Hayd.

Cuando Hayden cerró la puerta, Ilya se rio.

—¿Se piensa que no te puedes correr en dos minutos?

—Ay, cállate.

Ilya le agarró de la mano y lo atrajo hacia él.

—Antes de que hagamos esto quiero decirte que estoy… muy feliz hoy. A mi madre le hubiera encantado. Y creo que hoy está conmigo. Y orgullosa.

Ay, uuups. Los ojos de Shane se habían llenado de lágrimas.

—Tiene muchísimas razones para estar orgullosa de ti, Ilya.

Ilya le sonrió.

—Tengo que besarte aquí o acabaré haciéndolo ahí fuera.

—Vale.

Le sujetó la cara con las manos y lo miró fijamente durante unos segundos antes de inclinarse y besarlo con intensidad.

—Te quiero —dijo Ilya.

—Yo también.

Ilya asintió.

—Recuérdalo cuando me porte como un capullo contigo ahí fuera.

Shane sonrió y lo besó de nuevo.

—No te preocupes, ya estoy acostumbrado.

La sala estaba repleta de gente ansiosa por saber qué anuncio iban a dar Shane Hollander e Ilya Rozanov. Shane no sabía muy bien qué rumores se habían generado sobre esa rueda de prensa, pero ya era hora de acabar con la intriga.

Habían acordado que Shane se encargaría de hablar. No era porque Ilya fuera tímido, pero Shane sabía que le incomodaba dar discursos largos en inglés. Además, Shane también quería asegurarse de dar los discursos tanto en inglés como en francés, ya que tanto Montreal como Ottawa eran ciudades bilingües.

—Ilya y yo hemos competido el uno contra el otro durante más de ocho temporadas. Se ha dicho y escrito mucho sobre nuestra rivalidad. Sobre lo que nos diferencia como jugadores y como personas. Pero no digo lo suficiente lo mucho que respeto a Ilya, no solo por ser uno de los mejores jugadores de la NHL, sino también como persona. Es un gran líder, un gran competidor y un increíble goleador. Además, a lo largo de los años también he tenido la oportunidad de conocerlo fuera de la pista y lo considero un amigo.

Solo esa declaración ya provocó un murmullo en toda la sala.

Shane volvió a leer las palabras, ahora en francés, y luego continuó.

—Cuando Ilya firmó con Ottawa, empezamos a hablar sobre la posibilidad de crear juntos una organización benéfica. Hoy ese sueño es una realidad. La Fundación Irina recaudará fondos y concienciará sobre las organizaciones que ofrecen apoyo, asesoramiento y asistencia a personas que sufren depresión y otras enfermedades mentales que puedan llevar al suicidio. Es una causa importante para los dos, y estoy muy contento y orgulloso de trabajar con Ilya para crear algo que, con suerte, podrá ayudar a mucha gente.

Lo tradujo al francés y, cuando terminó, oyó a Ilya aclararse la voz.

—Eeeh, yo solo puedo decir mi parte en inglés —anunció con una sonrisa, lo que hizo reír al público—. Esto no está en las notas, pero quiero decir que la Fundación Irina tiene ese nombre por mi madre. Ella luchó contra la depresión sin ayuda de nadie hace muchos años. No tuvo apoyo ni tratamiento médico. Cuando…

Shane no pensó. Simplemente extendió la mano y la colocó sobre el antebrazo que Ilya tenía apoyado en la mesa. No esperaba que Ilya dijera nada sobre eso, pero mirándolo, supo que necesitaba expresarlo.

—Mi madre murió cuando yo tenía doce años. Ella perdió la batalla. Esta organización benéfica es por ella. Es para ayudar a gente como ella, para que no tengan que luchar solos.

Ilya bajó la mirada hacia la mesa y sorbió por la nariz. Shane le dio una palmadita en el brazo, deseando cogerle de la mano o besarle el pelo. Sentía un nudo en el pecho y le ardían los ojos.

Tras un buen rato en el que habría podido oírse un alfiler al caer en la sala abarrotada, Shane habló.

—Gracias, Ilya.

Entonces, explicó los campamentos de hockey que iban a organizar en Montreal y Ottawa ese verano, cuyos beneficios se destinarían directamente a la fundación. Mencionó algunas de las organizaciones en las que pensaban centrarse cuando hicieran las primeras donaciones y anunció que su madre, Yuna, sería la directora y tesorera de la organización. Ni él ni Ilya podían pensar en nadie mejor para desempeñar ese trabajo.

Terminó hablando de la página web, en la que la gente podía hacer las donaciones online, y luego abrió el turno de preguntas.

Cuando terminó la rueda de prensa, Shane sacó a Ilya de la sala. Le mandó un mensaje a Hayden:

Necesito que vuelvas a vigilar la puerta.

Shane llevó a Ilya al baño y lo empujó contra la puerta en cuanto se cerró. Comprobó que no había nadie y entonces dijo:

—Ay, Dios mío. Ven aquí.

Se puso de puntillas y lo besó.

—No pensaba que fueras a decir nada de eso.

—Ni yo.

Lo besó de nuevo sin ninguna prisa y esperaba que de verdad Hayden hubiera recibido el mensaje.

—Me moría de ganas de besarte ahí fuera —dijo Ilya.

—Me moría de ganar de saltar en tu regazo ahí fuera. Estoy muy orgulloso de ti, joder, Ilya. Estoy orgulloso… de salir contigo. Y quiero que sepas que, aunque lo mantengamos en secreto, estoy orgulloso de salir contigo.

—Lo sé. Yo también. Cuando sea el momento, dejará de ser un secreto.

Shane seguía sin saber cuándo ocurriría eso. Habían hablado de esperar hasta que uno de los dos se retirara, o ambos, pero eso les parecía esperar demasiado. Shane sentía que podrían transcurrir perfectamente otros diez años.

—¿Estás seguro de que tienes que volver a Ottawa hoy?

—Sí. Y tú tienes un vuelo a Chicago esta noche.

—Ya —suspiró Shane.

—Por eso quiero una licencia de piloto. Sería más fácil.

Shane gimió.

—Por favor, no te saques una licencia para pilotar. Me enfadaría mucho si volaras hacia una montaña y murieras.

—Ay, qué tierno.

Alguien golpeó la puerta y se oyó la voz de Hayden:

—Eeesto, ¿podríais ir acabando lo que sea que hacéis? Necesito entrar al baño por causas legítimas relacionadas con el baño.

Ilya suspiró y se apartó, y Shane abrió la puerta.

—Buena rueda de prensa, chicos —dijo Hayden mientras pasaba a su lado directo a los urinarios—. Siento lo de tu madre, Ilya. Es una pena.

Ilya miró a Shane como diciendo: «¿Este es tu mejor amigo?», pero Shane lo ignoró.

—¿Crees que ha ido bien? —le preguntó Shane a Hayden.

—Claro. Es como muy impactante, ¿no? Rivales que se unen por una causa mayor. Quiero decir, nadie en esa sala se huele que estáis enamorados y toda esa mierda. —Terminó en el urinario y se fue a lavar las manos—. Pero por la forma que mirabas a Ilya, Shane, creía que la gente se iba a dar cuenta. Joder, he pensado que ibais a empezar a daros el lote delante de todo el mundo. Como Hunter.

—Ni de coña —dijo Shane.

—Nos controlamos mejor que Hunter.

Hayden se sacudió el agua de las manos y se las secó en los pantalones.

—Bueno, hubiera sido memorable.

—No era en lo que queríamos centrarnos hoy —dijo Shane.

—Ya, bueno, me toca llevar a las gemelas a una fiesta de cumpleaños, así que me tengo que ir.

Hayden se adelantó y abrazó a Shane. Luego, dudando un poco, le tendió la mano a Ilya.

Ilya se la estrechó y le dio una palmada en la espalda.

—Gracias, Hayden.

—Sí, ya… Perdona por lo de la cara. No es que no te lo merecieras.

—No pasa nada. Mi cara se recuperará. En cambio, la tuya…

—Ya —interrumpió Shane—. Ya basta. Adiós, Hayden. —Empujó a Hayden fuera del baño y se volvió hacia Ilya—. Voy a buscar a mi madre. Ven a por mí dentro de un rato, ¿vale?

—Vale. Sí.

Ilya se encontró en la misma postura en la que había estado Shane antes: agarrado al lavabo del baño, mirando fijamente el lavabo, sumido en sus pensamientos.

Su vida era casi perfecta ahora, aun teniendo esos secretos. Secretos que iba soltando de a poco, como si fueran globos, uno a uno. Ahora el mundo sabía que Shane y él eran amigos. También sabía la verdad sobre la muerte de su madre. Imaginó que Andrei le diría algo al respecto, pero la verdad era que le daba igual. Su hermano solo lo había llamado un par de veces desde el funeral de su padre, y había sido para pedirle dinero, que Ilya se negó a darle.

Que le dieran a Andrei. Ilya ahora tenía una familia mejor.

Los padres de Shane habían ido a cenar la noche anterior a casa de Shane, y había habido un momento, cuando Ilya había derramado un poco de vino para cocinar y Shane le había pasado un paño sin decir nada, en que Ilya se había dado cuenta de lo bien que sentía con todo. De estar en casa, con el chico que amaba, preparando comida juntos para la familia de Shane. La familia que tan cálida y acogedora había sido con él una vez habían superado el *shock* inicial.

Ilya no bromeaba cuando decía que quería casarse con él. Y no por la ciudadanía, claro. Quería ser el marido de Shane, vivir juntos e incluso criar hijos juntos. No tantos como los que tenía Hayden, pero sí un número considerable.

Ilya se había burlado de la falta de autocontrol de Scott Hunter, pero a veces se moría de ganas de hacer lo mismo. Fantaseaba con agarrar a Shane al final de un partido y besarlo, ahí en medio de la pista delante de todo el mundo. Simplemente acabar con ello y salir ahí fuera, y cualquiera que pudiera tener un problema con eso se podría ir a la mierda.

Paso a paso, se recordó Ilya a sí mismo.

Sin embargo, el All-Stars Game iba a ser pronto, y los dos volvían a estar en el mismo equipo. Ilya tan solo estaba un sesenta por ciento seguro de que no besaría a Shane contra la valla si marcaba un gol tras un pase suyo.

Ilya sonrió en su reflejo del espejo y se alisó la corbata. Tendría que advertir a Shane de la posibilidad de que le lo besara durante el All-Star Game, solo para estresarlo.

Sacó el móvil para mirar la hora y le apareció un mensaje.

No te vayas sin despedirte.

Ilya respondió al momento.

Nunca.

De hecho, tenía una sorpresa para Shane. Había reservado una habitación en ese hotel. Tenían menos de dos horas antes de que Ilya tuviera que ponerse en camino, pero después de años de práctica, eran buenos aprovechando al máximo una o dos horas de intimidad.

1126.

Escribió y esperó a la respuesta de Shane.

¿En serio? La mejor noticia del mundo. Nos vemos enseguida.

Ilya se rio entre dientes, puso una alarma en el móvil y se fue a reunirse con su novio.

MI CENA CON HAYDEN

Esta historia extra ocurre tres semanas antes del epílogo de *Más que rivales*, así que es un… ¿prólogo del epílogo? Esto es lo que pasa cuando Ilya y Shane intentan invitar a cenar a Hayden y Jackie. ¡Espero que te guste!

Noviembre de 2018, Montreal

Ilya abrió la puerta de casa de Shane para dar la bienvenida a Hayden y a su mujer (¿Jessica?). Sí, podría haber esperado a que Shane terminara de lavarse las manos en la cocina para ir juntos a la puerta, pero así era más divertido.

—Ay, Dios —dijo Hayden en cuanto se topó cara a cara con Ilya—. Creo que no voy a poder hacer esto.

Ilya sonrió y se apartó.

—Entrad, por favor.

Hayden pasó por delante y su mujer lo siguió justo después. Por lo menos, ella dedicó a Ilya una sonrisa amable con la que probablemente también quería disculpar a su marido mientras le entregaba la botella de vino que habían traído.

—¡Shane! —exclamó Hayden—. No quiero asustarte, pero Ilya Rozanov está en tu casa.

Shane salió de la cocina aún secándose las manos con un paño. Llevaba unos pantalones oscuros y una camisa azul de botones con el cuello abierto. Ilya se quedó alucinado, y no era la primera vez esa noche, por lo guapo que estaba y por lo cómodo que se sentía con la situación. Shane e Ilya, en casa, invitando a unos amigos a cenar.

Aunque los amigos fueran un poco plastas.

—Me prometiste que no serías un capullo esta noche, Hayd —se quejó Shane.

—Es cierto —confirmó la esposa de Hayden—. Lo prometiste. —Le ofreció la mano a Ilya para darle un apretón—. Soy Jackie, por cierto.

—Jackie —repitió Ilya—. Me alegro de conocerte. Todavía no sé si puedo decir lo mismo de tu marido.

—Se portará bien.

Jackie era una mujer guapa de pelo largo y oscuro, con unos relucientes ojos verdes y un cuerpo atlético. Mucho más de lo que se merecía Hayden.

Shane los condujo al espacioso salón. Ilya fue a la cocina a dejar el vino que les habían regalado y a buscar la botella de vino (mejor) que ya había abierto. Desde luego, necesitaba vino. Cuando entró, las cosas ya pintaban mal; Jackie hablaba por hablar con Shane sobre la chimenea eléctrica mientras Hayden miraba el suelo con las manos juntas entre las rodillas.

Ilya dejó cuatro copas en la mesita de centro y de inmediato agarró una y la llenó de forma generosa. Se la pasó sin decir palabra a Hayden, porque le pareció que le iría bien beber. Hayden la aceptó con un seco movimiento de la cabeza y, como no sabía lo que eran los buenos modales, dio un sorbo enorme. Después de tragar, se limpió la boca con el dorso de la mano e hizo el gesto de colocar la copa en la mesa, pero entonces dio la impresión de que se lo pensaba mejor y volvió a llevársela a los labios para dar otro trago grande.

—Justo le decía a Shane que la casa es preciosa —comentó Jackie.

Ilya le dio la siguiente copa de vino a la invitada, quien se lo agradeció antes de dar un sorbo pequeño y mucho más razonable.

—Sí —coincidió Ilya—. Luego os la enseñamos. El cuarto de baño principal tiene una ducha enorme. —Miró directamente a Hayden y guiñó un ojo—. Caben dos.

Hayden apretó la mandíbula mientras cogía la copa de vino que acababa de dejar en la mesita.

—¿Qué tal los niños? —se apresuró a preguntar Shane—. ¿Y cómo está Amber?

—¡Genial! —dijo Jackie contenta—. Cómo no, ahora que anda quiere tocarlo todo…

Ilya se planteó dónde era mejor sentarse. Shane y Jackie ocupaban los dos sillones más próximos a la chimenea. Hayden estaba sentado en una punta del sofá que quedaba enfrente de ellos. Ilya podía sentarse en la otra punta del sofá, pero eligió la opción más descarada de colocarse en el brazo del sillón de Shane. En lugar de darle a Shane la copa de vino, pasó el brazo por los hombros de su novio y le colocó la copa delante de los labios. Shane inclinó la cabeza hacia atrás, lo miró con expresión más enfadada que divertida y luego cogió la copa.

—Me encantaría conocer a vuestros hijos —dijo Ilya—. Shane me ha contado un montón de historias sobre ellos.

No era del todo cierto. Por lo menos, la parte de las historias. Aunque a Ilya le gustaban los niños de forma genuina, y los Pike tenían una retahíla. Sonrió con afecto a Jackie, quien le devolvió una sonrisa de oreja a oreja.

—Qué tierno —dijo la mujer—. Quizá la próxima vez que estés en la ciudad podríamos invitaros a pasar la tarde en casa. A los críos les encanta el tío Shane.

Ilya le dio un codazo.

—«Tío Shane».

—Últimamente no he sido muy buen tío —dijo Shane—. He estado muy liado.

—Culpa mía —confesó Ilya.

—Por Dios —murmuró Hayden.

Jackie fulminó con la mirada a su marido y Shane se levantó.

—Bueno, ¿vamos a cenar?

Hayden se incorporó igual de rápido.

—Sip. Buena idea. Vamos a cenar.

Mientras Ilya se dirigía al comedor, Shane lo cogió del brazo para hablar con él a solas.

—Deja de hacer eso —siseó.

—¿Hacer qué? —preguntó Ilya haciéndose el inocente.

—Estás provocando a Hayden a propósito.

—No es verdad. ¡Ni siquiera le he preguntado a su mujer qué ve en él! Estoy siendo muy simpático.

Shane puso una cara seria y adorable.

—Compórtate —le advirtió.

Como respuesta, Ilya le dio un beso en la frente.

—Siempre, *moy lyubovnik*.

Se recreó un momento en el rubor que siempre aparecía en las mejillas de Shane cuando Ilya empleaba términos cariñosos en ruso. Definitivamente, tendría que rellenar sin parar la copa de Shane esta noche. Quería que se soltara y se divirtiera, y luego que se pusiera cachondo en la cama.

Shane invitó a Hayden y a Jackie a sentarse a la mesa del comedor y luego se dirigió a toda prisa a la cocina. Ilya rellenó hasta arriba las copas de sus invitados antes de decir:

—Siento dejaros solos, pero debería ir a ayudarle.

—Claro, claro —dijo Jackie.

Hayden asintió con la cabeza mientras daba otro trago de vino.

Ilya fue a la cocina, pero se detuvo un instante al llegar al umbral de la puerta y desde allí contempló cómo Shane metía una cuchara en la cazuela grande que había en el fogón y se la llevaba a los labios para probarlo. Sopló con cuidado un par de veces antes de meterse la cuchara en la boca. Frunció el ceño con concentración mientras se esforzaba por decidir si estaba lo bastante rico para servírselo a sus mejores amigos. Era un encanto e Ilya lo amaba.

—¿Qué tal está? —preguntó Ilya apartándose de la puerta para quedarse innecesariamente cerca de Shane en la amplia cocina.

—Creo que bueno —dijo Shane, aunque no parecía muy convencido—. ¿Crees que está demasiado salado?

Ilya le dio un beso y probó solo los pocos restos de *coq au vin* que le quedaban en la lengua.

—Sabe perfecto —dijo cuando se apartó.

—No seas bobo —dijo Shane aturdido. Carraspeó y añadió—: Pruébalo bien.

Ilya puso los ojos en blanco y cogió una cuchara limpia. La metió en la cazuela y luego se la acercó a la boca y se la introdujo empujando con la lengua con mucho aspaviento. Deslizó la cuchara entre los labios y hundió las mejillas, gimiendo deliberadamente mientras succionaba y paladeaba el rico sabor del caldo. El guiso estaba bien. La excitación visible en la cara de Shane era una delicia.

—Está bueno —dijo Ilya tras sacarse la cuchara de la boca con un ruido—. ¿Dónde está el perejil que he cortado?

Shane y él se habían aficionado a cocinar juntos. Era divertido buscar recetas y aprender nuevas técnicas culinarias. Trabajar juntos en algo en lugar de competir (aunque con ellos siempre había un punto competitivo). Además, cuando terminaban tenían platos deliciosos que comerse. E Ilya estaba seguro de que la sensación de lograr algo ponía cachondo a Shane. ¡Todo eran ventajas!

Sirvieron el guiso en platos blancos e Ilya limpió las gotas que habían salpicado en los bordes con un paño. Con mucha traza, espolvoreó perejil picado encima de cada uno y luego le dio un beso fugaz a Shane antes de llevar la comida a los expectantes invitados.

—¡Guau! —exclamó entusiasmada Jackie cuando Ilya dejó un plato delante de ella—. Chicos, ¿lo habéis hecho vosotros?

—Exacto —dijo Ilya.

Contempló la comida y en parte se sintió orgulloso. Shane llevó los otros dos platos a la mesa y después volvió a la cocina para coger una cesta llena de pan que había comprado en una panadería por la mañana.

—¿Qué es? —Hayden removió el guiso con la cuchara como si sospechara que Ilya podía haber echado dentro cuchillas de afeitar o algo por el estilo.

—*Coq au vin* —dijo con orgullo (y con un acento perfecto) Shane mientras volvía con el pan.

—Es francés —añadió Ilya por si no quedaba claro.

Hayden lo fulminó con la mirada.

Continuaron comiendo unas cuantas cucharadas sin decir nada. Ilya se preguntó quién rompería antes el silencio. Para sorpresa de nadie, fue Shane.

—¿Os habéis enterado de la expulsión de McFarland?

A Hayden se le iluminó la mirada e Ilya advirtió el alivio que sentía.

—¡Sí! Joder, qué fuerte, ¿no?

Cotillearon sobre la última expulsión disciplinaria de la liga e Ilya aprovechó la oportunidad para sonreír con empatía a Jackie. Ella le devolvió la sonrisa y puso los ojos en blanco. Cuando Shane se puso a hablar de las nuevas normas propuestas para los cambios en la línea defensiva, Ilya decidió intervenir y hacerse el héroe.

—Venga, vamos a intentar no hablar de hockey esta noche —propuso, conciliador.

—Gracias… —dijo Jackie.

Por desgracia, nadie parecía tener un tema alternativo del que hablar, así que volvieron a sumirse los cuatro en un silencio incómodo.

—Bueno, pues de algo tendremos que hablar —se quejó Shane cuando hubo transcurrido un minuto entero.

—Podemos hablar de que Hayden está apartando los champiñones como si tuviera cinco años —propuso Ilya.

Hayden bajó la cuchara con un sonoro clanc.

—O podemos hablar sobre qué mierda ve Shane en ti.

—¡Hayden! —lo reprendió Jackie.

—Ajá. —Ilya asintió con la cabeza, pensativo—. Estás celoso.

—¿Qué? ¡No! —soltó Hayden—. No estoy celoso de ti. No es que… Shane, te quiero mucho. Ya lo sabes. Pero no estoy… —Se volvió hacia Ilya, quien se estaba divirtiendo de lo lindo—. Joder, mi mujer está aquí, pedazo de cabrón. Y sabes que no me refería a eso.

Ilya se limitó a encogerse de hombros. En realidad, no lo decía en serio, pero ahora empezaba a preguntarse si sería verdad.

—La comida está riquísima —dijo Jackie, probablemente con la intención de desviar la conversación de si su marido tenía o no un *crush* monumental con Shane—. Ni siquiera sabía que te gustara cocinar, Shane.

—Es una caja de sorpresas —murmuró Hayden.

Ilya percibió la tensión en la mandíbula de Shane y en sus ojos.

—Me aficioné a cocinar el año pasado —dijo Shane. Tomó un trago de agua e Ilya se fijó en el leve temblor de sus dedos cuando dejó el vaso en la mesa—. Es algo que nos gusta hacer juntos, cuando tenemos ocasión.

—Qué tierno —dijo Jackie, y el comentario sonó sincero—. Deberíamos cocinar juntos alguna vez, Hayden.

—Se me da fatal cocinar.

—También se te da fatal el hockey —comentó Ilya—. Pero aun así juegas.

Hayden miró a Shane con expresión suplicante.

—¿En serio? ¿Este tío? No me importa que seas gay…

—Menudo héroe —dijo Ilya cortante.

Hayden se dirigió al ruso.

—¡Shane puede salir con todos los hombres que quiera! Pero tú eres un capullo integral y nunca me has caído bien.

—Hayden, por Dios —murmuró Jackie.

Ilya levantó una ceja.

—Deberías reservarte esos comentarios para nuestra boda.

—Joder, ni se te ocurra… —Hayden meneó la cabeza y luego continuó mareando los champiñones en el plato.

Hubo un minuto tenso en el que nadie dijo nada y entonces Jackie preguntó con una dosis palpable de alegría forzada:

—Por cierto, Ilya. ¿Has viajado a Rusia este verano?

Dios mío, qué tortura.

—No —respondió Ilya. No se le ocurría qué más añadir, conque no dijo nada.

—Lo pasó sobre todo en mi cabaña —explicó Shane—. Y luego ocupado con la mudanza a Ottawa.

—Ah, muy bien —dijo Jackie—. ¿Qué te parece Ottawa? ¿Te gusta?

—No me quejo —respondió Ilya—. El equipo es una mierda, pero la ciudad no está mal.

—No entiendo por qué dejaste un equipo puntero como los Boston Bears para irte a jugar a Ottawa —dijo Hayden.

—Estoy seguro de que hay muchas cosas que no entiendes.

—Ilya… —dijo Shane agotado.

—¿Y qué pasará cuando cortéis, Rozanov? —siguió provocando Hayden y señaló con un tenedor a Shane y a Ilya—. ¿Te irás con el equipo de Anaheim o algo así?

Shane debió de percibir que Ilya estaba a punto de decir algo que casi con total seguridad iba a provocar que Hayden estampara la botella de vino en la mesa para luego ir directo a clavársela en la cara a Ilya, porque puso una mano en el brazo de su novio y dijo:

—Tíos, ¿podéis parar de una vez? ¿Por favor?

—Sí, Hayden. Deja de portarte como un crío —dijo Jackie—. Y además… —Se inclinó hacia delante, con las manos alrededor de la copa de vino y los ojos centelleantes—. Quiero saber cómo os conocisteis.

Ilya resopló. No pudo evitarlo.

—A ver —dijo Jackie sacudiendo la mano como si quisiera explicarse—, no me refiero a cómo «os conocisteis». Obviamente, lo sabe todo el mundo. Pero me refiero a cuándo fue la primera vez que… ¿se encendió la llama?

—Seguro que Shane estaba como una cuba —rezongó Hayden.

—No todos necesitamos alcohol para conseguir que la gente se acueste con nosotros —dijo Ilya.

Hayden se puso colorado, probablemente al darse cuenta de que Shane le había contado a Ilya que Jackie y él se habían conocido en una discoteca años atrás.

—No estaba borracho —dijo Shane sin alterarse—. Ni siquiera tenía edad para poder beber legalmente.

—Espera —dijo Hayden—. Frena, tío. Me contaste que llevabais un tiempo juntos. Pensaba que te referías a un par de temporadas. No a…, ¿qué puta edad teníais la primera vez que… o sea? La primera vez que… Joder, no puedo. Ya sabéis a qué me refiero.

—Diecinueve —dijo Ilya al mismo tiempo que Shane decía:

—Dieciocho.

Ilya miró a su novio con curiosidad.

—Teníamos diecinueve la primera vez que…

—Ah. Pensaba que la pregunta era cuándo habíamos sentido que se encendía, eh, la llama por primera vez.

Se le pusieron las orejas rojas y a Ilya le entraron ganas de mordérselas.

—Sí —dijo Ilya. Su voz sonó tierna, pero no le importó—. Entonces, sí, dieciocho. Tienes razón.

La mirada con la que le respondió Shane era tan intensa y adorable que Ilya se preguntó si sería de mala educación echar por la puerta sin contemplaciones a Hayden y su encantadora esposa.

—Y entonces ¿dónde estabais? —preguntó Jackie rompiendo el momento—. Cuando teníais los dos dieciocho…

—Fue en, eeeh… —empezó Shane, pero al parecer se sintió cohibido por el recuerdo.

—El gimnasio de un hotel —terminó la frase Ilya—. La noche en que nos seleccionaron.

—¡¿Un gimnasio público?! —Hayden parecía a punto de desmayarse—. ¿Antes de ser *rookies* siquiera? Joder, ¿me tomáis el pelo o qué?

—¡No pasó nada! —se excusó enseguida Shane—. No fue así. Fue solo que… sentí algo.

—Pasión —apuntó Ilya.

—¡No! Puede. Cállate. —Shane suspiró—. ¿Podemos dejar de hablar de esto?

—Desde luego —dijo Hayden.

Los cuatro dejaron de hablar por completo. Comieron en silencio durante unos cuantos incómodos minutos más, hasta que Hayden dejó la cuchara al lado del plato en el que quedaban los champiñones y dijo:

—¿Vuelves a Ottawa mañana, Rozanov?

—Sí. Pero no te preocupes. En dos semanas estaré de vuelta.

Era una visita corta, como se temía que serían la mayor parte de ellas durante la primera temporada de vivir a un par de horas de distancia. Había tenido un día libre, así que había ido a Montreal en cuanto había terminado el partido en Ottawa la noche anterior. Había llegado pasada la medianoche y, pese a que Shane tenía que madrugar para ir a entrenar, se habían quedado despiertos hasta las mil. La tarde siguiente Ilya volaba a Vancouver y tardaría una semana en recalar en Ottawa. Al volver tenía otro día libre, pero por desgracia entonces Shane estaría de viaje.

No iba a ser fácil, pero definitivamente era mejor de lo que había sido antes. La temporada anterior había sido una tortura. Entonces Ilya todavía jugaba en los Boston Bears y saber que Shane estaba enamorado de él había hecho que guardar el secreto de su relación fuese mucho más difícil. Antes de que admitieran ante el otro lo que sentían, a Ilya le molaba tener que verse a escondidas. Le gustaba que Shane Hollander fuese su amante secreto. Pero los últimos quince meses no habían sido para nada divertidos.

Por eso Ilya no había mostrado mucho entusiasmo cuando Shane había propuesto invitar a Hayden y a Jackie a cenar. Sus noches juntos eran tan escasas y espaciadas que Ilya no quería compartir ni una sola con nadie más. Y mucho menos con el imbécil de Hayden Pike.

Hayden había descubierto la verdad por casualidad una semana antes, cuando le había hecho una broma a Shane sobre si salía en secreto con Ilya. Shane, que, tal como sabía el propio Ilya, había tratado de buscar el momento idóneo para contarle a su mejor amigo que estaba enamorado de Ilya Rozanov, había aprovechado la oportunidad y se lo había confesado. Como era de esperar, Hayden se había quedado estupefacto.

Esa cena era importante para Shane, e Ilya sabía que el propósito de la velada era que Jackie, y sobre todo Hayden, comprendieran qué veía Shane en él. En opinión de Ilya, a la gente no le importaba una mierda por qué Shane lo amaba. Desde luego, Ilya no necesitaba convencer a nadie de que merecía tener el afecto de Shane. Que les dieran por el culo. No era tarea suya, ni de Shane, justificar su relación ante nadie.

Después de cenar se trasladaron al salón. Salvo por algún que otro comentario sobre un mueble o alguna pregunta sobre los padres de Shane (ambas cosas por parte de Jackie), en la sala se impuso el silencio. Ilya decidió poner música de fondo para que no pareciera que estaban en la sala de espera del hospital. Después de otros quince minutos de conversación tensa amenizada por las canciones de Post Malone, fue a la cocina a buscar más vino.

Se le pasó por la cabeza cambiar al vodka, pero decidió que no sería la mejor opción teniendo en cuenta que al día siguiente había que madrugar. O que prefería un Shane cariñoso en la cama que un Shane para el arrastre.

Cuando Ilya volvió con el grupo, Shane y Jackie estaban de pie junto al distribuidor que daba a las escaleras.

—Voy a enseñarle la casa a Jackie —dijo Shane.

A Ilya no le costó leer el mensaje escondido en las palabras de Shane: «Quédate y haz buenas migas con Hayden».

Mierda. Debería haber cogido el vodka.

Rellenó la copa de vino de Hayden, luego la suya, y después se sentó en la otra punta del sofá en el que estaba el invitado.

—Bueno —dijo Ilya.

—¿Qué pretendes hacer con él? —preguntó a bocajarro Hayden—. ¿A qué juegas?

—¿A qué juego?

Hayden se levantó y se cernió sobre Ilya en lo que se suponía que debía ser una pose amenazadora.

—¿Para ti esto es una broma? ¿O es que te pone cachondo joderle?

—Exacto, me pone cachondo joderle. Sí.

Hayden cerró los puños.

—¡No me refería a eso y lo sabes! Shane está, tipo, prohibido. ¿Por eso te atrae?

Ilya levantó las cejas.

—No valoras mucho a tu mejor amigo.

—No te valoro mucho a ti.

Ilya suspiró y cruzó las piernas con actitud relajada.

—Y ¿con quién debería estar Shane, eh?

—¡Un buen tío! Alguien que…, ¡yo qué sé! —Hayden levantó las manos—. Joder, alguien que se preocupe por él, por ejemplo.

Muy bien. Se había pasado. Ilya se levantó, con lo que quedó casi un palmo por encima del otro. En el apretado espacio que quedaba entre el sofá y la mesita, Hayden no tuvo más remedio que levantar la cabeza y mirarlo a la cara.

—¿Es que te crees que sabes qué le conviene?

—Sí. Lo conozco desde que empezamos en la NHL.

Ilya torció los labios en una sonrisa.

—Quizá no te has enterado mientras cenábamos, pero yo también.

—Vaya, ¡pues nadie lo diría! No te había nombrado ni una puta vez.

—Qué curioso. A mí tampoco me ha hablado mucho de ti.

—Soy su mejor amigo.

—Y yo soy su novio.

—¡También te has acostado con mil mujeres!

Ilya arrugó la nariz.

—Dudo que lleguen a mil.

Empezó a hacer cálculos mentales, pero los interrumpió cuando Hayden dijo:

—¿A quién crees que estás engañando, eh? Está claro que no eres, ya sabes, gay.

—¿Te suena lo que son los bisexuales?

Hayden entrecerró los ojos.

—Bisexual, ¿eh?

Ilya cambió a un tono exageradamente animado y educativo.

—A algunas personas les gustan las manzanas. A otras personas les gustan las naranjas. Y a otras personas les gustan las manzanas y las na…

—Vete a la mierda, tío. Ya sé lo que significa.

—Pues entonces sabrás que puedo acostarme con un millón de mujeres y aun así enamorarme de tu mejor colega, Shane.

Hayden negó con la cabeza, más frustrado que nunca.

—¿Tienes idea de lo que le pasará si este secreto sale a la luz?

Ilya resopló.

—Sí. Le he dado algunas vueltas…

—No dejaré que le hagas daño.

—Vale.

—Hablo en serio.

Y entonces Hayden empujó a Ilya en el pecho con las dos manos.

—Joder, tíos, ¿me tomáis el pelo o qué? —Ambos volvieron la cabeza al instante para ver a Shane en el umbral de la puerta—. O sea, ¿esto va en serio?

—Ha empezado él —dijo Ilya.

Sonó ridículo incluso para él mismo.

Shane señaló a Ilya.

—¿Sabes cuánto tiempo llevo esperando poder hacer esto? ¿Presentarte ante mis amigos como mi novio? Hayden y Jackie son mis mejores amigos, ¿te enteras? Y te estás comportando como un capullo.

—Muy bien dicho —dijo Hayden con petulancia.

—¡Y tú también! —exclamó Shane, dirigiendo la rabia hacia Hayden—. Actúas como si hubiera conocido a Ilya ayer o algo así. Que tú acabes de enterarte de lo nuestro no significa que nuestra relación sea reciente. Joder, es puto sólida, aunque no quieras creértelo. ¡Aunque no quieras asimilar que la hemos mantenido en secreto desde hace diez putos años!

—Shane… —balbució Hayden—. Yo…

—¿Sabes lo acojonado que he estado todo este tiempo? ¿Sabes lo puto aterrador que es sentirte atraído por tu mayor rival cuando tienes dieciocho años y que resulte que además es un hombre?

Vale, quizá Ilya se hubiera pasado rellenándole la copa a Shane tantas veces.

—He pasado una puta eternidad asustado y solo, joder, y se suponía que esta noche tenía que acabar un poco con eso, pero los dos os estáis portando como un par de críos. Iros a la mierda.

Entonces un silencio ensordecedor se apoderó de la habitación durante lo que pareció una hora, hasta que Hayden dijo muy bajito:

—Podrías habérmelo contado, Shane.

—¿Qué?

A continuación, Hayden habló con voz más fuerte.

—Podrías habérmelo contado. Me da mucha rabia que me lo ocultaras tanto tiempo. Que pensaras que tenías que esconderlo.

Anda, no se esperaba un comentario tan tierno.

—Me dolió, ¿sabes? —añadió Hayden.

Shane se había quedado boquiabierto, e Ilya se sentía dividido entre hablar en su nombre y esperar a ver qué decía Shane. Ganó la curiosidad.

—No podía —reconoció Shane al final—. Ni siquiera nos lo habíamos dicho el uno al otro. Tardamos años en darnos cuenta de lo que sentíamos. Sí, tardé años en asimilar que era gay. Pero una vez que solucionamos eso, quise contártelo. Y lo hice. Cuando pude.

—Y —añadió Ilya, porque no pudo contenerse— te lo has tomado superbién.

Shane le lanzó una mirada de advertencia. Ilya apartó la vista.

—Pensaba que lo odiabas —insistió Hayden—. Hablábamos todo el rato sobre lo mucho que lo odiábamos. ¡Durante años! Y luego me entero de que no solo no lo odias, sino que… O sea, debes de quererlo mucho, joder. Tipo, tiene que ser así, para que estés dispuesto a pasar por todo esto.

—Sí, lo quiero mucho —respondió Shane sin más mirando a Hayden a los ojos con una seguridad que dejó sin aliento a Ilya.

—Guau —dijo Jackie, cosa que le recordó a Ilya que también estaba en la sala. Que había otras personas en el mundo además de Shane y él ahora mismo.

—Sí —murmuró Ilya, incapaz de apartar la mirada de la barbilla levantada y segura de Shane.

—Lo siento. —Hayden sonó como si se hubiera rendido—. Me he centrado en lo que siento yo, y el tema no es ese. Esta cena era algo importante para ti y la he jodido.

No parecía que Shane esperase esa respuesta, porque abrió y cerró la boca varias veces antes de asentir con la cabeza y decir por fin:

—Muy bien. Gracias.

—Y —dijo Hayden dirigiéndose a Ilya— si Shane te ama o lo que sea, entonces supongo que no serás tan cafre.

—Creo que tengo cosas buenas.

Hayden se pasó la mano por la cara.

—¿Cómo coño vais a conseguir que siga siendo secreto? ¿Tenéis algún plan?

—En realidad, sí —dijo Shane—. Sentaos mientras Ilya va a buscar las galletas que compré de postre. —Miró a los ojos a Ilya y este asintió—. Luego os hablaremos de la Fundación Irina.

Dos horas después, Shane cerró la puerta tras Hayden y Jackie. Ilya puso una mano cariñosa en la espalda de Shane, pero este se limitó a darse la vuelta a toda prisa e ir directo a la cocina.

«Oh, oh».

—¿Shane? —lo llamó, aunque sabía que este no se daría la vuelta ni le contestaría siquiera.

Así pues, siguió a su cabreado novio y se lo encontró cargando el lavavajillas con un buen mosqueo.

—¿Sigues enfadado…? —comentó Ilya.

Como respuesta, Shane metió a la fuerza la bandeja inferior del lavavajillas, que golpeó la parte posterior de la máquina con un ruidoso tintineo de platos y cubiertos.

—¿Conmigo? —se aventuró Ilya.

—Sí —soltó Shane—. No. No lo sé. —Se cruzó de brazos y miró por la ventana—. Odio esto.

—¿La ventana?

—No. Todo esto.

Hizo un gesto entre Ilya y él.

A Ilya se le paró el corazón.

—¿Nos odias… a nosotros?

Shane cerró fuerte los ojos. Cuando los abrió de nuevo, tenía una mirada triste más que enfadada. Ilya prefería verlo enfadado.

—Odio que tengamos que escondernos. Odio no tener más que estos ratos robados contigo. Joder, llevamos una burrada de años así y estoy harto.

El corazón de Ilya volvió a latir. Dio un paso hacia Shane. Deseaba tocarlo, pero no quería que volviera a rechazarlo.

—Ya lo sé.

—¡Es injusto! Hayden y Jackie tienen derecho a, ya sabes, «existir». La noche que se conocieron los vi morreándose en la pista de baile.

—Pervertido —bromeó Ilya.

—No digo que los mirara. Me refiero a que los vi... Anda, calla. A lo que voy es a que acababan de conocerse y esa misma noche ya estaban dándose el lote delante de todo el mundo sin tener que preocuparse ni un puto segundo de si alguien los veía.

—O de que su amigo friki los mirase.

Shane apretó los labios e Ilya supo que estaba conteniendo la sonrisa. Se lo tomó como una victoria.

—Empezaron a salir y luego, al cabo de unos meses, dijeron que se casaban y todo el equipo se puso a felicitar a Hayden. Hicieron un bodorrio y nadie estaba tipo asombrado ni horrorizado de que estuvieran juntos. —Soltó el aire—. ¿Cómo debe de ser, eh?

—Pues supongo que parecido a cuando tú salías con Rose Landry.

Shane gruñó.

—Bah, por Dios, Ilya. Hace más de dos años de eso. Déjalo ya.

A Ilya le encantaba tomarle el pelo con lo de Rose Landry, así que no. No iba a dejarlo. Desde entonces, Rose se había convertido en una de las mejores amigas de Shane y era una de las pocas personas que sabían lo suyo. En realidad, a Ilya le caía muy bien.

—Esta noche solo quería sentirme «normal» —suspiró Shane.

—¿Quieres una relación normal? —Ilya confiaba en que no, porque definitivamente eso era algo que él nunca podría ofrecerle a Shane, por mucho que se esforzara.

—Es injusto, nada más. Hayden te ha puesto a parir lo que ha querido y más, a ti y a mi relación contigo, como si fuera una broma ridícula. Y tú no ayudas, la verdad. O sea, quiero que la gente comprenda por qué te amo, pero tú eres un puto desastre a la hora de demostrárselo.

«Vaya».

—¿Quieres que sea distinto? —preguntó Ilya.

Shane dejó caer los brazos a los lados del cuerpo.

—Quiero que no seas siempre un cretino.

—Lo siento —dijo Ilya y confió en que sus palabras sonaran tan sinceras como las sentía.

Shane resopló y se volvió hacia el fregadero. Movió un par de cazuelas de aquí para allá, claramente para dar la impresión de estar ocupado, hasta que Ilya lo paró poniéndole una mano en el brazo.

—¿Sabes en qué pensaba toda la noche? —preguntó Ilya con cautela—. ¿Mientras hacía el cretino?

Shane tensó los hombros.

—¿En qué?

—Pensaba… —Ilya se acercó, alineando su cuerpo con el de Shane, rozándole la espalda con el pecho—. En lo mucho que me encanta esto. Estar en casa contigo. Incluso invitar a amigos a cenar. Ser una pareja.

Shane relajó los hombros mientras soltaba el aire con fuerza.

—A mí también me encanta. Ojalá pudiéramos hacerlo más a menudo.

Se volvió para mirar a Ilya a la cara con una tristeza inmensa en los ojos.

Ilya le puso una mano en la mejilla y le acarició las pecas con el pulgar.

—Puede que yo no piense tanto en si es injusto porque… —Se detuvo un momento, intentando elegir bien las palabras en inglés—. Me siento afortunado. Es más de lo que he tenido nunca.

La cara de Shane se arrugó por la confusión. Sin duda era una de las tres mejores expresiones de Shane Hollander para Ilya.

—¿Más qué?

Ilya se encogió de hombros.

—Amor. Familia. Todo ese rollo.

La cara de Shane se descomprimió. Ilya habría jurado que por un instante le había temblado el labio, pero entonces Shane apoyó la frente en su pecho.

—¿Por qué eres así? —gimoteó Shane enterrado en la camisa de Ilya—. ¿Por qué no me dejas que me enfade contigo? ¿Tienes que arruinarlo diciendo bobadas románticas como esa?

—¿Románticas? A mí me ha parecido más bien patético.

Shane negó con la cabeza sin apartarla del pecho de Ilya y este lo estrechó entre sus brazos.

—Te quiero —murmuró Shane.

Ilya le besó la coronilla. Nunca se cansaba de oírle decir eso a Shane. No habían perdido la ilusión pese a que ya había pasado más de un año desde la primera vez que se habían dicho el uno al otro esas palabras que les habían cambiado la vida. Quizá fuera porque el tiempo que pasaban juntos siempre era breve y muy valioso. Quizá algún día, cuando fueran viejos y estuvieran jubilados y preparasen la cena juntos por millonésima vez, la sangre de Ilya no se calentaría al oír la voz de Shane.

Pero ese día no era hoy.

Ilya enredó los dedos en el pelo de Shane y tiró ligeramente, apartándole la cara del pecho y echándosela hacia atrás para mirarlo a los ojos.

—¿No tienes nada que decirme? —preguntó cortante Shane.

Ilya esbozó una sonrisa y, en lugar de responderle con las mismas palabras, se inclinó y lo besó, despacio. Con adoración. Esa clase de beso pausado y cuidadoso que Ilya sabía que Shane no podría soportar durante mucho tiempo. Tal como suponía, en menos de un minuto Shane soltó un gemido y tomó el control. Besó a Ilya con ansia, enroscó un tobillo alrededor del gemelo del ruso y apretó los cuerpos de los dos.

Ese era el hombre que amaba Ilya. Lo tenía ahí. Sexy y retador y absolutamente colado por él. Sin mirar siquiera lo que podía haber en el paso, Ilya levantó a Shane y lo sentó en la encimera. Algo cayó con estruendo en el fregadero y otra cosa se cayó al suelo, pero ninguno de los dos reaccionó. Siguieron besándose y el uno al otro se sacaron la camisa del pantalón. Shane se la subió a Ilya, arrugándola a la altura de las axilas, y luego plantó las palmas en el pecho de su novio. Encima del tatuaje del oso pardo que le cubría casi todo el pectoral izquierdo. Ahora Ilya podía reconocer que era un poco exagerado, pero se lo había hecho cuando tenía dieciocho años, y así Shane tenía algo con lo que tomarle el pelo, conque no se arrepentía de llevarlo.

Ilya rompió el beso y se apartó un poco, sonriendo mientras Shane perseguía su boca con ansia, inclinándose demasiado hacia delante hasta estar a punto de caerse de la encimera. Ilya lo ayudó a recuperar el equilibrio con una mano, pero Shane abrazó fuerte la cintura de Ilya con las piernas y tiró de él otra vez. Agarró a Ilya por la nuca y unió sus bocas. Él respondió levantando a Shane de la encimera y plantándole las manos firmes en el culo. Hizo que ambos girasen hasta que la espalda de Shane quedó aprisionada contra la pared que había junto a la puerta y entonces volvió a besarlo.

Shane se derritió en la pared mientras Ilya le besaba por todo el cuello.

—A la habitación —gimió—. Necesito notarte dentro.

Ilya sonrió pegado a su garganta. Le encantaba cuando Shane le pedía lo que quería.

—Podría follarte aquí mismo, *moy vozlyublenniy*.

—No. Joder, puede —jadeó Shane—. ¿Qué significa eso?

—Mi animal cachondo —mintió Ilya.

—Vete a la mierda. —Shane soltó las piernas y se puso de pie—. A la habitación. Vamos.

Empujó a Ilya al pasar y corrió hacia las escaleras. Ilya lo alcanzó en el descansillo, tras el primer tramo. Lo agarró por el brazo y le dio la vuelta, empotrando a Shane contra la pared con las manos puestas en sus bíceps. Ilya soltó el aire con los labios casi pegados a los de Shane.

—Pase lo que pase, yo… —Ilya resopló por la frustración de ver que se le escapaba otra vez el inglés.

—¿Qué? —Shane abrió los ojos como platos.

Ilya le soltó los brazos y deslizó las manos para agarrarle las suyas.

—Se lo contaré al mundo entero, si es lo que quieres.

Shane arrugó la frente.

—¿De verdad lo harías?

—Sí.

Shane apretó las manos de Ilya.

—Tengo miedo —admitió—. Solo quiero… estar contigo. Pero, a la vez, no quiero lidiar con todo lo que tendríamos que lidiar. Y no quiero perderte.

—No vas a perderme.

—¿Y si luego nadie nos ficha? ¡¿Y si te deportan?!

—Entonces fingiré mi muerte. Nos mudaremos a un refugio en la montaña.

Shane negó con la cabeza.

—Hablo en serio.

—Yo también. Tanto si nos escondemos para siempre como si se lo contamos al mundo ahora mismo, estaré contigo. Dejaré el hockey o lucharé por quedarme. Lo que tú quieras.

—La decisión no debería depender solo de mí.

Ilya suspiró.

—Me refiero a que… soy tuyo, ¿sí? Para proteger eso, haré lo que sea.

A Shane se le humedecieron los ojos.

—Eres mío. Sí.

—Entonces… —Ilya le apartó el flequillo a Shane—. Deja que te lo demuestre.

Cuando llegaron al dormitorio, se quedaron unos cuantos minutos de pie al final de la cama, besándose. Al final, Ilya empezó a desnudar poco a poco a Shane. Le quitó con cuidado todas las prendas de ropa, una por una, y fue cubriendo de besos suaves y mordisquitos los pedazos de piel que quedaban expuestos mientras Shane temblaba. Por la mañana Ilya se habría ido y no volverían a verse en dos semanas, pero se aseguraría de que Shane no dudase de la devoción de Ilya mientras estaban separados, vaya que sí. Dedicaría el resto de la noche a adorarlo. Ya dormiría en el puñetero avión.

—Tuyo —repitió Ilya mientras se ponía de rodillas.

Fue dando besitos alrededor del ombligo de Shane y sobre los abdominales marcados. Levantó la vista para mirar a Shane a los ojos y notó el deseo que ardía con fuerza en ellos. Estaba precioso, iluminado por detrás por la luz suave de la lamparita de noche. Las sombras se le marcaban en las líneas duras del pecho y el estómago y acentuaban sus músculos bien definidos.

—Tuyo —susurró a su vez Shane.

Ilya asintió despacio y luego dejó caer al suelo los pantalones de Shane. Después de apartarlos de una patada hacia un rincón del cuarto, Ilya puso la boca sobre el bulto de la ropa interior de Shane y apretó. Respiró excitado sobre la polla de Shane por encima de la tela negra de los bóxeres. Repasó el perfil de la erección de Shane con la lengua y luego hundió la cabeza para meterse los huevos en la boca.

—Hostia puta, es una pasada —jadeó Shane.

Dobló los dedos en el pelo de Ilya, agarrándolo pero sin presionar. Ilya seguía al mando. Con su cuerpo, convencería a Shane de que todo iría bien. Estaban bien. Siempre estarían bien.

Cuando el calzoncillo de Shane estaba empapado y se le pegaba a la erección, Ilya lo retiró como una piel y luego lo echó al rincón junto con los pantalones de Shane. La polla de este se mecía, ávida, delante de la cara de Ilya, pero fingió no verla y volvió a concentrarse en sus pelotas. Le encantaban las pelotas de Shane. Eran suaves por naturaleza y tenían una forma perfecta. Le encantaba notarlas en la boca, el peso que tenían, cargadas por la necesidad de Shane de tener un orgasmo.

—Dios, Ilya. Una noche de estas vas a hacer que me corra solo son eso, te lo juro.

Ilya arqueó las cejas.

—Podría ser hoy.

Shane gimió, pero sonreía.

—Ni hablar. Esta noche necesito que me la metas. Por favor.

—Bueno… —Ilya pasó la lengua por toda la polla de Shane—. Has dicho «por favor».

—Y ¿podrías quitarte la ropa? ¿También por favor?

Ilya se incorporó y dio un beso fugaz a Shane antes de desabrocharse la camisa arrugada lo justo para poder sacársela por la cabeza.

—En la cama —indicó—. Y quítate los calcetines, joder.

En menos de un minuto, Shane estaba bocarriba con Ilya tumbado encima, desnudo, y besándolo con ímpetu, como si lo empujara contra el colchón.

Había un montón de razones por las que sería un jaleo si el mundo los viera ahora mismo, pero si el mundo los viera ahora mismo, tendría que aguantarse, ¿no? El mundo tendría que ver que lo que había entre Shane y él era auténtico, bueno e imparable. Sabía que sería un shock para el entorno del hockey cuando por fin dieran la rueda de prensa que tenían prevista. Solo anunciarían que habían montado una organización benéfica juntos y que eran amigos, pero incluso esos datos básicos iban a hacer que a algunos les estallara la cabeza.

Podía besar a Shane en la rueda de prensa. Tiraría de él y le daría un morreo delante de las cámaras y los periodistas. Y ya estaría todo hecho.

Ilya cogió el lubricante del cajón de la mesilla. Se sentó a horcajadas sobre los muslos de Shane y extendió el lubricante sobre la palma y los dedos.

«Ilya Rozanov y su novio, Shane Hollander».

A Ilya le gustaba cómo sonaba. La idea de que los comentaristas de hockey dijeran esas palabras.

«Ilya Rozanov y su marido, Shane Hollander».

Uuuuuh. Aún mejor.

«Hollander le pasa el *puck* a su sexy marido, Ilya Rozanov».

Vale. Igual Ilya también se había pasado un poco con el vino esa noche.

Se tomó su tiempo para abrir a Shane, saboreando cada gemido y jadeo que le ofrecía su fabuloso novio. Shane se abrió para él de un modo hermoso, recibiendo los dedos de Ilya cuando entraron. Siempre le sobrecogía la facilidad con que Shane se entregaba a él; cuánto confiaba en que Ilya le daría justo lo que necesitaba. Incluso en la época en la que eran a todas luces enemigos, Shane había confiado en que Ilya no le haría daño.

—Por favor, Ilya.

La voz de Shane sonó agónica. Ilya decidió que ya lo había torturado suficiente y volvió a alargar el brazo hacia la mesita de noche.

Shane lo detuvo poniéndole la mano en la muñeca.

—Esta noche no.

Ilya se quedó helado. Lo habían hecho sin condón unas cuantas veces a lo largo del último año, pero a Shane no le hacía mucha gracia pringarlo todo y solía preferir usar protección.

—¿Estás seguro? —preguntó Ilya.

La seguridad de Shane quedó patente en su mirada, igual que cuando le había dicho a Hayden que sí, quería mucho a Ilya.

—Estoy seguro.

Bueno, pues, desde luego, Ilya no iba a quejarse. Apartó la mano del cajón y la puso en la mejilla de Shane, quien le dedicó una sonrisa adorable que le rompió el corazón. Entonces Ilya empezó a comérselo a besos.

Entrar en Shane fue perfecto. Siempre era perfecto, pero hacerlo así, sin nada entre ellos, era incomparable. Ilya nunca había follado sin protección antes de Shane, y la exaltación de hacerlo casi bastaba para que Ilya se corriera al instante cada vez que lo probaban.

Shane puso cara relajada y eufórica.

—Dios, es una puta pasada —murmuró.

Separó más las piernas y juntó más las rodillas, suplicando a Ilya con su lenguaje corporal que se la metiera hasta el fondo. Ilya le agarró los muslos y los abrió una barbaridad para poder deslizarse dentro al máximo.

Joder. Ilya tenía que mandarle un regalo de agradecimiento al profesor de yoga de Shane.

—¿Bien? —preguntó Ilya para asegurarse.

—Flipante —le confirmó Shane.

Ilya sonrió. Aún recordaba con cariño la primera vez que Shane se la había chupado —la primera que se la chupaba a alguien…—, allá cuando tenían diecinueve años y Shane sentía pavor de sus propios deseos. Se le notaba muy inseguro, pero había puesto todo su empeño en hacerlo bien.

Lo cierto era que en aquella época Ilya probablemente estaba tan aterrado como Shane. Pero lo disimulaba mejor.

La primera vez que Ilya había penetrado a Shane había sido unos meses más tarde, e Ilya se había esforzado en que pareciera que no significaba gran cosa. Como si estar dentro de Shane no hubiera sido una revelación. Luego se había marchado del hotel a toda prisa justo al acabar, por miedo a lo que podía decir o hacer si se quedaba, aunque fuera un minuto más.

Ahora podía decir o hacer lo que quisiera. No había necesidad de ocultar su corazón.

—Me encanta esto, Shane. Y te quiero muchísimo. Eres precioso. Perfecto. —Volvió la cabeza y besó el tobillo de Shane—. Perfecto —repitió.

—Te amo. Amo cuando estás dentro de mí. Joder, es una pasada. Contigo siempre es una pasada, Ilya. Quiero que te corras dentro de mí.

Ilya gruñó a modo de respuesta y aceleró las embestidas, pues quería darle a Shane lo que necesitaba. Quería llenarlo por completo. Mientras tanto, Shane se acariciaba, algo que siempre le gustaba admirar a Ilya. Sus dedos fuertes volaron a su polla mientras arqueaba la espalda y la alejaba del colchón. Dios mío, era espectacular.

Gritó cuando el esperma le roció el pecho y contrajo el culo alrededor de la polla de Ilya.

—Voy a correrme —advirtió este, porque, joder…

—Sí —jadeó Shane—. Dámelo. Vamos.

Dos embestidas más e Ilya empezó a vaciarse dentro de Shane. Trató de que siguieran mirándose a los ojos mientras el placer lo recorría y le impedía hablar. Cuando al fin terminó el orgasmo, agarró a Shane y lo besó, estrechándolo contra su cuerpo.

—Joder —dijo Shane sin aliento—. La verdad es que somos geniales.

—Los mejores —coincidió Ilya.

Después, una vez que se hubieron limpiado y estaban acurrucados bajo las mantas, Shane preguntó:

—Entonces ¿dos semanas?

—Dos semanas.

Dos semanas hasta que sus equipos se vieran en un partido del sábado por la noche. Habían decidido que darían la rueda de prensa a la mañana siguiente.

Un silencio pesado se extendió entre los dos. ¿Cuántas cosas cambiarían para ellos? ¿Les costaría todavía más mantener en secreto su verdadera relación? ¿O sería más fácil ocultarla ante los demás fingiendo que eran amigos? ¿Unos amigos que pasaban juntos los veranos? ¿Que incluso se visitaban durante la temporada? ¿Que habían montado una organización benéfica juntos?

Ilya supuso que daba igual. Estaban decididos a hacerlo y lidiarían con las consecuencias conforme llegaran.

—Estoy preparado —dijo Shane con voz clara y firme.

—Sí —respondió Ilya con ternura—. Yo también.

Agradecimientos

En primer lugar, me gustaría darle las gracias a mi editora, Mackenzie Walton, que ha mejorado mucho esta extraña historia. También me gustaría darle las gracias a mi marido, Matt, que me escuchó leer con nervios todo el libro en voz alta y respondió con entusiasmo y apoyo.

Sobre la autora

Rachel Reid siempre ha vivido en Nueva Escocia (Canadá), y probablemente seguirá haciéndolo. Tiene dos títulos aburridos y dos hijos interesantes. Es aficionada al hockey desde pequeña, pero por desgracia nunca llegó a jugar en la NHL. Le gustan los libros sobre tíos buenos haciendo marranadas y sobre chicas guays siendo geniales.

La puedes seguir en su Instagram @RachelReidWrites. Su página web es www.rachelreidwrites.com.